세컨드
라이프

인생을
바꿔드립니다

이 도서의 국립중앙도서관 출판예정도서목록(CIP)은
서지정보유통지원시스템 홈페이지(http://seoji.nl.go.kr)와
국가자료공동목록시스템(http://www.nl.go.kr/kolisnet)에서 이용하실 수 있습니다.
(CIP제어번호: CIP2019030677)

Libre *Échange*

세컨드
라이프

인생을
바꿔드립니다

베르나르 무라드 장편소설
박명숙 옮김

문학동네

일러두기

1. 주석은 모두 옮긴이주다.
2. 본문 중 고딕체는 원서에서 이탤릭으로 강조한 부분이다.

조제프, 엘리안,
장자크와 안을 위하여

"난 숙명이나 운명 같은 것은 믿지 않는다.
기술자로서 습관적으로 확률 계산을 할 뿐이다."

막스 프리슈, 『호모파베르』

1

세 시간 십육 분 뒤면 난 죽는다. 39번 버스 바퀴에 으스러져 위엄 따위 없는 모습으로. 어둠이 내리고 비가 억수같이 퍼부을 것이다. 온 도시는 푸르스름한 안개 속에 잠길 것이다.

아마도 짧은 순간의 맹렬하고도 효과적인 충격에 고통은 느끼지 못할 것이다. 달리는 버스에 치인 내 몸은 공중으로 붕 떠올라 정점에 이를 때까지 포물선을 그리며 날아오르다가 둔중한 소리를 내며 다시 차도로 떨어질 것이다. 자동차 바퀴가 내 정수리를 짓이기고 지나가면 두개골 속의 골이 쏟아져나와 걸쭉한 회색빛 죽처럼 도로 위로 퍼져나갈 것이다.

지금 이 순간부터 치밀하게 계획된, 확정된 죽음을 기다리며, 난 레콜밀리테르광장 부근의 조그만 바 카운터에서 차갑게 식어버린 에스프레소를 홀짝거리고 있다.

역류한 위액 같은 쓰디쓴 침을 삼킨다.

커피 표면 위로 창백한 내 모습이 비친다.

난 기억을 떠올리고 씁쓸한 미소를 짓는다. 그들은 말했다. "삶을 바꾸는 것"이라고.

또 이렇게 말했다. "처음부터 다시 시작하는 것"이라고.

난 기억한다. 그들의 말 한마디 한마디를.

난 그들의 말을 믿었다. 그렇다, 그들의 말을 믿고 싶었다. 그들이 밝고 경쾌하기까지 한 얼굴로 한껏 미소를 띤 채 '또다른 삶' '두번째 기회' '새로운 출발'을 약속했을 때.

나의 온 존재로 그들의 말을 믿었다.

하지만 정말 나한테 다른 선택이 있기는 했을까?

당시 난 견디기 힘든 상황에 처해 있었다. 내 삶은 막다른 골목에 다다랐고, 내게는 오랫동안 복잡하게 다른 대안을 찾을 이유나 그러고 싶은 마음도, 그럴 수 있는 힘은 더더욱 없었다. 삶을 끝내고 싶은 마음은 처음에는 막연하게 퍼져가다가 점차 내 가슴을 찌르는 듯 강렬해지더니 급기야 강박적인 결심으로 굳어져버렸다.

그렇다, 절망적인 심정으로 그들의 말을 믿고 싶었다. 그들의 장광설을 믿고, 그들의 프로그램에 협조하며, 맹인이 지팡이에 의존하듯 필사적으로 매달리고 싶었다. 요컨대 그들이 얘기하는 프로젝트가 그럴듯한 전망을 제시한다고 스스로를 납득시켰던 것이다. 그것이 내 자살 계획을 대체할 만한 대안이 되어준다고.

하지만 지금에야 비로소 내가 엄청난 착각을 했었음을 깨닫는다. 그 무엇도, 그 누구도 내게 예정되었던 길에서 날 벗어나게 할 수 없었다는 것을.

아마도 내가 부서질 듯 약했던 탓일 것이다.

부서질 듯 약하고 의기소침해서.

부서질 듯 약하고 의기소침하고 이를테면 끝장난 기분이어서.

그렇다, 당시 난 죽은 것이나 다름없었다. 그때 난 아직 마르크라는 이름으로 불렸다. 마르크 바라티에라는 이름으로.

지금으로부터 겨우 석 달 전 일이다.

거의 석 달 전의 일.

그러나 내게는 마치 십 년쯤 흐른 듯, 시간이 팽창해버린 것 같은 느낌이다.

그러니까 내가 삶을 바꿔 살기로 결심한 것은 지금으로부터 석 달 전이다. 내가 아닌 다른 누군가가 되기로 한 것은. 그 망할 거짓말쟁이들의 꾐에 빠져 '우연의 힘을 믿고' 마르크 바라티에를 그의 비참한 운명과 지칠 대로 지친 삶 속에 내팽개쳐두기로 한 것은.

난 지금 이 작은 바의 카운터에 앉아 식어빠진 커피를 단숨에 비우면서, 마치 악몽을 되새기듯 그동안의 일을 떠올리고 있다.

돌이켜보니 허탈한 웃음만 나온다.

마르크, 그게 내 본래 이름이다.

이제 와 생각하니 그 어떤 것보다 내게 잘 어울리는 이름이었다.

하지만 지금의 내 이름은 아르노다.

그리고 곧 있으면 난 죽는다.

2

어디서부터 시작해야 할까?

내 삶, 예전의 나의 삶, 그러니까 앞서 언급한 마르크 바라티에의 삶은 잘 짜인 한 편의 멋진 소설 같은 삶이 아니었다. 당시 나는 어떤 특징이나 별다른 개성 없이 감탄은커녕 미미한 동정조차 불러일으키지 못하는, 눈에 띄지 않는 투명인간 같은 존재였다. 한마디로, 시시한 인간이었다.

이제 와 돌이켜보면 나의 유일한 특이점은 모든 면에서 거의 병적으로 아무런 만족을 느끼지 못하는 데 있었던 것 같다. 그리고 그러한 사실을 너무 늦게 깨달았다. 그러한 결함은 아주 느리게, 쉽게 감지되지 못한 채 지속되어온 과정의 결과였다. 무절제한 어린 시절과 곪아터진 청소년기를 거쳐 아무런 생각 없이 '서른 고개'를 넘는 동안 난 점차 즐거움, 기쁨, 선함과 같은 긍정적인 기운을 지닌 모든 종류의 정서에 문을 닫아걸었다. 세월의 흐름에 따라 조금씩 부식되어간 나는 이화작용과 유사한 병증의 마지막 단계에 도달해 있었다. 그리하여 인간에서 동물로, 그리고 마침내 유기 폐기물의 단계로 전락하고 만 것이다.

이젠 아무런 거리낌 없이 솔직하게 말할 수 있을 것 같다. 그러니까 지금으로부터 석 달 전, 유난히 추웠던 10월 초, '모든 것이 뒤흔들린' 그날, 이미 난 인간이 아닌 표류하는 난파선과도 같았다. 불치의 신경쇠약에 빠진 사십 년 된 낡아빠진 표류물에 불과했던 것이다.

하지만 이제 그 일이 일어난 그 아침에 대해 상세히 이야기해야겠다. '모든 것이 뒤흔들린', 시간을 초월한 듯한 그날에 대해. 난 단색의, 아주 또렷한 기억을 간직하고 있다.

짐승 울음 같은 소리를 내며 자명종이 요란하게 울렸을 때, 나는 고개를 숙인 채 회색빛 모래사장을 따라 걷고 있었다. 여느 때처럼 난 생각했다. 저 자명종 소리가 밥값을 한다고. 또 생각했다. 저 소리 덕분에 내가 매일 아침 무기력한 상태에서 벗어날 수 있는 거라고. 마치 전기충격기처럼 흉곽을 들썩이게 하고 또 몇 시간을 더 살아가게 만드는 거라고.

정말이지, 끔찍한 소리다.

날카롭고.

끈질긴.

하루 동안 내 몸을 그런대로 똑바로 지탱할 수 있었던 건, 아마도 아침마다 따끔한 주사를 놓듯 소름 끼치는 공포감을 조성하는 그 자명종 소리 덕분이었을 것이다.

기억하건대, 그날 아침 여덟시였다. 8, 0, 0, 깜박이는 붉은색 숫자들. 근본적으로 난 둥근 모양의 숫자가 싫다. 그 숫자들이 내게는 시작 또는 끝처럼 여겨진다. 그리고 난 극단적인 것이 싫다. 그게 뭐가 됐건

간에 말이다. 기념일, 연표, 다이어리, 달력 같은 것들도 모두 내게는 혐오의 대상이다……

난 유순한 기질이 아니다.

결코 원만한 성격이 아니다.

상냥하거나 친절하지도 않고, 그렇다고 단순히 호감가는 타입도 아니다. 계단이나 자동차 운전대에서, 지하철 승강장 또는 개똥으로 더러워진 보도에서 만나는 사람들에게 아무런 이유 없이 미소를 지을 줄 아는 초인적인 사람들의 자질을 타고나지도 못했다. 대기 줄이 늘어졌는데도 늑장을 부리는 매표원 앞에서조차 결코 초조해하거나 화를 내는 일이 없는, 온화하고 인내심 충만한 사람들 말이다.

그날 아침 난 습관처럼 눈꺼풀을 꼭 붙인 채로 침대에 꼼짝 않고 누워서 중얼거렸다.

"곧 마주치겠지, 그들이랑."

그렇다, 아침에 일찍 일어나는 사람들 말이다.

그들은 자신들에게 주어진 시간이 유한하다는 것을 알고, 마치 그뤼에르 치즈를 야금야금 먹듯 인색하게 시간을 쓴다.

그들 대부분은 이미 면도를 했을 것이다.

이미 세수도 했을 것이다.

그리고 파스텔톤 셔츠와 줄무늬 정장을 입었을 것이다. 해질 대로 해져야 마지못해 버릴 옷을. 지금쯤 그들 대부분은 비스코트에 버터를 바르거나 우유를 데우고 있을 것이다. 무심하게 발장단을 맞추거나 휘파람을 불면서. 또는 그들의 명랑한 아내가 즐겨 부르는 노래의 후렴구를 흥얼거리거나, 어쩌면 해죽거리는 아들딸들과 장난을 치고 있을지도 모른다. 아이의 학업에는 가끔가다 무심한 시선을 던지면서.

그렇다, 그날 아침 나는 아직 이불 속에 웅크린 채로, 머지않아 이미 밖으로 나선 그들과 마주치리라는 걸 알고 있었다.

여느 아침처럼 이런 생각을 했던 것도 기억난다.
'이상적인 세상에서는,
아무 일도 일어나지 않을 텐데.'
그곳에서는 베개에 머리를 딱 붙이고서 이불 속에서 마냥 빈둥거릴
수 있을 것이다. 돈에 쪼들리지 않고 여유롭게, 금리생활자가 되어 바
깥세상에서 일어나는 골치 아픈 일들과는 전혀 무관하게 지낼 수 있을
것이다. 놀고먹으면서도 룩셈부르크의 어느 수상쩍은 무명의 지주회사
로부터 넉넉한 수당을 받을 것이다. 상당한 액수의 돈이 한 치의 오차
도 없이 정확하게, 열흘이나 보름에 한 번씩 내 계좌로 입금되는 거다.
그럼 난 불도 켜지 않고 얼굴에 따뜻한 스팀타월을 올려놓고 벌거벗은
채로 침대에 누워 온종일 빈둥거릴 수 있을 것이다. 며칠 전, 아니 어쩌
면 몇 주 전에 생겨났을 침대 바로 위 천장 균열을 살펴보는 게 나의 유
일한 소일거리가 될 수 있다면 얼마나 좋을까. 그러면 갈라진 틈이 점
점 더 크게 벌어지면서 삐뚤삐뚤 이어져, 벽지를 고약하게 훼손하는 그
모양새까지 관찰할 수 있을 텐데. 난 매일매일 균열이 어디까지 뻗어갈
는지 알아내기 위해 고심할 것이다. 그것만이 나의 유일한 직업이자,
나를 사로잡는 단 하나의 열정이 될 것이다.

숱한 아침처럼 그날 아침에도, 둘둘 감은 이불 속에서 오 분 내지 십
분 정도 더 뭉개기로 작정했다. 어슴푸레한 빛 속에서 아랫배를 조이는
통증에 대해, 그 원인에 대해 고민하는 척하면서. 사실 그 원인에 대해
선 어떤 의문의 여지도 없었다. 난 겁을 먹고 있었던 것이다. 매일 아침
눈을 뜨는 행위를 정신적이고 신체적인 고문으로 변화시키는 오래된

만성적인 공포, 극복 불가능한 두려움. 그것은 단지 말끔하게 면도한 남자들과 차량들의 요란한 소음, 내가 사는 도시를 질식시키는 저 혼탁한 대기 때문만은 아니었다. 내게는 세상 전체가 돌이킬 수 없게 적대적으로 보였다.

고백하건대, 난 지금까지 두려움 외에 다른 어떤 것에도 동해본 적이 없다. 다른 어떤 충동이나 감정도 나를 무기력증에서 벗어나게 하지 못했다. 그나마 내가 간신히 삶을 지탱하고 있는 것은 원초적인 두려움이 아직 남아 있기 때문이라는 생각도 들었다. 내 의식은 위험을 감지했을 때에만 비로소 깨어났기 때문이다. 마치 내게는 그 의식('본질' 혹은 심지어 '존재'라고 불러도 무방할 것이다)이란 것이 지극히 동물적인 생존 본능으로 귀착하는 듯했다. 그렇다, 내 안에는 용맹한 짐승의 영혼 그 이상의 것은 존재하지 않는 것 같았다. 난 두려움, 오직 두려움에 의해 살아 움직이는 두 발 달린 포유류에 지나지 않았다. 비록 시간이 흐름에 따라 두려움이 야기하는 대부분의 증상에도 면역이 되긴 했지만. 예를 들면 내 뱃속 깊숙한 곳에 자리잡은 솜털 뭉치에도 거의 무감각한 지경이 되었다. 양성종양처럼 내게 끊임없이 들러붙어 있는데도 난 그것을 마치 이빨 빠진 늙고 힘없는 작은 생쥐처럼 무해한 짐승으로 여겼다. 내 배를 괴롭히는 통증을 인내하며 다스린 끝에 거의 느끼지 않게끔 된 것이다. 자주 나를 찾아오긴 하지만 결국엔 언제나 사라지고 마는 불청객처럼. 내 몸의 기관은 통증을 느끼지 않기 위해 필요한 물질을 지속적으로 분비하는 법을 스스로 터득한 것이다.

그날 아침, 나로서는 단 하나의 긍정적인 생각을 떠올리는 것조차 불가능했다. 그렇다, 예상할 수 있는 것 가운데 그 어느 것도 즐겁지가 않았다. 눈을 감고 내게 다가올 가까운 미래를 떠올려보았다. 배뇨, 면도, 세척…… 정확하게 예측 가능한 단계들 속에서 비록 의미는 없지만 작은 위안이라도 찾고자 노력했다. 핑크빛 휴지를 한 칸 뜯어서 변기에 묻기 마련인 오줌 방울을 닦아낸다. 정성껏 몸을 씻고 면도를 한 다음에는 배수구 구멍으로 내 몸에서 빠진 털들을 흘려보낸다. 또 욕조 구석에 들러붙은 머리카락 뭉치를 모아서 휴지통의 클리넥스 화장지들 사이로 쑤셔넣는다. 난 내 몸이 쇠락해가는 징후들을 감추는 데 점차 익숙해졌다. 마치 그런 물질 조각들이 나를 내팽개침과 동시에 배반할까봐 두려운 것처럼.

그날 아침, 난 눈을 꼭 감은 채 시편을 낭송하듯 중얼거렸다.
내 이름은 마르크 바라티에.
난 그만 존재하고 싶다.
증오 따위는 느끼지 않는다.
회한도 없다.
그리고 다시 눈을 떴을 때 방안엔 더이상 나 혼자가 아니었다. 그녀, 이미 자리에서 일어나 / 샤워를 하고 / 화장을 하고 / 커피까지 마신 그녀가 내 눈앞에 있었다. 그녀의 자명종이 내 것보다 훨씬 전에 포효했고, 열기가 식은 그녀의 몸이 내 품안에서 전율하던 기억이 떠올랐다. 그녀는 침대에 걸터앉아 아직 비몽사몽간인 나를 너그러운 표정으로 바라보고 있었다.
난 그녀에게 미소를 지어 보였다.
그런 다음 검지로 내 연약하고 오톨도톨한 눈가 피부를 한참 동안 문질렀다. 오른쪽, 그리고 왼쪽, 눈곱이 낀 무거운 두 눈을 번갈아가면서. 그리고 거친 숨소리를 내며 기지개를 켜고 그녀를 바라보았다. 내가 그녀를 증오한다는 걸 직감했다. 여덟시 정각에 그녀는 이미 말끔히 단장을 끝내고, 의욕 넘치는 모습으로 수많은 도전에 맞설 준비가 되어 있었기 때문일 것이다. 슈퍼마켓에서 장 볼 물건 목록을 작성하고, 다음 번 휴가 계획을 꼼꼼하게 세워놓고, 번거로운 서류 절차나 어떤 역경도 겁내지 않고, 은혜도 모르고 부산스럽기만 한 자식을 자신의 인생의 마지막 날까지 뒷받침할 준비가 돼 있는 그녀를 난 증오했다. 여덟시가 지나도록 난 아직 지저분하고 마치 태아처럼 불완전한 상태로 웅크리고 있는데. 그녀는 이미 빗과 머리핀, 머리끈과 드라이어를 모두 사용한 후였다. 양털처럼 풍성하고 실크처럼 매끄러운 머리를 검은색 새틴 리본으로 야무지게 묶어두었다. 난 거의 대머리인데도 모자를 쓰지 않았다. 내 헤어스타일은 두개골 꼭대기에 조기弔旗를 꽂은 것 같았다. 바람이 심하게 부는 날이면 아무런 쓸모가 없었다. 그렇다, 그날 아침 난 생각했다. 내 헤어스타일은 존재 가치가 없다고. 이 모든 건 관자놀이가 슬그머니 벗어지면서 시작되었고, 그런 변화로 인해 지적인 매력이 더욱더 돋보이기도 했다. 처음에는 내 얼굴이 더 품위 있어 보인다고 생각하기까지 했다. 그러나 그 현상은 점점 확연히 눈에 띄고 미관을 해칠 만큼 가속화됐다. 마치 원형탈모증이나 두피에 피부병이 걸렸거나 제초제를 뿌리기라도 한 것 같았다. 그후, 빽빽이 들어차 있던 수백여 가닥의 머리카락이 메마르고 갈라진 땅을 견디지 못하고 내 머리에서 이탈해 옷이나 베갯잇으로 옮겨갔다.

그렇게 해서 난, 말하자면 구조적으로 산만한 머리 모양을 지니게 된 것이다.

내 머리에는 이제 뜻대로 되지 않는 머리카락 몇 가닥만 가르마 주위로 군데군데, 주사위의 점 다섯 개 배열로 심겨 있을 뿐이다. 불충하고 반란기 다분한 머리카락들이 산발적으로 모여 있는 공동체에서는 때때로 피지와 때만이 놈들의 숨을 죽여놓았다. 난 행인들의 시선을 피해가며 거리를 걸어갈 때면, 머리 위에 축 늘어진 늙은 수탉의 볏이라도 달고 가는 느낌이 들곤 했다.

그녀는 여전히 온화하고 애정어린 눈길로 나를 바라보고 있었다. 덧창을 두드린 아침햇살이 내 의도와는 상관없이 방안 깊숙이 스며들었다.

"커피 마실래?"

"좋지."

단지 문제가 입냄새뿐이었다면 얼마나 좋을까. 입냄새 그리고 위생과 청결 유지에 관련된 사소한 일들. 단지 그런 것들이라면 얼마든지 처리할 수 있었다. 그날 아침, 난 그렇게 생각했다. '얼마든지 처리할 수 있다'고. 간단히. 체계적으로. 마치 보기 흉한 여드름이나 잘 다듬어지지 않은 손톱을 처리하듯. 하지만 나머지는? 다른 나머지 것들은? 아침에 잠에서 깨어나 맞이하는 첫 순간을 혼란스럽게 만드는 이 성가신 것들은? 내가 온전하게 의식을 되찾기도 전에, 나를 움켜잡고 흔들면서 고통스러운 질문들을 외쳐대는 이 불안감의 근원은 대체 무엇일까? 난 낭떠러지에서 떨어지기 직전, 아직 하루이틀 더 인간들 틈에서 확고히 나를 살아 있게 해주는 두세 가지 것을 애써 기억해냈다. 이름, 나이, 주소, 직업. 그리고 내게 뜨거운 커피를 가져다준 이 여인의 이름이 잔이라는 것도 떠올렸다.

찻잔과 보온병.

이 시간이면 어김없이 등장하는 것들이다.

"오늘 바빠?"

"몰라."

"당신은 늘 모른다고만 하지."

"모르니까. 그게 사실이고."

얼마나 오랫동안 이 우스꽝스러운 놀이를 계속해왔는지.

우리 둘 사이의 모놀로그를.

그 시작이 언제였는지는 불확실하지만, 거의 태곳적부터라는 것만은 알고 있다. 우리 둘만이 유일하게 대를 이어가며 사용하고 있는 기억 저편의 사어死語처럼. 눈썹 한 번 찌푸리지 않고 나를 응시하며 말을 걸어오는 그녀의 방식. 언제나 무심한 표정으로 대답하는 나의 방식. 먹고 마시는 동안에도, 책을 읽거나 걸어가면서도, 애써 다른 생각을 하기 위한 것처럼 먼 곳을 바라보면서도.

벽, 전등, 천장……

그럼에도 불구하고 일종의 연민 같은 것이 여전히 우리를 이어주고 있음을 난 잘 알고 있었다. 우리의 몸짓, 우리의 시선 그리고 어쩌면 우리의 목소리에도 그런 연민이 서려 있었다. 난 풀과 꽃이 그려진 그녀의 청록색 원피스를 만져보았다. 그녀의 허벅지, 그녀의 장딴지를 딱히 열의 없이 쓰다듬었다. 그러자 그녀는 내게 모호한 미소를 날리면서 찻잔을 입술로 가져갔다. 바보 같은 말이나 무언가를 말할 것처럼 보였다. 하지만 그녀는 경계하듯 입을 다물었다.

난 또다시 벽, 전등, 천장을 바라보았다……

그러다 라디오 알람 표시창이 '08:10'인 것을 확인하고야 이런 생각이 들었다. '자, 마르크, 이젠 일어나야 해.' 그리고 또 생각했다. '네 직장으로 가야 해. 너의 의무를 다해야 한다고.'

하지만 그날 아침엔 그런 의례적인 자기암시 요법조차 아무런 효과를 발휘하지 못했다. 수년 전부터 몸을 움직이기 위해 반복적으로 되뇌어왔던 그 모든 말들이 하찮게만 여겨졌다. 난 머리를 포함한 내 몸의 기관들을 무의미하기 짝이 없는 일로 혹사해야 하는 이유를 더이상 찾지 못했다.

나의 일.

그 빌어먹을 일.

난 어떤 일을 했던가?

매일같이 쉼없이 기록하고, 계산하고, 색인을 분류했다. 쥐꼬리만한 보수를 받는 대가로. 숨이 턱턱 막힐 정도로 협소한 공간에서 내 이름조차 모르는 사람들과 회의를 하기도 했다. 종종, 아주 종종 사무실에 홀로 있을 때면, 갑자기 울음을 터뜨리고 내 바게트 훈제 햄 샌드위치를 오래된 고지서들과 괴발개발 갈겨쓴 서류 더미 위로 떨어뜨려버리고 싶은 충동이 일곤 했다. 내 들쭉날쭉한 누런 이로 빵 끄트머리를 한 입 채 베어 물기도 전에. 서류에 기름자국이 생기는 일 따윈 걱정하지 않고. 그리고 그날 아침, 난 의욕을 꺾는 내 일에 대해 생각하다가 또다시 끔찍한 악몽을 꾸게 되었다.

내 턱이 빠진 것이다.

매우 중요하지만 무의미한 회의가 한창일 때 갑자기 턱이 두개골에서 분리되어 우지끈 갈라지는 소리를 내며 빠져버렸다. 난 그렇게 기괴한 몰골로 당황한 동료들과 마주보고 있었다. 내가 느끼는 끔찍한 고통은 그들과는 아무런 상관이 없어 보였다. 잠시 후 그들이 일제히 웃음을 터뜨렸다. 그렇다, 그들은 낄낄거리기 시작했다. 그러더니 마치 발작이라도 일으킨 것처럼 더욱더 노골적으로 웃으면서 내게 손가락질을 해대고 주먹을 쥔 채 팔뚝을 휘두르며 조롱과 야유를 보내기 시작했다……

"타르틴 좀 먹을래?"

"뭐?"

"타르틴 먹겠냐고."

"뭐 발라서?"

"당신이 원하는 걸로. 버터나 잼……"

"무슨 잼?"

"딸기, 살구. 아니면 꿀도 있고. 아주 좋은 걸로."

"근데, 됐어."

"뭐가 돼?"

"아니, 타르틴 안 먹겠다고."

"정말?"

난 고개를 저으면서 반복해서 말했다.

"타르틴 안 먹을래, 고맙지만."

대체 얼마나 더 이런 짓을 해야만 하는 것일까?

난 오직 누워 있을 때에만 마음이 놓이고 편안하다. 내 병든 머릿속에 외과 수술의 이미지가 떠올랐다. 누워 있는 내 몸을 세로로 가르는 장면. 고인 핏속에 뒤엉켜 있는 장기들. 겹겹이 층을 이룬 살과 거죽의 단면이 끈적거리는 적갈색 액체에 잠긴 채 드러나 있다.

더이상 일어나지 않아도 된다면.

아니, 더이상 일어날 수 없다면.

그것이 내가 생각해낸 가장 효과적이고 비겁한 해결책이었다. 난 그렇게 되게 해달라고 아침마다 몰래 기도했다. 진심으로, 불구가 되는 것만큼 나를 행복하게 해주는 것도 없을 것 같았다.

그녀는 여전히 침대에 걸터앉아 굶주린 쥐처럼 번득이는 눈으로 나를 관찰하고 있었다.

"당신 내일 저녁에 시간 낼 수 있어?"

"내일 저녁?"

"응, 내일 저녁. 식사 같이하자고. 베로니크 승진 축하 자리야."

"어쩌면. 아니, 안 될 것 같은데."

"당신이 오면 정말 좋을 텐데, 알잖아."

"알지. 하지만 안 될 것 같아."

"당신 정말 재미없어…… 실은 같이 돈 걷어서 선물 사기로 했어."

"아…… 잘했네."

"책을 사려고. 아프리카에 관한 책. 삽화가 있는 아주 근사한 책으로."

"아…… 좋은 생각이야."

"그렇지."

"그래."

그날 아침, 난 나에 관해 아는 게 거의 없는 것 같은 한 여자가 지켜보는 가운데 계속 침대에 누워 있었다. 그러다 약간 몸을 일으켜 나오려는 하품을 꾹 참고 베개에 기대앉았다. 그런 다음 뜨거운 커피에 바짝 마른 입술을 적시면서 생각했다. '하지만 난 서류상으로는 하자가 없지.'

그렇다.

난 사회에 짐이 되는 존재는 분명 아니었다. 다른 수많은 사람들처럼 손쉬운 방법을 택하지도 않았고, 절도를 하거나 수당을 받아 근근이 삶을 이어가는 부랑자 부류에 속하지도 않았다.

그렇다.

난 이 나라의 당당한 국민이었다. 조세통계와 여론조사에 따르면, 난 사람들의 부러움을 사는 관리자*의 지위까지도 노려볼 수 있는 자격을 갖추었다. 하기야 내 업무의 본질을 묘사하는 데 그보다 더 적절한 표현은 없다고 생각했다. 순전히 장식적인 성격의 내 업무를 그보다 더 잘 요약하는 말은 없을 테니까.

---

* 관리자를 뜻하는 프랑스어 'cadre'에는 '틀' '사진 액자'라는 뜻도 있다.

"마르크, 대체 몇시에 일어나려고?"

"곧."

"벌써 여덟시 십오분이야, 알아?"

"말했잖아, 곧 일어난다고."

그렇다, 서류상으로는 난 어떤 하자도 없었다. 오히려 그 반대였다. 이른바 코스―코스 하면 난 항상, 장애물 경기에서 넥타이를 매고 바닥에 납작 엎드린 채 미친듯이 달려가는 무리를 떠올리게 된다―라는 것을 보더라도, 내가 밟아온 코스는 다른 누구에게도 전혀 꿀릴 것이 없었다. 예를 들어 학력은 언제나 내 자부심의 든든한 원천이었다. 난 도장이 찍히고 액자에 끼워지고 위조가 거의 불가능한, 몇 안 되는 국가공인 학위 소지자다. 눈을 혹사해가며 깨알 같은 글씨가 적힌 두꺼운 책들을 집어삼키고 수없이 되뇌면서 수년간 등뼈가 휘도록 노력한 시간의 결실이다. 그렇다. 나의 학벌은 탄탄했고, 난 제대로 교육받은 사람이었다. 언젠가는 내 아들에게 학업이나 규율, 심지어 연대표 암기와 같은 기본적인 덕목을 확실하게 가르쳐줄 수 있을 것이다. 아들이 지저분하고 조그만 손가락으로 나를 가리키며 웃음을 터뜨리는 일 없이. 난 그런 말 할 자격 없다고 불쾌한 얼굴로 반박하는 일 없이. 난 그런 거 제대로 알지도 못하고 앞으로도 모를 거라고 내게 쏘아붙이는 일 없이. 그렇다. 그 누구도 나를 믿지 못할 사람이라고 비난할 수 없을 터였다.

"당신 정말 늦지 않겠어?"

"아직 시간 있어. 괜찮아."

"정말?"

"그렇다니까."

그렇다. 난 아마도 믿을 만한 사람이었을 것이다. 내 가족, 내 직업, 내 상관들, 모두가 그 사실을 확인시켜주고 있었다. 하지만 오래전부터 나를 괴롭히는 것은 그것과는 또다른 문제였다. 내가 실재하기는 하는 것일까? 내 살과 나머지 부분이 차지하는 내 육체를 넘어서서 어떤 형태의 실체를 가졌다 주장할 수 있을까? 내 안의 어딘가에 나의 독자성을 입증할 만한 아주 작은 흔적이나 유일한 특징, 혹은 근원 같은 게 존재하긴 하는 것일까? 그날 아침 난 그런 생각들에서 벗어날 수가 없었다. 생각들이 나를 강렬하게 사로잡으면서, 스치는 모든 것을 파괴하고 몰래 잠입한 용병처럼 조금씩 나를 갉아먹기 시작했다. 나의 박약한 의지보다, 그리고 나의 생존 본능보다 백배는 더 강력한 힘으로.

여덟시 이십분경 난 생각했다. '이젠 좀 그녀가 가주었으면' 하고. 홀짝홀짝 커피를 그만 마셨으면, 나에게 그만 미소 지었으면, 음식물을 오물거리는 것도 그만했으면. 어쨌거나 동료들이 그녀를 기다리고 있지 않은가. 그녀에게는 삶을 한결 수월하게 만드는 자신만의 일과 사무실, 그리고 잘 정리된 서랍이 있었다. 그녀는 어떻게 십오 년이 넘는 세월 동안 변변찮은 파견직 비서 역할을 그렇게 충실히 수행할 수 있었을까? 어떻게 그녀처럼 예민한 감수성과 지성을 지닌 여자가 변함없이 내곁에 머물면서, 이 무미건조하고, 부조리하고, 죽도록 단조로운 삶을 무한한 인내로 참아낼 수 있었을까? 그녀는 내게 한껏 다정한 눈길을 보냈지만, 난 조심스럽게 그녀를 외면했다.

벽, 전등, 천장……

"그러니까 당신은 내일 저녁에 시간이 안 된다는 거지?"

"내일 저녁이랬나?"

"응, 저녁 먹으려고."

"안 되겠어. 일이 너무 많아."

"대체 무슨 일이길래 그래? 뭔데 그렇게 매일 바빠?"

"새로운 프로젝트야. 복잡한 일."

말하기. 계속 말하기.

그녀는 말에 대한 기벽 같은 게 있는 듯했다. 마치 우표 수집을 하듯 말들을 죽 늘어놓고 관찰하는 것 같은. 그녀는 다리를 꼰 채로 나를 아래위로 훑어보았다. 그녀의 눈이 반짝반짝 빛나기 시작했다.

"있잖아, 갑자기 생각난 건데, 당신한테 수수께끼 하나 낼게."

"수수께끼?"

"어제 사무실에서 들은 거야."

무슨 얘기일지 어렴풋이 짐작이 갔다. 그녀는 얘기를 계속했다.

"자동차경주 트랙 출발선에서 시동을 켜고 기다리는 자동차가 있다고 상상해봐. 준비됐어?"

"응."

"트랙의 길이는 1킬로미터야. 분명 1킬로미터라고 얘기했다. 잘 알아들었어?"

"응."

"시합은 이래. 운전자는 평균 시속 60킬로미터로 트랙을 한 바퀴 돌아야만 이길 수 있어."

난 그녀가 조금씩 흘리는 정보를 머릿속에 입력하려 애썼다. 침을 삼키면서 내 취약한 논리력을 동원할 준비를 했다.

"자동차가 출발했고, 트랙을 반쯤 돌았을 때 기록실에서 운전자에게 지금까지 시속 30킬로미터로 달렸다고 알려줬어."

"오케이."

"이제 질문할게. 질문은 아주 간단해. 운전자가 시합에서 이기려면 어떻게 해야 할까?"

그녀는 내가 마치 측은한 열등생이나 지진아라도 되는 양 짓궂음과 다정함이 동시에 느껴지는 눈빛으로 질문을 던졌다. 난 깊이 생각하고 싶지 않았고, 장단을 맞출 기분도 아니었다. 내 신경세포는 아침의 추운 날씨에 여전히 얼어붙어 있었다. 난 시트를 배 위까지 끌어당기고 몇 초간 있다가 대답했다.

"그게 그러니까…… 운전자가 속도를 더 내야 할 것 같은데. 나머지 트랙은 시속 90킬로미터로 달려야겠지. 트랙의 반을 시속 30킬로미터로 달렸으니까, 나머지 구간을 시속 90킬로미터로 달린다면 평균 60킬로미터로 달린 셈이 되잖아."

난 입을 다물었다. 그녀는 잠시 침묵을 지키더니 환한 미소를 지었다.

"완전히 틀렸어!"

난 아무 말도 하지 않았고, 그녀는 몹시 재미있어했다.

"정답은 '아무것도 하지 않는다'야."

"뭐라고? 아무것도 하지 않는다니?"

"아무것도! 더이상 아무것도 할 게 없거든. '운전자는 경주를 멈춰야 한다'가 정답이라고!"

"엉터리."

"전혀 엉터리 아니거든. 아주 논리적이라고! 운전자는 경주를 멈춰야 해. 그래야 속 편히 맥주도 마시러 갈 수 있지. 어차피 시합은 졌으니까!"

"무슨 말인지 모르겠는데."

"잘 생각해봐!"

그녀의 눈이 커지면서 반짝거렸다. 그녀는 승리를 음미하고 있었다.

"좋아, 내가 설명해주지. 차근차근 잘 따져보자고. 시합에서 이기려면, 1킬로미터 거리를 평균 시속 60킬로미터로 달려야 한다는 건 알지?"

"응."

"달리 말해, 간단히 나누기를 하면 운전자는 트랙을 일 분 만에 주파

해야 한다는 결론이 나와. 그렇지?"

난 머릿속으로 계산해보았다. 시속 60킬로미터는 분명 일 분에 1킬로미터에 해당했다. 난 고개를 끄덕였다.

"오케이."

"하지만 이미 처음 500미터에서 시속 30킬로미터로 달렸기 때문에 그 일 분을 다 써버렸거든! 그래! 계산해봐! 그러니까 아무리 빛의 속도로 나머지 구간을 달린다 해도 어차피 시합에서 진 거야! 너무 늦었다고! 이미 패배한 거야!"

난 배 위로 손깍지를 낀 채 짐짓 재밌다는 미소를 지어 보였다. 그 브레인 티저의 결말에 숨겨진 메시지를 너무 잘 알 것 같았다. 가차없는 산술 계산 뒤에는 음울한 메타포가 숨어 있었다. 그 운전자는 다름 아닌 나였다. 나 역시 내 삶의 중간 지점에 와 있었다. 난 트랙의 처음 절반을 고통스럽게 달려왔다. 그리고 이젠 계속 질주한다는 것이 아무런 의미가 없어져버렸다. '너무 늦었다고! 이미 패배한 거야!' 잔의 말이 머릿속에서 울려퍼졌다. 생각들이 흔들리고 혼란스러웠다.

"재미있지 않아?"

"그래. 아주 재미있네."

이 모든 게 내 결심을 더욱더 확고하게 굳혀주는군, 하고 나는 생각했다. 그날 아침, 이미 결심한 터였다. 결정적으로. 돌이킬 수 없을 만큼 확고하게.

"유감이네."

"뭐라고?"

"유감이라고. 내일 저녁 말이야. 베로니크가 한턱내기로 한 거."

"알아. 미안해."

그렇다, 내 결심은 확고했다. 오랫동안 숙고한 계획이었다. 그 어떤 것도, 그 누구도 내 생각을 되돌릴 수는 없었다.

그때 갑자기 새된 작은 목소리 하나가 어슴푸레하게 울려퍼지더니 생각에 잠긴 나를 끌어냈다.

"아빠! 아빠!"

그날 아침에도 여느 아침처럼 티보라는 다섯 살짜리 꼬마 아이가 내 방으로 뛰어들어왔다. 사람들은 그 아이가 나를 닮았다고 하는데, 그 사실에 내가 우쭐해지기는커녕 오히려 괴로워한다는 걸 모르고 하는 소리다. 좋은 아버지라면 자신의 결점을 자식에게 물려주는 게 달가울 리 없을 테니까. 난 몸을 일으켜 선 목소리로 힘주어 말했다.

"잘 잤니, 얘야?"

아이는 걸음을 늦추더니 엄마 허벅지에 찰싹 달라붙어서 수줍게 말했다.

"생일 축하해요, 아빠!"

잔도 아이의 작은 머리에 손을 올려놓고 다정한 미소로 내게 말했다.

"맞다. 생일 축하해, 마르크."

난 진심으로 그들이 잊고 있었기를 바랐다. 그 저주받은 날, 막연한 두려움 속에 기다려온 그날이 기적적으로 아무도 모르게 지나가기를 바랐다. 하지만 내 아내와 아들은 미소 띤 얼굴로 나를 바라보고 있었다. 난 그들의 시선에서 무엇을 읽어내야 할지 알 수 없었다. 애정이었을까, 아니면 연민이었을까.

그날은 10월 2일 목요일이었다. 내가 막 마흔 살이 된 날이었다.

그리고 내 머릿속은 한 가지 생각으로 꽉 차 있었다. 운전자는 경주를 멈춰야 한다.

3

난 잠자리에서 일어나보려고 잔과 티보가 집을 나서기를 기다렸다.

딸깍 하고 문 닫히는 소리가 나자 다리를 바닥에 내려놓고 침대에 걸터앉았다. 격한 욕지기에 숨이 막힐 것만 같았다. 난 깊이 숨을 들이마신 다음, 두 주먹을 매트리스에 박고 마침내 똑바로 일어섰다. 현기증을 간신히 누르느라 그렇게 잠시 움직이지 않고 서 있었다. 불현듯 눈물이 왈칵 쏟아질 것만 같았다. 그렇게 노력하고 참아보려 애쓴 것도 헛되게, 난 이제 흔들리는 거대한 난파선에 불과하다는 걸 잘 알기 때문이었다.

몇 분간 미지근한 물로 간단히 몸을 씻었다. 마치 내가 죽은 사람의 몸을 씻기는 것처럼 나 자신의 몸에서 떨어져나온 듯한 기이한 느낌이었다. 시신을 씻기고 물기를 닦은 다음, 구겨진 흰색 셔츠와 감청색 정장과 후드 달린 방수 코트를 입혔다. 그런 다음 그 차가운 손가락에 서류가방을 들려서 정확히 여덟시 삼십분에 거리로 내몰았다.

난 몸에서 의식이 분리된 상태로, 나를 기다리는 줄줄이 이어진 기계적인 업무는 생각지 않은 채 사무실로 향했다. 십여 분가량 고약한 안개비를 맞으며 추위에 떨면서 버스정류장까지 걸어가니, 여러 사람이 버스를 기다리고 있었다. 그들은 별다른 특징도 개성도 없이, 사실 나와 유사한 모습이었다. 그들 중 몇몇은 수년 전부터 낯이 익었다. 하지만 그들에게 말을 걸거나 심지어 인사를 한다는 것은 생각조차 못했다. 사실 멍하게 반복적으로 버스를 기다리는 일은 인간들이 교류하는 데 유리한 기회가 될 수 있었다. 그리고 같은 방향으로 가는 이들 중 일부는 기꺼이 담소를 나누거나, 서로를 알아보는 척하며 반갑게 인사를 건네기도 했다. 우리 중 대부분은 같은 아파트에 살았다. 집들이 빼곡하게 들어찬 집세가 싼 아파트 건물들은 하늘에서 내려다보면 별표의 가지 모양이었다. 거기서 우리 아파트의 지극히 시적인 이름이 탄생한 것이다. 스타시티. 하지만 땅에서 보면 무색의 콘크리트 벽면과 촘촘하게 붙어 있는 조그만 창문들밖에 보이지 않았다.

함께 얘기할 사람이 없었던 나는 태연한 척하느라 담배를 꺼내 물었다. 그리고 막 불을 붙이려는 찰나, 길모퉁이에서 회녹색 버스가 다가오는 게 보였다. 난 다른 사람들보다 먼저 올라타려고 재빠르게 자리를 잡고 섰다. 반드시 앉아서 가야만 했기 때문이다. 비에 젖은 사람들 틈에서, 더욱이 이렇게 피곤한 상태에서 삼십 분씩이나 서서 간다는 것은 있을 수 없는 일이었다. 갑자기 등뒤에서 사람들의 대화가 뚝 끊기고 극도의 흥분 상태가 느껴졌다. 나처럼 그들 모두도 자리를, 그것도 가장 좋은 좌석을 잡아야 한다는 생각에 신경이 곤두서 있었다. 나는 사람들의 무언의 압력에 떠밀려, 점점 굵어지는 빗줄기에 얼굴을 드러낸 채 보도 가장자리로 다가갔다. 그러다 버스가 너무 가까이서 멈춰 서는 바람에 사이드미러에 부딪혀 머리가 박살날 뻔했다. 난 차안으로 돌진해 버스표도 보여주지 않고 운전기사 바로 뒷좌석으로 몸을 날렸다. 다른 사람과 마주볼 필요 없는 그 일인용 좌석은 내가 가장 좋아하는 자리였다.

김 서린 서늘한 차창에 이마를 갖다댔다. 묵직한 빗방울이 구슬처럼 유리창에 부딪혔다. 갑자기 목이 메면서 숨쉬기가 점점 더 힘들어졌다. 내 마음속 깊이, 이 모든 게 더이상 지속될 수 없다는 것을 잘 알기 때문이었다. 버스의 유압식 문이 닫히며 내뱉는 기진맥진한 한숨소리가 들리는 것 같았다. 버스가 움찔하면서 다시 출발하자 난 눈을 감은 채 그 떨림에 몸을 맡기려 했다……

"선생, 괜찮으신가?"

한쪽 눈을 떠보니 맑은 눈을 가진 노부인의 얼굴이 보였다. 볼에 분을 바르고 하얗게 센 머리에는 보랏빛이 감돌았다.

"정말 괜찮은 거요?"

난 다른 한쪽 눈을 마저 조심스럽게 떠보았다. 머릿속에서 날카롭게 윙윙거리는 소리가 들려왔다.

"선생?"

내가 마치 태아처럼 내 서류가방 위로 몸을 웅크린 채 깜빡 잠이 들었었다는 걸 깨달았다. 그러느라 운전기사와의 사이에 있는 유리 칸막이에 머리를 찧고 있었던 것이다. 상냥한 노부인은 나의 그런 모습이 걱정스러웠던 모양이었다. 난 벌떡 몸을 세워 앉았다.

"괜찮습니다, 부인. 고맙습니다. 조금 피곤해서요." 난 노부인의 놀란 시선을 피하면서 대답했다.

왼쪽을 흘끗 쳐다보니 차창 너머로 장조레스대로의 붉은 벽돌 건물들이 지나가고 있었다. 여정의 반 정도를 지난 셈이었다. 십 분 정도 잠이 들었던 듯했다. 술을 잔뜩 마신 다음날처럼, 입술은 바짝 마르고 역한 입냄새를 풍겼다. 온몸의 기운이 다 빠져나가 앞으로 고꾸라질 것 같았던 나는 가방 속에 들어 있던 책을 꺼내 읽으면서 깨어 있기로 마음먹었다.

나는 주변에 내 몇 안 되는 지인들 중 누가 없는지 휘둘러본 다음 금속 잠금쇠를 열었다. 그리고 그 안에서 책장이 누렇게 바래고 표지는 낡은 책 한 권을 꺼냈다. 며칠 전 마흔번째 생일을 앞두고 유용할 거란 기대에서 이 작고 놀라운 책을 스스로에게 선물한 것이다. 그 제목은 마치 신앙고백이라도 되는 것처럼 즉시 나를 감동시켰다. 『자살 설명서』. 1982년 출간된 클로드 기용과 이브 르 보니에크의 이 에세이는 자살을 부추긴다는 이유로 그후 판매가 금지되었다. 자살의 역사에 대한 설명을 넘어서서 현실적인 문제와 다양한 기술적 방법 등을 논하고 있을 뿐만 아니라, 마지막 제10장에서는 효과적으로 자살하는 약물요법 목록까지 친절하게 게재해놓았다. 이 책의 옹호자들은 인간의 기본적 자유로서의 '죽음의 권리'를 주장한 반면, 무수한 반대파들은 수많은 법률 소송을 불사하며 수년간 투쟁한 끝에 1987년 '자살 교사'를 금지하는 법을 의회에 상정시키는 데 성공했다. 그후 즉각 시행된 자살 교사 금지법에 따라 프랑스 전역에서 『자살 설명서』의 판매가 금지되었던 것이다.

그리하여 이 놀라운 책은 하나의 컬트가 됨과 동시에 더이상 어디서도 구할 수가 없었다. 300유로가 넘는 가격에 은밀하게 거래되고 있다는 얘기만 무성했다. 난 책을 구하기 위해 도서관 수십 군데와 인터넷 사이트를 샅샅이 뒤졌지만 헛수고였다. 그러다 삼 주 전 어느 날, 이베이에서 한 개인이 여러 권을 가지고 있고 권당 100유로에 판매한다는 정보를 보게 된 것이다.

소포로 책을 받아든 순간, 있는 줄도 몰랐던 부록이 더해진 판본이란 걸 발견하고는 놀랍고 기쁜 마음을 감출 수 없었다. 데이비드 레이놀즈라는 미국인 사회학자의 연구 결과가 실려 있었다. 연구 결과 앞에는 다음과 같은 서문도 있었다. "지금까지 알려지지 않은 일련의 통계에 근거한 데이비드 K. 레이놀즈 교수의 결론은 도발적인 동시에 당혹스럽다. 스스로 목숨을 끊는다는 건 현저히 복잡다단한 행위임을 인정하면서도, 자살 또한 과학적으로 형식화할 수 있다고 주장하기 때문이다. 그의 연구에 따르면 각각의 사람에게는 그에 맞는 적절한 기술이 존재하며 우리 각자는 효과적으로 그에 대한 준비를 할 수 있다고 한다."

여러 시대에 걸친 자살의 역사에 대해 깊이 알고 싶은 마음이 단언컨대 추호도 없었던 나는 책의 내용을 대략적으로만 읽었다. 내가 특별하게 관심이 갔던 것은 마지막 장과 거기 제시된, 죽음을 야기하는 혼합약제에 대한 상세한 목록이었다. 그런 다음 다소 흥분한 상태로 미국인 학자의 연구 결과에 몰입했다. 모두 합쳐 십여 쪽에 불과한 부록에는 다음과 같이 아이러니한 제목이 붙어 있었다. '성공한 자살이란 무엇인가?'

비정형적이긴 하지만, 레이놀즈 교수의 추론은 순전히 과학적인 관점에서 근거가 있는 듯 보였다. 그는 다양한 자살 방법을 분류하면서 부분적으로 뒤르켐*의 유형론을 끌어왔다. 목매달기, 익사, 총기 사용, 높은 곳에서 투신하기, 약물 복용, 질식사…… 뒤르켐은 오십여 개 나라를 대상으로 산출된 통계에 근거하여 각각의 실행 방식과 자살자의 사회심리학적 프로필 사이의 상관관계를 확립했다. 그런 다음 마침내 각각의 상관관계와 관련지어 자살의 상대적인 성공 비율을 측정한 것

---

* 프랑스 사회학자 에밀 뒤르켐. 여러 통계자료를 바탕으로 자살을 사회학적으로 설명한 『자살론』(1897)을 출간했다.

이다. 여러 항목으로 나뉜 도표를 통해 체계적인 분석의 결과를 보여주며 "각자에게 적절한 자살 방식을 잘 선택할 수 있도록" 도움을 주었다. "아노미에 빠져 있고-무기력증을 보이며-버려질까 두려워하는" 유형에 완벽하게 들어맞는 나에게는 창밖 투신과 입안에 총 쏘기가 최적의 방법임을 금세 확인했다. 그것이 정신적으로 혼란한 상태의 나에게 가장 잘 어울리면서, 결과적으로 자살 시도에서 실패할 확률을 최소화할 수 있는 방식이었다.

난 몇 주 전부터 그날 저녁 여덟시경에 자살하기로 이미 결심한 터였다. 꼭 마흔 살이 되는 생일날, 요란하게 축하 촛불을 불어 끄는 일이 없도록. 게다가 레이놀즈 교수는 부록에서 "아노미에 빠져 있고-무기력증을 보이며-버려질까 두려워하는" 유형은 일반적으로 자살을 하기 위해 상징적인 날짜를 선택하는 경향이 있음을 밝힌 바 있다. 그런데 이미 자살 결심을 굳히고 날짜와 시간까지 정해놓은 그 순간까지도 계속 나를 괴롭히는 한 가지 의문이 있었다. 입에 대고 총을 쏠 것인가, 아니면 창밖으로 뛰어내릴 것인가?

난 여전히 망설이고 있었다.

각각의 방식에는 모두 장점과 단점이 있었다.

입안에 총 쏘기로 말하자면, 내 소유의 권총을 손쉽게 사용할 수 있었다. 내 방 침대 머리맡 탁자 서랍 안에는 한 번도 사용하지 않은 권총이 그대로 보관돼 있었다. 오 년 전, 우리 동네에 강도 사건이 증가하자 당연히 불안감이 커진 잔이 끈질기게 졸라대서 구입한 것이었다. 따라서 나의 첫번째 선택은 이것이었다. 그날 저녁 집으로 돌아가 방으로 가서, 침대에 걸터앉아 서랍에서 총을 꺼내 입에 넣고, 이로 꽉 문 채 눈을 감은 다음 '빵' 하고 방아쇠를 당기면 모두 끝나는 것이다.

간단하면서도 남의 이목을 끌지 않는 방법이 될 수 있었다.

하지만 난 실행에 옮기기 몇 시간 전까지도 아직 선택하지 못하고 있었다.

뒤르켐이 "높은 곳에서 낙하하기"라고 시적으로 명명한 방법을 선택할 수도 있었기 때문이다. 늦게 담배 사러 나간다는 핑계를 대고 비상계단을 통해 아파트 옥상으로 올라간다. 건물 가장자리로 다가가 두 발을 모은 후 마지막으로 신선한 공기를 한참 동안 들이마신다. 그런 다음 '스타시티' 꼭대기에서 마치 천사가 하늘을 날듯 몸을 날리기만 하면 되었다. 밤의 정적 속에서 비명을 길게 울리면서. 그리하면 난 회색 콘크리트 바닥에 타르타르스테이크처럼 박살이 날 터였다.

난 극적인 효과를 노릴 수 있는 두번째 시나리오가 더 마음에 들었다.

그렇게 그날 아침, 난 사무실로 향하는 버스 안에서 각각의 옵션과 관련된 위험 요인에 대해 계속 생각하면서 책을 넘겨 보고 있었다. 그러다가 티보가 다니는 유치원 앞에 버스가 멈춰 서자, 난 조그만 레고 블록으로 만든 것처럼 생기 없이 알록달록한 건물을 흘끗 쳐다보았다. 잠시, 다양한 스티커로 장식된 창문 너머에서 단순한 문장들을 어름어름 발음하고 있을 천진무구한 내 아들의 모습을 상상했다. 아이의 통통한 뺨과 멍한 시선, 입을 씰룩거리는 뾰로통한 모습을 떠올리면서. '티보, 오늘 저녁이면 넌 이제 아빠를 더이상 볼 수 없을 거야.' 그러자 시야가 눈물로 흐려지면서 마음이 한결 가벼워지는 느낌이 들었다.

"이런, 이게 누구야, 바라티에잖아?"

난 앉은 자리에서 움찔 놀랐다. 내 성을 그렇게 부를 수 있는 사람은 재수 없는 직장 동료 외에는 없었다.

"보아하니, 별로 좋아 보이지 않는군! 잠을 제대로 못 잔 거야?"

눈을 들어보니 쥘리앵 도트비외였다. 그의 허세 가득한 얼굴과 억지

웃음에 난 대놓고 얼굴을 찡그렸다.

"안녕, 쥘리앵. 보다시피 오늘 아침 컨디션이 별로 안 좋아서……"

그는 고개를 끄덕이더니 멍청하고 거만한 표정을 지어 보였다. 갈색으로 그을린 그의 얼굴을 살펴보면서, 아마도 예정돼 있었을 이 달갑잖은 만남은 삶을 끝내려는 내 결심을 더욱더 굳혀줄 뿐이라는 생각이 들었다. 도트비뉴는 이론의 여지 없이 매일매일, 그 자신은 전혀 모르는 채, 이 세상을 떠나고 싶다는 내 생각을 오랜 기간에 걸쳐 확실하게 굳혀준 부류에 속했다. 몇 초간 거북한 침묵이 흐른 후, 그는 자신이 대중교통을 이용하는 한심한 사람들 속에 끼어 있는 이유를 정당화하고 싶어했다.

"나도 마찬가지야, 바라티에. 아침부터 재수 옴 붙었어. 내 차가 또 날 골탕먹였지 뭐야. 그래서 이 망할 버스를 타게 된 거라고. 정말 짜증나는 차야. 아무래도 처분해버리고 독일 차를 하나 사야 할 것 같아. 내가 자신 있게 말하는데, 뭐니 뭐니 해도 차는 독일 차가 최고라니까……"

난 그의 넘치는 자신감, 열등감 없는 거만함, 그리고 내가 마치 아무것도 아니라는 듯 말하는 방식을 증오했다. 나의 실패를 더욱더 한심하게 느껴지게 하는 그의 요란하고 과시적인 성공 또한 내 혐오의 대상이었다. 쥘리앵 도트비뉴는 객관적으로 볼 때 잘생긴 편에 속하는 혈기왕성한 사십대였다. 고상한 척하는 짜증나는 부류인 그는 삶에 어떤 두려움도 없는 것처럼 고집스러워 보이는 턱을 목에 바짝 붙이고 다녔다. 우리는 십오 년 전 거의 비슷한 학위와 야망으로 무장한 채 회사에 같이 들어온 입사 동기였다. 하지만 그후 우리의 이력은 계속 다른 방향으로 나아갔다. 내가 회계부 말단 직원에 머물러 있는 동안, 도트비뉴는 모든 단계를 차근차근 밟아 재무이사라는 전략적 지위까지 올라간 것이다. 난 언제나 그의 수많은 부하 직원 중 하나일 뿐이었다. 언젠가 내가 한 상관에게 그러한 비정상적인 승진 문제에 관해 순진하게 묻자, 그는 일말의 여지도 없이 내게 쏘아붙였다. "세상이 원래 그런 거야, 바라티에. 어떤 이들은 명령하기 위해 태어나고, 또 어떤 이들은 그 명령을 따르기 위해 존재한단 말이지."

역겹고 부당한 그의 성공은 완벽한 모범이라 할 수 있는 그의 사생활에까지 이어졌다. 그들 부부는 '평화롭고, 조화로우며, 기막히게 균형잡힌' 커플이었다. 그의 아내는 반듯한 두 아들을 잘 키워내면서도 여전히 날씬하고 놀라우리만큼 성적 매력이 뛰어난 금발 여인이었다. 그의 가족 내력 역시 나무랄 데가 없었다. 쥘리앵 도트비뉴는 좋은 가문에서 태어났다. 그의 부모는 여전히 세련된 용모를 지녔고 이상적인 조부모 역할을 하고 있었다. 반면 내 부모님은 이미 오래전에 세상을 떠나고 없었다. 그의 부모는 그에게 아무 노력 없이도 금리생활자로 살아갈 수 있을 만큼의 넉넉한 유산을 곧 물려주겠지만, 내 부모님은 청산해야 할 빚 외에는 아무것도 내게 물려준 게 없었다.

도트비뉴와 나 사이엔 이렇게 넘어설 수 없는 차이가 존재했고, 난 그런 그를 혐오했다. 내가 가지지 못한 것을 가진 만큼. 게다가 그것도 모자라서, 마치 이미 누리고 있는 지배적인 남성으로서의 지위가 충분히 압도적이지 않은 것처럼, 페니스가 엄청나게 큰 걸로도 명성이 자자했다. 난 때로 멍하니 있을 때면, 엉덩이가 크고 예쁜 그의 여비서가 떠벌리고 다닌 대로 곤봉처럼 크고 다부진 그의 남성을 상상하기도 했다. 한마디로, 쥘리앵 도트비뉴는 사람들이 말하듯 "모든 것을 독차지한" 남자였다. 수학적인 관점에서 볼 때, 난 쥐뿔도 없었다.

"그런데 뭘 읽고 있는 거야?"

내가 미처 제목을 가리기도 전에 그는 매처럼 날카로운 눈으로 책표지를 훔쳐보았다.

"자살이라! 이런, 아주 재밌어 보이는데!"

"아, 이건 그냥…… 그저…… 학술적인 거야. 사회학이지."

"나도 알아, 바라티에. 대학에서 그런 엉터리 같은 것들을 배운 적이 있지. 하지만 출근길에는 좀더 의욕을 북돋워주는 이야기를 읽는 게 더 낫지 않을까 싶은데!"

"그렇겠지, 쥘리앵, 그렇겠어." 난 그에게 억지 미소를 지어 보였다.

난 내게서 이미 눈길을 돌린 쥘리앵을 똑바로 쳐다보면서 책을 서류 가방 속에 조심스럽게 다시 넣었다. 내 자리 가까이 서서 손잡이를 꼭 움켜쥔 그는 승자와 같은 시선으로 빗물이 흐르는 차창을 내다보고 있었다. 휘파람을 불면서.

물론 나도 일시적이나마 지복에 가까운 감정을 느껴본 적이 있다. 내게 그것은 고통을 느끼지 않는 상태, 전반적인 무감각 상태와 동의어였다. 그러나 지금까지 결코, 단 한 번도, 사람들 앞에서 공공연하게 휘파람을 부는 이들이 느끼는 것과 같은 무사태평함과 모든 게 해소된 감정은 느껴본 적이 없다. 난 왜곡된 내 정신세계의 정반대편에 있는 그들의 단순함과 활력에 부러움을 넘어 존경심마저 느꼈다. 단지 그런 이유만으로 그들은 나의 개인적인 판테온에서 신인神人의 지위를 차지했다. 그들의 삶이 내게는, 올림포스산 꼭대기에서, 인간들이 겪는 부침과는 무관하게 유유자적 지내던, 내가 로마의 신들과 종종 혼동했던 그리스 신들의 삶과 유사하게 여겨졌기 때문이다. 존재와 사물에 대한 지고한 초연함과 진정한 중립성은 언제나 내가 지향하는 첫번째 목표였다. 그것은 내가 나 자신에게 허락한 유일한 야망이었다.

"날씨 정말 더럽지 않아, 바라티에? 몇 주 전부터 정말 빌어먹을 날씨가 계속되는군……"

"그래, 쥘리앵, 아주 고약한 날씨야."

그러한 목표를 이루기 위해서는 세상으로부터 나 자신을 보호하고, 철저하게 규율을 지켜나가며, 전사와 다름없는 방식을 고수해야 했다. 그리하여 난 수년에 걸쳐 나보다 성공한 삶을 사는 친구나 지인을 포함한 주변 사람들을 하나씩 제거해왔다. 월급이 월등히 많거나 승진이 빠른 사람, 심지어 언론의 찬사를 받은 예술가들까지 모두를 내 기억과 전화번호부에서 지워버렸다. 그중에서도 작가들은 가장 위험하고도 고통을 주는 존재였다. 먼 친분 관계를 통해 누군가가 책을 출간했다는 소식을 듣는 것만으로도 난 경직과 유사한 상태에 빠지곤 했다. 나 역시 순수했던 청년기에, 어떤 방식으로든 소위 '창의적인' 영역에 뛰어들고 싶다는 희망을 품은 적이 있었기 때문이다. 난 검은색 인조가죽 커버의 작은 수첩에 감칠맛나는, 때로는 꽤 감동적이기까지 한 문장들을 적어넣곤 했다. 스무 살 무렵엔 허먼 멜빌의 『필경사 바틀비』와 무척이나 유사한 스타일의 단편소설을 완성해냈다. 난 그 속에서, 삶에 짓눌려 우울과 회한에 잠긴 채 자신의 침대를 결코 떠나지 않기로 마음먹은 한 남자의 내적 모놀로그를 그려냈다. 그리고 그 이야기에 '고통을 완화하는 자세'라는 거창한 제목을 붙여 스무 군데쯤 되는 출판사로 원고를 보냈다. 하지만 그들 모두가 형식적인 간단한 편지 한 장으로 내게 정중한 거절 의사를 전달했다. 그중 딱 한 군데만 편지 아래 들쭉날쭉한 글씨로 간단한 메모를 덧붙이는 수고를 했을 뿐이다. "유감스럽게도 선생님, 당신의 절망에는 아무도 관심이 없습니다."

내 재능을 알아보지 못하는 독단적이고 적대적인 시스템의 희생자가 되어 그들에게 철저히 무시당했다는 생각에 난 엄청난 굴욕감을 느꼈다. 그리하여 그들의 음험한 세계를 분명 지배하고 있을 연줄과 육체적인 거래에 저주를 퍼붓는 것으로 내 상처를 치유하고자 했다. 심지어 한때는 그들의 비열한 게임에 뛰어들 준비가 되어 있던 적도 있었다.

그들만의 파벌 게임에 좀더 잘 스며들어, 그들이 마침내 나의 뛰어난 재능을 인정하게 하기 위해 나 또한 그들처럼 속물이 되어야겠다는 생각을 하기도 했다. 하지만 내게는 예의 젊은 지성인들의 전유물인 혈기 왕성함과 딜레탕티슴이 언제나 결핍돼 있었다. 또한 자유분방한 머리 모양으로 늘 논쟁거리를 찾아다니고, 낮에는 빈둥거리다가 매일 저녁 시내에서 호식하는 댄디 스타일의 그네들을 흉내내기란 사실상 불가능했다. 그것은 유감스럽게도 내가 결코 메울 수 없는 중대한 결핍이자 결함이었다. 사실 난 지나치게 성실한 성향이었던 것이다. 적어도 스스로 그렇게 믿었다. 일과 연관된 가치에 대한 확고한 믿음을 가지고, 삶으로부터는 내가 노력한 딱 그만큼만의 보상을 받을 수 있다고 익히 교육받아온 터였다.

명철하고 조숙한 현실 파악을 거친 후 난 냉정하게 결론을 도출해냈다. 그래서 성인이 되자 전력을 다해 보험계리와 회계라는 지루하기 짝이 없는 전문 과정으로 뛰어들었다. 그곳은 감탄스러울 만큼 공평하고, 임의 따위는 발을 들여놓지 못하고, 뛰어난 재능으로도 뻔뻔한 게으름이 용서되지 않는 분야였다. 또한 열심히 일한 만큼의 시간이 어김없이 보상받는 곳이기도 했다.

그뒤 난 대학의 어느 지저분한 벤치에서 만난 마음이 넉넉한 여성과 가정을 꾸렸다. 그녀의 이름은 잔 로몽이었고, 그녀의 장점은 나를 사랑한다는 점이었다. 난 그녀에게 바라티에라는 성을 주기로 결심했다. 일 년간의 교제 끝에 정확하게 프랑스 남성 평균 결혼 연령에 낡은 시청에서 그녀와 조촐한 결혼식을 올렸다. 어떤 이들은 우리를 축복해주었고, 또 어떤 이들은 우리더러 미쳤다고 했다. 그리고 우린 그후 마치 쳇바퀴 속의 두 마리 햄스터처럼 내달렸다.

"이제 내려야 해, 바라티에. 거의 다 왔어."

도트비뉴가 부르는 소리에 신통찮은 내 인생살이 회상에서 깨어났다. 그는 가차없이 승객들을 밀치고 나아가기 시작했다. 난 자리에서 일어나 간신히 그의 뒤를 따라갔다. 길을 헤치고 나간 그는 아코디언 모양의 문 앞에 자리를 잡고 섰다. 버스가 멈춰 서자 그는 두 발을 모아 보도 위로 뛰어내린 다음 내게 인사를 했다.

"자, 그럼, 좋은 하루 보내, 바라티에!"

그는 빗줄기가 잦아든 빗속에 나를 홀로 남겨둔 채 경쾌한 걸음걸이로 건물 뒤쪽으로 향했다. 그곳은 소수의 회사 간부들에게만 출입이 허락된 곳이었다. 난 멀어져가는 그를 바라보면서 담배 한 개비를 피워 물었다. 정신이 몽롱해지는 첫 모금을 맛본 다음 천천히 연기를 뱉어냈다. 그가 서둘러 들어간 건물의 더러운 전면부를 보면서 씁쓸한 미소를 짓지 않을 수 없었다.

'파스키에 & 콩파니─위생적인 삶을 위한 평생 친구'.

난 이 하찮은 중소기업에 바친 십오 년 세월을 생각하며 또다시 미소 지었다. 울 만큼은 충분히 울었으니까. 뚱뚱하고, 무능력하며, 줄기차게 혐오감을 유발하는 인물이 독재자의 방식으로 소유하고 경영하는 회사 때문에. 난 반쯤 피운 담배를 발로 밟아 끄고는 넥타이 매듭을 다시 죄었다. 그런 다음 나 자신에게 힘을 북돋워주는 후렴구인 양 중얼거리면서 회사 정문을 향해 발걸음을 옮겼다. "이제 오늘 하루만 참으면 이 피라미 같은 인간들과도 끝인 거야."

"……녕……세요!"

매일 아침 로비에 들어설 때마다 난 안내원의 강박적인 고갯짓과 함께 트림처럼 내뱉는 인사를 받아야 했다. 딱 벌어진 다부진 체격의 과묵한 이 오십대 남자와 나 사이에는 어떤 공감대가 존재했다. 그는 분명 이 회사의 모든 직원들 중에서 가장 사기가 저하돼 있고, 가장 부당한 보수를 받는 인물일 터였다. 그는 나와 같은 해에 파스키에 입사했으며, 우리 두 사람은 상당히 비슷한 과정을 거쳐왔다. 직무의 안정성, 요지부동인 봉급, 그리고 물론 전무한 승진 가능성까지.

"안녕하세요." 이런 의식을 치르는 것도 아마 마지막일 거라는 생각에 난 힘없는 목소리로 그에게 인사를 건넸다. 그 순간, 그렇게 오랜 세월을 같이했는데 유감스럽게도 그의 이름조차 모른다는 생각이 떠올랐다.

등신 같은 삶이군. 난 손에 마그네틱 사원증을 들고 로비를 가로지르면서 자책했다.

그래, 정말 등신 같은 삶이야.

난 네모난 플라스틱 사원증 커버 속의 내 사진을 흘끗 보았다. 오래되고 낡아서 거의 지워져버린 사진이었다. 그 사진에선 십 년 전 내 모습을 어렴풋이 알아볼 수 있었다. 숱 많던 머리와 포동포동하고 혈색 좋던 얼굴. 그리고 내 이름 위에서 벌써부터 억지 미소를 짓고 있는 모습. '마르크 바라티에—회계부'. 그것이 인간 사회에 대한 나의 고귀한 공헌이자, 이 땅에 한줄기 빛으로 스쳐지나가는 동안 내가 남긴 마지막 흔적이 될 터였다. 난 입을 앙다문 채, 이 모든 서커스는 곧 끝나며 난 아무것도 후회하지 않으리라 생각하면서 걸음을 재촉했다.

가식적인 예의를 지켜야 하는 엘리베이터 대신 평소 이용해오던 비상계단을 성큼성큼 뛰어올라갔다. 오래전 과거로부터 들려오는 희미한 목소리가 머릿속에 울려퍼졌다. "2층으로 올라가서 왼편으로 꺾어진 다음 또 왼편으로 꺾어지세요. 그런 다음 복도를 따라 쭉 가다보면 오른편 맨 끝 문입니다. 화장실 바로 맞은편이요." 지금으로부터 십오 년 전, 나이든 비서가 내가 근무할 사무실 위치를 이렇게 일러주었다. 그리고 이렇게 내게 단언했다. "임시로 쓰시는 겁니다, 물론." 하지만 그

방—정말로 '사무실'이라고 말할 수 없었다—은 그후로 조금도 변하지 않았다. 창문도 없는 겨우 세 평 남짓한 그곳은 빼곡히 들어찬 선반과 벽장, 서랍, 먼지와 끈질기게 풍기는 발냄새로 가득했다. 난 여느 때처럼 완벽한 무질서가 지배하는 내 업무용 책상 앞에 앉았다. 여기저기 흩어져 있는 서류들 사이로 결혼식 때 찍은 잔과 나의 사진을 넣은 액자가 보였다. 행복해 보이는 사진 속 두 젊은이가 마치 낯선 이방인들처럼 나를 향해 수줍게 미소 짓고 있었다. 그것 말고는 오직 한 가지 물건만이 나의 사생활을 보여주었다. 몇 달 전 어버이날에 티보가 내게 선물한 그림이었다. 난 매일같이 앉는 그 자리 바로 맞은편, 초벽 상태인 벽에 그림을 압정으로 붙여놓았다. 어린아이답게 짧은 직선으로 대충 그린 몸에 갈색 머리털을 그려넣은 잔의 모습. 그리고 동그란 머리에 삐죽삐죽 솟은 검은색 머리카락이 몇 가닥 달린, 작은 해골 같은 티보 자신은 잔과 손을 잡고 있었다. 배경은 스텝 초원 같았고, 간신히 숲이라고 할 만한, 가지치기가 된 키 작은 나무들 위로 오렌지빛 햇살이 비쳐들었다. 두 사람은 손가락 일고여덟 개가 달린 한쪽 손을 번쩍 들고 있었다. 마치 내게 작별인사라도 하는 것처럼. 난 온갖 악몽을 자주 꾸는 지나치게 예민한 아들을 생각하면서 눈물을 애써 참았다. 어쩌면 무언가를 예감한 아이가 불안감을 종이에 옮겨놓은 것은 아니었을까?

아이는 제 아버지에게 닥칠 불길한 운명을 진작에 짐작했던 것일까? 곧 있으면 자기를 보호해줄 사람이 엄마뿐이리라는 걸 알고 있었던 것은 아닐까?

난 카펫 위에 널려 있는 서류들을 줍고, 회계학 개론서 아래 처박혀 있던 키보드를 꺼내고, 여느 때처럼 어두운 침묵의 터널 속으로 뛰어들 준비를 했다. 복도 끝 구석에 위치한 내 소굴에서 난 완벽한 자급자족에 가까운 삶을 살아가고 있었다. 내 동료들에게 방해를 받는 일은 거의 없었다. 게다가 그들이 나를 혼자 내버려두는 것 말고는 더 바라는 게 없었다. 연필깎이처럼 작은 것부터 수백만 달러에 이르는 것까지 모든 거래와 관련된 회계 내용을 일일이 기록한 분홍색과 보라색 서류들을 내게 기계적으로 전달하는 것 말고는. 그 누가 내게 조언을 구하는 일도 없었고 일주일에 한두 번 참석하는 회의에서는 입을 꼭 다문 채 고개를 끄덕이는 것으로 충분했다. 아마도 그들은 십오 년간 업무를 꾸준히 수행해온 나를 믿을 만하다고 판단했을 것이다. 대단히 믿을 만하고 유능하다고. 애초부터 내게 맡겨졌던 이 지긋지긋한 일들을 수행하는 데 그 누구도 따라올 수 없는 능력을 갖춘 적임자라고. "이건 임시 업무입니다." 처음에 그들은 이렇게 단언했었다. 내 사무실에 대해 이야기했을 때처럼. 그리고 내 사무실처럼, 그후로 변한 것은 아무것도 없었다.

하지만 곧 있으면, 오늘밤이면 이 모든 것이 끝이겠지. 난 플라스틱 서류철의 쇠고리를 딸깍 닫으면서 자축했다. 그래, 은혜를 모르는 저 작자들은 곧 내가 얼마나 중요한 존재였는지 깨닫게 될 거야. 내 안에 감춰진 진귀한 보석을 진작 알아보지 못한 걸 엄청 후회하게 될 거라고. 이 회사가 어떻게 돌아가는지 나보다 더 잘 아는 사람은 없을 테니까. 그렇고말고. 세무 관련 서류가 어디에 있는지 제대로 아는 사람도 나 외엔 아무도 없으니까. 난 이 회사의 살아 있는 기록이며, 그 역사의 증인이었다. 그리고 곧 다가올 내 죽음은 그들 모두를 기억상실증에 걸린 것처럼 마비시켜버리고 말 것이다. 난 내 후임자의 일그러진 얼굴을 떠올리며 속으로 히죽거렸다. 저 돼지 같은 놈들이 나보다 능력이 훨씬 부족한 인물을 찾아내기를 바라면서.

오전 시간은 여느 때처럼 완벽한 정적 속에 흘러갔다. 단 한 통의 전화도 없었다. 무의미한 메일 두세 통뿐. 점심시간이 될 때까지 난 이미 분홍색 서류 열 장과 보라색 서류 두 장을 까맣게 채워놓았다. 그리고 평소처럼 지하 구내식당을 피해 건물 맞은편 빵집으로 달려갔다. 그곳에서 파테 샌드위치와 소다, 플랑 한 조각을 사서 봉지에 담아 마치 겁먹은 짐승처럼 벽에 몸을 바짝 붙인 채 사무실로 돌아왔다. 그리고 사무실 문을 잠근 다음 〈리베라시옹〉 인터넷 사이트를 들여다보면서 음식을 먹기 시작했다. 기사들의 제목을 훑는 동안, 유감스러운 기삿거리만 반복해서 제공하는 이 하찮은 세상을 떠나기로 한 내 결정을 자축하지 않을 수 없다는 생각이 새삼스레 들었다. "워싱턴, 베이징에 거센 압력을 가하다" "유럽 전역으로 확산된 유류난" "루이르그랑 고등학교에서 철학교사 살해되다"…… 난 마우스를 움직여 우리의 새 대통령을 향해 수차례 반복된 경고성 기사를 클릭해보았다. "말랭보와 미디어: 그들의 결탁은 어디까지 갈 것인가?" 사실 난 그가 끊임없이 일으키는 논쟁에 아무런 관심도 없었다. 게다가 육 개월 전에 그를 승리로 이끈 최종 선거 때 투표조차 하지 않았다. 어떤 면에선 텔레비전의 거물이 대통령이 되었다는 사실은 미디어 우민화 시대에 역사적인 의미를 부여한다고도 볼 수 있었다. 이탈리아는 베를루스코니 시대를 겪은 바 있었다. 그런데 프랑스라고 그와 유사한 재난을 겪지 않으리란 법이 없지 않은가? 어쨌든 난 그런 무익한 논쟁 따위에는 아무 관심이 없었다. 어떤 변화나 운동을 위해 싸우는 투사도 지지자도 아니었다. 내 생각에 정치에 대한 관심은 행동의 가치와 의지력, 그리고 자연적인 무력함에 맞서 싸울 수 있는 인간의 능력에 대한 믿음을 전제로 했다. 그런데 난 그런 어리석은 믿음 따위는 이미 오래전에 저버린 것이다.

난 기사를 대강 내리훑기 시작했다. 그러면서 내 인생에서 마지막일 거라고 생각하며 플랑을 한입 베어 물었다. 기사 속 몇몇 구절이 눈에 들어왔다. "부패한 국가" "비굴한 포퓰리즘" "권력의 혼동" "예정된 자살"…… 난 이 마지막 구절에 몇 초간 머물렀다. '자살'이란 단어를 한참 동안 들여다본 다음 마치 내 어휘 목록에 새로운 단어가 추가되기라도 한 것처럼 음절을 하나씩 끊어 발음해보았다. 그 속에서 어떤 전조, 그리고 일종의 부추김마저 느껴졌다. 난 해당 기사 전체를 다시 읽어보기로 했다. "행정권과 입법권, 사법권을 독점적으로 축적하며, 자신의 목적 달성을 위한 미디어 왕국 경영 또한 포기하지 않는 샤를 말랭보는 이미 약해질 대로 약해진 우리의 민주주의 체제에 유례없는 위협을 가하고 있다. 그로 인해 국가 전체가 조금씩, 그러나 분명하게, 예정된 자살을 향해 나아가고 있는 것이다."

그러니까 우리의 오래된 민주주의 체제 역시 자살을 향해 가고 있었단 말인가? 그렇다면 그것은 제 고통을 끝내기 위해 어떤 방법을 쓰게 될까? 입속에 총알 박기, 아니면 투신? 그 생각을 하면서 마음속으로 쓴웃음을 짓는 순간, 내가 사용할 방법에 대해 여전히 결정을 내리지 못했다는 생각이 들면서 다시금 고민에 빠졌다.

난 간단히 끼니를 때운 다음 내 고독한 사무실에 트림소리를 울려퍼뜨렸다. 그리고 미소를 지으며 생각했다. 이제 몇 시간만 더 참으면 되는 거야. 이제 겨우 여섯 시간 정도만 참으면 된다고. 그리고 끊임없이 나를 공격해오는 적대적인 현실에 이미 무감각해진 채로 안도하며, 한결 가벼워진 마음으로 마지막 줄을 다시 읽어보았다.

난 샐러리맨으로서의 마지막 시간을 서류를 분류하는 데 바치기로 했다. 참으로 뜬금없게도 내 후임에게 깔끔하게 정돈된 방을 남겨줄 필요성을 느꼈던 것이다. 어쩌면 내가 머물렀던 흔적을 모두 지워버리고, 나의 무질서한 자취를 유산으로 남겨주고 싶지 않았기 때문인지도 모른다. 어쨌거나 완벽한 혼돈 그 자체 속에서 나는 선반에서 쏟아져나올 듯한 수백 개의 파일에 라벨을 붙이고, 옮기고, 차곡차곡 쌓아놓으면서 종류별로 다시 분류하기 시작했다. 그리하여 오후 다섯시경에는 본래의 중립 상태를 거의 되찾은 깨끗하고 문명화된 공간을 만족스럽게 응시할 수 있었다. 그런 다음 마지막으로 컴퓨터 화면을 잘 닦고, 결혼사진을 서랍 깊숙이 넣어놓았다. 이젠 회색 벽에 여전히 꽂혀 있는 티보의 슬픈 그림의 운명을 결정하는 일만 남아 있었다. 난 잠시 망설인 끝에 그림을 제자리에 남겨두기로 마음먹었다. 그것만이 유일하게 나 자신에게 허락한 판타지가 될 터였다. 물론 음울하긴 하지만.

이제 모든 준비가 끝났다고 생각했다. 그 무엇도 내 계획을 방해할수 없었다. 정확히 오후 다섯시 삼십분이 되면, 마지막으로 이 지긋지긋한 건물을 떠나, 마지막으로 만원 버스에 올라타고, 마지막으로 감옥같은 우리집으로 돌아갈 것이다. 안으로 들어서면 부엌에서 잔과 티보의 목소리가 뒤섞여 들려오겠지. 그들은 아마도 내 생일 케이크에 초를 꽂느라 분주할 것이다. 부두 인형에 저주를 부르는 바늘을 꽂듯. 난 곧바로 내 방으로 들어가 외투를 벗고 침대에 걸터앉을 것이다. 그제야 비로소 적절한 방법을 결정하게 될 것이다. 하루해가 저물어가는 이때 내 마음은 입속에 총을 쏘는 쪽으로 기울고 있었지만.

다섯시 이십분, 누군가가 내 사무실 문을 노크했다. 갑자기 배에 강렬한 통증이 느껴졌다. 대체 누구지? 나한테 무슨 볼일이람? 내가 세심하게 짜놓은 시간표에 차질이 생기는 건 아닐까? 난 자리에서 일어나 잠가놓았던 문을 열었다.

"안녕하세요, 바라티에 씨!"

숱 많은 곱슬머리 아래로 마리엘렌의 통통하고 검은 얼굴이 내게 미소 짓고 있었다. 풍만한 몸집의 서인도제도 출신인 그녀는 파스키에서 두 가지 임무를 담당하고 있었다. 청소기를 돌리고 휴지통을 비우는 일. 그녀가 하루도 빠짐없이 내 사무실에 등장하는 이유는 바로 두번째 임무 때문이었다. 지친 모습을 한 번도 보인 적 없는 그녀는 내겐 감탄과 동시에 의문의 대상이었다. 난 잠시 머뭇거리다가 그녀를 내 소굴로 들였다. 말끔하게 정돈된 내 방을 보고 그녀는 두툼한 입술 사이로 길게 휘파람을 불었다.

"와우, 바라티에 씨, 아주 깨끗하게 치워놓으셨네요! 어디 휴가라도 떠나세요?"

"말하자면 그런 셈이죠." 난 통증이 점점 더 심해지는 배를 문지르면서 되도록 예의바른 미소를 지어 보였다.

"멋진 휴가 보내세요, 바라티에 씨. 휴가는 중요하죠⋯⋯" 그녀는 커다란 파란색 비닐봉지에 휴지통을 비우면서 말했다.

"고마워요, 마리엘렌." 거대한 엉덩이를 흔들면서 내 방을 나서는 그녀에게 난 혼잣말처럼 중얼거렸다.

그녀가 다른 층으로 향하자마자 난 곧장 사무실 맞은편에 있는 화장실로 달려갔다. 그곳은 내겐 자아성찰을 하기에 더없이 좋은, 평화로운 안식처였다. 십오 년간 노예 생활이나 다름없는 삶을 살아오는 동안, 그곳에서 뜨거운 눈물을 펑펑 쏟거나, 미친듯이 자위를 하거나, 또는 이를 악물고 배변을 하면서 절망과 분노를 삭인 적이 수도 없이 많았다. 난 평소 습관대로 세 칸 중 마지막 칸으로 뛰어들어가 경련을 일으키며 묵직한 돌덩어리를 밖으로 밀어냈다. 그런 다음 밖으로 나와 손목시계를 보니 다섯시 삼십오분이었다. 이제 바야흐로 내 계획을 실행에 옮길 때가 된 것이다. 난 수도꼭지에서 나오는 뜨거운 물에 비누질한 손을 씻으며 마음속으로 매 단계를 몇 번이고 점검했다. 벽거울에 비친 내 얼굴은 네온등 불빛 때문인지 창백하기 이를 데 없었다. 마치 곧 사라질 내 운명을 예견하기라도 하듯 유령 같은 모습의 내가 서 있었다.

입에 대고 방아쇠를 당길 것인가, 아니면 번지점프를 하듯 양팔 벌려 높은 곳에서 뛰어내릴 것인가? 난 또다시 고민에 빠져들었다.

그러다가 거울로 다가가 수년 전부터 내 피부에서 비늘처럼 일어나는 작은 딱지들을 마구 긁어냈다. 그것들은 두피 가장자리와 얼굴 미간에 더욱더 촘촘하게 들어차 지속적으로 얇은 막 같은 것을 만들어냈다. 아직 내 건강에 신경을 쓰던 시기에 피부과의사를 찾아간 적이 있었다. 거만하고 차가워 보이는 그녀는 단번에 '지루성 피부염'이라고 진단을 내렸다. "스트레스를 많이 받는 사람에게 아주 흔하게 나타나는 증상입니다, 바라티에 씨." 적절한 치료법을 묻는 나에게 의사는 처방전을 휘갈겨 적어주면서 담담한 목소리로 말했다. "항균 연고를 하루에 세 번씩 바르세요. 그리고 무엇보다도 스트레스를 받지 않도록 푹 쉬어야 합니다." 나를 굽어보듯 내뱉던 그녀의 충고가 떠올랐다. 마치 내 영혼이 고통받는 것은 내 의지박약 탓이라는 듯. 난 거울에 비친 나 자신에게 미소를 지어 보이면서 생각했다. 오늘은 아마 그 교만한 의사도 나를 자랑스러워할 거야. 한 치의 흔들림 없이 내 의지대로 행동했으니까. 그리고 완벽하게 푹 쉬게 될 테니까.

난 사무실로 돌아가 방수 코트를 걸치고 서류가방을 집어든 다음 불을 껐다. 그리고 이제 정말 마지막으로 이곳을 지나는 거라 확신하며 활기차고 단호한 걸음걸이로 복도로 나갔다. 단 한 명의 동료와도 마주치지 않는 위업을 이루며 비상계단 가까이 이르렀을 때, 매우 불안한 문제 하나가 문득 머릿속에 떠올랐다. 내 개인 파일은 모두 제대로 잘 지웠나? 다른 사람들 몰래 컴퓨터 하드디스크에 저장해놓은 것들을?

확실하게 대답할 수가 없었다. 그날 하루가 마치 안개로 뒤덮인 꿈처럼 흘러간 터였다. 나는 내 영혼의 평온을 위해서라면 이 정도의 불편을 감수할 가치가 있다고 생각했고, 뒤로 돌아 전속력으로 사무실로 달려갔다. 문을 열고 불은 켜지 않은 채 컴퓨터 화면을 보며 '내 문서' 폴

더 안을 확인해보았다. 비어 있었다. 또한 내 평판에 해가 될 만한 파일이 '휴지통'에 남아 있지 않은지도 확인했다. (나의 책임감에 대해 엄청 과장한) 거짓투성이 이력서, 앙리 파스키에에게 쓴 (한 번도 보낸 적 없는) 허풍 가득한 사직서, 오 년 전부터 내가 (아무 소득 없이) 접촉해온 고용주 명단, 또는 우울한 기분에 적어내려간 고뇌로 가득한 시 같은 것들 말이다. 죽기 몇 시간 전에 이러한 모든 흔적을 지운다는 건 물론 아무런 의미가 없어 보일 수도 있었다. 하지만 오랜 세월 동안 충분히 짓밟혀온 나의 자아를 생각하면, 생전도 모자라 사후의 치욕까지 겪어야 하는 건 용납할 수 없는 일이었다.

바로 그때, 내 낡은 IBM 컴퓨터를 끄고 이 지저분한 방을 영원히 벗어나려는 찰나, 내 메일함에 새로운 메일이 도착했다.

오후를 통틀어 유일하게 받은 단 한 통의 메일이었다.

메일 창 맨 위에 굵은 글씨로 이렇게 쓰여 있었다.

발신자: 구세주

제목: 두번째 기회?

처음에 난 조금도 주의를 기울이지 않았다. 이유는 모르겠지만, 끈질기게 나를 유혹해 갖은 방법으로 발기시키는 자극적인 광고성 스팸 메일과 몹시 유사해 보였기 때문이다. 그런데 메시지 제목과 발신자 이름이 호기심을 자극했다. 난 분명 내 삶을 끝내기로 굳게 마음먹고 강 저편으로 건너가려는 참이었지만, 기이하게도 내게는 아직 일말의 호기심이 남아 있었다.

아마도 거기서 멈춰야 했을 것이다. 수상쩍은 이메일 같은 것은 지워버렸어야만 했다. 당장 사무실을 떠나 집으로 돌아가 예정대로 내 운명을 매듭지었어야만 했다.

하지만 난 그렇게 하지 않았다.

컴퓨터 화면 앞에 앉아 마우스에 손을 올려놓고 발신자 이름에 커서를 이동시켰다.

그리고 마우스를 클릭했다. 더블클릭.

모니터에 보이는 메시지를 단어 하나하나 빠짐없이 읽는 동안 관자놀이 아래 잠복중이던 두통이 조금씩 올라오는 게 느껴졌다.

친애하는 선생님,

우리는 오늘 당신이 유일한 안식처로서 죽음을 선택하게 만든 고통과 깊은 절망에 대해 잘 알고 있습니다.

하지만 삶을 포기하기에는 아직 너무 이릅니다. 당신 인생의 흐름을 바꿀 가능성이 아직 남아 있습니다.

돌이킬 수 없는 일을 저지르기 전에 잠시 시간을 갖고 우리에게 연락을 주시기 바랍니다. 우린 당신에게 두번째 기회를 제공할 방법이 있기 때문입니다.

4

그로부터 한 시간 후, 난 직장 동료들이 모여서 술을 마시고 있는 술집 카운터에 팔꿈치를 괴고 앉아 있었다. 쇼크 상태에 빠진 채, 떨리는 한 손에는 반으로 두 번 접은 종이를 들고서. 내 귀엔 근처 테이블에서 전해져오는 웃음소리와 웅성거림조차 거의 들리지 않았다. 난 익명의 메일을 삭제하기 전에 인쇄를 했다. 종이에 옮겨진 그 내용은 모니터에서 볼 때보다 더욱더 비현실적으로 느껴졌다. 도무지 믿을 수가 없어 떨리는 심정으로 세 번씩이나 읽어보았다. 하지만 그 실체를 완전하게 확신할 수 있을 때까지 거듭 읽어보아야 했다.

무엇보다도 진정해야 했다.

침착해져야 했다.

이미 차가운 보드카를 두 잔이나 비우고도 나이 지긋한 종업원에게 손짓을 했다. 그는 즉시 빈 잔을 다시 채워주었다. 난 눈을 지그시 감은 채 단번에 술잔을 비우고는 뜨거운 기운이 온몸으로 퍼져나가기를 기다렸다. 그런 다음 접어둔 종이를 조심스럽게 펼치자, 읽을 때마다 그랬듯이 가벼운 전율이 스치면서 목덜미가 오싹해졌다.

메시지를 다시 읽은 후 길게 심호흡을 해보았지만 두근거리는 마음을 진정시키기엔 역부족이었다. 내게 남은 용기와 또렷한 정신을 모두 모아 나를 사로잡은 공포에 저항하면서 스스로에게 단순하고 이성적인 질문을 던지고자 애썼다.

이 메시지 뒤에 숨어 있는 인물은 대체 누구일까? 그저 내가 고약한 장난에 걸려든 걸까? 대체 누가 홀로 비정한 고독 속에서 세운 내 계획을 미리 알아차릴 수 있었단 말인가? 난 아무런 흔적도 남기지 않았다. 확실했다. 내 의도를 들킬 만한 어떤 단서도 남긴 적이 없었다. 아무에게도 이 일에 관해 얘기한 적이 없었다. 친구 그 누구에게도. 게다가 내게는 더이상 친구가 남아 있지 않았다. 가족조차. 천만다행으로, 내 부모님은 나를 유일한 후손으로 남긴 채 세상을 떠났다. 직장 동료들로 말하자면, 언제나 내 존재 자체를 무시해왔고 그 누구도 나에 관한 어떤 것도 눈치챌 수 없을 터였다. 게다가 그중 몇몇은 이곳에 와 있었다. 그들이 한데 모여 술을 마시는 동안 난 카운터 자리에서 그들을 관찰했다. 그들 중 누구도 합석하라고 권하지 않았다. 심지어 그들 대부분이 나를 알지도 못했다. 아니, 저들 중 누군가가 이런 일을 꾸민다는 것은 절대로 불가능했다…… 내 시선은 잠시 구석 자리에 흐트러진 모습으로 앉아 있는 쥘리앵 도트비뉴에게로 향했다. 그는 넥타이를 풀어헤치고 웃옷은 바닥에 팽개친 채, 얼굴이 발갛게 달아오른 여비서들 가운데서 한껏 허세를 부리느라 정신이 없었다. 도트비뉴라…… 그는 오늘 아침 버스에서 내가 읽고 있던 책의 제목을 봤다. 하지만 그가 그런 고약한 짓을 할 만한 위인일까? 난 아니라고 생각했다. 아니, 절대로 그럴 리 없어. 옆에 앉은 여자의 허리에 팔을 두르는 그를 바라보며 난 되뇌었다. 거만하고 허풍쟁이인 것은 분명하지만 그런 간계를 꾸밀 인물은 아니었다.

그렇다면 대체 누구란 말인가? 누구? 절망감에 사로잡힌 나는 소리를 지르지 않기 위해 뺨 안쪽을 깨물면서 분노를 삭였다. 세 잔째 마신 보드카 때문에 머리가 핑 돌기 시작했다. 메시지의 끝부분을 한번 더 읽어보았다.

돌이킬 수 없는 일을 저지르기 전에 잠시 시간을 갖고 우리에게 연락을 주시기 바랍니다. 우린 당신에게 두번째 기회를 제공할 방법이 있기 때문입니다.

Tel: 06-12-xx-12-06

이미 전화번호 역추적 서비스를 통해 그 번호의 주인을 알아내려 했지만 헛수고였다. 아마도 공개되지 않은 번호인 듯했다. 이 열 자리 번호 뒤에 숨어 있는 사람이 대체 누구일까? 이런 고약한 농담을 하는 비겁자, 비열한 인간이 대체 누구란 말인가? 그는 무슨 권리로 내 계획을 엉망으로 만들려는 것일까?

양쪽 관자놀이 아래에서 느껴지는 두통이 점점 더 심해지고, 술기운이 더 강하게 온몸으로 퍼져나갔다. 난 평소 술을 잘 마시지 않았다. 게다가 그렇게 많은 양을 한꺼번에 마신 적은 극히 드물었다. 몇 초간 눈을 감은 채, 생각을 정리하고 해답의 실마리를 찾고자 머리를 굴려보았다. 하지만 모두가 헛일이었다. 이 모든 것은 아무런 의미도 없었다.

극도의 피로감과 분노 사이를 오가느라 기진맥진한 채로 보드카를 네 잔째 주문하려는 찰나, 바지 주머니에 넣어두었던 휴대전화의 진동이 울렸다. 휴대전화를 꺼내 긁힌 자국이 있는 액정을 들여다보았다. "새 메시지 1개."

버튼을 누르자 움직이는 그림 메시지가 나타났다. 갈색 초콜릿 소스가 흘러내리는 2단 케이크 위에 촛불이 일정한 간격으로 켜졌다 꺼지기를 반복했다. 디지털 케이크 아래에는 다음과 같은 메시지가 깜빡이고 있었다.

"빨리 오세요, 사랑하는 아빠!"

멍한 상태에 있던 나는 이 메시지를 보고 번뜩 정신이 들었다. 그리고 당장 집으로 가야겠다고 생각했다. 한껏 과장된 가족 간의 행복을 즐기기 위해서가 아니라, 더이상 머뭇거리지 않고 즉시 입에 대고 방아쇠를 당기기 위해서였다. '더는 기다릴 수 없어.' 난 카운터 위에 동전 몇 개를 소리 나게 내려놓으면서 생각했다. 그리고 습관적으로 지배인이 잔돈을 거슬러주기를 기다리다가 우스꽝스러운 상황임을 이내 깨닫고 문 쪽으로 달려나갔다. 오늘밤엔 잔돈을 돌려받지 않아도 그만이었다.

세찬 빗줄기를 뚫고 사람들이 꽉 들어찬 버스정류장까지 뛰어갔다. 이미 어둠이 내렸고, 난 흠뻑 젖은 상태였다. 추위에 손가락이 마비되는 것 같았다. '오후 여섯시 사십육분' 도착 예정 버스는 축 늘어진 샐러리맨 무리를 싣기 위해 어김없이 제시간에 나타났다. 좌석은 모두 꽉 차 있어서, 악취를 풍기는 사람들 틈에 꼭 끼인 채 내내 서서 가야 했다. 조금만, 그래, 조금만 있으면 더이상 이런 일상적인 고문에 시달리지 않아도 되는 거야. 난 이렇게 생각하면서 평정심을 유지하고자 노력했다. 또한 내 재킷 주머니 속에 든 종잇조각이 제자리에 있는지 확인하기 위해 가끔씩 손으로 만져보면서도 동시에 그 존재를 잊으려 애썼다. 내 호기심을 자극하는 그 기이한 내용을 머릿속에서 떨쳐버리고자 했다. 이제 내 유일한 목표에 집중해야만 했다. 나를 영원한 안식으로 인도할, 간단하지만 치명적인 행위에.

일곱시 십오분, 끼익 소리와 함께 버스 문이 열리면서 나를 포함해 비슷비슷하게 생긴 사람들 한 무리를 토해냈다. 그들은 굶주린 바퀴벌레들처럼 종종걸음으로, 내 상상대로라면 음침하고 축축한 땅굴 같을 각자의 집으로 뿔뿔이 흩어졌다. 나는 한동안 그들을 지켜보다 점점 더 굵어지는 빗줄기에도 아랑곳없이 차분하고 느린 걸음으로 스타시티를 향해 발걸음을 옮겼다.

육각형의 광장 한가운데에 도착한 나는 그 자리에 멈춰 선 채 나를 둘러싼 거대한 건물들을 빙 둘러보았다. 난 A동 13층의 방 두 칸짜리 아파트에서 살고 있었다. 우리집은 매일 소음과 악다구니가 끊이지 않는 을씨년스러운 광장에 면해 있었다. 서른 살 무렵, 살고 있는 집을 내 것으로 소유하겠다는 단호한 결심으로 저축을 하기 시작했다. 어쩌면 삶의 권태를 잊기 위해서였는지도 몰랐다. 계획을 세워 조금씩 저축하면서 점차 주택 대출금을 갚아나가기 시작했다. 나의 끈질긴 노력은 결실을 이루어 드디어 지난달, 매달 상환하던 대출금을 모두 갚음으로써 마침내 영원히 내 집을 소유하게 되었다. 적어도 내 가족에게 안락한 집 하나는 남겨줄 수 있게 된 거야, 하고 생각했다. 머지않아 아무런 의미도 없어질 것에 의미를 부여하려는 것처럼. 아니 어쩌면, 애초에 의미 같은 것은 없었는지도 몰랐다. 나는 뼛속까지 흠뻑 젖은 채로 내리는 비를 맞으며 멍하니 서서 저 높이 불 켜진 우리집 거실을 올려다보았다. 티보가 입을 벌린 채 코를 흘리며 소파에 앉아 텔레비전 화면에 넋을 놓고 있을 광경이 떠올랐다. 낡은 분홍 앞치마를 두르고 부엌에서 달콤한 케이크에 크림을 매끄럽게 펴바르고 있을 잔의 모습도 눈앞에 어른거렸다.

내 단출한 가족.

내 불행의 동반자들.

난 이제 곧 그들을 가혹한 운명에 내던지려 하고 있었다. 그런 생각을 하자 죄책감에 배가 뒤틀리는 것 같았다. "그 편이 둘을 위해선 더 나을 거야." 난 스스로 합리화하기 위해 눈물이 그렁한 눈으로 되뇌었다. "그래, 두 사람한텐 내가 없는 게 훨씬 나을 거야. 어쩌면 내가 없어야 더 행복해질 수 있을지도 모르잖아."

바닥에 주저앉아 얼마 동안이나 그렇게 있었는지 모르겠다. 그러다 얼음장처럼 차가운 빗방울이 내 귓불을 때리자 몸이 부르르 떨리면서 그제야 번뜩 정신이 들었다. 그 길로 순식간에 A동 현관까지 내달렸다. 건물 안으로 들어서서 나란히 붙어 있는 수십 개의 편지함과 마주하자, 내 삶의 조종이 울릴 순간을 얼마 남겨놓지 않은 시점에서 현재 상황을 따져보고 싶어졌다. 비와 추위로 보드카의 기운이 다소 가셨으니 다시금 이성적인 판단을 할 수 있을 것 같았다. 일정한 논리에 따라 내 계획을 실행에 옮길 수 있을 것 같았다.

난 엘리베이터를 타는 대신, 자살 시나리오를 완벽하게 마무리할 시간을 벌기 위해 13층까지 걸어올라가기로 마음먹었다. 4층에 이르러 입안에 총을 쏘는 것으로 최종 결론을 내렸다. 솔직히 말하면, 창문에서 뛰어내렸다가 실패로 끝나는 것이 무엇보다 두려웠다. 그랬다간 죽지도 못하고 평생 식물인간으로 살아가야 할 테니까. 7층에서는 티보가 평소처럼 방으로 나를 따라 들어오지 않게 할 구체적인 방법이 떠올랐다. 티보에게 멋진 깜짝 선물을 핑계삼아 거실에서 얌전히 기다리라고 얘기하는 거다. 9층에서는 호흡이 더욱더 가빠지면서 눈도 깜박여지지 않았다. 앞으로 펼쳐질 오 분간의 영상이 눈앞을 스치면서 마치 자폭을 앞둔 가미카제 특공대처럼 완전한 몰입 상태에 빠져들었다. 12층까지 올라가서는 숨을 헐떡거리면서 벽에 잠시 기대서야만 했다. 비록 몸은 기진맥진했지만 전에 없던 충만한 용기와 각오로 준비가 되었음을 느꼈다. 내 생애 처음으로 어떤 두려움이나 불안도 느껴지지 않았다. 내가 서 있는 곳에서 바로 위층의 우리집 문이 보였다. 내 아들 티보가 이 년 넘게 푹 빠져 있는 〈정글 북〉의 경쾌한 노랫소리도 들려왔다.

놀랍게도 바로 그 결정적인 순간, 전화를 해봐야겠다는 생각이 들었다. 어쩌면 두려움이 사라졌기 때문인지도 몰랐다. 어쨌거나 뒤로 물러서기엔 너무 늦어버린 터였다. 사실 나를 계속 따라다니던 끈질긴 호기심의 유혹을 뿌리치기란 쉽지 않았다. 나는 흠뻑 젖은 재킷 안주머니에서 잉크가 살짝 번진 종이를 꺼내들고 예의 그 번호를 입력한 다음 조금도 주저하지 않고 통화 버튼을 눌렀다. 첫번째 신호음이 울리자 내 심장박동이 빨라지기 시작했지만, 패닉 상태에 빠지지 않도록 마음을 다잡고 침착하게 냉정을 유지했다. 두번째 신호는 내 고막을 송곳으로 뚫는 것 같았다. 세번째는 마치 받아달라고 애원이라도 하는 것 같았다. 그리고 네번째, 다섯번째 신호가 울리고 난 뒤에야 자동응답으로 넘어갔다. 순간 전화를 끊으려다가 기다리기로 마음을 고쳐먹었다. 짧은 침묵이 흐른 뒤, 어떤 남자의 목소리가 흘러나왔다. "메시지를 남겨주시면 감사하겠습니다." 그리고 긴 삐 소리가 울려퍼졌다. 난 재빠르게 전화를 끊어버렸다.

당황한 나는 종이에 적힌 번호가 내가 걸었던 번호인지 확인해보았다. 실수는 없었다. 분명 같은 번호였다. 나를 놀라게 한 남자의 목소리가 계속 머릿속에서 맴돌았다. 진중하고, 열정적이고, 무척 친근하게 느껴지기까지 하는 목소리였다. 하지만 그의 정체는 수수께끼였다. 결코 밝혀지지 않을 미스터리였다. '누구든 무슨 상관이야' 하고 생각하며 나를 괴롭히는 질문들을 애써 쫓아버렸다. 어쨌거나 그 정체불명의 남자나 이런 우스꽝스러운 짓거리가 나와 무슨 상관이 있단 말인가? '그가 누구든 무슨 상관이야.' 더이상 그런 것에 신경쓸 아무런 이유가 없었다. 다만, 이미 결심한 대로 나 자신과 끝내는 일만이 남아 있었다. 아무것도, 아무도 나를 막을 수 없었다. 내 생애 처음으로 자유로운 인간이 되어 행동할 터였다. 모든 제약과 영향에서 해방된 채 오직 내 의지로 움직이는 자유인으로서.

난 층계참까지 성큼성큼 계단을 뛰어올라갔다. 그리고 문 앞에 우뚝 멈춰 섰다. 냄비 끓는 소리, 텔레비전 잡음이 들려왔다. 계단을 올라오느라 빨라진 호흡과 격앙된 감정을 잠시 진정시켰다. 그런 다음 내게 남은 용기를 모두 끌어모아 주머니에서 열쇠를 꺼내 열쇠구멍에 넣고 돌렸다.

그다음 일들은 질 나쁜 영화 속 슬로모션으로 지나가는 희미한 이미지들처럼 몽롱한 상태에서 이어졌다. 아파트 안으로 들어선 나는 성큼성큼 현관을 가로지른 다음, 나 자신에게 확신을 주기 위해 우렁찬 목소리로 "좋은 저녁!" 하고 외쳤다. 재빠르게 오른쪽을 흘끗 쳐다보니, 잔은 내 예상대로 부엌일로 분주했다. 하지만 내가 상상했던 것과는 달리, 케이크에 크림을 바르는 대신 싱크대 앞에 서서 닭 속을 채워넣고 있었다. 분홍 앞치마를 두른 땅딸막한 모습이 포피에트*를 연상케 했다. 그녀는 나를 보고 깜짝 놀라 눈을 크게 떴다. 닭의 항문에 여전히 손을 쑤셔넣은 채. 난 걸음을 멈추지 않고 왼쪽으로 돌아 복도로 들어섰다. 방금 본 모습이 잔의 마지막 이미지가 될 거라 생각하니 기분이 씁쓸했다. 난 복도 끝의 내 방문을 똑바로 응시하면서 걸음을 재촉했다. 이제 내 목표는 내 왼편 거실 소파 어디쯤 앉아 있을 티보와 마주치지 않는 것이었다. 아이는 나를 보자 모글리와 발루의 노랫소리를 배경으로 경쾌하게 "아빠, 아빠" 하고 외쳐댔다. 하지만 난 아이의 부름에 고개조차 돌리지 않고 내 발걸음에만 집중한 채 계속 앞으로 나아갔다.

"금방 올게, 아들. 거실에서 얌전히 기다리고 있어. 깜짝 선물이 있으

---

* 채소 소를 넣어 고기로 둥글게 만 요리.

니까……"

내 방으로 막 들어가려는 순간, "깜짝 선물?"이라고 반복해서 외치는 여린 목소리가 내 귀에 꽂혔다. 난 방문을 닫고 걸쇠를 채웠다. 마음을 차분하게 해주는 희뿌연 빛이 방안을 비추었다. 마치 숨겨진 보물의 위치를 알려주기라도 하듯 머리맡 탁자 위의 스탠드만이 불을 밝히고 있었다. 그 아래쪽 서랍에는 나의 변함없는 권총이 들어 있었다. 난 서류가방을 침대에 던져놓고 흠뻑 젖은 방수 코트를 벗어 그대로 바닥 모켓 위에 내던졌다. 그런 다음 서랍을 열어 몇몇 서류를 치우고 권총을 움켜쥐었다. 묵직하고 차가운 강철의 촉감을 손바닥으로 잠시 가만히 느꼈다. 순간, 마침내 내가 절대 권력을 손에 쥔, 내 운명의 주인이 된 것 같은 느낌이 들었다. 벽장을 열고 만일에 대비해 총알을 감춰둔 오래된 가죽 장화 속에 손을 깊숙이 집어넣었다. 그 속에서 총알 여섯 개를 꺼내 탄창에 하나하나 채워넣었다. 난 이런 일련의 작업을 위해 치밀하게 준비해왔고, 『자살 설명서』에 적힌 지시 사항을 거의 기계적으로 따랐다. 침대에 걸터앉아 벽을 똑바로 마주한 채 총신을 이로 문다. 그런 다음 총알이 머리를 비켜가지 않도록 총신을 20도 정도로 살짝 치켜든다. 그리고 양 엄지손가락을 방아쇠에 포개놓은 다음……

"아빠, 내 선물이 뭐야? 장난감이야?"

티보가 잠긴 문 너머에서 소리를 지르며 문을 두드리기 시작했다. 난 아이의 사랑스럽게 쉰 목소리를 들으면서 복받치는 심정으로 입에 넣은 총신을 악물었다. 이제 그 어떤 것도 날 멈출 수 없어. 눈물이 앞을 가리고 가슴이 떨려왔다. 난 이 해방의 순간을 오래도록 기다려왔다. 그렇다, 아주 오래전부터 기다려왔다.

뇌의 중추신경이 결정적인 신호를 내려보내려 하자 방아쇠 위에 포개진 엄지손가락이 경련을 일으켰다.

난 눈을 감았다. 그리고……

그런데 전혀 뜻밖의 일이 발생했다.

내 휴대전화가 울리기 시작한 것이다.

머리맡 탁자 위에 놓여 있던 휴대전화가 진동 때문에 조금씩 회전하면서, 상황과 전혀 어울리지 않는 경쾌한 음악소리를 흘려보냈다. 액정화면이 연노란 불빛을 깜박거리자 방의 어둠이 더욱더 짙어 보였다.

순간적으로 등골에 차가운 땀방울이 송골송골 맺혔다.

이 망할 놈의 호기심 같으니라고. 나 자신이 원망스러웠다.

제 욕구 충족 외에는 아무런 쓸모도 없는, 초라하기 그지없는 이 지긋지긋한 호기심. 호기심은 나의 죽음이 확실시된 후에야 비로소 나를 놓아줄 모양이었다. 난 입에 여전히 총신을 문 채로, 반사적으로 팔을 뻗어 휴대전화를 집어들고 화면에 뜬 번호를 보았다.

06-12-xx-12-06

아주 짧은 순간 망설였다. 죽음을 목전에 두고도, 나는 여전히 마음에 걸리는 일이 없기를 바랐다.

"아빠! 아빠! 내 선물이 뭔데? 문 열어줘!"

난 티보의 간곡한 외침을 외면한 채, 마비된 턱에서 총을 빼낸 다음 쇠맛이 밴 침을 삼켰다. 그리고 휴대전화를 집어들고 되도록 차분한 목소리로 응답했다.

"누구시죠?"

전화기 저편에서 오랜 침묵이 흘렀다. 그러더니 아까와 똑같은 남자의 목소리가 들려왔다. 진중하고, 열정적이고, 무척 친근하게 느껴지기까지 하는.

"그쪽에서 먼저 전화를 한 것 같은데요."

"연극은 이제 그만두시지. 당신 대체 누구요? 내게 원하는 게 뭐요?"

나는 마치 허접한 범죄물에 나오는 사람처럼 말하고 있었다.

"거듭 말씀드리지만 선생님, 저한테 먼저 전화를 거셨는데요. 불과 몇 분 전에……"

그의 음색에서 상대를 무장해제시키는, 매혹적이기까지 한 확신 같은 게 뿜어져나왔다. 난 단호해 보이려 애쓰면서 대화를 이어나갔다.

"내가 그쪽에게 전화를 한 건, 나한테 그런 쓰레기 같은 메일을 보낸 의도를 알기 위해서였습니다."

"그렇군요."

"'그렇군요'라고요? 한다는 말이 고작 그겁니까?"

잠시 침묵을 지키던 남자는 여전히 차분함을 잃지 않고 얘기를 계속했다.

"아뇨, 바라티에 씨. 내가 하고 싶은 말은, 우리가 당신을 도울 수 있다는 겁니다."

순간 망치로 머리를 얻어맞은 것처럼 정신이 아뜩해졌다. 악몽을 꾸는 듯했다. 더이상 남자의 말을 듣고 있을 수가 없었다.

"이것 보세요…… 이것 보라고요…… 당신이 나에 대해 뭘 아는지, 당신이 그걸 어떻게 알았는지는 모르겠습니다. 하지만 당신이 누구든 간에, 날 좀 그냥 내버려두란 말입니다. 내 말 알겠어요?"

"한번 잘 생각해보시죠. 잘 생각해보고 스스로 물어보세요. 정말 얘기가 하고 싶지 않았다면, 왜 우리한테 전화를 거셨던 걸까요?"

"당신하고는 할 얘기가 전혀 없어요. 내가 전화를 한 건, 어떤 미친놈이 그런…… 메시지를 보냈는지 알기 위해서였을 뿐이라고요."

"희망의 메시지란 말을 하고 싶은 건가요?" 그는 음절을 하나씩 힘주어 발음했다.

난 입을 다물고 힘겹게 침을 삼켰다. 그의 목소리에는 나의 불안한 마음을 진정시키는 힘이 있었다. 내 심장은 이제 좀더 느린 속도로, 규칙적으로 뛰기 시작했다. 그리고 어느덧 나도 모르게 그의 말에 바짝 귀기울이고 있는 나 자신을 발견했다.

"우리가 그 메시지를 보낸 건, 당신이 돌이킬 수 없는 일을 저지르는 것을 막기 위해섭니다. 우린 당신의 삶이 아직 살 만한 가치가 있다고 믿기 때문이죠. 만약 당신이 동의한다면, 우린 당신에게 두번째 기회를 제공하려고 합니다."

"이제 그만 전화를 끊어야겠군요." 난 갈라진 목소리로 그의 말을 가로막았다. "아마도 우울증 환자들을 위한 단체 같은 데서 일하는 모양이군요. 아니면 돈벌이가 되는 봉을 찾아다니는 사이비 종교 단체나…… 이제 그만 포기하시죠, 네? 이런 짓거리는 이제 그만두란 말입니다. 난 당신하고 더이상 할 얘기가 없다고요."

남자는 내 의지에 생겨난 미세한 균열을 간파한 듯 더 부드러우면서도 더 단호한 투로 얘기했다.

"우린 어떤 단체나 종파도 아닙니다, 바라티에 씨. 내 이름은 피에르 앙드레 노벨리이고, 정부에서 일하고 있습니다. 우린 단지 당신을 만나서 우리 계획을 설명드리고 싶습니다."

난 그가 풀어놓는 일련의 정보들을 하나씩 받아들였다. 비현실적이라고 생각하면서도 한편으로는 수긍하고 있었다. 한 손에는 권총을 쥐고, 다른 한 손으로는 휴대전화를 귀에 바짝 갖다댄 채 아무 말 없이 그의 말을 경청하고 있었다.

"그러니까 우리를 한번 만나보시는 게 어떻겠습니까?" 그는 감미로움마저 뒤섞인 목소리로 제안했다. "만약 우리 제안이 마음에 들지 않는다면, 그때 당신 마음대로 하셔도 되고요. 지금 한 얘기는 모두 잊어버리고, 우리가 한 번도 만난 적이 없던 걸로 하면 되는 겁니다. 하지만 적어도 우리가 어떤 제안을 하는지 한번 들어보십사 권하고 싶군요."

"그럼 어디 한번 얘기해보시죠." 난 그의 말에 도전적인 투로 답했다.

"아뇨, 전화로는 안 됩니다. 직접 만나서 얘기해야 합니다."

"유감이군요. 하지만 알다시피 난 더이상 당신한테 할애할 시간이 없다고요! 당신이나 다른 그 누구에게도!" 난 대놓고 이죽거리며 말했다.

"선생님, 당신과 국가의 이익을 위해 간곡히 청하건대, 부디 오늘밤 우리를 만나주시기 바랍니다. 아주 잠깐이라도 좋습니다."

그의 목소리에 내가 말 그대로 매혹되었음을 인정해야겠다. 그의 목소리에서 느껴지는 공감과 간곡함이 내게 고스란히 전해지는 것 같았다. 전화기 저편에서 그가 침묵하는 동안 난 신체적으로, 정신적으로 흔들리고 있었다. 티보는 계속해서 방문을 두드려댔고, 그사이 합세한 잔의 목소리도 함께 들려왔다.

"여보? 문 잠가놓고 뭐해? 아무 일 없는 거야?"

난 눈을 감고 깊이 숨을 들이마신 다음, 전화기에 대고 길게 한숨을 내쉬었다. 내가 망설이고 있다는 걸 알아차린 남자는 내 이름을 부르며 마지막 일격을 가했다.

"마르크, 난 단지 당신을 한번 만나고 싶은 것뿐입니다. 장담하는데, 당신은 절대 손해 볼 게 없어요. 오히려 얻을 게 아주 많을 겁니다."

그러자 나도 모르게 또다시 범죄영화에 나올 법한 대사를 읊었다.

"시간과 장소는?"

"오늘밤. 가능한 한 빨리요. 제 사무실에서 기다리고 있겠습니다."

그러더니 이 시간에 외출을 해야 한다는 사실에 내가 주저하고 있다는 걸 알아차리기라도 한 듯 그가 덧붙였다.

"십 분 후쯤 당신을 데리러 그쪽으로 차가 한 대 갈 겁니다."

난 숨막힐 듯 무거운 몇 초 동안 침묵한 채 당혹스러운 눈으로 내 손끝에 매달린 권총을 응시했다. 잔과 티보는 계속 방문을 두드리고 있었고, 그들의 뒤섞인 목소리에서는 이제 불안이 묻어났다. 난 권총을 머리맡 탁자에 내려놓고 땀이 흥건한 이마로 떨리는 손을 가져갔다. 그리고 마침내 체념한 목소리로 힘겹게 입을 열었다.

"좋습니다. 내 주소는……"

"주소는 알고 있습니다. 그럼 잠시 후에 만나죠."

그후 그는 전화를 끊었다. 내가 선택을 번복할 시간조차 주지 않은 채.

5

유리창이 짙게 선팅된 검은색 세단은 외곽순환도로의 교통 체증을 뚫고 지그재그로 달려갔다. 운전기사는 꿀처럼 노란빛 눈동자에 염소수염을 섬세하게 다듬은 이십대의 젊은 아랍인이었다. 그는 마지못해 정장 차림에 넥타이를 매고 있는 듯 보였다.

"이제 곧 목적지에 도착할 겁니다, 선생님."

그의 불량배 같은 억양은 흠잡을 데 없이 깍듯하고 굽실대는 것처럼 보이기까지 하는 태도와 대조적이었다. 그는 걸핏하면 미리 외워둔 것 같은 표현들을 단조로운 어투로 읊어댔다. 특히 '선생님'이라는 말을 수시로 남발하는 통에 짜증이 날 지경이었다. 손목시계를 보니 달린 지 이미 삼십 분이 지나 있었다.

난 무척 황급히 집을 나섰다. "담배 사러 갔다 올게"라고 소리치고 마치 우리를 벗어난 야수처럼 잔과 티보를 밀쳐내며 방에서 튀어나갔다. 그들은 놀라서 아무 말도 못한 채 그 자리에 화석처럼 굳어버렸다. 거실 앞을 지날 때 텔레비전에서 저녁 여덟시를 알리는 불안한 타이틀뮤직이 들려왔다. 그리고 신음소리와 비슷한 잔의 목소리가 아득하게 들려왔다. "이 시간에 담배를 사러 간다고? 저녁 준비 거의 다 됐는데……" 하지만 난 이미 집을 나선 후였다.

반쯤 멍한 상태로 열두 층을 쏜살같이 달려내려왔다. 나 자신의 결정에 현기증이 느껴지면서 머리가 빙빙 돌았다. 숨을 헐떡거리면서 건물의 현관문을 미는 순간 문득, 계획대로였다면 지금쯤 난 이미 저세상 사람이 돼 있어야 한다는 생각이 들었다. 하지만 아직 이렇게 살아 있었다. 기진맥진했지만 여전히 살아 있었다. 뼛속까지 스미는 비와 스산한 날씨를 온몸으로 느끼면서.

몇 분 뒤, 검은색 세단이 보도 쪽으로 다가왔다. 아랍인 운전기사가 나를 향해 헤드라이트를 두 번 깜박였고, 난 차에 올라탔다.

"지금 어디로 가고 있는 거죠?" 난 코널리 가죽으로 된 안락한 뒷좌석에 자리를 잡으면서 물었다.

"제 임무는 선생님을 라 플렌 생드니로 모시고 가는 겁니다. 더이상은 말씀드릴 수 없습니다. 선생님. 죄송합니다."

난 더이상 묻지 않았다.

우리는 근처 공장 지대를 전속력으로 통과한 다음, 국도를 타고 이블린 지방을 서쪽에서 동쪽으로 가로질러갔다. 그런 다음 외곽순환도로로 들어서서는 빽빽한 차들 사이를 마치 곡예하듯 빠져나갔다. 운전기사는 또다시 기계적으로 반복해 말했다.

"이제 곧 목적지에 도착합니다, 선생님. 다음번 나들목으로 빠져나갈 겁니다."

이상하게도 불안감 같은 것은 느껴지지 않았다. 난 어느새 한 시간 전보다 훨씬 더 차분해져 있었다. 목적지를 향해 달려가는 동안, 윙윙거리는 엔진음과 와이퍼의 왕복운동을 음미하며 편안하게 몸을 내맡기고 있었다. 그러는 동안 노벨리의 감미로운 목소리가 계속해서 내 머릿속에 울려퍼졌다. 어쩌면 내가 이미 시공간적 방황의 상태로 넘어간 것은 아닐까? 존재의 어느 한 군데에 난 구멍 속으로. 어쩌면 유예 상태의 자살자, 죽은 자이자 동시에 산 자와 같은 내 상태가 이러한 평온함의 경지로 이끈 것은 아닐까? 더이상의 두려움도, 불안도, 아주 사소한 형이상학적 의문조차도 나를 괴롭히지 못했다. 난 이제 자동차 뒷좌석에 내팽개쳐진 아직 온기가 남아 있는 시체나 다름없었다. 어떤 타격에도 상처를 입지 않는 무기력한 몸뚱이에 불과했다.

아랍인은 방향지시등을 켜고 라 샤펠 시문으로 통하는 진입로로 접어들었다. 파리의 경계를 지나자마자 차는 곧 라 플렌 생드니의 미궁 속으로 들어갔다. 비로 인해 빛깔이 바랜 회색 콘크리트 블록들과 일률적인 형태의 현대적 건물들 사이로 몇 분을 더 달려갔다. 그러다 차는 급커브를 돌더니 무장한 초병이 지키는 초소 앞에 멈춰 섰다. 손전등 불빛이 차안을 비추는 바람에 잠시 눈이 부셨다. 경비는 운전기사에게 턱짓으로 은밀하게 신호를 보내고 전기 철책을 작동시켰다. 차는 거대한 공터 같은 곳으로 미끄러져 들어갔다. 음산한 가건물들과 번호가 매겨진 거대한 창고형 건물들이 여기저기 흩어져 있었다. 직육면체 모양의 철제 가건물들 중 하나의 옆을 달려가는 동안 낯익은 상징 하나가 눈에 띄었다. 눈동자 부분이 갖가지 색깔의 패턴들로 이루어진 거대한 눈의 모습. 그것은 말랭보 대통령이 거느리는 멀티미디어 왕국 '글로벌 비전'을 상징하는 유명한 로고였다. 차를 타고 오는 동안 누렸던 잠깐 동안의 소강상태가 지나자 또다시 변화무쌍한 두려움이 몰려오는 것 같았다.

"왜 날 여기까지 데리고 온 거죠? 그 노벨리란 사람이 대체 내게 원하는 게 뭡니까?" 난 검사 같은 말투로 물었다.

아랍인은 아무 말도 않고 100여 미터를 더 달린 뒤 어느 건물 앞에 차를 세웠다. 건물 정면에는 커다랗게 채색된 33이라는 숫자가 있었다.

"여깁니다, 선생님. 목적지에 도착했습니다."

그가 조그만 리모컨의 버튼을 누르자 창고형 건물 문이 서서히 열렸다. 차가 그 안으로 미끄러져 들어갔다. 그가 차 시동을 껐다.

"선생님, 이제 절 따라오시죠."

난 차에서 내려 주위를 흘끗 둘러보았다. 일렬로 늘어선 잡다한 공간들이 보였다. 카페테리아, 식당, 부엌, 그리고 분위기와 잘 어울리는 색색의 가구가 갖춰진 침실 등이 있었다. 마치 거대한 이케아 전시장을 연상케 했다.

"놀랍지 않나요?" 당황하는 내 모습을 보고 아랍인이 물었다. "이곳이 바로 〈당신을 도우러 갑니다〉를 촬영하는 곳이랍니다." 그는 잠시 예의를 접어두고 자유롭게, 자랑스레 말했다.

"알 것 같군요."

과연 난 잘 알고 있었다. 내 아들 티보가 어리석기 짝이 없는 그 방송을 빼놓지 않고 보기 때문이었다. 난 종종, 다섯 살짜리 아이가 그처럼 뻔하고 자극적인 방송을 무엇 때문에 재밌어하는지 궁금하던 터였다. 거기서는 스웨덴 모델 같은 환상적인 외모의 젊은 여자 법학 교수가 교육 중점 구역에 위치한, 열등생과 이민자가 우글거리는 대학에서 펼치는 활약상을 보여주었다. 그 교수는 집요함과 누구도 부인할 수 없는 매력으로 에피소드마다 방해 요소들을 극복하고, 마약 딜러, 부랑배를 포함한 비행 청소년들을 모범적이고 순종적인 학생들로 바꾸어놓았다. 〈당신을 도우러 갑니다〉는 글로벌비전 스튜디오에서 제작하는 수백 개의 리얼리티쇼 중 하나일 뿐이었다. 물론 말랭보 그룹이 관장하는 사업은 그뿐만이 아니었다. 말랭보 대통령은 십여 개의 텔레비전 방송 채널

뿐만 아니라 신문사의 절반을 장악하면서 최고 관직에 오르기 위해 미디어에 과도하게 의지한 바 있었다. 그의 왕국의 재력과 수익성은 주로 대중을 겨냥한 저렴한 비용의 제작 프로그램에서 나왔고, 그는 이 이권을 전 세계로 팔아넘겼다.

"절 따라오시겠습니까, 선생님?" 아랍인이 채근했다.

그는 형형색색의 장식물들을 지나쳐 색이 바랜 좁은 문 앞까지 안내했다. 그가 마그네틱 출입증을 들이대자 문이 스르르 열렸다.

"자, 지하 1층으로 내려가시면 됩니다. 노벨리 씨가 기다리고 있습니다."

그는 내가 지나갈 수 있도록 비켜섰다. 내가 계단으로 발을 내디디려는 순간 주머니에 넣어둔 휴대전화에서 진동이 울렸다. "당신 지금 어디야???" 잔의 간곡한 문자메시지였다. 난 한숨을 내쉬고 이를 악물었다. 여기까지 오는 동안 그녀에게서 이미 열 통 가까이 전화가 와 있었다. 하는 수 없이 휴대전화를 무음 모드로 바꿔놓았다. 집에서 출발한 지 이미 한 시간 정도 지난 후였다. 담배를 사러 가기에는 너무 긴 시간인 것은 분명했다. 난 휴대전화를 다시 주머니에 집어넣고 머릿속을 비워버리려고 애썼다.

그런 다음 맹렬한 심장박동을 진정시키기 위해 최대한 느리게 계단을 내려가기 시작했다. 천장에 매달린 알전구들에서 노르스름하고 창백한 빛이 뿜어져나왔다. 사방 벽은 거무죽죽한 낡은 벨벳으로 뒤덮인 채 배우와 가수, B급 연예인의 사진들로 장식돼 있었다. 난 기운이 빠져버린 다리의 움직임에 집중하면서 가파른 계단을 한 발 한 발 힘주어 내려가느라 주변에는 별다른 신경을 쓰지 못했다. 비틀거리지 않고, 넘어지지 않고 내려가는 것만 생각했다. 또다시 바늘로 머리를 찌르는 것 같은 두통이 엄습하기 시작하면서, 내 생각 하나하나를 순간적인 통증으로 변모시켰다.

내가 지금 여기서 뭘 하고 있는 거지?

왜 하필 나야?

이 계단은 대체 어디로 통하는 것일까?

나는 계단 아래 도착해 잠시 멈춰 서서 이마를 닦았다. 그리고 고개를 들어 그를 보았다. 그는 거대한 방 안쪽 책상 뒤에 앉아 꼼짝도 하지 않았다. 난 냉철한 시선으로 그를 똑바로 바라보려고 애쓰면서 기계적인 걸음걸이로 그를 향해 나아갔다. 하지만 그에게 가까이 다가갈수록 내 의지에도 불구하고 그의 기운이 점점 강렬해지는 느낌이었다. 내가 마치 최면에 걸리기라도 한 것 같았다. 그의 목소리가 그랬던 것처럼, 그의 시선에도 마음이 차분하게 가라앉으면서 그에게 예속되는 느낌이 들었다. 그의 책상에 바짝 다가갔을 때에야 그가 비로소 자리에서 일어섰다.

"안녕하세요, 마르크 씨?"

매력적이고, 우아하고, 안정감 있어 보이는 남자. 내 머릿속에 젊은 여자들이 주로 쓰는 형용사들이 마구 떠올랐다. 키가 2미터 가까이 돼 보였고, 감청색 정장과 이탈리안 칼라의 흰색 셔츠, 그리고 도톰한 와인색 넥타이 아래로 근육질의 마른 몸매가 돋보였다. 그의 모든 것이 우월한 지성에 뒷받침되는 자기통제력과 자신감, 힘을 뿜어내고 있었다. 난 그의 눈에서 시선을 뗄 수가 없었다. 그는 지금까지 본 적이 없는 어두우면서도 투명한, 카키색을 띤 초록빛 눈동자의 소유자였다. 그가 태어난 후 흘러갔을 반세기의 세월도 그의 섬세한 얼굴 윤곽을 변화시키거나, 가무잡잡한 피부 표면에 미세한 주름 하나조차 남겨놓지 못했다. 약간 튀어나온 광대뼈의 팽팽한 피부와 얼굴의 완벽한 균형을 잡아주는 매부리코가 돋보였다. 잔털 하나 보이지 않을 정도로 매끈하고 윤이 나는 머리는 그의 체형이 보여주는 미니멀리즘 미학을 완성했다. 그는 율 브리너와 불교 수도승을 섞어놓은 것 같은 모습이었다.

"안녕하세요, 마르크 씨?" 그는 얼이 빠진 것 같은 내 얼굴을 빤히 쳐다보며 거듭 인사를 건넸다. "내가 성 빼고 이름으로 부르는 것을 불편하게 생각하지 않기를 바랍니다."

그는 책상 위로 내게 손을 내밀었다. 길고 가느다란 손가락에 큼직한 손바닥이 인상적이었다. 내가 손을 내밀자, 그는 내 눈을 똑바로 바라보면서 변변찮게 생긴 내 손을 꼭 잡았다. 그러자 마치 마음을 평온하게 해주는 효력을 지닌 파동처럼 순간적으로 내 몸에 전류가 지나가는 느낌이 들었다.

"안녕하세요." 마침내 난 굳어버린 목소리로 응답했다.

"앉으시죠." 그는 자기 맞은편 소파를 가리키며 말했다.

난 자리에 앉아 잠시 그의 자석 같은 시선에서 눈을 돌려 방안을 둘러보았다. 천장이 꽤 높은 거대한 지하실이었다. 방안을 비추는 것은 크롬 도금이 된 기둥 모양의 할로겐 조명이었다. 바닥에는 갈색 인조 나무 마루가 깔려 있고, 벽은 회색빛을 띤 어두운 베이지색으로 칠해져 있었다. 장식은 흔한 골동품이나 그림 하나 없이 간결했다. 예외적으로 그의 바로 뒤쪽 벽 중앙에 근엄하고 위압적인 사진이 하나 걸려 있었는데, 말랭보 대통령의 공식 초상이었다.

이미 죽었어야 할 내가, 이 지하실에서 전혀 모르는 낯선 사람과 마주한 채 대체 무엇을 하고 있는 것일까? 하루종일 쌓였던 모든 스트레스가 한꺼번에 폭발하듯 내 안에서 다시 끓어올랐다. 심장이 요동치기 시작하면서 손이 떨려왔다. 난 간신히 울음을 누르고야 겨우 이렇게 말할 수 있었다.

"당신은 대체 누구이고 나한테 원하는 게 뭡니까?" 난 떨리는 목소리를 가까스로 진정시키며 두려움 가득한 목소리로 물었다.

"진정하세요, 마르크. 걱정할 이유 없어요. 당신을 도와주려고 이러는 겁니다."

"대답해주세요." 나는 그의 말을 가로막았다. "대답을 하라고요. 아니면 난 이대로 갈 겁니다. 당신 정체가 뭡니까? 나한테 원하는 게 뭐냐고요?"

나도 모르게 목소리를 있는 대로 높였던 게 분명했다. 그의 표정이 굳어지는 동시에 눈이 휘둥그레졌다.

"좋습니다." 몇 초 뒤 그가 대답했다. "물론 당신한테는 당연히 설명이 필요하겠죠."

그는 책상 모서리에 양 팔꿈치를 올려놓고 두 손으로 턱을 괴었다.

"말했다시피 내 이름은 피에르앙드레 노벨리입니다. 그를 위해 일한 지는 이십 년이 넘었지요." 그는 자기 뒤에 걸려 있는 대통령의 사진을 손가락으로 가리켰다. "말하자면 난 그의 오른팔이자 고문인 셈이죠. 그를 위해서라면 무슨 일이든지 하는. 내가 국립행정학교를 졸업했을 때 그가 날 스카우트했어요. 난 국가자문회의의 일원이 되었지만 곧 사표를 냈고요. 그가 글로벌비전 왕국을 건설하는 데 힘을 보태달라고 설득했거든요. 정말 멋진 모험이 아닐 수 없죠. 만약……"

"당신의 이력 따위엔 관심 없습니다. 내가 알고 싶은 건, 당신이 왜 내게 접근했으며, 내가 지금 여기서 뭘 하고 있는 건가 하는 겁니다."

난 나 자신의 대담함에 놀라며 간신히 침을 삼켰다. 그의 목소리와 당당한 풍모가 내내 나를 혼란스럽게 했다.

"잠깐만 기다려요, 마르크, 곧……"

"그리고 내 이름을 부르는 것도 그만두시죠. 난 당신이 누군지도 모르니까."

"그러죠. 당신이 원한다면요, 바라티에 씨. 하지만 하던 얘기를 마저 끝낼 수 있게 해주면 좋겠군요." 그가 손바닥을 치켜들면서 말했다.

그의 말투는 정중하면서도 복종심이 들도록 단호했다. 난 숨을 크게 쉬고 소파 깊숙이 눌러앉아 천장을 쳐다보았다. 노벨리가 얘기를 이어갔다.

"대통령과 난 글로벌비전의 성공과 확장을 위해 함께 일해왔습니다. 그리고 오 년 전 샤를이 정계에 나서기로 결심했을 때 당연히 난 그를 지지했고요. 이제 우리는 엘리제궁에서 협력 관계를 유지하고 있습니다. 난 그의 내각에서 경제와 사회 문제 자문을 담당하고 있지요."

"당신과 당신 주인을 알게 되어 참 반갑군요." 난 또다시 인내심을 잃고 빈정거렸다. "그런데 대체 나한테 무슨 얘기를 하려는 겁니까? 어떤 선전이나 마케팅을 위한 거라면, 난 절대로……"

"우린 선전이나 마케팅을 하려는 게 아닙니다." 그가 이마를 찌푸리면서 힘주어 말했다.

그가 잠시 말을 끊고 그 강렬한 초록빛 눈으로 날 응시하자, 난 또다시 최면에 걸리는 것 같았다.

"선생님, 분명히 말하지만 이건 선전이 아니라 정치입니다." 그의 어투에서 엄숙함이 느껴졌다. "아시다시피 우리가 추진하는 프로젝트는 국가와 사회정의의 현대화라는 이중의 요구에 그 의미를 두고 있습니다. 이 말들이 내포하는 중요한 의미를 살펴보자면……"

나는 기술 관료들이나 사용함직한 골치 아픈 얘기에 발끈해 자리를 박차고 일어나 소리를 지르기 시작했다.

"제발 그만두지 못해요! 난 당신이 왜 나한테 그 망할 메일을 보냈으며, 내가 왜 밤 아홉시가 넘도록 당신의 그 장황한 연설을 듣고 있어야 하는지 그걸 알고 싶을 뿐이라고요. 여기서 당신 인생 이야기나 듣고 있으니 차라리 집에 가서 가족들과 오붓하게……"

"당신의 자살을 축하라도 하시게요?"

그의 담담한 목소리에선 일말의 빈정거림도 느껴지지 않았다. 내게 그나마 남아 있던 힘마저 빠져나가는 것 같았다. 나는 다리가 후들거려서 절망적으로 소파에 털썩 주저앉았다.

"당신이 그걸 어떻게……?" 나는 멍한 눈이 되어 들릴락 말락 하는 소리로 물었다.

그는 잠시 아무 말도 하지 않고 자신의 반들거리는 민머리를 손바닥으로 문질렀다.

"책 덕분이죠." 그가 설핏 미소 지으며 대답했다.

"책이라고요?"

"당신은 『자살 설명서』를 구입했죠, 안 그렇습니까? 그 책의 역사라면 잘 알고 있을 테고요. 그 책이 야기한 논쟁과 판매가 금지된 사실까지 모두……"

"네, 잘 알고 있습니다. 하지만 내가 그걸 샀다는 건 어떻게 안 거죠?"

"그걸 당신한테 판 게 바로 우리니까요." 그가 간교한 표정으로 대답했다.

나는 그의 말 속의 정보들을 뇌에 입력해 거기서 어떤 신빙성과 합리성을 찾느라 이미 지칠 대로 지친 머리를 이리저리 굴려보았다. 하지만 헛수고였다.

"그게 당신……이었다고요?" 난 말을 더듬었다. "하지만 그건 이베이에서…… 어떤 남자한테……"

"우리가 의도적으로 그 계정을 만든 겁니다. 우린 구매자들의 동기에 대해 확신할 수 있을 만큼 충분히 높은 가격에 백여 권을 내놓았지요.

그리고 두 달 만에 모두 팔아치웠습니다. 동시에 구매자들의 연락처도 알아낼 수 있었고요."

"하지만…… 왜 그런 짓을?" 난 그를 똑바로 쳐다보면서 혼잣말처럼 중얼거렸다.

"자살이 임박한 후보들을 가려내기 위해서죠. 곧 실행에 옮길 사람들을. 당신 같은 사람들 말입니다, 바라티에 씨."

"하지만…… 왜 그런 짓을 하는 겁니까? 내가 죽든 말든, 그게 당신네랑 무슨 상관이 있다고?"

"좋은 질문입니다." 그가 팔짱을 낀 채 말했다. 그러고는 서랍을 열어 말버러 라이트 담뱃갑을 꺼냈다.

"한 대 피우시겠습니까?"

"아뇨, 생각 없습니다."

"담배 연기가 좀 가도 괜찮겠습니까?"

"괜찮습니다."

그는 담배를 입에 물고는 은색 라이터로 불을 붙였다. 그런 다음 고개를 뒤로 젖히고 연기를 내뿜자, 연기가 잠시 왕관 모양을 그리더니 공중으로 흩어졌다.

"자살을 시도하는 사람들은……" 그가 눈살을 찌푸리며 말을 이었다. "하나같이 어떤 단계를 넘을 준비가 된 사람들이죠. 무無를 그러안는달까요. 내가 보기에 그들은 아주 특별한 사람들입니다. 남보다 두드러진 명철함과 대단한 용기를 갖추었죠. 그래서 그들의 절망으로부터 우린 중요한 교훈을 이끌어낼 수 있는 겁니다……"

그의 눈길이 좀더 부드러워지면서 우수마저 깃든 듯 보였다. 그는 스스로의 논리에 도취한 듯했다.

"우린 그 기발한 전략 덕분에 후보 백 명가량을 찾아낼 수 있었습니다. 그리고 그중 거의 반 정도와 연락을 시도했고요. 모두들 깊은 절망에 빠져 있던 사람들이죠. 반드시 끝내버리겠다고 결심한, 당신 같은 이들 말입니다, 바라티에 씨."

"이제 그만 본론으로 들어가시죠. 그들에게서 원하는 게 뭡니까? 나한테서 뭘 바라는 거냐고요?"

"아까도 말했듯이, 우린 그들을 돕고 싶은 겁니다. 당신을 돕고 싶습니다. 그리고 동시에, 우리 프로젝트에서 가장 중요한 핵심 프로그램을 실행에 옮기고자 하는 것이고요."

그는 또다시 담배를 깊이 빨아들인 다음 아주 길게 연기를 내뿜었다. 난 발갛게 타들어가는 담배 끝과 은빛 소용돌이 모양의 연기 뒤에서 빛나는 그의 눈빛을 유심히 관찰했다.

"당신도 대통령이 추진하려는 개혁에 대해 알고 있을 거라고 생각합니다. 그가 우리 나라를 위해 품고 있는 크나큰 야망에 대해서도."

"말랭보 대통령요? 크나큰 야망이라고요? 난 그가 이 나라를 거대한 텔레비전 방송국으로 변화시키려는 줄 알았는데요!"

"진정하시죠, 선생님. 대통령에 대한 그런 왜곡된 진부한 이미지는 저급한 언론에서나 다루도록 내버려두시죠. 대통령께서 추진하시는 프로젝트는 공화국의 새로운 세 가지 이념, 즉 자유주의, 정의, 실용주의에 기반을 두고 있습니다. 우린 그 세 가지 원칙의 상호의존성을 제대로 입증해 보일 생각입니다. 우린 자유주의가 좀더 정의로운 사회를 만들 수 있을 거라고 깊이 확신하기 때문입니다. 오래된 도그마와 비효율적인 이데올로기를 포기하고, 위대한 공리주의 사상가들이 규정하는 것처럼 실용주의의 기치 아래 행동한다는 조건하에서 말이죠. 그렇기 때문에 이 원칙이 우리가 추구하는 이념을 형성하는 세번째 축이자, 우리 행위의 공통분모를 이루는 것입니다. 우린 방법론을 개혁하고자 하는 것입니다. 혁신적인 실험을 새로이 시도하는 대담함으로 그동안 금기시되었던 것들을 타파하면서 말이죠……"

"정확히 어떤 종류의 실험 말입니까?"

내 목소리에는 어떤 적의도 없었다. 내가 질문을 한 건 초조함, 경련이 일어나듯 계속해서 내 목을 죄어오는 두려움과 뒤섞인 불안을 숨기기 위해서였을 뿐이었다.

"우리 같은 실용주의자들에게 실험은 행동 방식 그 이상입니다. 그거야말로 진정한 행동 원칙이죠. 당신도 잘 알다시피, 최근에 우린 경제 분야에서도 새로운 길을 열어 보였지요. 선도적인 지방 세 군데에서 사회 최저 수당을 없앰으로써 실업에 대항하는 최선의 무기는 유연성이라는 것을 입증한 겁니다. 두 달 만에 실업률을 3퍼센트나 낮춘다는 것은 매우 놀라운 성과 아닙니까? 그렇지 않은가요?"

"나한테 원하는 게 뭡니까? 내가 박수라도 치길 바라는 거요? 국민들을 굶주리게 해서 헐값에 일하게 만드는 건 혁신적이지도 않을뿐더러 진보주의적인 태도는 더더욱 아니라고요!"

"내가 보기에 당신은 아직도 구세대적인 원칙에 사로잡혀 있는 것 같군요." 그는 다소 거만한 태도로 내 말을 받아쳤다. "그런 구태의연한 체제가 이 나라를 파산으로 몰아넣을 뻔했던 겁니다. 빠르게 변화하는 세상의 요구에 적응하지 못했기 때문에 말이죠. 현대화라는 게 뭐라고 생각합니까, 선생님? 위험과 속도, 불안정성을 받아들이는 것 아닐까요?"

"그 모든 얘기를 들어봐도 난 여전히 당신이 내게 무엇을 원하는지 모르겠군요. 날 어떻게 돕겠다는 건지도."

"좋습니다. 이제 본론으로 들어가죠. 이다음 대통령께서 매달리려는 거대한 사업은 어쩌면 가장 중요한 사회개혁의 장이 될지도 모릅니다. 그것은 우리 나라를 끊임없이 좀먹고 있는 사회적 불평등 분야가 될 것입니다. 다른 부분과 마찬가지로, 사회정의 분야에서도 역시 실용적 자유주의를 실현하는 것만이 효과적인 해결책을 가져다줄 수 있다고 확신하기 때문입니다. 지금까지 한 번도 생각하지 못했던 혁신적인 방법이죠."

"그런 게 나하고 무슨 상관이 있는지 모르겠군요." 난 메마른 목소리로 쏘아붙였다.

노벨리는 나를 흘끗 쳐다보더니 다시 담배를 피워 물었다. 난 그의 눈동자에서 내 말이 피워올린 불꽃을 똑똑히 알아볼 수 있었다.

"이제 곧 당신이 어떻게 이 일에 직접적으로 관련이 있는지 알게 될 겁니다."

그는 눈을 가늘게 뜨더니 목을 가다듬으면서 마른기침을 했다. 그리고 담배를 한 모금 더 피운 다음 가벼운 미소를 띠며 얘기를 계속했다.

"하지만 그전에, 질문 한 가지 해도 되겠습니까, 바라티에 씨?"

"좋습니다. 하지만 빨리 하시죠."

"당신은 사회정의의 개념 하면 뭐가 떠오르나요?"

"글쎄요…… 아주 모호하군요…… 평등과 거의 비슷한 개념이 아닐까요……"

"정말 그렇게 생각합니까?" 그가 깜짝 놀라 나를 쳐다보았다. "당신은 우리 모두가 평등해야 한다고 생각해요? 우리의 노력과 재능이 어떻든 간에, 똑같은 수입과 똑같은 지위를 누려야 한다고?"

"아뇨. 하지만 적어도 그럴 수 있는 기회는 똑같이 주어져야 한다고 생각합니다."

이 말을 하면서 난 내 영혼의 깊은 상처가 다시 벌어지는 느낌이었다. 살아가는 동안 무엇을 하든, 성공과 행복은 언제나 내겐 다가갈 수 없는 것이라는 막연한 느낌. 그것들은 마치 독단적이고 신성한 신의 법칙에 의해 내게는 금지된 것처럼 여겨졌다.

"바로 그겁니다!" 그는 마치 어린아이처럼 기뻐하며 소리쳤다. "가장 중요한 개념을 제대로 짚어냈군요. 바로 기회의 평등이죠. 모든 국민들은 태어날 때부터 똑같은 성공의 기회를 누려야 한다는 말입니다. 불평등이란 출생의 임의성이나 그와 관련된 사회적·경제적 요인 때문이 아니라, 각자 다른 노력이나 재능이 이유가 되었을 때에만 용인될 수 있는 것입니다. 스포츠에 비유해 얘기하자면, 우리가 결승점에 모두 동시에 도착할 수 없다는 것은 정당하고 공평한 것이죠. 하지만 거기엔 우리 모두가 똑같은 출발점에서 달린다는 조건이 전제되어야 하는 것입니다."

난 그가 무슨 말을 하려는 건지 제대로 파악하지 못한 채 그를 응시했다. 하지만 그의 말을 가로막지 않고 그가 계속 설명하도록 내버려두기로 마음먹었다.

"그동안 좌파나 우파 정부들은 끊임없이 그런 방향으로 정책을 시도해왔지요. 무상교육, 빈곤층 돕기, 소수집단 우선책 등을 통해서 말입니다. 그러나 아무것도 변한 게 없습니다. 엘리트는 계속 재생산되고, 특권층은 앞으로도 영원히 존재할 테니까요. 대통령은 이런 현상을 현대화에 대한 진정한 모욕이라고 여기고 계십니다. 자유주의라는 건강한 육체의 곪고 있는 상처와 같다고 생각하는 거죠."

또다시 초조함과 좌절감이 몰려왔다. 더는 그의 난해한 설명을 견딜 수가 없었다. 그는 내가 이 세상을 떠나고 싶게 만드는 모든 악의 목록을 늘어놓고 있었다.

"당신 친구 말랭보는 정말 대단한 야심을 가졌군요! 그가 원하는 게 정확히 뭡니까? 자신이 전능한 신을 대신할 수 있다고 생각하기라도 하는 거요? 우스운 짓거릴랑 이제 그만두시죠. 어떤 사람들에겐 가혹한 운명이 또다른 이들에겐 특권일 수 있다는 걸 당신도 나처럼 잘 알고 있잖아요. 이미 머나먼 옛날부터 그래왔고, 아무도 그것을 변화시킬 수는 없는 거라고요. 분명히 말하지만, 죽음이 항상 가장 나쁜 해결책은 아니란 말입니다……"

노벨리는 나를 압도하는 지성을 발산하며 모호한 미소를 띤 채 나를 바라보았다. 하지만 그런 그가 오만하게 여겨지지는 않았다.

"매우 흥미로운 말씀이군요. 우리 삶을 좌지우지하는 '운명'과 우리의 영광이나 실추를 결정하는 신이라. 우리가 태어날 때부터 우리 운명을 결정하는 주사위와 다를 바 없는 것이죠. 바로 그런 이유로 우린 국가의 개입이 필요하다고 생각한 것입니다. 우연의 어두운 힘과 임의성의 횡포에 대항해 싸우지 않는다면, 진보주의 정부의 역할이 무엇이겠습니까?"

"그런 건 누구도 바꿀 수 없는 겁니다. 당신도, 그 누구도." 난 나 자신의 실패한 삶을 돌이켜보면서 한숨을 내쉬었다. "가장 큰 부당함은 우리의 탄생부터 우연히 이루어진다는 것이죠……"

"……그리고 그 우연은 우리가 살아가는 내내 어떤 방식으로든 우리를 따라다니죠. 그건 인정합니다. 하지만 그 모든 건 그런 우연이 단 한 번 일어났을 경우만을 두고 얘기하는 것이죠. 이 세상에서 살아가는 동안 우리에게 단 하나의 삶이 주어졌을 경우 말입니다."

"그건 현재로서는 절대로 부인할 수 없는 사실이죠!"

노벨리의 이마에 이중의 주름이 세로로 깊게 팼다. 그는 반박의 표시로 검지를 치켜들면서 말했다.

"위대한 진보의 역사는 바로 그렇게 명백한 사실에 의문을 제기함으로써 이루어졌습니다. 이를테면 이런 의문을 가져볼 수 있는 거죠. 우리는 평생 동안 단 한 번의 삶만 누릴 수 있다고, 그래서 죽는 날까지 태어날 때의 우연에 휘둘려 살아야 한다고 누가 정해놓은 걸까요?"

그는 마치 막무가내인 어린 손자를 보며 즐거워하는 할아버지처럼 입가에 미소를 띤 채 내 눈을 똑바로 바라보았다.

"제가 하고 싶은 말은, 주사위를 다시 던져서 이 모든 걸 바꾸어놓을 수 있다는 것입니다. 이해가 되시나요? 진실은 때로 말 가운데 숨어 있는 법이죠. 기회의 균등, 생각해보면 무척 재밌는 표현이지요. 수학에서는 동일 확률이라고 부르는 것입니다. 추첨이 바로 가장 대표적인 모델이라고 볼 수 있죠."

"매우 흥미로운 얘기들이군요. 하지만 난 도무지 무슨 말인지……"

"당신은 지금까지 살아오는 동안, 처음부터 다시 시작하고 싶다는 생각을 해본 적이 단 한 번도 없나요?" 그는 내 말을 가로막고 얘기를 계속했다. "당신의 과거를 지워버리고 두번째 기회를 가져보고 싶다는?"

'물론 있죠!' 난 큰 소리로 외치고 싶은 마음을 간신히 참았다. 그토록 허황된 희망이 오래전부터 내 마음을 짓누르고 있었다.

"있죠, 아마도." 난 그저 중얼거릴 뿐이었다.

"그렇다면 왜 실제로 그렇게 하지 않는 겁니까? 왜 당신 삶의 주사위를 다시 던지지 않느냔 말입니다."

난 고개를 숙인 채 무슨 말인지 알 수 없다는 듯 눈살을 찌푸렸다.

"하지만 어떻게요?"

"곧 알게 될 겁니다. 우리 목표는 우연의 힘을 빌려서 우리 국민 각자를 위한 가능성의 장을 활짝 여는 것입니다. 만약 우리가 운명의 카드 패를 다시 쓰고자 한다면, 먼저 우연이 우리 삶을 결정하도록 내버려두어선 안 됩니다. 우연을 우리 것으로 만들어 길들이고 제도화해서, 불평등의 근원이 아닌 사회정의의 도구로 사용해야 하는 것입니다. 내 말이 이해가 되십니까?"

"별로요."

"아주 간단한 질문 한 가지를 드리죠. 이 지구상에 얼마나 많은 사람들이 불만족스러운 삶을 살아가고 있을 것 같습니까? 얼마나 많은 이들이 독단적인 우연이 강요한 삶을 못 견뎌하고 있을 것 같은가요?"

난 불완전한 군상의 모습을 막연하게 떠올렸다. 진창 같은 보잘것없는 일상의 변덕에 휘둘리며 살아가는 수많은 사람들.

"아마도 엄청 많겠죠." 난 피로에 지쳐 뻑뻑한 눈으로 그를 바라보며 조그만 목소리로 대답했다.

"과연 수백만 명은 될 겁니다. 바로 그런 사실이 우리 프로젝트를 정당화하는 것이고요. 자유주의는 한 가지 근본 원칙에 근거하고 있기 때문이죠. 최적의 자원 분배라는 원칙. 그것은 시장체제와 자유교환의 장점 덕분에 가능한 것이죠. 그리고 우린 지금까지는 경제에만 적용되었던 이 원칙이 존재론적이고 사회적인 영역에까지 확대될 수 있다는 확신을 가지고 있습니다. 삶이라는 아주 소중한 자원에 시장과 유연성의 규칙을 적용하는 것이죠. 그것이 삶을 최적으로 재분배할 수 있는 가장 좋은 방법이 아닐까요? 이것이 바로 우리가 진행하고자 하는 실험의 이론적 근거입니다. 그리고 바로 그 실험을, 바라티에 씨, 우린 당신과 함께 하려는 것입니다."

위장에서 속을 훑는 쓴물이 역류하는 게 느껴졌다. 난 숨을 깊이 들이마시고 침을 삼켰다. 그리고 간신히 기운을 추슬러 대꾸했다.

"내가 그런 프로젝트하고 대체 무슨 상관이 있다는 겁니까? 이 모든 게 나하고 무슨 연관이 있는 거냐고요?"

"우리 서로에 대해 솔직하게 말해보죠." 그는 고개를 끄덕이면서 좀더 부드러운 말투를 취했다. "당신은 오늘밤 자살을 하려고 했습니다. 당신에게 그토록 가혹했던 이곳의 삶을 끝내려는 생각을 했지요. 맞나요, 틀리나요?"

"맞습니다." 난 몇 초 동안 바닥을 응시하다가 대답했다.

"당신이 그런 결정을 한 것은 우연이나 운, 또는 신의 섭리 같은 것은 결코 다시 일어나지 않는다는 확신이 있었기 때문일 겁니다. 살아 있다는 것은, 태어날 때부터 당신에게 배당된 삶을 마지막까지 감당한다는 의미라는 것을 알고 있기 때문이죠. 흔히 하는 말로 '안고 가는' 것이죠. 비록 그것이 고통과 치욕만을 동반한다고 해도 말입니다. 내 말이 틀렸나요?"

"아뇨. 어느 정도는 맞는 것 같군요."

"그렇다면, 당신한테 또다른 삶이 가능하다고 말한다면 어떻게 하시겠습니까? 두번째 기회가 주어진다면?"

"생각하고 말고도 없을 것 같군요." 난 잠시 침묵한 뒤에 대답했다. "당신에게는 그럴 능력이 없을 테니까요. 그 누구도 그런 걸 가능하게 할 수는 없어요."

"그렇겠죠. 하지만 우린 흉내낼 수는 있습니다. 그 결과를 재현할 수도 있다는 말입니다. 바로 여기서 우리의 실험이 결정적인 것으로 드러나죠. 우리가 실험하고자 하는 것은 엄밀한 의미의 '두번째 기회'입니다. 수학적 의미의 기회의 균등을 실행에 옮기는 것이죠. 각자에게 새로운 삶을 제비뽑기할 수 있는 기회를 주는, 동일 확률에 근거를 둔 사회적 모델이라고 볼 수 있죠."

난 무슨 말을 해야 할지 몰라 잠시 멍하니 그를 바라보았다. 노벨리는 눈썹을 치올린 채로 떨리는 눈빛으로 내 반응을 살피고 있었다.

"지금 농담하시는 거겠죠."

"전혀 아닙니다, 선생님. 우리가 비록 자유주의 정책을 펼치긴 하지만, 수백만 명의 사람들이 자신의 삶에 만족하지 못한다는 사실은 곧 자원의 분배가 잘못되었음을 의미하는 것입니다. 그래서 우린 그런 불필요한 손실에 대항해 싸우려는 열망을 품게 된 것입니다, 너무 늦기 전에 말이죠."

"그래서 대체 무엇을 어떻게 할 작정인데요?"

"원하는 모두에게 두번째 기회를 줄 생각입니다. 적절한 표현일지 모르겠지만, 본인들이 더이상 원치 않는 삶들을 '바구니에 한데 모아' 그들 사이에 재분배하는 방식으로 말입니다. 이해를 돕기 위해 당신의 경우를 예로 들어보죠. 만약 내일 당장, 당신이 새로운 삶을 제비뽑기할 수 있다면, 그래도 당신은 여전히 자살을 하려고 들까요? 당신 삶을 다른 사람과 바꿀 수 있는 기회가 주어진다고 해도?"

"지금 대체 무슨 얘기를 하는 겁니까? 그런 얘기가 아무런 의미가 없다는 걸 모르냔 말입니다!"

"선생님," 갑자기 그의 어조가 더욱더 엄숙해졌다. "오늘밤 당신은 스스로 목숨을 끊으려고 했습니다. 나락으로 떨어지려 했단 말입니다. 삶이라는 신성한 선물을 아무런 미련 없이 깨끗이 포기하려고 한 겁니다. 내가 당신한테 제안하고 싶은 건, 과거를 모두 지우고 새롭게 출발하라는 것입니다. 이미 오십여 명의 사람들이 그렇게 하기로 수락했습니다……"

그는 다시금 강렬한 눈빛으로 나를 뚫어질 듯 바라보았다. 마치 빨아들이기라도 할 것처럼 상대를 굴복하게 만드는 그의 시선 앞에서 난 어떤 저항도 할 수 없었다. 머리가 굳어지면서 그의 논증에 반박하는 것이 불가능하게 느껴졌다. 잠시 멍하니 있던 난 맥빠진 목소리로 물었다.

"그런데…… 당신 말이 모두 사실이라고 한다면, 그 모든 게 어떻게 이루어지는 거죠?"

그러자 노벨리의 얼굴에 환한 미소가 번지면서 턱 아래쪽에 보조개가 팼다. 그는 내가 더이상 원칙적인 반론을 제기하지 않는다는 사실에 안도하는 듯 보였다. 이제 다른 나머지는 세부 사항에 불과한 것처럼.

"혹시 〈운명의 수레바퀴〉라는 오래된 방송을 기억하십니까?"

"네, 어렴풋이요." 난 조금 놀라 대답했다.

"말장난을 하자는 게 아니라, 우리가 도입하려는 게 대략 그런 개념이라고 보시면 됩니다. 이 프로젝트의 개요는 다음과 같습니다. 나이와 성별이 같은 열 명의 자살 지원자가 한 그룹을 이루게 됩니다. 그들은 더이상 자신의 삶을 견디지 못하고, 또다른 삶을 우연에 맡길 준비가 돼 있는 사람들이죠. 그것이 어떤 것이든 간에요. 거대한 운명의 수레바퀴가 지원자들 사이에 운명을 재분배할 것입니다. 우린 그 방송을 〈두번째 기회〉라고 명명할 생각입니다……"

"방송이라고요?" 난 믿을 수 없다는 표정으로 자리에서 벌떡 일어나면서 외쳤다. "그거였습니까? 말랭보 대통령의 원대한 프로젝트라는 게? 소위 정치적 신념이라는 게? 이건 글로벌비전의 금고를 채우기 위한, 관음적 욕망을 자극하는 또하나의 어리석은 짓거리로밖엔 보이지 않는군요!"

"우리 의도를 오해하진 마십시오. 텔레비전 방송은 목적이 아니라 하나의 수단일 뿐입니다. 이 실험의 영향력을 극대화하면서 투명성을 보장하고, 이 프로젝트에 대한 대중의 참여도를 평가하기 위한 것입니다. 우리가 보여주려는 건 진정한 사회적 혁명이라는 것을 잊지 마세요."

"웃기는 얘기 그만하시죠! 그건 예술이라는 이름으로 포장한 리얼리티쇼일 뿐이라고요!"

"바라티에 씨," 그는 내 눈을 똑바로 쳐다보며 말했다. "겨우 한 시간 전만 해도 당신은 입에 권총을 물고 있었습니다. 그리고 아직 그 선택을 할 수 있습니다. 그건 당신의 지극히 정당한 권리니까요. 하지만 내가 오늘밤 당신과 꼭 얘기하려고 했던 이유는, 새로운 선택이 당신 앞에 놓여 있다는 걸 알려주기 위해서였습니다."

그는 살짝 미소를 지어 보이고는 깍지 낀 두 손을 턱 아래 괸 채 내 침묵을 암묵적인 동의로 받아들이고 얘기를 계속했다.

"첫번째 방송은 모레, 토요일 저녁입니다. 프라임타임에 생방송으로요. 우린 마흔 살의 남성 지원자 열 명과 실험을 시작할 것입니다. 거기엔 다양한 사회계층에 속하는 사람들이 등장할 겁니다. 백만장자부터 부랑자에 이르기까지. 그들 모두는 스스로에게 두번째 기회를 주기로 결정했습니다. 죽음보다는 우연에 자신을 맡기기로 선택한 것이죠. 물론 당신에게는 아직 다른 선택을 할 자유가 있고요……"

난 두꺼운 석고 조각 같은 생각 속에 굳은 채 아무런 말도 하지 않았다. 수많은 물음이 머릿속에서 서로 부딪쳤다. 그리고 해로운 의혹이 조금씩 싹트기 시작했다.

"하지만…… 그러니까 구체적으로 말하면, 나보고 지금 다른 사람의 인생을 제비뽑기로 선택하라고 제안하는 겁니까? 그 사람과 삶을 맞바꾸라고? 그런 건가요?"

"그렇습니다. 바로 그겁니다."

"하지만 나머지는 어떻게 할 건데요? 그러니까…… 가족은? 아내는? 아이들은? 직장은요? 그들의 재산은? 집은 어떻게 할 겁니까?"

"바꾸는 겁니다, 선생님, 모두 바꾸는 거죠. 당신이 응한다면, 이 실험이 끝난 후 당신의 호적과 그에 귀속된 모든 권리는 다른 사람에게 이양될 것입니다. 여기서 공권력이 개입하는 것이고요. 생각조차 할 수 없었던 실험을 법적으로 가능하게 하기 위해서죠. 최고 권력을 이용해 공공의 안녕을 실현하는 것입니다!" 그는 순간적으로 고양된 어조로 외쳤다.

난 몹시 흥분해서 그를 바라보았다. 그의 얼굴에서 비현실적인 요소를 찾아보면서. 내가 이상한 옛날이야기 속에 들어와 있는 건 아닌지, 아니면 혹시, 내가 이미 죽은 건 아닌지 알려줄 무언가를 찾아내려 했다.

"그게 말이죠…… 난 아무래도……"

"모두들 망설였습니다." 그는 손바닥을 치켜들면서 내 말을 가로막았다. "모두들, 예외 없이. 어떤 이들은 그들의 음울한 계획을 그대로 밀고 나가길 원했고, 또 어떤 이들은 스스로에게 또다른 기회를 주기로 결심했습니다. 또다른 삶을 사는 거죠. 그리고 우린 당신이 그들과 합류하기를 진심으로 바라고 있습니다."

그는 여전히 내 눈을 응시하면서 얘기를 잠시 멈추었다. 그러더니 나에게 따뜻한 미소를 보이며 자리에서 일어났다.

"잘 생각해보시기 바랍니다. 앞으로 스물네 시간 내에 답을 주셔야 합니다. 시간이 없거든요. 아까도 말했지만 〈두번째 기회〉의 첫 방송은 토요일로 예정되어 있습니다. 그리고 대통령은 바로 내일부터 텔레비전 담화에서 그 사실을 예고할 것이고요. 이 모든 건 지금으로선 극비입니다. 따라서 당신도 비밀을 지켜주시기를 부탁드립니다."

그는 나를 굽어보면서 악수를 청했다.

"난 아마 오늘밤이면 죽을 텐데요." 이번에는 내가 자리에서 일어나 쓸쓸한 표정으로 입을 비죽거리면서 중얼거렸다.

"어쩌면요, 바라티에 씨. 어쩌면 그럴지도 모르죠. 그건 당신의 선택이고, 아무도 거기에 이의를 제기할 순 없을 겁니다. 내 임무는 당신에게 또다른 대안이 존재한다는 걸 알려주는 것입니다. 이젠 잘 생각해보는 일만 남았습니다."

그는 내 손을 한참 동안 꼭 잡고 놓아주지 않았다. 그의 눈에서는 호의가 느껴지는 열정과 신비롭기까지 한 빛이 뿜어져나오고 있었다. 그의 손을 잡았을 때 난 우리가 곧 다시 만나게 되리라는 것을 알았다.

6

아랍인은 나를 다시 차에 태워 스타시티까지 데려다주었다. 가는 내
내 우린 단 한마디도 하지 않고 완벽한 침묵 속에서 세차게 내리치는 빗
속을 뚫고 달렸다. 와이퍼의 삐걱거리는 소리만이 정적을 깨뜨리는 음
악처럼 들려왔다. 노벨리가 내게 했던 말이 계속 내 머릿속에 울려퍼졌
다. 평온함과 불안을 동시에 느끼게 하는 메아리처럼 둔탁한 떨림으로.

아랍인이 나를 아파트 앞에 내려주었을 때는 밤 열한시가 조금 넘은
시각이었다.

"다 왔습니다, 선생님. 목적지에 도착했습니다."

난 들릴락 말락 하는 소리로 그에게 인사를 하고 차에서 내렸다. 그
리고 건물의 유리문을 어깨로 밀고 들어가 낙서가 가득한 오래된 엘리
베이터를 타고 위로 올라갔다.

집으로 들어서자마자 닭고기 탄 냄새가 진동했다. 현관 안으로 몇 발
짝 들어서면서 오른편을 흘끗 쳐다보았다. 불빛은 환한데도 부엌에는
아무도 보이지 않았다. 복도로 들어서자 텔레비전 소음이 들려왔고, 식

당엔 아직 식탁이 차려진 그대로였다. 식탁에는 금실로 수놓은 어여쁜 청록색 식탁보가 깔렸고 그 위에는 결혼식 때 선물로 받은 은촛대 두 개가 놓여 있었다. 식탁 중앙에는 조그만 감자들로 둘러싸인 새까맣게 타버린 커다란 통닭이 금갈색 국물에 잠긴 채 누워 있고, 닭의 항문에 선 파슬리를 뿌린 버터가 녹아 서서히 흘러나오고 있었다. 옆에는 은색 초 사십 개가 꽂힌 초콜릿 케이크와 반쯤 먹다 만 케이크 한 조각이 접시 가장자리에 엎어져 있었다.

"어디 갔다 왔는지 말해줄 수 있어?"

나를 부르는 따가운 목소리를 향해 시선을 돌렸다. 잔이 단단히 벼르는 표정으로 빛바랜 베이지색 가죽소파 가운데 앉아 있었다. 티보는 그녀 곁에 앉아 텔레비전 화면에서 눈을 떼지 않고 있었다. 아이는 내가 들어온 것조차 모르는 듯했다.

"어디 갔다 왔는지 말해줄 수 있냐니까?" 잔은 분노와 불안이 뒤섞인 어조로 거듭 물었다.

난 외투를 벗지도 않고 그녀 앞에 놓인 낡은 진홍빛 벨벳 안락의자에 털썩 주저앉았다.

"사무실에 다시 들러야 했어. 급한 일이 있다고 연락이 왔거든." 난 멍하니 힘없는 목소리로 대답했다.

"사무실에 있었다고? 밤 열한시까지? 마흔 살 생일날 밤에? 당신 지금 나 놀리는 거야?"

"아니, 당신 놀리는 거 아냐, 잔. 사실이야."

"마르크, 난 당신을 위해 파티를 준비했어. 난…… 난…… 티보와 난 정말……"

잔은 목소리가 갈라지더니 급기야 울음을 터뜨렸다.

"잔, 제발……" 난 위로하기보다는 지친 투로 말했다.

하지만 더는 무슨 말을 해야 할지 몰랐다. 아무 말도 생각나지 않았다. 내 앞에 앉아 있는 아내와 아들을 바라보았다. 재앙 같은 내 인생이 한꺼번에 명치를 짓누르는 느낌이었다.

"아빠, 생일 케이크 촛불 안 꺼?"

티보가 콧소리를 내며 졸랐다. 자신에게는 전능한 신과도 같은 텔레비전을 잠시 내버려둔 채 아이는 검지손가락으로 코를 파면서 천진한 표정으로 나를 바라보았다. 난 애정과 연민이 뒤섞인 감정으로 애써 미소를 지어 보이면서 말없이 아이의 얼굴을 응시했다. 주근깨가 난 매끄럽고 해맑은 얼굴 속으로 이제 몇 년 후면 아이의 피부를 뒤덮을 여드름과 온갖 잡티가 보이는 것 같았다. 아이가 미래에 겪게 될 불운이 눈앞에 선하게 떠올랐다. 티보, 내 아들, 사랑하는 내 아들. 간절히 원해서 얻은 아이는 아니지만 그래도 사랑하는 내 아들이었다. 난 아이가 아주 못생긴 어른으로 자라나리라는 것을 이미 알고 있었다.

"응, 아빠? 촛불 안 꺼?"

아이가 콧구멍에서 작고 푸르스름한 코딱지를 파내서 잠시 들여다보다가 입속으로 집어넣었다.

"안 돼, 티보! 그러면 안 된다고 대체 몇 번이나 말했니?" 잔이 아이의 팔을 찰싹 때리면서 소리쳤다.

티보는 낑낑 소리를 내다가 큰 소리로 훌쩍거리기 시작했다. 잔은 마스카라가 번진 눈물을 닦아냈다. 더는 참을 수가 없었다.

"난 이제 그만 가서 자야겠어."

돌아서는 내 등뒤로 점점 더 커지는 잔의 울음소리가 들려왔다. 하지만 난 그들을 무시하기로 했다. 무엇보다 절대로 뒤돌아보지 않기로 마음먹었다.

복도를 걸어가는 동안 또다시 노벨리를 떠올렸다. 그의 매혹적인 시선과 부드러운 목소리를. 방문을 밀고 들어가면서, 혼수상태와 같은 잠에 빠져들고 싶은 마음이 간절했다. 그 어느 때보다 나를 압도하는 이 현실로부터 달아나고 싶었다.

대체 내게 무슨 일이 일어난 것일까?

난 서둘러 옷을 벗어 바닥에 내던진 다음 알몸으로 침대 한가운데 길게 누웠다. 눈을 감고 머릿속을 텅 비워버리려 했지만 노벨리의 얼굴이 계속 내 눈꺼풀 너머에서 어른거렸다.

이렇게 여전히 살아 있는 채로 침대에 누워 내가 대체 뭘 하고 있는 거지? 벌써 한참 전에 축 늘어진 채로 여기 누워 있어야 했을 내가. 양복에 감겨 있는 푸르죽죽해진 몸뚱이, 시트 위에는 박살나버린 머리가 나뒹굴고 있어야 했는데.

어쩌다 내 계획이 이렇게 틀어진 것일까? 무엇 때문에 내 계획을 실행에 옮기지 못한 것일까? 어쨌거나 내 권총은 여전히 이곳에 있었다. 총알이 장전된 채로 서랍 속 그 자리에.

하지만 내 안의 무엇인가가 완전히 달라졌음을 느낄 수 있었다. 나를 죽음으로 몰아가던 날카로운 외침은 더이상 들리지 않는 것 같았다. 하루종일 나에게 자살에 대한 열망을 안겨주던 그 외침. 그렇다고 해서 더이상 절망을 느끼지 않거나, 내 삶에 더 애착을 가지게 된 것은 아니었다. 하지만 더이상 그 외침이 들리지 않는 것만은 분명했다. 그랬다. 오늘밤, 내 안의 무언가가 천천히 가라앉아 완전히 침몰해버리기 전에 산산조각나버린 것이다. 아직 연기가 피어오르는 잔해가 내 안에 가득한 느낌이었다. 그리고 그 혼란스러운 풍경 속에서 마음은 평온했다.

노벨리는 내 영혼에 어떤 영향력을 발휘한 것일까? 대체 어떤 신비한 힘을 가지고 있기에? 그가 내게 무슨 짓을 했기에 아직까지 내가 삶에 대한 애착을 버리지 못하고 있는 것일까?

마음의 동요와 극도의 피로감에 눈물이 핑 돌았다. 냉정을 되찾으려 정신을 가다듬고 있을 때 방문이 열리는 소리가 들렸다. 역광 속에 문간에 서 있는 잔의 모습이 보였다.

"티보는 재웠어." 그녀는 나를 향해 다가오면서 나지막한 목소리로 말했다.

그녀는 어둠 속에서 옷을 벗어 바닥에 떨어뜨린 다음 팬티를 벗고 알몸으로 침대에 걸터앉았다.

"마르크, 무슨 일인지 말해줘. 알고 싶어."

그녀의 조그만 갈색 눈이 희미한 빛 속에서 반짝였다. 입술의 움직임을 알아볼 수는 없었지만, 그녀의 목소리는 먼 곳, 평행우주에서 들려오는 것 같았다.

"컴컴한 데서 그렇게 누워서 대체 뭘 하고 있는 거야? 혹시 마흔 살이 되었다고 우울해서 그러는 거라면……"

"그런 거 아니야."

"그럼 왜 그러는데? 마르크, 제발 얘기를 좀 해봐."

"아무 일도 아니라니까."

"아무 일도?"

"그래."

그녀는 길게 한숨을 내쉬었지만 더는 묻지 않았다. 아마도 오랫동안 나의 자폐적인 기질에 적응했기 때문일 터였다. 그녀는 아무것도 이루어내지 못한 예술가의 고뇌를 껴안고 살아가는 괴팍한 남자를 사랑하는 법을 터득했던 것이다. 그랬다. 세월이 흐르고 실망은 쌓여갔지만, 그럼에도 불구하고, 잔은 변함없이 있는 그대로의 나를 사랑했다. 하지만 내가 별 볼 일 없는 존재라는 것을 스스로 잘 아는 나에게 그녀의 사랑은 그저 도식적인 것에 지나지 않았다. 그녀는 내 배에 손을 얹고 어루만지기 시작했다.

"당신 긴장을 좀 풀어야 할 것 같아, 알지……"

생일날 밤에는 부부관계를 하기로 한 암묵적인 합의를 떠올리면서 난 겁에 질린 채 힘겹게 침을 삼켰다. 잔은 아마도 그 오래된 전통을 잊지 않고 있는 듯했다. 티보가 태어난 뒤로 우리가 잠자리하는 일은 더욱 드물어졌지만, 우린 아직까지 부부로서의 의무를 은밀히 떠올리게 하는 기념일만은 잘 지켜왔다.

"잔, 나 정말 피곤하거든." 난 어떻게든 그 순간을 모면해보려 했다.

"걱정하지 마. 당신은 애쓰지 않아도 돼." 잔은 음탕한 미소를 지으며 말했다.

그러고는 내 페니스를 향해 머리를 숙였다. 난 눈을 감고 깊이 숨을 들이마시고는 나를 감싼 그녀의 입속에서 단단해질 수 있도록 정신을 집중했다. 신혼 초, 지금보다 더 젊었던 잔의 모습을 떠올려보면서. 탄력 넘치던 그녀의 관능적인 육체를 게걸스럽게 탐하던 그 시절을. 그녀의 경쾌한 웃음소리 하나에도 정신을 빼앗기던 그때를. 아마도 함께 행복의 부스러기를 주워담은 적도 있었을 것이다. 그랬다. 어쩌다 행복했던 순간도 있었을 것이다. 하지만 그 모든 건 오래가지 못했다. 진창 같은 현실이 우리를 덮쳐왔다. 그리고 난 그런 불만족스러운 삶에 당당히 맞섬으로써 활기 넘치는 이 여인에게 합당한 행복한 삶을 선사해주지 못했다.

"좋아?" 잔이 속삭였다.

"응. 계속해."

추억과 회한은 발기에 별 도움이 되지 않아, 머릿속에서 잔의 얼굴을 쫓아버리고 대신 난잡하고 아주 저속한 장면을 떠올렸다. 오금과 허벅지, 허리, 배, 유방, 분비샘, 그리고 바짝 당겨진 고환이 뒤엉킨 난장판을. 그렇게 해서 난 잔이 올라탈 수 있을 만큼 충분히 단단해질 수 있었고, 흥분한 그녀는 내 페니스를 한 손으로 움켜쥔 채 나를 덮쳤다. 하지만 그녀의 질 속에 들어가자 또다시 힘이 빠지고 말았다. 그녀는 골반을 굼실거리고 몸을 마구 움직이면서 서툴게 나에게 자신의 몸을 비벼 댔다. 난 그녀의 몸안에서 페니스가 물렁해진 것을 감추고 그녀 안에서 빠져나오지 않도록 요동치는 그녀를 저지해야만 했다. 그러다 마침내 잔은 입술을 깨물고 소리 없이 오르가슴에 도달했다.

그러자 난 어떤 충동에 나 자신을 내맡겨야 하는지 망설여졌다. 눈물 속에 녹아들고 싶은 욕구와 웃음을 터뜨리고 싶은 욕구 사이에서. 잔이 섹스에 임하는 열정과 절망에서 뿜어져나오는 이 에너지, 그리고 마치 심장 마사지라도 하는 것처럼 내 가슴에 손을 댄 채 나를 사랑해주는 방식에 뭉클해졌다.

하지만 그녀는 자신이 이미 죽어버린 남자의 몸에 올라탔다는 것을 알고 있었을까? 자신이 시체를 강간했다는 걸 짐작이나 했을까? 어쩌면 우리의 육체가 결합한 게 마지막일지도 모른다는 것을?

그런 음산한 생각이 들자 난 터져나오려는 울음을 억눌러야 했다. 잔은 아마도 오르가슴으로 인한 경련이라고 착각했을 것이다. 그녀가 무릎으로 딛고 몸을 일으키자 그녀의 몸에서 내 페니스가 미끄러져 나오는 게 느껴졌다. 그것은 젤라틴처럼 물컹한 달팽이 발 같았다. 잔은 숨을 헐떡이면서 내 옆에 드러누웠다. 잠시 동안 우린 똑같은 리듬에 맞춰 함께 호흡하며 천장을 바라보았다. 우리 침대 바로 위에 난 구불구불한 균열이 여전히 그곳에 있었다. 난 숨을 고르다가 불현듯 아직 한 가지 의문이 나를 사로잡고 있음을 깨달았다. 노벨리에게 뭐라고 대답할 것인가?

난 말없이 몸을 일으켜 욕실 쪽으로 천천히 걷기 시작했다. 마치 노벨리가 나를 따라오는 것 같았다. 그의 매끈한 머리와 날렵한 손가락. 담배 연기의 후광 속에서 그가 내게 했던 모든 말들이.

세면대에서 얼굴과 손과 성기를 씻었다. 오늘 하루의 유일한 목표에서 나를 멀어지게 했던 모든 것들을 다시 떠올렸다. 내가 평화롭게 죽는 것을 방해했던 일련의 사건들을. 맨 먼저, 무시해버렸어야 할 이메일, 결코 걸지 말았어야 할 전화번호, 그리고 해방을 몇 초 남겨둔 채 생각 없이 받았던 전화……

얼룩진 거울 속 내 얼굴을 유심히 들여다보니, 내가 아직 죽지 않은 이유를 이해할 수 있을 것 같았다. 나를 좀먹던 절망과 고통, 공허감에도 불구하고, 내 안 어딘가에선 무언가가 계속해서 불타오르고 있었던 것이다. 그것은 바로 호기심이라는, 가냘프지만 꿋꿋한 불씨였다.

난 욕실에서 나와 다시 방으로 향했다. 노벨리의 얼굴이 어둠 속에서 내게 미소 짓고 있었다. 마치 다정한 유령처럼.

난 다시 침대에 누웠다. 잔은 어느새 코를 골고 있었다.

난 결심이 섰다.

7

다음날 새벽에 잠이 깼다. 놀라우리만치 침착하고 의연한 상태였다. 수면제도 먹지 않았는데 한 번도 깨지 않고 푹 잤다. 잔은 내 옆에서 베개에 한쪽 다리를 올려놓은 채 태아 자세로 잠들어 있었다. 그녀는 언제나 야생아처럼 몸을 움츠리고 잤다. 난 잠시 그녀를 바라보았다. 그녀에게서는 천진함과 연약함이 동시에 느껴졌다. 내가 곧 그녀에게 안겨줄 끔찍한 일을 생각하니 가슴이 조여드는 기분이었다.

하지만 내겐 다른 선택이 없었다.

나 자신보다는 그녀와 우리 아들의 행복을 위한 결심이었다.

그리고 언젠가는 그녀도 이해해주리라 믿었다.

난 침대에서 빠져나와 알몸으로 조용한 아파트 안을 걸어다니기 시작했다. 새로운 에너지가 내게 활기를 불어넣는 것 같았다. 마치 새롭게 선보이는 기계, 피스톤에 기름칠이 잘된 유기적인 모터가 된 듯했다. 새로 프로그래밍된 인조인간처럼, 소프트웨어 같은 이성적인, 외부의 힘으로 작동하는 느낌이었다.

욕실에 들어가 샤워기 밑에 서서 수도꼭지 손잡이를 툭 밀었다. 샤워기에서 뿜어져나온 물이 목덜미와 어깨에 부딪히면서 매끄러운 몸을 타고 부드럽게 흘러내렸다. 물은 여러 줄기로 나뉘어 가슴과 배, 허벅지와 장딴지, 뼈마디만 불거진 앙상한 팔을 따라 흘러내렸다. 처음엔 미지근하다가 점점 뜨거워지는 물줄기 아래에서 내 몸이 깨끗해지는 동안, 여기서 이대로 녹아 없어질 수도 있겠다는 생각이 들었다. 맹렬하게 쏟아지는 물줄기의 공격에 침식당해, 늙은 황소의 눈처럼 나를 주시하고 있는 배수구 속으로 빨려들어갈지도 모른다는 생각이.

난 에나멜 욕조 밖으로 나와 목욕 가운을 걸치고 벽에 걸린 거울 앞에 서서 흰색 허연 통을 들어 얼굴에 크림을 찍어발랐다. 그러면서 마치 새로운 얼굴이라도 만들어내려는 것처럼 두 손으로 양 뺨을 치키고 관자놀이를 잡아당겨보았다. 하지만 거울에 비친 나는 여전히 내 모습 그대로였다. 빠져버린 머리, 다크서클, 생기 없는 얼굴. 결정적으로 나는 늙어가고 있었다. 내 머리뼈를 뒤덮은 밋밋하고 탄력 없는 살은 내 몸의 다른 부분과 마찬가지로 축 늘어져 있었다. 난 거울 앞에 꼼짝 않고 서서 잠깐 동안 생각했다. 난 배설물로 가득찬 자루에 불과하다고. 그런 이미지는 내가 나 자신 및 다른 이들과 이루는 관계를 구성하면서 끊임없이 나를 괴롭혔다. 특히 혼잡한 상황에서 종종 그런 생각이 들었다. 엘리베이터 속에 끼어 있을 때나 만원 버스에서 흔들릴 때. 때로는 심지어 섹스중에도. 그렇다, 난, 아니 우리 모두는 썩어가는 배설물을 끌고 다니는 움직이는 커다랗고 불룩한 배에 불과했다.

난 얼굴에 차가운 물을 뿌린 다음 아직 젖은 머리를 빗질했다. 그러고는 깨끗한 셔츠와 팬티, 양말, 전날 입었던 구겨진 양복을 입었다. 내 무미건조한 삶에서 바뀐 것은 아무것도 없었다. 하지만 난 이전과 완전히 똑같은 존재가 아님을 느낄 수 있었다. 내 안의 무언가가 달라져 있었다. 그것도 아주 철저하게. 내가 이미 다른 사람이 된 것 같았다. 더 단호하고, 덜 나약한, 말하자면 더 활력 넘치는 존재가 된 듯했다.

집을 나설 때에야 비로소 내가 이른 새벽에 일어났다는 것을 깨달았다. 문을 닫고 보니 겨우 일곱시밖에 되지 않았던 것이다. 무언가를 하기엔 너무 이른 시간이었지만 더이상 집에 있을 수 없었다. 절박한 느낌이 나를 재촉했다. 나를 둘러싼 벽과 친근한 냄새, 폐쇄적인 분위기를 떠나야만 했다. 아직 그곳에 잠들어 있는 여인과 아이로부터 벗어나야만 했다.

그리고 그 나머지 것들.

그 나머지 모두로부터.

난 서둘러 계단을 내려가 넓은 광장을 가로질러갔다. 얼음장처럼 차가운 이슬비에 정신이 번쩍 들었다. 밖은 아직 어두웠다. 정처 없이 걷던 나는 무의식적으로 가장 가까운 카페로 향했다. 카페 안으로 들어서자 아직 그곳에 남아 있는 자벨수 냄새와 차가운 담배 냄새에 질식할 것만 같았다.

"뭘 드릴까요, 손님?"

입에 담배를 문 주인이 카운터 뒤에서 나를 곁눈질하며 물었다. 그의 앞에는 청소부 넷이 카운터에 팔꿈치를 기댄 채 커피를 홀짝거리고 있었다. 난 잠시 머뭇거리다가 구석 자리로 가서 앉았다.

"커피 주세요…… 그리고 보드카 한 잔도요."

"보드카요?"

"네. 보드카요."

그가 "고약한 아침식사로군" 하고 중얼거리는 소리가 들렸다. 그러자 바에 있던 사내 넷이 소리 없이 히죽거렸다. 난 그들의 야유 따위엔 개의치 않고 담배에 불을 붙여 첫 모금을 한참 동안 입속에 머금고 있었다. 사실 전날밤부터 갑작스레 술을 마시고 싶은 욕구가 일어나 스스로 놀라고 있었다. 내게 무슨 일이 일어난 것일까? 어쩌면 빈사 상태인 내 몸에 일말의 생기라도 유지하기 위해 알코올만이 줄 수 있는 몸 안의 뜨거운 느낌, 그 열기가 필요했던 건 아닐까? 어쨌거나 아침부터 술을 찾는 증상은 불안이나 우유부단과는 상관없었다. 이제 내 머릿속에서는 모든 것이 더할 나위 없이 명확했기 때문이다. 의심은 사라지고, 내 선택은 확고했다. 이제 그에게 전화를 하기만 하면 되었다.

손목시계를 보니 겨우 일곱시 십오분이었다. 난 기본 예의를 갖추기 위해 마음속으로 초조함을 억눌렀다. 그리고 정각 여덟시에 그에게 전화하기로 마음먹었다.

"여기 주문하신 것 나왔습니다! 커피, 그리고 보드카 한 잔요!" 주인이 수선을 떨며 탁자 위에 소란스럽게 잔을 내려놓았다.

"고맙습니다."

난 두 가지 음료 사이에서 한동안 망설였다. 마치 그 둘이 이율배반적인 힘을 지닌 묘약이라도 되는 것처럼. 내 이성은 커피잔을 집어들라고 했지만, 난 얼음이 달그락거리는 투명한 액체 쪽으로 무심코 손을 뻗었다. 보드카잔에 입술을 담그자 뱃속이 불타오르는 것 같았다.

"고맙습니다." 난 눈을 감고 입가에 미소를 띤 채 혼잣말로 중얼거렸다.

그때 주인의 개가 내게 다가오더니 킁킁거리며 발냄새를 맡았다. 그러더니 별 냄새를 맡지 못했는지 획 돌아서서 그 자리를 떠나버렸다. 혹시 죽음의 냄새를 맡은 것은 아닐까. 무심히 멀어지는 개를 지켜보면서 그런 생각이 들었다. 어떤 이들은 늙은 개한테 그런 능력이 있다고 주장하기도 하지 않는가. 내 시선이 옆 탁자에 놓인 신문으로 향했다. 난 대체로 조간신문을 읽지 않는 편이었다. 별의별 사건 사고가 등장하는 기사들을 읽다보면 구역질이 났다. 하지만 삼십 분을 더 기다리는 동안 딱히 할일도 없던 터라, 조금 더 취하기 위해 보드카를 한 모금 더 마신 다음 구겨진 신문을 집어들었다.

신문 일면에는 특별한 기사가 눈에 띄지 않았다. 늘 그랬듯이 여전히 말랭보에 관한 기사가 대문짝만하게 실렸을 뿐이었다. 이 무가지가 그의 그룹 소유라는 사실을 생각하면 그다지 놀랄 일도 아니었다. 4도 인쇄로 정성들여 만든 페이지의 반을 미소 짓고 있는 그의 사진이 차지했다. "순항중인 대통령!"이라는 열광적인 타이틀이 돋보였다. 그 아래에는 굵은 이탤릭체로 캡션이 달려 있었다. "그를 향한 비판과 논쟁에도 불구하고, 말랭보 대통령은 오늘밤 새로운 개혁안을 발표하기 위해 기자회견을 앞두고 있다. 제도와 경제, 공교육 다음으로 그는 사회복지 분야에 집중할 전망이다."

기사 전체를 훑어보았지만 〈두번째 기회〉에 관해선 어떤 언급도 발견할 수 없었다. 정부의 실용주의에 대한 간략한 칭송과 그것이 사회문제에 확대 적용될 것이라는 암시뿐이었다. 노벨리의 말은 거짓이 아니었다. 그들의 계획은 아직 비밀로 지켜지고 있었다.

난 보드카를 홀짝거리면서 신문을 계속 뒤적였다. 나도 모르게 여러 뉴스가 눈에 들어왔다. 실업률 감소, 개선된 가족 관계, 극동의 갈등 촉발 위협…… 밖에서는 낮게 깔린 무채색 하늘 아래 여명이 밝아오고 있었다. 윙윙거리며 거리를 청소하던 청소차가 카페 입구 앞에 잠시 멈춰섰다. 차에서 뿜어내는 세찬 물줄기가 더러워진 보도를 닦아내며 동시에 내가 앉은 자리 바로 앞 유리창에도 물이 튀었다. 커다란 초록색 차는 거리 정화의 임무를 쉼없이 수행하며 천천히 다시 가던 길을 갔다. 멀어지는 청소차를 바라보면서 더 차분해지고 평온해진 나 자신을 느꼈다.

술기운과 누적된 피로 때문에 나른해진 몸으로 아침의 부산스러움에 나를 내맡겼다. 그렇게 평화로운 무감각 상태 속에서 얼마간의 시간이 흘러갔다. 그러다 또다시 시계를 들여다보니 어느덧 여덟시였다.

난 잠시 두려움 혹은 흥분 때문에 배에 경련이 일겠거니 생각했다. 하지만 잔 바닥에 남아 있던 보드카를 단숨에 마셔버리자 두려움이 곧 사라졌다. 마시지도 않은 커피에 집게손가락을 담가보았다. 차갑게 식었지만 그래도 알코올의 효과를 완화하기 위해 한 모금 마셨다. 그러고는 주머니에서 휴대전화를 꺼내 마지막 통화 번호를 눌렀다.

첫번째 신호음이 울렸다.

두번째 신호음.

"여보세요?"

그의 목소리를 듣고 나는 굳어버렸다. 잠시 잊고 있었던 현실을 갑자기 내게 다시 일깨워주는 것 같았다.

"여보세요?" 반복해서 말하는 그의 목소리에선 일말의 초조함도 느껴지지 않았다.

난 내게 남은 힘을 모두 그러모았다. 확신이 느껴졌다. 새로운 의지가 내게 생명력을 불어넣어주리라 믿어 의심치 않았다.

"접니다. 마르크 바라티에. 당신 제안에 대해 곰곰 생각해봤습니다. 받아들이기로 결심했고요."

몇 초 동안 전화기 반대편에서는 아무 소리도 들리지 않았다. 오직 내 심장 뛰는 소리만 들려왔다. 잠시 혼선이 있었지만, 이전보다 더욱 더 열정적으로 느껴지는 그의 목소리를 또렷하게 들을 수 있었다.

"아주 반가운 소식이군요. 훌륭한 선택을 한 겁니다. 거기 그대로 계십시오. 당장 카림을 보내겠습니다."

"알겠습니다. 지금 카페인데, 여기가……"

"어딘지 압니다. 잠시 후에 뵙죠."

노벨리는 더이상의 인사치레 없이 전화를 끊었다. 그로부터 이 분도 채 되지 않아, 내가 카운터에서 계산하는 사이 세단 한 대가 카페 앞에 멈춰 섰다. 차창이 내려가면서 피곤한 기색이 역력한, 칙칙한 낯빛의 아랍인 운전기사가 나타났다. 난 카페에서 나가 차문을 열고 뒷좌석에 앉았다.

"또 뵙는군요, 선생님." 그가 돌아보며 말했다.

그는 전날밤에 입었던 똑같은 스리피스 양복에 파묻혀 있었다. 셔츠와 넥타이도 그대로였다.

"또 보는군요, 카림. 카림 맞죠?"

"네, 선생님, 그렇습니다."

"빨리도 왔군요……"

"그렇습니다, 선생님."

"날 미행했나보군요, 그렇죠?"

그가 힘차게 차를 출발시켰다. 그리고 잠시 후 백미러로 나를 흘끔거리면서 단숨에 읊어대듯 대답했다.

"죄송합니다. 선생님. 전 대답해드릴 수가 없습니다."

난 그가 나한테 더 자세한 얘기를 해줄 수 있는 입장이 아니라는 것을 간파하고는 그에게 질문하기를 포기하고 잠시 편안하게 쉬기로 마음 먹었다. 차 안이 히터로 더워져 새 가죽 시트에서 풍기는 향기가 더욱 더 진하게 느껴졌다. 보드카 덕분에 다소 취기가 오른 나는 달리는 내내 꼬박꼬박 졸다가 때로 달콤한 선잠에 빠져들기도 했다. 졸다가 잠깐 희미하게 정신이 들 때는 잔과 티보, 부모님, 나의 유년 시절, 그리고 정말로 소중했던 몇몇 사람이 떠올랐다. 난 살아오는 동안 특별히 기억에 남았던 일들과 내가 매달릴 만한 두드러진 순간들을 기억해내려 했다. 하지만 헛수고였다. 모든 것이 미끄러져 달아나버렸다. 마치 감정이 죽어버린 것만 같았다. 난 이미 또다른 세계를 향해 가고 있는 듯했다.

"다 왔습니다, 선생님. 목적지에 도착했습니다."

난 아랍인의 목소리에 화들짝 놀라 잠에서 깨어났다. 한쪽 눈을 뜨고 시계를 보니 아홉시가 지나 있었다. 난 차에서 내려 몇 걸음 걸어가다가 기지개를 켰다. 창고형 건물에는 햇빛이 들지 않는 탓에 무대 장식들이 희미한 빛에 잠겨 있었다. 멀리 두 개의 할로겐 조명판이 붙어 있는 카메라 주위에서 분주하게 움직이는 기술팀이 보였다.

"오늘이 〈당신을 도우러 갑니다〉를 촬영하는 날이거든요!" 카림이 감탄어린 투로 말했다.

"그렇군요." 난 여전히 졸음을 떨쳐버리지 못한 채 관심을 보이는 척했다.

전날밤처럼 그는 나를 좁은 문으로 데리고 가서는 출입증으로 문을 열었다.

"이제 가시면 됩니다, 선생님. 가는 길은 알고 계시리라 생각합니다."

난 전날밤보다 칸수가 적어 보이는 계단을 내려가 우리가 만났던 지하 1층의 방으로 들어갔다. 그의 책상 앞까지 갔지만 노벨리는 보이지 않았다. 글로벌비전 로고가 새겨진 찻잔만이 그의 존재를 알려주었다. 아직 김이 나는 커피가 페이퍼나이프와 하드커버 서류철 사이에 놓여 있었다. 난 약간 당혹스러움을 느끼면서 몇 시간 전에 그가 나를 맞이했던 자리로 가서 앉았다. 호기심어린 눈으로 사무실을 둘러보았지만 완벽하게 정돈된 평범한 소품들 외에 특별한 건 발견할 수 없었다. 컴퓨터 모니터와 자판, 전화기, 스테이플러…… 하지만 그의 사생활에 관해 단서를 제공할 만한 어떤 것도 보이지 않았다. 책이나 사진, 심지어 구겨진 종이 한 장조차 없었다. 맞은편 벽에서는 말랭보 대통령이 나에게 미소 짓고 있었다. 초상의 공식적인 영예로움 속에 굳어진 채로. 방 안을 계속 둘러보던 중에 구석에 있어 눈에 잘 띄지 않던 문 하나가 보였다. 처음에 이곳에 왔을 때는 보지 못한 것이었다. 표면에 요철이 있는 가죽 안쪽에 솜을 덧대고 울룩불룩하게 단추 장식을 한, 생명주실과 비슷한 색상의 문이라 벽과 잘 구별되지 않았다. 조각된 금속 손잡이를 쳐다보자 마치 내 시선에 의해 움직이는 것처럼 손잡이가 돌아가기 시작했다. 둔탁한 소리와 함께 문이 열리면서 노벨리의 팔과 어깨, 그리고 미소가 보였다.

"바라티에 씨!" 그의 얼굴이 환해졌다. "다시 보게 되어 정말 기쁘군요."

그의 목소리에서는 진심어린 기쁨, 상황에 따른 정중함을 넘어선 진정한 호의가 느껴졌다. 더블버튼 정장 차림의 그가 유연하고 자신감 넘치며 크고 결점 하나 없이 완벽한 걸음걸이로 나를 향해 다가왔다. 그가 손을 내밀었을 때 난 자리에서 일어날지 말지 잠시 망설였지만, 그의 위압적인 우뚝한 모습과 너무 급작스럽게 마주하지 않기로 마음먹었다. 그래서 자리에 앉은 채로 그에게 나약한 손을 내밀었고, 내 손은 그의 따뜻하고 굳건해 보이는 손바닥에 삼켜지기라도 한 듯 그 속으로 사라져 보이지 않았다.

"안녕하세요?" 난 덤덤한 목소리로 인사를 건넸다.

그는 책상 뒤로 가서 앉더니 찻잔을 들어 입으로 가져갔다. 그러다 동작을 멈추고 나를 향해 둥근 눈썹을 치켰다.

"참, 커피 한 잔 드시겠습니까?"

"아뇨, 괜찮습니다."

그는 커피 한 모금을 마시고 조심스럽게 잔을 내려놓았다. 그런 다음 전날밤처럼 서랍을 열어 말버러 라이트 한 갑을 꺼냈다.

"담배는요?"

"아뇨, 괜찮습니다."

그는 담배 한 개비를 꺼내 엄지와 검지 사이에 끼워 입술로 가져간 다음 라이터로 불을 붙였다. 난 마치 가면처럼 매끈한 그의 얼굴에서 시선을 뗄 수가 없었다. 담배 연기가 만들어내는 막 뒤에서 그의 카키색 눈이 빛났다.

"원래부터 담배를 안 피우시나요?"

"그건 아닙니다. 하지만 끊으려고 노력중입니다."

노벨리는 내 대답이 얼마나 엉뚱한지 강조하려는 것처럼 잠시 말을 멈추었다. 난 그가 무슨 생각을 하는지 쉽게 짐작할 수 있었다. 전날밤까지만 해도 스스로 목숨을 끊으려고 했던 사람한테서 그렇게 건강에 신경쓴다는 말을 듣는다는 게 사실 납득하기 어려운 일일 터였다. 그는 커피를 한 모금 더 마신 다음 미소를 지으며 내게로 몸을 숙여 말했다.

"우리끼리 애기지만, 건강에 신경쓰기를 잘하셨습니다. 내일부터 당신에겐 새로운 인생이 시작될 테니까요."

난 짐짓 공모자 같은 표정을 지으며 미소로 답했다. 그리고 궁금해서 입이 근질근질하던 것을 묻기로 했다.

"왜 날 미행한 겁니까?"

그는 내 질문에 별로 놀라는 것 같지 같았다. 담배를 한 모금 길게 빨더니 눈썹 하나 까딱 않고 답했다.

"보안 조치일 뿐입니다."

"무슨 말이죠?"

"어제 함께 대화를 나눈 뒤로 당신이 비밀을 지키는지 확인해야 했거든요. 사실 특별한 일도 아니고요. 모든 지원자들에게 유사한 조치가 취해졌으니까요. 이해하겠지만, 이 프로젝트는 무척 민감한 사안이라 혹시라도 발설되지 않도록……"

"만약 내가 자살하기로 결심했다면 어떻게 되는 거였죠?" 난 그의 말을 가로막고 물었다. "당신 정보원들이 어둠 속에서 튀어나와 나를 막는 건가요?"

"아뇨, 그렇지는 않습니다." 그는 차분하게 대답했다. "우린 절대로 아무것도 하지 않을 겁니다. 거듭 말하지만, 우린 당신의 자유의지에 반하는 일은 절대로 하지 않습니다."

나는 그가 말하는 내내 그를 주시했다. 그의 말이나 평온한 표정에서 어떤 흠이나 나쁜 의도, 또는 속임수 같은 흔적을 찾아내려 애썼다. 하지만 지금까지 그래왔듯이, 그는 지극히 솔직하고 진지하며 차분해 보였고, 가식의 징후도 발견할 수 없었다.

"어쨌거나 이 모든 건 이제 더이상 중요하지 않습니다!" 그는 경쾌한 투로 말을 이었다. "당신의 자살 시도는 이제 과거의 일입니다. 그보다는 당신의 미래에 관해 얘기하는 게 어떨까요?"

그는 내 대답은 듣지도 않고 반쯤 피운 담배를 꺼버리더니 서랍을 열어 스테이플러로 찍은 종이 뭉치를 꺼냈다. 그리고 모로코가죽으로 된 탁상 매트 위에 그것들을 올려놓고는 환한 미소로 나를 바라보았다.

"우선 당신이 우리 제안을 받아들인 것을 진심으로 기쁘게 생각합니다, 선생님. 이 기회를 받아들임으로써 국가에 엄청난 공헌을 한다는 것을 아셔야 합니다. 이 놀라운 실험에 동참하기로 결정한 당신과 또다른 선구자들 덕분에 이제 곧, 어쩌면 수백만 명의 사람들이 새로운 삶을 살게 될 테니까요. 기회의 평등이 마침내 실현되는 것이지요. 그리하여 우리의 경제적·사회적 시스템은 더욱 공고해지는 것입니다."

그의 목소리에는 수사학적인 기교와는 상관없는 감동적인 엄숙함이 깃들어 있었다. 그는 자신의 원대한 임무와 내가 거기서 담당하게 될 결정적인 역할을 생각하면서 몹시 들떠 있는 듯 보였다. 나 역시 제정신이 아니긴 해도 그의 과장된 몸짓에 당혹감을 느꼈다. 내가 마치 꿈과 현실 사이에 있는 느낌이 들었다. 그는 심호흡을 하고 자신의 각진 턱을 어루만지면서 내게 인쇄된 종이들을 내밀었다.

"이건 우리 계약 조항을 공식화한 문서입니다. 다른 지원자들이 서명한 것과 완전히 똑같은 것입니다. 이 문서를 꼼꼼히 읽은 다음 필요한 질문을 해주시기 바랍니다."

난 몸을 숙여 서류 뭉치를 집어들었다. 두 줄로 밑줄이 쳐진 난해한 제목이 보였다. "개인의 이전에 관한 삼자 계약서". 난 횡설수설 같은 법률 용어가 무엇보다 싫었다. 그것들은 보기만 해도 두통이 생기고 구역질이 났다. 그럼에도 불구하고 난 정신을 집중해서 문서를 계속 읽어나갔다. "아래에 서명한 프랑스공화국, 글로벌비전 주식회사, 그리고 마르크 바라티에는 다음과 같은 사항에 동의함을 밝혀둡니다." 그다음에는 꼼꼼하게 번호가 매겨진 십여 개의 조항에 호적과 일련의 특권 이전 등등의 문제가 세심하면서도 알아보기 힘들게 적혀 있었다. '민법상의 권리' '가족에 관한 권리' '재산권'…… 서류를 대충 죽 훑어보는데, 대부분의 조항이 아주 적절해 보이는 문구로 시작되는 것을 보고 나도 모르게 슬며시 웃음이 나왔다. "마르크 바라티에는 아래 사항을 포기할 것을 약속하는 바입니다……" 과연, 내 절망감의 저변에 깔려 있는 의지를 이보다 잘 함축해서 보여주는 것은 없을 터였다. 최후의 계약으로서의 포기, 그것이 바로 이제 막 내가 첫걸음을 내딛고자 하는 모순적인 길이었다.

난 재빠르게 계약서의 마지막 장으로 넘어갔다. 거기엔 '다양한 조처'를 명시한 마지막 조항 아래 계약 당사자들의 서명을 위한 빈칸이 있었다.

"질문 있습니까?" 노벨리가 물었다.

"아뇨. 없습니다." 난 서류를 그의 책상에 다시 올려놓으면서 대답했다.

"정말입니까? 궁금한 점이 있다면 절대로 주저하지 마십시오. 여유를 두고 생각해도 됩니다."

난 고개를 저으면서 반복해서 말했다.

"정말입니다. 궁금한 것 없습니다."

사람 좋은 시선으로 나를 지그시 바라보던 그가 유연하고 우아한 동작으로 재킷 안주머니에서 몽블랑 만년필을 꺼내 미소와 함께 내게 내밀었다.

"바라티에 씨, 그럼 이제 서명만 하면 되겠군요."

검은색과 금색의 펜촉이 달린 만년필을 집어들자 그 무게와 손안에 쏙 들어오는 갸름하고 둥근 형태에 감탄이 절로 나왔다. 난 만년필 뚜껑을 열고 의자를 책상 가까이 당긴 다음 날렵한 필체로, 대문자로 이렇게 적었다. "위 내용에 동의함." 그런 다음 서명을 하려는 찰나, 노벨리가 나를 가로막았다.

"서명을 잘 그려넣으십시오." 그가 재미있다는 표정으로 말했다. "마지막으로 쓰는 서명일 테니까요."

난 서류에 서명을 하려다가 당황한 표정으로 고개를 들고 그의 말을 곱씹어보았다. 과연 그의 말이 옳았다. 내가 '마르크 바라티에'라는 이름으로 서명하는 것은 이번이 마지막이 될 터였다. 그런데 솔직히 말하면, 난 아무런 마음의 동요도 느끼지 못했다. 내 앞에선 노벨리가 팔짱을 끼고 나에게 미소 짓고 있었다. 좀더 높은 곳에선 대통령이 벽에서 나를 향해 마찬가지로 은밀한 미소를 보냈다. 그리고 푸른색 잉크로 세심하게 내 서명을 그려넣는 동안, 마음속 깊이, 아주 오랜만에 처음으로, 나 역시 미소 지었다. 그렇다, 난 진정으로 미소 짓고 있었다.

"여기, 서명했습니다." 내가 서류를 돌려주며 말했다.

그는 서명이 된 페이지를 잠깐 훑어보더니 계약서를 다시 서랍 속에 집어넣었다.

"좋습니다. 이제 번거로운 서류 절차는 모두 마쳤으니 다음 단계에 대해 구체적으로 얘기해보죠. 혹시 오늘 아침 신문을 보셨습니까?"

"네, 대충요."

"그럼 대통령께서 오늘 저녁 여섯시에 대국민 담화문을 발표할 예정이라는 것도 아시겠군요."

"네. 기사를 봤습니다."

"대통령으로서는 선거공약 중 '사회정의' 분야에 해당하는 일련의 개혁을 발표하는 기회가 될 것입니다. 하지만 그분의 발언은 대부분이 우리의 개혁을 선도하는 가장 핵심적인 사안에 집중될 것입니다. 바로 두번째 기회라는 권리에 대한 실험이죠."

"그렇군요." 나는 고개를 끄덕였다.

"대통령이 담화를 마치고 나면 물론 더이상 비밀을 지키지 않아도 됩니다. 하지만 지금 이 순간부터 그때까지는 입을 다물고 있어야 합니다. 물론 당신의 가족과 가까운 사람들에게도 말이죠."

난 잠시 나와 '가까운' 사람은 아무도 없다는 것을 그에게 털어놓을까 생각했다. 사실 그것이 바로 내 삶의 비극 중 하나였다. 하지만 그런 슬픈 생각은 나 홀로 간직하기로 하고 순순히 고개를 끄덕였다.

"그러죠."

"좋습니다. 게다가 내일 저녁 방송을 위해 우린 되도록 빨리 구체적인 사항을 준비해야 합니다."

"이를테면 어떤?"

"두 가지입니다." 그가 손가락 두 개를 펴며 말했다. "첫번째로, 글로벌비전의 제작팀이 오늘 저녁 여섯시경에 당신 집을 방문할 것입니다. 간단한 르포르타주를 제작하기 위해서죠. 당신을 간략하게 미리 소개하는 프로그램이라고 보면 됩니다."

"나에 대한 르포 영상을 찍는다고요?" 난 깜짝 놀라면서 부자연스러운 미소를 지었다.

"그렇습니다. 일상의 당신을 소개하는 이삼 분짜리 방송입니다. 안심하십시오. 촬영이 한 시간 이상 걸리진 않을 테니까요. 우리 팀은 그런 일에 아주 숙련되었거든요."

"이 모든 게 정말 필요한 건가요?" 난 얼굴을 찡그리면서 한숨을 내쉬었다.

"이건 모든 지원자들에게 똑같이 해당하는 요건입니다!" 그가 잘라 말했다. "당신도 짐작하다시피 방송은 매우 엄격한 형식적 규율을 준수해야 합니다."

과장되고 왜곡될 게 뻔한 방송 촬영에 응하는 내 모습이 상상이 되지 않았다. 나는 그런 토크쇼와 리얼리티 방송을 보며 종종 비웃곤 했다. 하지만 노벨리가 내게 말하는 투로 볼 때, 그 문제에서는 내게 어떤 선택권도 없다는 걸 짐작할 수 있었다.

"알겠습니다. 반드시 거쳐야 할 단계라면 어쩔 수 없죠." 난 체념한 얼굴로 받아들였다.

"좋습니다. 그럼 첫번째 사항은 해결됐군요. 이제 두번째 사항으로 넘어가죠. 당신이 되도록 빨리 처리해야 할 일입니다. 바로 당신의 블랙박스와 관련된 것이죠."

"내 블랙박스라고요?" 난 눈을 크게 떴다.

"그래요, 당신의 블랙박스요. 폭발한 비행기의 기록이 담긴 것과 같은 것 말입니다……"

그는 잠시 몸을 숙여 책상 아래로 사라지더니 조그만 종이 상자를 내 앞에 내려놓았다. 그러고는 개구쟁이 같은 눈빛으로 내 반응을 살폈다.

"이게 바로 '블랙박스'입니다!" 그가 외쳤다.

"그게…… 그게 뭐죠?" 난 상자를 살펴보면서 더듬거리며 물었다.

"절대로 복잡한 건 아니니 안심하세요. 각 지원자는 방송국 스튜디오에 자신의 블랙박스를 가져와야 합니다(그는 손바닥으로 상자 뚜껑을 두드렸다). 여기에 뭘 담느냐는 전적으로 자유입니다. 하지만 목적은, 당신을 승계할 사람한테 당신의 과거 정보를 전달하는 것임을 명심하시기 바랍니다. 당신과 삶을 맞바꿀 사람한테 일종의 유언을 남기는 셈이죠."

난 당혹감과 의문을 동시에 느끼면서 상자와 노벨리를 번갈아 바라보았다.

"아직 잘 모르겠군요. 이 안에 뭘 넣어야 하는 거죠, 구체적으로?"

"그건 전적으로 당신에게 달렸습니다. 무엇이든 선택 가능합니다. 일기, 사진, 이력서, 애장품들…… 앙드레 말로가 말한 것처럼, 이 상자가 당신의 '보잘것없는 작은 비밀들'을 전달하게 된다는 걸 염두에 두십시오……"

그는 잠시 말을 멈추고 나를 뚫어지게 바라보았다. 나의 반응을 살피는 듯했다. 사실 난 말로와 그를 인용하는 모든 사람들이 정말 싫었다. 하지만 노벨리의 최면술이 계속 작동하는 탓에 아무런 이의도 제기할 수 없었다.

"알겠습니다."

"이 상자의 내용물은 비밀로 엄수해야 한다는 것은 새삼 말할 것도 없겠지요. 그것은 당신의 삶을 인계할 사람만이 알게 될 것입니다. 그러니 주저 말고 당신만 아는 비밀들을 담기 바랍니다."

"그러죠."

"자, 이제 중요한 얘기는 다 한 것 같군요. 혹시 질문 있습니까?"

난 천장을 바라보면서 무언가를 생각하는 척했다. 과연 그에게 질문하고 싶은 게 있긴 했던 것일까? 내 운명을 마치 슈퍼마켓 쇼핑 목록 취급하는 노벨리의 확고한 실용주의가 내 의식을 거의 마비시켜버린 듯했다. 그렇다, 내겐 아마도 수십 수백 개의 질문거리가 있었을 것이다. 근본적이고 결정적인 매우 중요한 질문들. 하지만 내 머릿속엔 그 어떤 것도 떠오르지 않았다.

"아뇨, 질문 없습니다." 난 혼잣말처럼 대답했다. "모든 게 명확한 것 같군요."

"잘됐습니다!" 그는 경쾌한 목소리로 외치며 자리에서 일어났다.

그게 우리의 면담이 끝난 신호라는 것을 깨닫고, 나는 불안한 눈빛으로 그를 따라 자리에서 일어났다. 그는 상자를 집어들고 책상을 돌아 내게로 다가왔다. 내 앞에 우뚝 선 그는 크고 당당한 체격으로 나를 압도했고, 난 자성을 띤 것 같은 그의 시선에 빨려들었다.

"우린 내일 저녁 바로 여기서 다시 보게 될 겁니다. 정확히 저녁 일곱 시까지 늦지 않게 오셔야 합니다." 그는 내게 상자를 건네면서 말했다.

"방송 촬영을 여기서 하나요?"

"네. 바로 저 위에서요." 그가 손가락으로 천장을 가리켰다. "여기 도착할 때 보셨던 스튜디오에서 합니다."

우린 방을 가로질러 계단 쪽으로 갔다. 난 상자를 마치 부담스러운 짐처럼 가슴에 꼭 껴안았다. 그리고 조금 전 그가 나왔던 방음문 앞을 지나며 단지 불편한 침묵을 깨뜨릴 요량으로 별뜻 없이 턱짓으로 문을 가리키며 물었다.

"여긴 뭐가 있죠?"

노벨리는 그 자리에 멈춰 서더니 문 쪽으로 돌아섰다. 자신도 모르는 사이 문이 열려 있는 건 아닌지 불안해하는 것 같았다. 그가 나를 돌아다보았을 때, 처음으로 그의 눈빛에 스쳐가는 두려움이 보였다. 마치 흠집 하나 없이 매끈한 표면에 생긴, 눈에 띄지 않는 균열 같았다.

"여기 말인가요? 아, 별것 아닙니다. 내가 자료들을 보관해두는 곳입니다. 오래된 문서들과 잡동사니가 쌓여 있죠. 때로 나만의 휴식 공간으로 쓰기도 하고요." 그가 마치 고백하듯 덧붙였다.

"그렇군요." 난 비밀스럽게 그를 스치고 지나간 혼란스러운 감정이 무엇인지 모르는 채 고개를 끄덕였다.

우린 계단까지 몇 미터를 더 걸어갔다. 그러다 그가 멈춰 서서 미소를 띠며 엄숙한 몸짓으로 악수를 청했다. 난 상자를 턱밑에 낀 채 그의 손을 잡았다. 그의 손바닥이 조금 전보다 더 축축하고 차가운 느낌이 들었다.

"바라티에 씨, 당신을 다시 만나게 되어 정말 기쁩니다. 당신이 여전히 살아 있다는 사실이 정말 행복하군요. 이제 돌아가서 편히 쉬세요. 그리고 이제 곧 시작될 새로운 삶을 잘 준비하시기 바랍니다."

난 그의 과장된 말투에 걸맞은 적절한 대답을 찾으려 했다. 하지만 그의 맑고 깊은 예리한 시선이 내 머릿속의 모든 것을 끊임없이 빨아들이고 있었다.

"고맙습니다." 난 기어들어가는 목소리로 응답했다.

"오히려 제가 감사드립니다. 프랑스공화국을 대신해서 말입니다."

"고맙습니다." 멍청하게도 난 약간 당황한 표정으로 똑같은 말을 반복했다.

"위에서 카림이 기다리고 있을 겁니다." 그가 꽉 잡은 내 손을 놓아주면서 말했다. "당신이 원하는 곳으로 데려다줄 겁니다."

차 뒷좌석에 자리를 잡자마자 난 곯아떨어졌다. 아랍인이 나를 깨울 때까지 일시적으로 일종의 기억상실증에 빠져 있었던 듯했다.

"다 왔습니다, 선생님. 목적지에 도착했습니다."

손목시계를 들여다보니 정오가 가까운 시각이었다. 라 플렌 생드니를 떠나면서 난 카림에게 집으로 데려다달라고 부탁했다. 잠시, 바보같은 습관 탓에 회사로 갈까도 생각해보았지만, 그런 생각이 얼마나 우스꽝스러운지를 깨닫고 곧바로 생각을 바꾸었다. 게다가 내 휴대전화가 오전 내내 울리지 않았다는 사실은 나의 부재를 염려한 사람이 내 직장 동료 중에 아무도 없었다는 것을 입증하기에 충분했다. 어쩌면 십수 년 동안 그들은 내 존재조차 의식하지 못한 채 지내왔던 것은 아닐까 하는 생각마저 들었다. 문득, 그 오랜 시간 동안 눈에 띄지 않는 성실과 근면함으로 내 고용인을 위해 일하느니 차라리 집에서 한가롭고 평온하게 시간을 보내는 게 더 나았겠다는 생각이 머리를 스쳤다.

"고마워요." 내가 차문을 열면서 말했다. 그사이 아랍인은 염소수염을 매만지면서 백미러로 나를 관찰하고 있었다.

"별말씀을요, 선생님."

텅 빈 집안에 들어서자마자 배고픔이 몰려왔다. 거의 스물네 시간 동안 아무것도 먹지 않았다는 걸 깨닫고는 간단한 요깃거리를 만들기 위해 부엌으로 달려갔다. 가염버터를 바른 식빵 두 조각 사이에 슬라이스 햄과 에멘탈치즈 조각을 끼워넣고 길쭉한 고기 칼로 사선으로 썰어 종이 접시에 올려놓았다. 그리고 냉장고에서 차가운 생수 한 병을 꺼낸 다음 이 급조한 조촐한 식사를 가지고 식당으로 향했다. 내 생일 파티의 잔해가 자취를 감춘 기다란 직사각형 식탁 앞에 자리를 잡고 앉아 노벨리가 건넨 블랙박스를 식탁에 올려놓았다. 그리고 잠시 눈을 감은 채, 내 입술과 혀, 이가 만들어내는 소리에 귀기울이면서 음식을 씹는 데만 몰두했다. 평화롭게 허기를 충족시키고, 그러면서 느껴지는 형언할 수 없는 만족감에만 집중하면서. 그리고 두번째 샌드위치 조각을 먹으려다 눈을 뜨고는 차가운 물을 몇 모금 마셨다. 난 계속 음식을 베어 물고 씹으면서 상자를 살펴보기 시작했다.

이 안에 무엇을 넣을 수 있을까?

내 인생에서 누군가에게 양도할 만한 가치가 있는 게 무엇일까? 내가 가진 '보잘것없는 작은 비밀들'이란 어떤 것들일까?

난 샌드위치를 마저 먹어치운 다음 엄습해오는 두려움을 떨쳐버리기 위해 격렬한 청소에 돌입했다. 두 시간 남짓 가구를 윤이 나도록 열심히 닦고 장식품의 먼지를 떨어내고 욕조를 반들반들하게 닦았다. 그런 다음 부엌의 타일 바닥을 대걸레로 닦고, 설거지를 하고 그릇을 정돈하는 것으로 강박적인 청소를 끝냈다. 마지막으로, 양말과 팬티를 빨고 난 후에는 기진맥진해서 거실 소파에 쓰러져버렸다. 난 땀에 흠뻑 젖은 채 드러누워 초점 잃은 눈으로 마음을 가라앉히며 생각을 정리하려고 애썼다.

내가 지금 꿈을 꾸고 있는 건 아닐까?

이 모든 게 혹시 사기는 아닐까?

노벨리의 제안을 받아들인 게 잘한 일일까, 아니면 잘못한 것일까?

따지고 보면, 난 바로 전날까지만 해도 온통 죽을 생각뿐이었던 사람이 아닌가? 그런데 그런 나한테 새로운 삶을 살아갈 힘이, 아니 그리고 싶은 마음이라도 남아 있긴 한 것일까?

나를 둘러싼 물건들을 하나하나 둘러보았다. 당연히 친근하게 느껴져야 함에도 불구하고 하찮기 그지없는 잡동사니로만 여겨졌다. 난 철저한 이방인처럼 그것들과는 아무 상관 없게 느껴졌다. 좋거나 나쁜 기억 어느 하나도 얽혀 있지 않은 것처럼. 숨이 막히도록 짙은 농도의 액체처럼 정적이 나를 둘러싸고 있었다. 난 애써 노벨리의 얼굴을 떠올려보았다. 마치 진정 효과가 있는 노래처럼 그가 했던 말들을 되뇌어보았다. 그러자 내 존재를 끊임없이 좀먹는 공허감에도 불구하고, 이미 나 자신으로부터 멀어지고 있다는 느낌에도 불구하고, 알 수 없는 막연한 흥분 같은 게 느껴졌다.

난 이제 곧 삶을 바꿔 살게 될 것이다.

그렇다.

난 삶을 바꿔 살게 될 것이다.

난 그에 관해 체계적이고 이성적으로 곰곰 생각해보면서 현기증이 날 정도로 복잡다단한 사안들을 분석해보려 했다. 하지만 내 안의 무언가가 원인과 결과 파악으로 이어지는 이성적 판단을 단호히 거부했다.

그는 말했다. 내일이면, 내가 삶을 바꿔 살게 될 거라고.

내 안에서 조금씩 흥분이 몰려왔다. 그러자 모든 형이상학적인 질문이 부적절하다고 느껴지며 실용주의적인 발상이 고개를 들기 시작했다. 삶을 바꿔 살고 싶다면 이제 그에 대한 준비를 해야만 했다. 문득 노벨리의 지시가 떠올랐다. 르포르타주, 블랙박스…… 이제 행동을 개시할 때였다.

잃어버린 줄 알았던 활력을 되찾은 나는 옷방으로 달려가 벽장에서 다림판을 꺼낸 다음 다리미에 물을 가득 채워넣었다. 그리고 옷장에서 내가 가장 아끼는 흰색 셔츠와 특별한 날 입으려고 마련해둔 검은색 소모梳毛 정장을 꺼냈다. 난 마치 내 목숨이라도 달린 듯, 옷깃과 소매 등에 생긴 주름을 꼼꼼하게 눌러 폈다. 삼십 분쯤 지나 만족스러운 결과를 확인하고는 옷들을 옷걸이에 정돈해 문에 걸어두었다. 그런 다음 다시 옷장으로 가서 코발트색 넥타이를 꺼내고 검은색 가죽 구두에 윤을 내기 시작했다.

구두를 다 닦고 나자 시간은 벌써 오후 네시를 가리키고 있었다.

난 재빠르게 샤워를 하고 한참 동안 이를 닦은 다음, 비죽 솟은 머리를 되도록 깔끔하게 매만졌다. 그리고 준비해둔 멋진 양복을 입고 내 방으로 가서 전신거울 앞에 섰다. 거울에 비친 내 모습이 전적으로 만족스럽진 않았다. 사실 생각해보면 내 모습에 만족한 적은 한 번도 없었다. 하지만 최선을 다해 보통 세례식이나 결혼식 그리고 장례식 등에서나 볼 수 있는 차림을 했다는 생각이 들었다. 그동안 나의 사회적인 삶이 무미건조했던 탓에 내게 이런 노력은 아주 예외적인 것이었다. 게다가 이런 생각이 들었다. 이 양복을 마지막으로 입은 게 언제였던가? 이 셔츠와 넥타이, 그리고 이 검정 구두와 함께 차려입었던 게 언제였던가?

난 잠시 캄캄한 흙탕물 같은 나의 기억 속으로 빠져들었다가 다시 수면으로 올라왔다. 오 년 전, 내 어머니의 장례식 날. 그것이 나의 마지막 '특별한 날'이었다. 내가 외모에 약간이라도 신경을 썼던 마지막 순간. 다른 이들이 말하는 것처럼, '멋지게 꾸몄다'고 주장하지는 못해도 사람들 앞에 나설 수 있을 정도는 되기를 바라던 때의 일이었다.

난 내일 저녁, 그때와 똑같은 차림새로 내게 집중된 수백만의 시선 앞에 나서게 될 것이었다. 점점 커져가는 흥분이 이젠 두려움을 앞서가고 있었다. 난 거울 앞에서 미소를 지었다. 그리고 생각했다. 마침내 내게도 '특별한 날'이 온 거야. 나 자신의 장례식이자 동시에 세례식이라는 유일무이한 사건인 거지.

삶을 바꿔 살기.

그렇다, 난 삶을 바꿔 살게 되는 것이었다.

난 르포 영상 촬영을 위해 양복 재킷과 넥타이는 벗기로 했다. 수수하고 여유로운 사람의 이미지를 심어주어야겠다는 생각 때문이었다. 의상 문제가 해결되자, 거실 탁자로 돌아가 또다시 블랙박스를 응시했다. 그것이 상징하는 바와 기능에 대해서는 물론 이해했지만 똑같은 의문이 계속 나를 괴롭혔다. 그 속에 무엇을 넣을 것인가?

여전히 나한테는 누군가에게 양도하거나 남겨줄 게 아무것도 없는 것 같았다. 나 자신에 대해 어떤 얘기를 해야 하나? 내 삶의 짐을 떠맡을 가엾은 사람에게 무엇을 알려줘야 하나? 난 상자를 품에 안고 곰곰 생각해보기 시작했다. 사십 년을 살아오는 동안 난 대체 무엇을 하고, 무슨 생각을 하고, 무엇을 만들어냈던 것일까?

난 꽉 막힌 생각에 절망하며 뚜껑을 열어 상자 안을 들여다보았다. 텅 빈 공간이 휑하고 우울해 보였다. 마치 내 생각을 닮은 듯했다. 노벨리가 제안했듯이 편지라도 써야 하나? 일종의 유언장처럼? 내겐 그럴 용기도 없었고, 그러고 싶은 마음도 들지 않았다. 무슨 얘기를 하나? 무엇을 고백할 수 있을까? 어떤 이들이 신비함과 자만심 가득한 시선으로 자신만의 '비밀 정원'이라고 부르는 것이 내게는 모래와 자갈이 뒤섞인 메마르고 척박한 공터에 불과했다.

아무 결정을 내리지도 못하고 스스로의 우유부단함에 지친 나머지, 상자를 빈 상태로 그냥 놔둘까 잠시 생각해보기도 했다. 어쨌거나 노벨리도 말했듯이 그 안을 채우는 것은 지원자의 마음에 달린 일 아닌가. 그리고 무엇보다 결정적으로, 상자를 어두컴컴한 빈 공간으로 남겨놓는 것보다 내 삶을 더 잘 함축해 보여주는 것도 없을 듯했다. 이 엉성한 해결책에 생각이 기울 즈음 불현듯 또다른 생각이 떠올랐다. 처음에는 슬그머니 자리잡고 그러다 점점 더 커져가더니 생각은 급기야 하나의 명백한 사실처럼 다가왔다. 난 자리에서 일어나 복도로 가서 붙박이장 문을 열었다. 그 안은 완벽한 무질서가 지배했다. 수십 년간 쌓인 서류와 낡은 교과서, 아무렇게나 방치된 앨범들. 이사갈 때마다 이리저리 끌고 다니면서 세월에 따라 점점 더 늘어만 가는 잡동사니였다. 더이상 아무짝에도 쓸모없지만, 그렇다고 내버릴 수도 없는 것들. 난 쪼그리고 앉아 선반 구석을 뒤져보았다. 처음엔 내가 원하는 것을 찾아내지 못할까봐 염려했지만, 마침내 구겨진 문서 뭉치 아래 깔려 있는 단단한 사각형 물체가 손끝에 닿는 것이 느껴졌다. 난 그것을 힘들게 꺼내 헐떡거리면서 몸을 일으키고는 손바닥으로 비닐 커버의 먼지를 떨어냈다.

고통을 완화하는 자세
마르크 바라티에 장편소설

이십 년 가까이 들여다보지 않았는데도 원고는 전혀 훼손되지 않은 채 그 자리를 지키고 있었다. 이사 때마다 매번 한참을 망설였지만 처분할 수가 없었다. 원고는 어디건 나와 함께했다. 깊숙이 처박아놓고 숨겨놓긴 했지만, 그것은 상처 입은 자존심만큼이나 집요하게 나를 따라다녔다. 비록 오랜 시간이 흘렀지만 난 타이프로 쳐내려간 236쪽 중 그 어느 한 군데도 잊지 않았다. 아직도 문단들을 통째로 외울 수 있을 정도였다. 오래전부터, 음울하고 겉멋 부린 가식적인 클리셰의 모음집이라 할 만한 보잘것없는 내 글에 체념하긴 했지만. 녹슨 클립으로 표지에 붙어 있는 편지를 보낸 그 냉정한 편집자는 어쩌면 통찰력과 객관성을 보여준 것인지도 몰랐다.

"유감스럽게도 선생님, 당신의 절망에는 아무도 관심이 없습니다."

그렇다, 난 이제 확신할 수 있었다. 이 원고만큼 나라는 존재를 더 잘 요약해주는 것은 없었다. 내 인생의 쓰라린 실패를. 이십 년 전 무력증에 걸리고 고통받던 내 소설 속 주인공은 나이가 들어서도 여전히 변함없이 내 안에 자리잡고 있었다. '더이상 침대에서 일어나기를 원하지 않았던 남자'는 그 자리에서 꼼짝도 하지 않았다. 결국 난 이십 년간 고통과 부동의 상태를 거치고도 조금도 달라지지 않은 채 여전히 초라하고 의기소침한 인물 그대로였다. 그렇다, 그것은 이제 명백한 사실이었다. 예술적인 가치는 철저히 결여되었을지언정, 내 원고는 나 자신의 가장 정직하고 내적인 초상을 단적으로 보여주었다. 거실로 돌아가는 중에, '말들의 무덤'이라는 말이 떠올랐다. 그것이 바로 나의 블랙박스에 들어가게 될 것이었다. 말들의 무덤. 난 원고를 상자 속에 넣고 뚜껑을 닫았다. 그렇게 캄캄한 암흑 속에 가두어놓았다.

난 초점 잃은 눈으로 생각에 잠겨 한동안 멍하니 식탁에 앉아 있었다. 창문 너머 세상을 응시하면서. 석양빛에 무지개처럼 반짝이는 맞은편 건물 두 동 사이로 실구름들이 층층이 겹치면서 뒤섞이고 있었다. 난 지극히 차분하고 평온하며, 외부의 모든 공격으로부터 나 자신을 보호해주는 중립적인 존재가 된 느낌이었다. 아득한 어린 시절의 그날과 똑같은 감정이 느껴지는 듯했다. 난 그날을, 잊을 수 없는 그날의 미술 시간을 정확히 기억하고 있었다. 빛의 삼원색을 섞으면 흰색이 된다는 사실을 발견하고는 놀랍고 기뻤던 그 순간을. 내 붓 아래에서 솟아난, 내가 뒤섞어놓은 어두운색 물감을 순식간에 정화해주었던 순결무구한 흰 빛. 난 지금 그 흰 빛과 나 자신을 동일시하고 있었다. 나 역시 그처럼 순결하며, 세상의 요란한 색깔들과 내 어두운 생각들을 멸할 수 있는 무적의 존재인 것처럼 느껴졌다. 내 새로운 갑옷의 저항력을 시험해보기 위해 잔과 티보를 떠올려보았다. 오늘밤, 비참한 나 자신과 내가 이룬 가정을 내버리겠다는 확고한 내 결심을 그들에게 어떻게 알려야 할지에 대해서도 생각해보았다. 하지만 그런 미묘한 순간을 떠올려보아도 나는 조금도 두렵지 않았다. 난 그들이 집에 돌아왔을 때 의연하게 들려줄 그럴듯한 말들을 마음속으로 생각하기 시작했다. 벌써 오후 다섯시 삼십분이었다. 잔이 이미 유치원으로 티보를 데리러 갔을 시각이었다. 그들은 모자간의 끈끈한 감정 속에 서로 손을 꼭 잡고 돌아오고 있을 것이다. 돌아오는 길엔 어김없이 '너무 바짝 굽지 않은 바게트'를 사러 빵집에 들를 것이다. 잔이 현관문을 넘어서면 난 그녀의 눈을 똑바로 바라보면서 거침없이 말할 것이다. "잔, 할 얘기가 있어." 그녀가 소파에 앉으면 그녀의 귀에 대고 티보가 듣지 못하게 나지막이 중얼거릴 것이다. "잔, 이건 아닌 것 같아. 사실 지금까지 한 번도 괜찮았던 적이 없어. 난 더이상 이렇게 살 수 없다고. 당신하고도 말이야. 어젯밤 난 자살하려고 했어." 내 말을 믿을 수 없다는 듯 그녀의 휘둥그레진 눈앞에서 난 잠시 멈추었다가 다시 얘기를 계속할 것이다. "하지만 난 죽지 않았어, 잔. 당신이 보다시피 아직 이렇게 살아 있어. 모든 걸 끝내려던 마지막 순간에 그들이 나를 살도록 설득한 거야. 당신한테 모두 설명하기엔 너무 길지만, 이건 정부에서 추진하는 프로그램이야. 그들은 날 도우려는 거라고, 잔, 이해하지? 나한테 원점에서부터 다시 시작할 수 있는 기회를 주려는 거야. 새로운 삶을 시작하는 거지. 하지만 난 떠나야만 해, 잔. 영원히 떠나는 거야. 내일 당장." 난 울고 있는 그녀를 달래기 위해 그녀를 품에 안고서 귓가에 속삭일 것이다. "잔, 당신은 아무 잘못 없어. 정말이야. 당신은 정말 좋은 여자야. 이 모든 건 나로 인해, 오직 나 때문에 생긴 일이야. 난 당신과 티보를 행복하게 해주지 못했어. 그런 이유에서도 난 떠나야만 해. 그게 당신이나 티보를 위해 나을 거야. 난 내가 얼마나 함께 살기 힘든 사람인지 잘 아니까. 울지 마, 잔, 부탁이야. 제발 울지 마. 내가 당신을 얼마나 사랑했는지 잘 알 잖아. 난 지금도 여전히 당신을 사랑해. 다시 말하지만, 이 모든 건 당신 하고는 아무 상관이 없어. 제발 부탁이야, 날 좀 봐줘. 당신과 티보가 내 전부였다는 걸 당신이 알아주기를 바라. 당신이랑 티보가 보고 싶을 거 야. 정말 많이 보고 싶을 거야. 하지만 난 더이상 마르크 바라티에로 살 아갈 수가 없어."

어떤 노력이나 머뭇거림도 없이 말들이 저절로 내 입에서 술술 쏟아 져나왔다. 마치 오래전부터 이 순간을 위해 준비해온 것 같았다. 흔들 림 없는 단호한 의지로 꽉 차 있는 느낌이었다. 난 마치 아타락시아와 같은 평온한 마음의 상태로 접어들었다가, 느닷없이 울린 인터폰 소리 에 소스라치게 놀랐다. 즉시 자리에서 일어나 현관으로 가서 수화기를 집어들었다.

"누구시죠?"

"바라티에 씨?" 젊은 여성의 목소리가 들려왔다.

"전데요."

"글로벌비전의 안마리와 파트리크입니다. 촬영하러 왔어요."

"13층입니다." 난 문 열림 버튼을 누르며 대답했다.

나는 현관문을 살짝 열어둔 채 거실로 돌아와 앉았다. 창문 너머 두 동의 건물 사이로 보이던 구름은 석양에 빨려들어갔는지 어느새 사라 져버렸다. 문을 두 번 두드리는 소리가 들렸다.

"안녕하세요, 선생님! 들어가도 될까요?"

뒤를 돌아보니 그들이 현관에 들어서 있었다. 갈색 단발머리에 장난 기어린 얼굴을 한 아담한 체구의 삼십대 여자. 그 옆에는 아무렇게나 늘어뜨린 드레드록 머리에 하얀 이를 드러내며 활짝 미소 짓고 있는 덩 치 큰 근육질의 흑인 남자. 그가 어깨에 메고 있는 묵직한 카메라의 원통형 줌렌즈는 바주카포를 연상시켰다.

"물론이죠, 편하게 하세요." 난 자리에서 일어나 그들을 맞이했다.

갈색 머리 여자가 즉시 나서서 현장을 지휘했다. 그녀는 매우 빠른 말투와 다소 날카로운 목소리로 당차게 얘기했다.

"저흰 일찍 도착해서 동네를 한 바퀴 둘러보았어요. 선생님이 어떤 환경에서 살고 있는지 더 잘 이해하기 위해서죠. 이해하시겠죠? 이제 집에 계신 모습을 촬영해야 합니다. 선생님의 일상을 보여주고, 가정이라는 친밀한 공간 속으로 들어가보는 거죠. 제가 아주 간단한 질문을 열 개 정도 드릴 겁니다. 거기에 답하시는 모습은 각기 다른 공간에서 촬영할 수도 있고요. 부엌, 거실, 침실 등에서요…… 어떻게 생각하세요?"

"좋을 대로 하시죠." 난 그녀의 속사포 같은 말투에 빠져든 채 동의를 표했다.

"좋습니다. 그럼 이제 자리를 잡아보죠. 거실부터 시작하는 게 좋을 것 같군요. 예를 들면 여기 소파 한가운데 앉으셔도 좋고요…… 파트리크, 촬영 준비됐어? 빛은 적당해? 역광도 없고?"

흑인 남자는 한쪽 눈으로 카메라의 파인더를 들여다보더니 엄지손가락을 치켰다.

"여긴 준비 완료."

"좋아요, 그럼 이제 시작하죠."

내가 소파에 앉아 우아하고 자연스러운 자세를 취하려고 애쓰는 동안, 그녀는 자신의 핸드백에서 수첩을 꺼내더니 손목시계를 흘끗 들여다보았다.

"파트리크, 지금 여섯시 거의 다 된 거 알아?" 그녀가 입가에 옅은 미소를 띠며 말했다.

"응, 그래서?"

"그래서라니? 그걸 질문이라고? 타이밍이 완벽하잖아! 선생님, 텔레비전을 좀 켜도 될까요?" 그녀가 나를 돌아보며 물었다.

"물론이죠. 그런데 뭐 때문에 그러시죠?"

"오늘 저녁에 대통령이 담화문을 발표한다는 거 아시죠? 정확히 일 분 후에요. 바로 선생님과 직접적으로 관련되는 얘기를 하실 것 같은데요!" 그녀가 리모컨 버튼을 누르면서 장난스럽게 말했다.

글로벌비전 채널에서는 광고 하나가 막 끝나가고 있었다. 갖가지 얼굴색의 아이들이 빵에 발라 먹는 치즈를 입에 침이 마르게 찬양하는 동안, 화면 아래쪽으로 지나가는 자막이 보였다. "잠시 후 엘리제궁에서 공화국 대통령의 담화가 생중계로 방송될 예정입니다." 갈색 머리 여자는 점점 더 흥분을 감추지 못했다.

"대통령이 연설하는 동안 선생님을 텔레비전 화면 앞에서 촬영할 생각이에요. 딱 좋은 기회잖아요. 그렇게 생각하지 않으세요?"

"그것도 좋겠군요." 여전히 적절한 자세를 찾고 있던 나는 다리를 꼬고 앉았다가 다시 자세를 고쳤다.

"좋아요, 아주 근사해요. 파트리크, 바로 앵글 바꿔. 텔레비전 배경으로 선생님 모습을 사십오 도 정도 틀어서. 오케이?"

"오케이." 흑인 남자가 데면데면하게 대답했다.

갑자기 소란스럽던 광고가 끝나고 엘리제궁의 정면 모습이 화면에 등장했다.

"시작해, 파트리크!" 갈색 머리 여자가 소리쳤다.

"자, 갑니다!" 흑인 남자가 말했다.

구릿빛 얼굴의 대통령이 자애로운 미소와 당당한 시선으로 화면에 나타나자 카메라 돌아가는 소리가 들리기 시작했다. "친애하는 프랑스 국민 여러분……"

바로 그 순간, 아파트 현관문에서 열쇠 돌아가는 소리가 들렸다. 아이의 목소리, 바닥 깔개에 신발 문지르는 소리, 그리고 점점 더 가까워지는 발소리가. 잔은 거실 입구에 우뚝 멈춰 섰다. 그녀는 한 손으로는 티보의 손을 잡고, 다른 한 손으로는 너무 바짝 굽지 않은 바게트를 들고 서 있었다.

"컷!" 갈색 머리 여자가 생각지 못한 방해물의 등장에 짜증이 난 듯 투덜거렸다.

아내의 눈에 경악스러워하는 빛이 스쳐갔다. 깊이를 가늠할 수 없는 두려움이. 그녀는 갈색 머리 여자와 덩치 큰 흑인 남자, 그리고 카메라 렌즈를 차례로 둘러본 후 놀라서 휘둥그레진 눈을 내게로 향했다. 난 무슨 말을 어떻게 해야 할지 몰라 소파 가운데서 잠시 굳은 채 그녀를 응시했다. 그러다 숨을 깊이 들이마시고 눈을 감았다. 그리고 공간을 엄습한 무거운 침묵을 깨고 입을 열었다.

"잔, 할 얘기가 있어."

8

"전국에 계신 신사 숙녀 여러분, 친애하는 시청자와 방청객 여러분, 아주 특별한 날을 위해 오늘밤 여러분을 이곳에 모시게 되어 무한히 기쁘고 영광스럽습니다. 우린 이곳에서 아주 예외적인 순간을 함께 경험하게 될 것이기 때문입니다. 이는 전 세계에서 최초로 시도되는 역사적인 사건이자 인류 발전의 결정적인 전환점이 될 것입니다!"

사회자는 말을 잠시 멈추었다가 앞으로 몇 걸음 더 나아갔다. 그리고 연극적인 느린 몸짓으로 두 팔을 벌리고 손바닥을 위로 벌린 채 말했다.

"모두들 〈두번째 기회〉의 무대에 오신 것을 환영합니다!"(바이올린, 트럼펫, 심벌즈 소리가 혼합된 디지털 음악을 배경으로 방청석에서 박수 소리가 울려퍼진다.)

난 어스름한 빛에 잠긴 무대 아래쪽 단상에서 뒷짐을 지고 선 채 차분하게 숨을 고르며 머릿속을 비워내려고 애썼다. 이제 곧 단상이 무대 한가운데로 솟아오를 것이었다. 마치 수영장 물속에 잠겨 있는 것처럼 둔탁하고 뒤틀린 소리의 울림이 내게 전해졌다. 내 앞에 설치된 수많은 모니터 중 하나에 열광하고 있는 장파트리스 푸르카드의 모습이 비쳤다.

"오늘밤 여러분이 지켜보는 가운데 열 명의 남성이 그들의 삶을 교환하게 될 것입니다. 바로 얼마 전, 삶에 지칠 대로 지친 사십 세 남성 열 명이 스스로 그 삶을 마감하고자 자살을 시도한 바 있습니다."(방청석에서 놀라움과 연민이 뒤섞인 '오오오' 소리가 들려온다.)

목이 바짝바짝 타는 듯하고 얼굴에 두껍게 바른 파운데이션이 피부를 자극했다. 이마와 뺨에서는 땀이 줄줄 흘렀다. 그럼에도 불구하고 난 지극히 평온함을 느꼈다. 전날밤부터 나를 감싸고 있는 지고한 마음의 평정을 방해할 수 있는 것은 아무것도 없었다.

"하지만 안심하십시오. 그들이 자살을 단념하도록 우리가 설득했으니까요. 그들은 사십대 초반에 자신들의 삶이 이미 끝났다고 생각했지만, 사실은 인생의 전반전을 살았을 뿐입니다. 신사 숙녀 여러분, 그들이 오늘밤 우리와 함께 있는 것은, 우리와 함께 산 자들의 세상에 계속 머물기 위해섭니다. 우린 오늘 여기, 여러분 앞에서 그들에게…… 두번째 기회를 줄 것이기 때문입니다!"(방청석의 박수 소리와 바이올린, 트럼펫, 심벌즈 소리.)

그렇다. 전날밤 이후, 마음의 평정에서 기인하는 충만한 느낌을 방해할 수 있는 것은 아무것도 없었다. 밤늦게까지 이어진 잔과의 격렬했던 언쟁도. 그녀의 외침과 눈물, 그리고 그런 나를 이해하기 위한 그녀의 감동적인 노력조차. 하지만 따지고 보면 뭘 이해할 수 있단 말인가? 십오 년 동안 내 삶의 동반자였던 여인에게 내 과거 전부를 부정하기로 결심했다는 걸 어떻게 설명할 수 있단 말인가? 우리가 함께 이룩한 얼마 되지 않는 것들, 하지만 그녀는 엄청난 성취라 여기는 것들을 포기하겠다고 어떻게 말할 수 있을까? 우리의 연대감, 부부간의 정조, 이제 비로소 우리 것이 된 조그만 아파트, 그리고 막 다섯 살이 된 우리의 아이 모두를. 난 이 하찮은 성과를 차례로 열거하는 그녀의 말을 남 얘기처럼 듣고 있었다. 그녀가 마치 다른 사람의 삶을 언급하고 있기라도 한 것처럼 그 모든 것이 나와는 무관하게 여겨졌다. 나의 절망이 그 모두를 무가치하고 무의미한 것으로 여기게 만든 것이다. 그녀는 우리가 그동안 멋진 삶을 살아왔으며, 내가 아직 그녀를 행복하게 해줄 수 있고, 미래는 지금보다 더 좋을 거라고 내게 납득시키기 위해 무진 애를 썼다. 내가 그 모든 것을 무너뜨리려 하고 있음을 상기시키면서. "날 두고 가지 마." 그녀는 거듭 애원했다. "제발 부탁이야, 날 버리지 마." 하지만 내 안에 생겨난 빈자리는 삶의 고통만큼이나 말로 설명할 수 있는 게 아니었다. 행복이나 기쁨과 달리 그런 감정은 함께 나눌 수 있는 게 아니니까. 그것은 마치 퇴행성 질병처럼 침묵과 고통 그리고 말로 표현될 수 없는 것들을 자양분 삼아 조금씩 커져갔다. 그러니 어떻게 그녀에게 내 선택을 설명해줄 수 있단 말인가? 내겐 선택의 여지가 없다는 것을 어떻게 납득시킬 수 있단 말인가? 새벽 두시경이 되자, 힘겨운 언쟁 끝에 그녀의 고통과 연민은 어느새 분노로 변해 있었다. 폭발하는 격노나 히스테릭한 발작이 아닌, 차갑고 조용한 내면의 분노로. '아무 일도 없었다는 듯이' 나와 함께 밤을 보낼 수 없다고 생각한 잔은 티보를 깨워 잠옷 위에 점퍼를 입힌 다음 상심한 목소리로 호텔로 가서 자겠다고 선언했다.

난 그런 그녀에게 아무 대꾸도 하지 않았고, 아무런 반응조차 보이지 않았다. 그리고 그후 그들을 다시 볼 수 없었다.

"신사 숙녀 여러분, 거듭 말씀드리지만 이 방송은 게임이 아닙니다." 장파트리스 푸르카드는 엄숙함이 느껴지는 말투로 말했다. "오늘밤 여러분이 보게 될 모든 것은 우리 대통령과 그분이 이끄는 내각에서 오랫동안 치밀하게 구상해온 야심찬 프로젝트의 결과물입니다. 이 기회를 빌려 오늘밤 우리와 함께하는 영광을 베풀어주신 말랭보 대통령님께 심심한 감사의 마음을 전합니다. (방청석에 우레와 같은 박수 소리가 울려 퍼지면서 공식 특별석이 클로즈업된다. 입가에 미소를 띤 채 살짝 고개를 끄덕이는 대통령의 모습이 보인다. 그의 양옆으로는 사회부 장관과 대통령 비서실장이 있다. 대통령 바로 뒤로는 마치 밀랍 인형처럼 꼼짝 않고 서 있는 노벨리의 모습이 보인다.) 대통령께서 어제 담화 때 지적하신 것처럼, 오늘 시도하는 실험이 성공한다면 우리 나라 역사상 전례없는 개혁이 이루어질 것입니다. 따라서 이 실험에 거는 우리의 기대가 매우 클 수밖에 없다는 것을 여러분도 짐작하시리라 믿습니다. 왜냐하면 내일은…… (그가 검지로 카메라를 가리킨다.) 어쩌면 여러분 중 한 사람에게 두번째 기회가 주어질지도 모르니까요!"(방청석의 박수 소리와 바이올린, 트럼펫, 심벌즈 소리.)

난 목 아래쪽에 송골송골 맺힌 땀방울을 엄지손가락으로 닦아냈다. 한 시간 전, 노벨리는 내 아내와 아들이 방청석에 앉아 있을 거라고 내게 알려주었다. 그의 거듭된 요청으로 잔이 마음을 바꿨다는 사실에 나는 몹시 놀랐다. 전날밤만 해도 그녀의 분노는 돌이킬 수 없을 것처럼 보였기 때문이다. 어쩌면 티보가 푹 빠져 보는 시리즈의 영웅들처럼 아빠가 텔레비전에 나온다는 사실에 흥분한 티보가 졸라댔기 때문일지도 모른다는 생각이 들었다. 어쨌거나 난 둘의 존재가 이제 나하고는 아무 상관이 없음을 스스로 거듭 상기했다. 오늘밤 난 전혀 다른 사람으로 다시 태어날 테니까. 잔과 티보는 이제 곧 내게는 아무런 의미도 없는 존재가 될 것이다. 다른 이들과 마찬가지로, 망각이라는 혼탁한 물에 녹아 없어지고 말 낡은 기억으로 남게 될 터였다.

"이제 여러분께 오늘밤의 주인공들을 소개해드리겠습니다." 푸르카드가 쩌렁쩌렁한 목소리로 외쳤다. "신사 숙녀 여러분, 우리 열 명의 지원자들을 열렬한 박수로 환영해주시기 바랍니다!"(방청석의 박수 소리와 바이올린, 트럼펫, 심벌즈 소리. 이리저리 현란하게 움직이는 조명.)

발 아래쪽 바닥이 흔들리면서 오렌지빛 레이저 광선이 비추는 무대를 향해 서서히 올라가기 시작하자 난 잠시 호흡을 멈추었다. 지하에서 내 머리 윗부분이 올라오자마자 두 사람이 눈에 들어왔다. 그들은 내 맞은편 첫번째 줄에 앉아 있었다. 잔은 가슴이 깊게 파인 우아한 검은색 드레스를 입고 틀어올린 머리에 수수하게 화장을 했다. 그녀에게서 한 번도 느끼지 못했던, 어쩌면 그동안 내가 잊고 있었을지도 모르는 우아한 관능미가 풍겨나왔다. 그녀 곁에는 티보가 특별한 날에만 입는 옷을 차려입고서 앉아 있었다. 검은 벨벳 바지에 흰색 실크 셔츠를 입고, 고무줄 달린 우스꽝스러운 나비넥타이를 하고 있었다. 티보는 그 고무줄을 잡아당기기를 좋아했다. 잠시 우리의 시선이 마주쳤지만 난 이내 외면한 채 나를 바라보는 수천의 낯선 얼굴들을 향해 한껏 미소를 지어 보였다.

"신사 숙녀 여러분, 이분들에게 뜨거운 격려의 박수를 보내주시기 바랍니다!"(한층 더 세게 울려퍼지는 박수 소리.)

뒷짐을 지고 꼼짝도 하지 않은 채 미소를 지어 보이던 나는 눈부신 조명 빛에 눈을 찡그렸다. 오른쪽과 왼쪽을 번갈아 흘끗거리며 다른 지원자들을 살펴보았다. 우리가 대기실에서 기다리는 동안 서로 마주치지 않도록 제작팀이 조치를 취해놓은 탓에 방청객들과 마찬가지로 그 자리에서 처음으로 그들을 보게 된 것이다. 우리 열 명의 지원자는 마치 군인처럼 뻣뻣한 자세로, 목에 건 색깔 번호판에 새겨진 번호 순서대로 나란히 줄지어 서 있었다. 검푸른색 바탕의 번호판에 새겨진 내 번호는 3번이었다.

"이제 여러분께 각 지원자를 소개해드릴 때마다 따뜻한 격려의 박수로 맞아주시길 부탁드립니다." 푸르카드가 힘찬 목소리로 말했다. "왼쪽에서 오른쪽 순입니다. 엑상프로방스에서 온 피에르 마테이는 교사이며 이혼을 했고 자녀는 없습니다. (박수 소리/환호.) 올리비에 라모트, 전기기사이며 결혼해서 두 자녀를 두었습니다. 에손의 아르파종에 살고 있고요. (박수 소리/환호.) 마르크 바라티에, 파리 외곽의 한 중소기업에서 회계원으로 일하고 있으며, 결혼해서 어린 아들이 한 명 있습니다. (박수 소리/환호—난 텔레비전 예능 프로그램에 나온 쾌활한 출연자들이 하던 것처럼 살짝 고개를 숙여 보인다.) 보험설계사인 쥘리앵 파베르는 레잘프마리팀의 빌뇌브루베에서 아내와 네 아이와 함께 살고 있습니다. (박수 소리/환호.) 폴 랑블라는 오 년 전부터 실업 상태이며, 십팔 개월 전부터 노숙자 생활을 하고 있습니다. 그는 파리의 퐁마리 다리 밑에서 동거녀와 살고 있습니다……"(박수 소리/환호.)

순간 부랑자의 삶을 대신 살게 되는 것은 아닌가 하는 생각이 섬광처럼 내 머릿속을 스쳤다. 그것이 바로 나의 두번째 기회가 될 것 같은 예감이 나를 사로잡았다. 새로운 방랑 생활. 가장 비천한 곤궁함으로 내던져지기. 하지만 깊은 속마음으로는 그런 삶조차 기꺼이 받아들일 수 있겠다 싶었다. 그렇게 바뀐 삶이 지금보다 더 나을지도 모른다고. 모든 걸 따져볼 때, 그런 불안정한 삶의 방식이 어쩌면 전기기사나 보험설계사의 삶보다 훨씬 흥미로울 수도 있었다.

"……장뤼크 모로는 결혼해 두 자녀가 있으며, 제철소에서 선반공으로 일하고 있습니다. 지금 노르파드칼레의 두에에 살고 있습니다. (박수 소리/환호.) 우리의 일곱번째 지원자인 프랑크 세비용은 현재 무직입니다. 더이상 일할 필요가 없기 때문입니다! 그는 자신이 설립한 기업을 서른 살에 매각한 이후 파리와 뉴욕, 모나코를 오가며 수백만 달러를 쓰면서 지내고 있습니다. 두 번의 결혼과 두 번의 이혼을 거쳤지만, 프랑크는 아직 아버지가 되는 기쁨을 맛보진 못했다고 합니다. (방청석에서 '오' 하는 감탄사와 더불어 박수 소리/환호.) 우리의 아름다운 도시 마르세유에 살고 있는 라시드 아마미는 자신의 택시를 몰고 밤낮으로 도시를 누비며, 결혼해서 세 자녀를 둔 아버지입니다. 신사 숙녀 여러분, 그를 뜨거운 박수로 환영해주시기 바랍니다! (박수 소리/환호.) 이번에 소개할 지원자는 사업가로서 무척 바쁜 나날을 보내고 있는 아르노 드몽탈입니다. 그는 볼베어링 생산 전문 기업을 가업으로 물려받은 최고경영자로 아내와 딸과 함께 파리에서 살고 있습니다. (박수 소리/환호.) 마지막으로 우리의 열번째 지원자인 장자크 느뵈는 이혼했고 자녀는 없으며, 이시레물리노에서 경찰공무원으로 근무하고 있습니다. 신사 숙녀 여러분, 장자크와 오늘밤의 주인공들 모두에게 뜨거운 환영의 박수 부탁드립니다!"(박수 소리/환호.)

난 각 지원자의 이름과 그들에게 배정된 번호를 머릿속에 애써 입력하면서 나 자신에게 질문을 던져보았다. 그들 중 누군가에게 어떤 이끌림 같은 게 느껴졌나? 아주 미미하게라도? 난 망설임 없이 즉각 대답할 수 있었다. 아니, 전혀. 내겐 선호 따위는 조금도 남아 있지 않았다. 백지 상태에 대한 강렬한 이끌림, 그 평온한 중립성이 계속해서 나를 사로잡고 있기 때문이었다. 난 그들의 어떤 삶이라도 내게 어울릴 수 있을 거라고 생각했다. 지금 내가 바라는 오직 한 가지는 지금의 내 삶을 되도록 빨리 벗어던지는 것뿐이었다.

"신사 숙녀 여러분, 이제 잠시 후면 우린 운명의 카드를 섞어 다시 나누게 될 것입니다. 자살 직전에 있던 이 지원자들에게 추첨sort을 통해 새로운 운명sort을 부여하는 것이죠. (방청객들의 동조하는 미소, 푸르카드는 말장난을 즐긴다.) 이미 밝힌 대로, 이 실험은 게임이 아닙니다. 하지만 진행상의 이유로 게임의 요소를 일부 도입했습니다. 오늘밤 우린 남녀노소를 막론하고 여러분 모두가 잘 알고 있는 상징적인 존재, 텔레비전의 인기 스타를 여기서 다시 만나게 될 것입니다. 오늘처럼 그 이름이 잘 어울려 보인 적도 없는 것 같군요…… (푸르카드는 잠시 말을 멈추었다가 극적인 몸짓으로 무대 뒤를 향해 팔을 뻗으며 외친다.) 신사 숙녀 여러분, 운명의 수레바퀴입니다!"(방청석에서 놀라움이 섞인 '오' 소리, 박수 소리와 바이올린, 트럼펫, 심벌즈 소리.)

강렬한 스포트라이트를 받으며 무대 뒤 어둠 속으로부터 운명의 수레바퀴가 모습을 드러냈다. T 모양의 수직 받침대에 고정된 채 번쩍거리는 빛을 발하는 거대한 원반의 지름은 적어도 5미터는 돼 보였다. 거기 붙어 있는 액정판은 우리 각각에게 부여된 색과 번호가 매겨진 열개의 칸으로 정확히 나뉘어 있었다. 첫번째 칸에 위치한 화살표의 오른쪽 살짝 아래로 '3번-검푸른색' 표시가 보였다. 원반 아래쪽에는 금사와 은사로 된 짧은 원피스를 입은 엷은 금발의 젊은 여성이 멍청해 보이는 미소를 짓고 있었다.

"오늘밤 우리를 대신해 선택을 도와줄 매력적인 레슬리에게 박수를 부탁합니다!"(박수 소리와 열띤 휘파람소리.)

난 내 오른쪽에 서 있는 '2번-밤색' 지원자가 계속 온몸을 떨고 있는 것을 느낄 수 있었다. 창백한 얼굴과 얼빠진 눈빛을 한 그의 이마에서는 땀이 계속 흘러내렸다. 기혼이며 두 자녀가 있는 전기기사로, 에손의 아르파종에 산다는 올리비에 라모트였다. 그 역시 삶을 바꿔야만 하는 절박함이 있었으리라. 그의 삶 또한 나와 마찬가지로 돌이킬 수 없을 만큼 고통스러웠던 모양이었다. 내 왼쪽으로는 그보다는 덜 동요하는 듯 보이는 '4번-진초록색' 지원자가 보였다. 그는 고개를 뒤로 젖히고 눈을 반쯤 감은 채 마치 기도문을 암송하듯 열에 들떠 입술을 달싹거리고 있었다. 나는 그를 몇 초간 관찰하다가 그의 귀에 대고 이렇게 속삭이고 싶었다. '그렇게 기도해봤자 아무 소용 없어, 빌뇌브루베의 보험설계사 쥘리앵 파베르. 오늘밤 신은 저 위, 당신이 계속 올려다보는 저 위에 있지 않거든. 그래, 쥘리앵 파베르, 오늘밤 신은 하늘에 있지 않아. 신은 당신 바로 앞에, 하이힐을 신고 풍만한 가슴을 드러낸 모습으로 서 있다고. 그래, 친애하는 파베르, 오늘밤 당신이 기도해야 하는 신은 바로 레슬리란 말이지.'

"이젠 더이상 지체할 시간이 없습니다, 여러분." 장파트리스 푸르카드가 다시 마이크를 잡았다. "이분들 모두가 충분히 오랫동안 기다려왔으며, 커다란 상실감 속에 삶이 미소 지어주기를 오랫동안 희망해왔으니까요. 자, 이제 매력적인 레슬리…… (그는 잠시 동작을 멈추었다가 손을 치켜들면서 말한다.) 운명의 수레바퀴를 돌려주세요!"(순간 스튜디오가 어둠에 잠기고 수레바퀴와 레슬리에게만 조명이 집중된다.)

매력적인 레슬리는 하이힐을 신고 꼿꼿이 서서 우아하게 팔을 들어 엉덩이 굴곡이 드러나도록 되도록 멀리 뻗었다. 그런 다음 원반의 홈을 단단히 움켜쥐더니 당당한 몸짓으로 힘차게 원반을 돌렸다. 거대한 원반이 전속력으로 돌아가기 시작하자, 도취한 레슬리는 그 리듬에 맞춰 손뼉을 쳤다.

"과연 어떤 지원자가 첫번째로 삶을 바꾸게 될까요?" 장치가 돌아가는 동안 푸르카드는 한껏 진지한 톤으로 말을 이어갔다. "이들 중 누가 그토록 바랐던 두번째 기회를 최초로 얻게 될까요? 이제 곧 운명의 수레바퀴가 결정해줄 것입니다……" 그는 둥둥거리는 북소리 전자음을 배경으로 극적인 분위기를 고조시켰다.

다양한 색깔의 원반이 돌아가는 속도가 점점 느려지기 시작했다. 화살표의 마찰음도 점점 뜸해졌다. 원반은 마치 영화 속 슬로모션처럼 느린 동작으로 마지막이 될 것 같은 회전을 시작했다. 화살표는 천천히 '3번'(내 번호)을 지나 무심히 딸깍 소리를 내며 '4번'으로 향하더니, 잠시 '5번'에서 멈추는 듯 보이다가 최후의 노력 끝에 그다음 칸에 파인 홈으로 가서 결정적으로 멈춰 섰다. '6번-주황색'에서.

"네, 장뤼크 모로, 우리의 선반공입니다! (집중되는 조명에 그는 놀라는 표정과 함께 수줍은 미소를 짓는다. 방청석의 박수 소리와 바이올린, 트럼펫, 심벌즈 소리.) 이제 장뤼크 모로가 누구와 삶을 맞바꾸게 될지 알아보기 전에 짧은 르포 영상을 통해 그를 좀더 알아보는 시간을 갖도록 하겠습니다."

난 맞은편에 위치한 모니터를 통해 모로에 관한 간단한 르포 영상을 시청했다. 그는 결혼해서 두 자녀를 둔 아버지로, 노르파드칼레의 두에에서 선반공으로 일하고 있었다. 권태로운 목소리와 공허한 시선으로 그가 들려준 바에 따르면, 그 도시에는 거의 일 년 내내 비가 내리는 탓에 그런 우울한 날씨도 그의 우울증을 키우는 데 한몫했다는 것이다. 그는 아내 마르틴과 두 아이에게 진심으로 미안하다고 전했다. (빼곡하게 장식된 크리스마스트리 가까이에서 가족 모두가 함께 찍은 사진이 화면에 지나간다.) 하지만 그로서는 달리 탈출구가 없었고, 삶이 그대로는 더이상 계속될 수 없었던 것이다. 〈두번째 기회〉에서 접촉해오기 전에 그는 자신이 근무하는 공장의 압연 롤러 밑에 몸을 던지는 낭만적이고 정치적인 몸짓으로 스스로 죽음을 택하기로 결심했었다. 모로는 진부하지만 꽤 감동적인 독백을 통해 다른 누군가가 자신의 가족을 행복하게 해주기를 진심으로 바란다고 얘기했다. 그리고 새롭게 배당될 남편을 받아들이라고 아내에게 권했다. "어쩌면 이번에는 우연이란 것이 제대로 일을 해서, 내 가족이나 나한테 더 나은 삶이 펼쳐질지도 모르니까요." 그는 눈물이 그렁그렁한 눈으로 더듬거리며 말했다. 부러진 이가 보일 정도로 한껏 억지 미소를 지어 보이면서.

난 영상의 끝부분을 건성으로 보면서 나 자신에게 묻고 있었다. 만약 그의 삶이 내게 배당된다면, 그토록 무미건조한 삶에 내가 과연 적응할 수 있을지를. 현장에서 익혀야 하는 지루한 육체노동을 수반하는 직업. 뚱뚱하고 촌스러워 성욕조차 생기지 않을 것 같은 아내. 한창 사춘기인 두 자녀. 그것도 모자라 얼음장처럼 차가운 비까지 끊임없이 뿌려대는 삶. 아무렴, 그래, 난 할 수 있을 거야. 어떤 회의나 두려움도 느껴지지 않았다. 난 이제 그 모든 것을 기꺼이 감당할 수 있을 것 같은 자신감으로 충만했다.

"이제 장뤼크 모로는 무엇이 될까요? 아니, 그보다는 오늘밤 그는 누가 될까요? (푸르카드는 스트레스와 흥분으로 바짝 긴장한 지원자에게 다가간다.) 장뤼크, 솔직히 말해주세요…… 특별히 염두에 둔 지원자가 있습니까?"

"아뇨." 모로는 알아듣기 힘든 가냘픈 목소리로 대답했다. "그게 말입니다, 장파트리스, 난 지금까지 살아오면서 대단한 것을 바란 적이 한 번도 없거든요. 단지 그냥 여기서 벗어날 수 있기만을 바랄 뿐입니다." (방청객들의 연민 섞인 '오' 소리.)

"이제 곧 그렇게 될 겁니다! 아니, 지금 즉시 그렇게 될 것입니다! 레슬리, 우리의 친구 장뤼크를 위해 운명의 수레바퀴를 돌려주시죠!"

또다시 무대 위에 어둠이 깔리면서 거대한 원반에 불이 켜졌다. 액정 판은 이제 아홉 칸으로 나뉘어 있었다. 모로의 번호인 '6번'은 삭제된 상태였다. 선택된 지원자의 번호를 그대로 남겨두어 자신의 본래 삶으로 되돌아갈 가능성을 열어둔다면 무척 재미있고도 잔인한 일이 될 거라는 생각이 문득 내 머리를 스쳐갔다. 만약 그렇게 된다면, 그보다 불행한 일이 또 있을까? 여전히 활짝 억지 미소를 짓고 있던 금발의 레슬리가 기계 부품 같은 우아한 몸짓을 반복하자 원반이 다시 돌아가기 시작했다. 비교적 평정심을 유지하고 있긴 했지만 내 심장박동 또한 그에 맞춰 빨라지기 시작했다.

"장뤼크 모로는 전기기사가 될까요, 교사가 될까요? 아니면 노숙자나 백만장자, 그렇지 않으면 보험설계사나 경찰공무원이 될까요? 그는 파리, 아르파종 혹은 빌뇌브루베에 살게 될까요? 운명의 수레바퀴는 과연 그에게 어떤 삶을 부여하게 될까요?"

거대한 원반의 속도가 느려지면서 화살표는 아슬아슬하게 '5번'(내가 마음속으로 '파산'이라고 다시 명명한 부랑자의 번호)을 지나 '7번'(여유로운 백만장자의 번호, 방청객들은 안타까운 듯 "오"를 외쳤다)에 멈춰 서는 듯 보였다. 그러더니 결국 '8번'으로 가서 멈추었다.

"이렇게 해서 장뤼크 모로는 라시드 아마미가 되었습니다! 마르세유에서 온 우리의 친구, 멋진 택시 운전기사가 된 것입니다! 신사 숙녀 여러분, 그에게 뜨거운 박수 부탁드립니다!"(라시드 아마미에게 조명이 집중되자 방청석으로부터 박수 소리가 터져나온다.)

난 몸을 살짝 숙이고 고개를 돌려 문제의 라시드라는 남자를 쳐다보았다. 그는 당황하면서도 기쁜 표정을 짓고 있었다.

"이제 우리의 두 지원자는 이쪽으로 와주시죠. 물론 두 분에게는 매우 감동적인 순간일 것입니다. 감격스럽나요, 라시드? 긴장됩니까? 깜짝 놀라진 않았나요?"

"전 그저 기쁠 따름입니다, 장파트리스." 그는 강한 마그레브 지역
억양으로 더듬거리며 말했다. "마침내 새로운 삶을 시작할 수 있게 되
어 행복할 뿐입니다."

"이번엔 장뤼크에게 묻고 싶군요. 하고 싶은 말은 없나요?"

"저도 같습니다. 행복합니다. 제일 먼저 떠오른 말이 그거였어요……
솔직히 아직 실감이 잘 나질 않습니다. 전 북쪽을 떠나 태양이 비치는
남쪽으로 가서 사는 꿈을 오랫동안 꾸어왔습니다. 그런데 저에게 마르
세유는……"

"아유, 그럼요, 마르세유는!" 푸르카드가 툭 내뱉듯 말했다. "두에보
다 확실히 태양이 뜨거운 곳이죠! (푸르카드의 재담에 방청석에서 히죽거
리는 웃음소리가 들려온다.) 이제 교환 의식으로 넘어가기 전에 잠깐 우
리 친구 라시드에 관한 영상을 봐주시길 바랍니다."

르포 영상이 방송되는 동안 기술팀은 무대 한가운데에 높은 탁자를
가져다놓았다. 미래지향적인 선으로 만들어진 일종의 현대식 제단인
셈이었다. 하이힐을 신은 레슬리가 무대 뒤로 사라지더니 블랙박스 두
개를 들고 나타나 탁자에 조심스럽게 올려놓았다. 삶을 맞바꾸게 될 두
지원자는 한쪽 구석에서 서로를 마주보며 서 있었다. 라시드 아마미에
관한 르포 영상이 애처로운 장면으로 끝을 맺는 사이 기술자들은 무대
에서 물러나 보이지 않았다. 뜨거운 햇볕에 달아오른 고속도로와 그곳
에 늘어선 자동차들 사이에 꼼짝없이 갇힌 그의 낡은 택시가 화면에 나
왔다.

"신사 숙녀 여러분, 이제 역사적인 순간을 지켜볼 준비를 하시기 바
랍니다. 친애하는 장뤼크, 친애하는 라시드, 두 분은 오늘 수백만 시청

자들이 지켜보는 가운데 삶을 교환하는 최초의 인간이 되는 것입니다. 여기 보다시피 두 분 앞에는 블랙박스 두 개가 놓여 있습니다. 각자가 원하는 대로 채워넣은 상자죠. 그 속에는 어쩌면 중요한 고백이나 가족의 비밀, 또는 본인이 가장 아끼는 물건 등이 들어 있을 수 있습니다. 간단히 말해서 자신을 승계하는 사람에게 양도해주어도 좋다고 생각한 모든 게 들어 있는 거죠. 장뤼크, 라시드, 이제 두 분에게 그 양도의 순간이 왔습니다. 이제 두 분은 공식적으로 각자의 현재 삶으로부터 자유로워지십시오."

모로는 몹시 혼란스러워 보이는 표정으로 자기 앞에 놓인 블랙박스를 집어 택시 운전사에게 건넸다.

"라시드 아마미, 난 오늘밤부로 영원히, 당신에게 내 삶을 양도합니다."

라시드 아마미는 떨리는 몸짓으로 아주 느리게 상자를 건네받아 목멘 소리로 대답했다.

"장뤼크 모로, 난 오늘밤부로 영원히, 당신의 삶을 승계합니다."

그가 말을 마치자마자 그 광경에 전율한 방청객들이 자리에서 일어나 열렬한 축하의 박수를 보냈다. 이 특별한 의식을 진행하는 푸르카드 역시 감격을 감추지 못한 채 눈가의 눈물을 찍어냈다. 잠시 후 소란이 가라앉자 아마미는 모로에게서 건네받은 상자를 내려놓고 자기 것을 집어 그에게 전달했다.

"장뤼크 모로, 난 오늘밤부로 영원히, 당신에게 내 삶을 양도합니다."

"라시드 아마미, 난 오늘밤부로 영원히, 당신의 삶을 승계합니다."

두 사람 가운데 선 푸르카드는 마치 새로운 탄생을 축복하는 그리스도처럼 두 팔을 십자가 모양으로 치켜들고 외쳤다.

"여러분의 축복 속에서!" 격앙된 감정 때문에 다소 거칠게 들리는 그의 목소리에서 가냘픈 떨림이 느껴졌다.

한참 동안 악수를 나누던 두 지원자는 끓어오르는 감정을 주체하지 못한 듯 서로를 힘껏 포옹했다. 마치 오랜 이별 끝에 다시 만난 어린 시절의 친구들처럼. 장파트리스 푸르카드는 눈가가 촉촉이 젖은 채로 다시 마이크를 잡았다.

"신사 숙녀 여러분, 이제 장뤼크와 라시드가 새로운 삶을 살기 위해 이곳을 떠나기 전에 두 분에게 마지막으로 던질 한 가지 질문이 남아 있습니다. 우리의 지원자들이 홀로, 혹은 가족과 함께 떠날 것인가? 하는 것입니다. 여러분 모두 알다시피, 이들 두 사람은 모두 결혼한 터라 각자의 배우자에게 동의 없이 새 남편을 받아들이라고 절대 강요할 수 없습니다. 따라서 오늘밤 이들의 배우자들은 숙고 끝에 중대한 결정을 내려야만 합니다. 새로운 남자와 앞으로의 삶을 계속 살아가기를 원하는가, 아닌가를요. 그들 역시 두번째 기회를 원하는지를 말이죠."

난 버려진 아내들에게 강력한 권한 같은 것을 부여하는 이 유혹적이면서도 잔인한 규정에 대해 마음속으로 자문해보았다. 물론 남편의 결정을 일방적으로 따라야만 했던 그녀들에게는 그러한 선택이 더 잔인한 것이 될 수도 있었다. 제비뽑기로 정해진 새로운 동반자를 받아들일지 혹은 거부할지를 선택하는 것. 하지만 곰곰 생각해보면, 그녀들의 선택은 매우 중요했다. 그 선택이 지원자들에게 주어진 새로운 삶과 행복의 조건, 즉 그들의 새로운 탄생에 결정적으로 영향을 미칠 터이기 때문이었다. 난 어떤 동기가 그녀들의 선택에 영향을 미칠지 생각해보았다. 경제적 이유? 자녀들의 안정적인 삶을 보장받겠다는 의지? 고독에 대한 두려움? 어쩌면 복수심? 만약 언젠가 이 실험이 모두에게 가능해진다면, 버림받은 남편들은 그런 딜레마와 맞서서 어떤 반응을 보이게 될까? 내가 명확한 대답을 찾지 못한 채 이 복잡한 문제들을 곱씹는 동안 푸르카드가 무대 앞쪽으로 더 가까이 다가가 말했다.

"이제 오늘밤 우리와 함께 이 순간을 지켜본 라시드의 아내 레일라에게 질문을 해야 할 것 같군요. 레일라는 세 명의 자녀 중 두 아이와 함께 이곳에 참석한 걸로 알고 있는데요……"

카메라는 삼십대로 보이는 구릿빛 피부의 여성에게 초점을 맞추었다. 그녀는 잔과 티보가 앉아 있는 첫번째 줄에서 몇 칸 떨어진 자리에 앉아 있었다. 그녀는 무릎에 오글쪼글한 얼굴의 갓난아이를 누인 채, 한 손으로는 네다섯 살짜리 여자아이의 손을 꼭 잡고 있었다. 그녀는 결코 미인이라고 할 수는 없지만 동양 여성들만의 독특한 매력을 지니고 있었다. 도발적으로 껌을 씹는 모습에서 풍기는, 상스러움에서 기인한 관능이 느껴졌다.

"안녕하세요, 레일라?" 푸르카드가 말을 이었다. "남편께서 이렇게 자신의 삶과 가족을 포기하는 것을 지켜보는 게 무척 힘들 거라고 생각합니다만."

"네, 정말 그래요…… 힘들어요…… 저한테나 우리 아이들한테요. 이 모든 게……" 레일라가 대답했다.

"부인은 남편인 라시드의 결정을 이해하십니까? 그의 선택을 이해할 수 있나요?"

"글쎄요……" 그녀는 슬픈 눈빛으로 라시드를 응시하며 말했다. "어쨌거나 라시드는 스스로 목숨을 끊으려고 했어요…… 그러니까 어쩌면 그를 위해서는 이편이 더 나을지도요…… 처음부터 다시 시작하는 것 말이에요…… 난 그이가 왜 이런 일을 저질렀는지 이해할 수 있을 것 같아요……"

"레일라, 오늘밤 당신은 당신의 미래를 자유롭게 결정할 수 있습니다. 당신 아이들의 미래도 함께 말이죠. 당신에게는 방금 운명의 수레바퀴가 지정해준 새로운 라시드 아마미를 거부할 권리가 있습니다. 이제 당신한테 운명적인 질문을 할 차례군요. 당신은 라시드의 아내로 남기를 원합니까? 만약 당신의 대답이 부정적이라면, 당신은 아이들하고만 떠날 수 있습니다. 그리고 당신의 결정은 법적 이혼에 상응하는 효력을 즉각 발휘하게 될 것입니다. 반대의 경우에는 새로운 라시드와 함께 집으로 돌아가게 되고요."

레일라는 마치 첫사랑과 재회하는 소녀처럼 수줍은 눈길로 선반공을 올려다보았다. 그녀는 점점 더 신경질적으로 껌을 씹어댔고, 그렇게 턱을 움직이느라 얼굴 표정이 굳어졌다. 잠시 생각에 잠겨 있는 동안 그녀는 예전 라시드에게는 눈길조차 주지 않았다. 그가 이미, 그리고 영원히 그녀의 삶에서 사라져버린 것처럼. 그녀는 혀로 입술을 훑은 다음 단호한 목소리로 선언했다.

"난 키워야 할 아이가 셋이나 있어요. 그러니까 혼자 살아갈 순 없다고요, 아시겠어요? 그래서 난 새로운 라시드를 받아들이기로 결심했어요. 우리 할머니께서는 이렇게 말씀하셨거든요. '자식들에게 기회는 주어야 한다.'"

"게다가 그녀는 유머 감각까지 갖췄군요!" 푸르카드가 환하게 웃으며 코멘트했다. "이리로 오시겠어요, 레일라? 여기 무대로 올라와주시기 바랍니다…… 신사 숙녀 여러분, 뜨거운 환영의 박수 부탁드립니다! 이 젊은 여성분이 방금 보여준 결정은 엄청난 용기가 필요한 일이니까요!"(박수 소리/환호.)

레일라는 갓난아이를 품에 안은 채 허약해 보이는 어린 딸의 손을 잡고 무대 위로 올라갔다. 푸르카드는 그녀를 뜨거운 포옹으로 맞이한 다음 미래의 동반자 곁으로 데리고 갔다. 발그레한 혈색에 키가 큰 금발 머리의 새로운 라시드는 젊은 여인의 건들거리는 몸짓에 당혹스러워하는 것 같았다.

"자, 라시드, 당신에게 새로운 가족이 생겨서 기쁜가요?"

"아주 기쁩니다." 그는 새로운 동반자를 마치 사탕을 탐하는 소년처럼 곁눈질했다.

"그럼 이제 모든 게 원만하게 해결되었군요! 이젠 장뤼크의 아내인 매력적인 마르틴에게 가보도록 하죠."

첫째 줄 한가운데서 풍만한 몸과 슬픈 표정이 단연 돋보이는 마르틴은 눈이 벌게진 채 손수건에 코를 박고 있었다.

"마르틴이 몹시 혼란스러워 보이는군요. 오늘밤 이 스튜디오에는 두 자녀를 동반하지 않고 혼자 온 걸로 알고 있는데요. 마르틴, 지금 기분이 어떠신가요? 남편을 원망하시나요?"

"당연히 원망스럽죠." 푸르카드의 질문에 그녀는 훌쩍거리면서 쉰 목소리로 대답했다. "우린 정말 행복했어요, 아시겠어요? 부족한 게 없었다고요!" (방청석에서 연민어린 '오' 소리가 울려퍼진다.)

"하지만 마르틴, 장뤼크는 생각이 달랐던 것 같군요." 푸르카드가 유감스럽다는 표정으로 말했다. "부인도 아시다시피 남편께서는 자살을 하려고 결심했던……"

"그러니까 차라리 그랬으면 더 좋았겠어요!" 그녀는 코를 풀면서 거칠게 말을 내뱉었다. "그래요, 차라리 죽어버렸으면 더 좋았을 거란 말이에요. 비열한 인간 같으니라고!" (방청석에서 비난의 '오' 소리가 울려퍼진다.)

"진정해주세요, 여러분…… 신사 숙녀 여러분, 마르틴의 기분을 존중해주시기를 부탁드립니다." 푸르카드가 방청객들을 애써 진정시켰다. "마르틴, 물론 받아들이기 힘드시겠지만, 당신은 오늘밤부터 새로운 삶을 시작해야만 합니다. 당신의 남편이었던 장뤼크는 이제부터 라시드라고 불리며, 레일라와 그녀의 세 아이와 함께 마르세유로 가서 살게 될 것입니다. 당신은 새로운 장뤼크 모로와 함께 살아갈 것인지 아닌지를 결정해야 하고요. 따라서 이제 당신께 엄숙하게 묻겠습니다. 마르틴, 당신은 어떤 결정을 내리시겠습니까?"

고개를 든 그녀는 원망의 빛이 가득한 눈으로 한참 동안 옛 남편을 바라보았다. 그러더니 새롭게 장뤼크가 된 옛 라시드를 돌아보았다. 난 그의 노력에 감탄을 금치 않을 수 없었다. 그는 풍만한 여장부 타입인 그녀가 마치 북아프리카의 여신이라도 되는 것처럼 그녀를 향해 애써 다정한 미소를 지어 보이고 있었다. 몇 초간의 침묵이 흐른 끝에 마침내 그녀가 불쾌한 표정으로 고개를 저으며 남성적인 어조로 대답했다.

"그런 일은 절대로 없을 겁니다! 아시겠어요? 난 아직 혼자 있고 싶다고요! 그리고 내 인생에 더이상의 남자는 원치 않습니다!"

그녀의 반응에 반감을 느낀 방청객들은 야유를 퍼붓기 시작했고, 푸르카드는 또다시 그들의 흥분을 가라앉혀야 했다.

"신사 숙녀 여러분, 마르틴의 결정을 존중해주시기를 부탁드립니다. 이건 그녀의 삶이 달린 문제입니다. 오직 그녀만이 결정할 수 있는 문제입니다. 친애하는 마르틴, 당신이 보여준 솔직함과 오늘밤 이곳에서 우리와 함께해준 노력에 감사드립니다. 앞으로의 삶에 행운이 함께하기를 바랍니다! 여러분, 마르틴에게 따뜻한 격려의 박수 보내주십시오!"(미지근한 박수 소리.)

푸르카드는 퇴짜를 맞은 지원자를 향해 돌아섰다. 새로운 장뤼크의 얼굴에는 조금 전의 부드러운 미소 대신 당혹스러운 빛이 역력했다.

"당신은 이제 장뤼크 모로의 삶을 독신자로서 홀로 살아가야만 합니다. 많이 실망스럽진 않으신가요?"

"그게 그러니까…… 그건 부인의 선택이니까요…… 전 다만 존중할 뿐……"

"아주 당당하고 용기 있는 남성이군요! 여러분, 새로운 장뤼크 모로에게 다시 한번 뜨거운 격려의 박수 부탁드립니다! (박수 소리/환호.) 장뤼크, 라시드, 이제 두 사람이 새로운 삶을 향해 떠날 시간이 된 것 같군요. 두 분에게 주어진…… (그가 고개를 기울이고 집게손가락으로 둘을 가리킨다.) 두번째 기회를 마음껏 누리시기 바랍니다!"

경쾌한 음악(바이올린, 트럼펫, 심벌즈 소리)이 배경으로 깔리는 가운데 우렁찬 박수 소리와 공중에서 내려오는 오색의 꽃가루 세례 속에서 두 지원자는 무대를 떠났다. 한 사람은 새로운 가족과 함께, 다른 사람은 홀로였지만 한껏 황홀한 모습으로.

"신사 숙녀 여러분, 그들에게 행운을 빌어주시기 바랍니다! 이제 그들에겐 새로운 삶이 펼쳐지는 것입니다! (박수 소리/환호.) 그리고 안심하십시오. 곧 우리 지원자들의 소식을 듣게 될 테니까요. 하지만 여러분이 명심하실 게 있습니다. 이것은 그동안 여러분이 보아왔던 리얼리티쇼와는 다르다는 것을 아셔야 합니다. 우린 지원자들의 일상을 촬영하거나 밤낮으로 따라다니는 일 같은 것은 하지 않습니다. 그저 그들의 사생활을 존중하면서 자유롭게 새로운 삶을 살 수 있게 할 것입니다. 그것이 우리 정부가 정한 이 실험의 정신과 윤리입니다. 그 사실을 입증하기 위해 대통령께서 오늘밤 이곳에 와 계시죠. (고개를 끄덕이며 육식동물 같은 미소를 날리는 말랭보가 또다시 클로즈업된다. 그의 뒤로는 여전히 노벨리의 번들거리는 머리가 보인다.) 우린 앞으로 석 달간 두 번, 더도 말고 딱 두 번만 이 스튜디오에 모여 우리 지원자들의 근황을 듣게 될 것입니다. 그들이 시작한 새로운 삶을 평가해보고, 그들이 다시 삶에 의욕을 갖게 되었는지를 알기 위함입니다. 그 첫 회는 정확히 육 주 후인 11월 중순에 방송될 예정이며, 중간 점검을 해볼 수 있는 기회가 될 것입니다. 두번째 방송은 크리스마스 전후로 예정돼 있으며, 우리가 최종 결론을 내릴 수 있게 해줄 것입니다. 다시 한번 강조하지만, 이 실험은 우리 사회를 더욱더 공정하고 공평하게 만들고자 하는 거대한 야망을 실현하기 위한 것입니다. 만약 이 모험이 석 달 후 유익한 것으로 결론이 난다면, 이제 머지않아 여러분 모두도…… (그가 손가락으로 카메라를 가리킨다.) 두번째 기회를 가질 수 있을 것입니다!"(방청석의 박수 소리와 바이올린, 트럼펫, 심벌즈 소리.)

난 광고가 나가는 동안 잠시 쉬면서 목을 축였다. 천사 같은 얼굴의 제작진 하나가 내게 차가운 물을 가져다주었다. 줄지어 있는 할로겐 조명 아래 몸이 점점 더 뜨거워지면서 겨드랑이와 등이 땀으로 흥건하게 젖어왔다. 난 방청석 첫째 줄을 훑어보다가 또다시 잔과 눈이 마주쳤다. 그녀는 검고 어둡고 대리석처럼 차가운 시선으로 나를 응시하고 있었다. 그녀의 눈을 똑바로 쳐다볼 자신도, 그녀 마음속의 나에 대한 판단과 마주할 자신도 없어 고개를 돌리던 중 이번에는 그녀 곁에 얌전하게 앉아 있는 티보와 눈이 마주쳤다. 아이의 눈에서는 언제나처럼 순수하면서 다소 멍해 보이는 다정함이 뿜어져나왔다. 셀로판테이프로 이어 붙인 빨간 플라스틱 안경 안쪽에 맺혀 있을 아이의 눈물을 생각하니 마음이 아파왔다. 몇 초 뒤 아이가 내게 손짓하면서 미소를 지어 보였다. 나 역시 미소로 답하고는 한참 동안 숨을 고르면서 터져나오려는 울음을 간신히 억눌렀다. 사랑하는 내 아들 티보. 한없이 연약하고, 한없이 다정다감한 아이. 나와 고락을 같이한 충실하고 헌신적인 아내였던 잔. 어쩌면 그들이 보고 싶어질 수도 있을 것이다. 어쩌면 그들을 사랑했던 것도 같다. 하지만 그들에 대한 내 애정은 결코 나 자신을 향한 증오를 넘어서진 못했다. 그렇다, 그들 사이에서 난 나 자신을 지배하는 악마를 이겨낼 힘을 얻지는 못했다. 나는 또다시 시선을 돌리고 고개를 숙였다. 내 마음속 깊이 되도록 냉정한 마음을 갖고자 애썼다. 내 선택에 어쩔 수 없이 따라오는 그저 부수적인 희생자들로 간주하면서. 나는 내 삶을 포기하기로 마음먹었고, 그들 역시 그런 내 삶의 일부였다.

"방송 시작 십 초 전!" 스피커에서 직직거리는 소리가 났다.

그사이 푸르카드의 번들거리는 뺨을 파운데이션으로 두들겨주던 분장사는 종종걸음으로 무대 뒤로 사라졌다. 푸르카드는 부자연스러운 미소로 무장한 채 붉은 표시등이 켜진 카메라를 마주하고 섰다.

"신사 숙녀 여러분, 다시 〈두번째 기회〉의 무대로 돌아오신 것을 환영합니다! (방청석의 박수 소리와 바이올린, 트럼펫, 심벌즈 소리.) 불과 몇 분 전, 여러분이 지켜보는 가운데 장뤼크 모로와 라시드 아마미는 그들의 삶을 교환했습니다. 역사상 처음으로! 그리고 오늘밤 다른 여덟 명의 지원자도 그들의 뒤를 이을 것입니다. 그들에게 뜨거운 격려의 박수를 보내주십시오! (박수 소리 / 환호.) 이제 더 기다릴 것 없이 아름다운 레슬리에게 오늘밤 세번째로…… 운명의 수레바퀴를 돌려줄 것을 부탁합니다!"

잔, 티보와 고통스러운 눈길을 주고받은 뒤 난 고개를 숙인 채 구두코만 뚫어지게 바라보고 있었다. 원반이 곧 멈출 듯 딸그락 소리가 서서히 들려올 때에야 비로소 쿵쾅거리는 가슴에 숨이 멎을 것 같은 느낌으로 머리를 들었다.

"이번에는 9번 후보인 아르노 드몽탈입니다! 그는 파리에서 기업을 운영하는 최고경영자죠! 여러분, 따뜻한 환영의 박수 부탁드립니다! 즉시 그를 화면으로 만나보겠습니다."

난 몸을 살짝 숙이고 고개를 돌려 줄 끝 쪽에 서 있는 그를 흘끗 쳐다보았다. 위에서 집중적으로 비추는 조명을 받아 더욱 돋보이는 그의 조각 같은 옆모습은 즉시 내게 강렬한 인상을 심어주기에 충분했다. 머리를 뒤로 넘긴 채 당당한 시선으로 앞을 똑바로 응시하고 있는 그는 근육질의 긴 팔이 돋보였고 투우사와 같은 우아함을 지녔다. 그의 섬세한 입술은 보일 듯 말 듯 한 미소로 살짝 주름이 잡혀 있고, 뚜렷한 윤곽의 각진 얼굴에서는 어떤 감정의 표현도 읽을 수 없었다. 그는 마치 고무 가면을 쓴 것처럼 창백하고 무표정했다. 난 잠시 그에게 정신없이 빠져들었다. 그의 외모 이상으로 신비한 무언가가 내 호기심을 자극했다…… 그러다 내 옆의 보험설계사 지원자 때문에 갑자기 현실로 되돌아왔다.

"아니, 저렇게 팔자 좋은 사람도 있었네!"

난 화들짝 놀라 그를 돌아보았다. 그는 못마땅한 표정으로 모니터를 유심히 보고 있었다. 화면에는 고급 세단 뒷좌석에 앉아 경제지를 읽고 있는 아르노 드몽탈의 모습이 비쳤다. 그다음엔 그가 자신의 아파트 거실로 보이는 곳의 하얀 가죽소파 가운데 앉아 있는 모습이 보였다. 그의 맞은편 창문 너머로는 에펠탑의 금빛 기둥들이 빛났다. 그는 두 손을 무릎에 올려놓고 카메라 렌즈에 시선을 고정한 채 차분한 목소리로 중얼거리듯 고백했다. 마치 오직 나를 향해서만 얘기하고 있는 것처럼. "나를 둘러싼 이 화려한 것들은 내게 아무런 기쁨도 가져다주지 못합니다. 지금까지의 내 삶은 그저 나쁜 농담과도 같았습니다. 난 침대에서 일어나는 것조차 불가능한 지경에 이르렀습니다. 사실 생각해보면, 내가 죽으려고 했던 게 바로 그 이유 때문인 것 같습니다. 내겐 몸을 일으키는 것조차 불가능한 일이 되어버렸습니다."

그에 관한 르포 영상은 그의 덤덤한 말로 끝을 맺었다. 난 그런 그에게 더욱더 매료당하는 느낌이 들었다. "내겐 몸을 일으키는 것조차 불가능한 일이 되어버렸습니다." 그게 어떤 것인지 누구보다 잘 알고 있던 나로서는 그에게 깊이 공감하지 않을 수 없었다. 그것은 내가 수년 전부터 지겹도록 곱씹어오던 생각이며, 그의 말 한마디 한마디는 『고통을 완화하는 자세』의 첫 구절에 나오는 문장과 거의 일치했다.

"더이상 침대에서 일어날 수가 없다. 그는 생각한다. '몸을 일으키는 것이 불가능해'."

내 저주받은 소설은 그렇게 시작했다. 난 문장의 리듬에 관해 잠시 생각해보았다. 드몽탈의 표현처럼 시작하는 게 더 나은 것은 아닐까? 그편이 더 절제되고 겉멋부림이 덜해서 어쩌면 더 음악적으로 들릴 수도 있을 것 같았다. "그에겐 몸을 일으키는 것조차 불가능한 일이 되어버렸다." 난 마음속으로 한 마디씩 끊어 읽어보았다. 그렇다, 그 문장이 소설의 시작으로 더 나을 것 같았다.

난 또다시 몸을 숙여 창백한 조명 아래 부동자세로 서 있는 드몽탈을 관찰했다. 무엇 때문에 그에게 이토록 끌리는 것일까? 그는 내가 무엇보다도 혐오하는, 귀족의 후손임을 의미하는 '드'가 포함된 성을 지닌 상류층인데다가 자만심 넘치는 꼴불견 스타일의 사십대 남자였다. 하지만 그에게서 느껴지는 무언가가 나를 끌어당기고 매혹했다. 우리의 삶은 아마도 대척점에 위치할 테지만, 우리가 느끼는 고통 속에는 서로 통하는 무언가가 있을 것 같다는 생각이 강하게 들었다. 그의 고통은 어떤 면에서는 나의 고통과 상호보완적인 것이 아닐까 하는.

"오늘밤 아르노 드몽탈은 누가 될까요?" 푸르카드는 한껏 고조된 목소리로 외쳤다. "나머지 일곱 명의 지원자 중 누가 그와 삶을 맞바꾸게 될까요? 아름다운 레슬리, 이제 그 답을 보여주시죠!"

원반이 다시 돌아가기 시작하자, 검지와 중지를 교차시키고서 무엇인가를 소망하고 있는 나를 보고 놀랐다. 난 그의 삶이 내 것이 되기를 바라고 있었다. 이유를 명확하게 설명할 수는 없지만, 그의 재산이나 고귀한 성씨와는 아무 상관이 없다는 건 분명했다. 지금까지 내가 유지해왔던 무색의 중립성에 서서히 물이 들기 시작했다. 내 안에 어떤 선호가 싹트고 있었던 것이다. 그렇다, 난 저 남자가 되기를 바라고 있었다. 그것은 말로 표현할 수는 없지만 본질적인 동기로 인한 것이었다. 난 그가 되어서, 그가 그랬듯이 하얀 가죽소파에 앉아 차분한 목소리로 중얼거리듯 선언하고 싶어졌다. "내겐 몸을 일으키는 것조차 불가능한 일이 되어버렸습니다."

원반 돌아가는 속도가 느려지자, 난 교차시켰던 두 손가락을 풀고 이성적으로 생각하려고 노력했다. 스스로에게 주문을 걸듯 마음속으로 중얼거렸다. '넌 그의 삶을 원하지 않아.' '넌 특별히 그와 삶을 맞바꾸고 싶은 게 아냐.' '넌 무색이어야 해.' 난 반항적인 아이를 세뇌시키듯 나 자신에게 명령했다. '넌 무색이고, 무심해.' '넌 어차피 다른 사람과 삶을 바꾸려고 했어. 그게 어떤 삶이든 아무 상관 없다고.'

화살표가 아주 느린 속도로 1번을 통과하자, 난 아르노 드몽탈의 삶은 내게 예정된 게 아님을 확신했다. 그의 삶은 '2번―밤색' 지원자에게 배당될 것이 분명했다. 삶에 짓눌린 표정으로 내 오른편에서 계속 떨고 있는 전기기사에게. 난 눈을 감은 채 '무색', '넌 무색이어야 해'를 주문처럼 되뇌며 깊이 숨을 들이마셨다. 그러다 다시 눈을 떠 옆의 남자를 돌아보았다. 그가 기뻐서 어쩔 줄 몰라하는 모습을 보게 되리라 생각하면서. 그런데 오히려 그가 휘둥그레진 눈으로 나를 응시하고 있는 게 아닌가. 운 나쁜 패배자처럼 일그러진 씁쓸한 웃음을 입가에 띤 채.

"3번입니다, 여러분! 마르크 바라티에입니다!"

나에게 집중적으로 쏟아지는 조명 때문에 시야가 흐려지면서 귀에서 윙윙거리는 소리가 들려왔다.

"신사 숙녀 여러분, 그에게 뜨거운 격려의 박수를 보내주십시오! 친애하는 마르크, 방청객들과 시청자들이 영상을 통해 당신과 만나는 동안 이쪽으로 좀 와주시겠습니까?"

난 나에 관한 르포 영상의 내용도, 그후 몇 분이 어떻게 흘러갔는지도 기억하지 못한다. 내 기억은 상반된 느낌과 감정으로 뒤죽박죽된 채 일시적으로 일종의 블랙홀 속으로 빨려들어가 실종돼버린 듯했다. 하지만 드몽탈과 내가 탁자를 사이에 두고 마주섰을 때 마치 단검처럼 날아와 내 눈에 꽂히던 드몽탈의 번득이던 시선만은 놀랍도록 정확히 기억하고 있다.

"마르크 바라티에, 난 오늘밤부로 영원히, 당신에게 내 삶을 양도합니다."

그는 진중한 표정으로 느릿하게 말하면서 자신의 블랙박스를 내게 건넸다. 난 그의 눈에서 시선을 떼지 않은 채 상자를 건네받고 대답했다.

"아르노 드몽탈, 난 오늘밤부로 영원히, 당신의 삶을 승계합니다."

난 쏟아지는 박수갈채 속에 상자를 발치에 내려놓은 다음 내 것을 그에게 건네면서 선언했다.

"아르노 드몽탈, 난 오늘밤부로 영원히, 당신에게 내 삶을 양도합니다."

내 목소리가 감격에 겨워 떨리고 있었다. 그 말이 마침내 나에게 걸려 있던 마법을 풀어주기라도 한 것처럼. 그는 처음에는 조심스럽게, 그다음에는 좀더 노골적으로 내게 미소를 지어 보였다. 밀랍 인형 같던 그의 얼굴에 생기가 돌면서, 그의 눈이 천진해 보이기까지 하는 열의로 빛났다. 마치 그가 이 순간을 오래전부터 기다려온 듯했다. 잘생기고, 부유하고, 아마도 지적이기까지 한 그가 이 말도 안 되는 꿈을 오래전부터 꾸어온 것처럼. 파리 교외의 중소기업 중간관리자가 되는 꿈이라니, 있을 수 없는 일이었다.

"마르크 바라티에, 난 오늘밤부로 영원히, 당신의 삶을 승계합니다."

포옹 같은 것은 없었다. 다만 한참 동안, 아주 한참 동안 악수를 했다.

"아르노와 마르크에게 격려의 박수 부탁드립니다!" 푸르카드는 두 팔을 번쩍 들면서 소리쳤다. (방청석의 박수 소리와 바이올린, 트럼펫, 심벌즈 소리.) "신사 숙녀 여러분, 여러분도 원칙을 알고 계실 겁니다. 이제 결정적인 질문에 답할 때가 왔습니다. 이들은 이제 한 가정의 가장으로서 이 무대를 떠나게 될까요? 아니면 독신으로서 떠나게 될까요? 그것을 알기 위해 먼저 안프랑스 드몽탈 부인께 질문을 드려야 할 것 같군요. 먼저, 오늘밤 우리와 함께해주신 것에 감사드립니다."

난 이미 첫째 줄에 앉은 그 여인을 눈여겨보았다. 귀족적인 기품과 근엄한 얼굴 표정 때문에 눈에 띄는 여성이었다. 마흔 살이 넘지 않았을 텐데도, 장식 없는 단순한 원피스 속에 감춰진 메마른 몸은 쪼그라든 노파를 연상시켰다. 그녀는 거의 병적으로 말라 있었다. 그녀의 시선에서는 기품어린 고통이 느껴졌고, 아마 그로 인해 나이에 비해 일찍 늙어버린 게 아닌가 싶은 생각이 들었다. 광채를 잃어버린 커다랗고 푸른 눈, 벌써 희끗희끗해지기 시작한 밤색 머리는 그녀의 아름다움이 시들어버렸음을 말해주었다. 그녀 옆에 있는 눈부시게 아름다운 소녀 또한 일찌감치 내 눈길을 끌었다. 열네다섯 살쯤 돼 보이는 소녀는 도자기처럼 매끄러운 피부의 얼굴, 아몬드처럼 길쭉한 눈, 형광빛으로 빛나는 청록색 눈동자, 구불구불한 탐스러운 금발머리를 가졌다. 어쩌면 딸에게서 엄마의 젊었을 적 모습을 찾아볼 수도 있을 것 같았다. 하지만 세월은 드몽탈 부인에게 돌이킬 수 없는 무거운 흔적을 남겨놓아서 딸이 그 모습을 닮아갈 일은 결코 없을 듯했다. 딸에게서는 시간을 초월한 대천사의 우아함이 느껴졌다.

"무엇보다도 부인, 지금 기분이 어떠신지 알고 싶군요." 푸르카드가 어색한 표정으로 물었다. "고통스러우시겠지만 남편분의 결정을 이해하실 수 있겠는지요?"

"이해합니다." 그녀는 얼음장처럼 차가운 어조로 대답했다. "아르노는 더이상 살고 싶어하지 않았어요. 스스로 목숨을 끊으려고 했죠. 그러니 그가 새로운 방식으로 계속 살아남으려 애써준다면 난 더이상 바랄 것이 없습니다."

"솔직한 답변 감사드립니다. 부인. 이해와 희생은 매우 고귀한 것이지요. 그런 부인의 결정에 진심으로 경의를 표합니다. 하지만 부인도 알다시피, 이제 부인 역시 선택을 해야 하는 순간이 왔습니다. 새로운 아르노 드몽탈에게 기회를 주실지 아닐지를 결정해야 합니다. 그를 남편과 아버지로서 부인의 가정에 받아들일 수 있으신가요?"

안프랑스 드몽탈은 십 초 남짓 강렬한 눈빛으로 나를 응시했다. 그녀의 시선에 사로잡힌 나는 움직일 수도, 그녀에게 미소를 지어 보일 수도 없었다. 무엇 때문에 저런 여자가 날 원하겠는가? 그녀의 기품 있는 외모와 돈으로 충분히 새로운 연인을 쉽게 만들 수 있을 텐데. 그녀가 계속 나를 바라보는 동안 난 똑같은 질문을 나 자신한테 던져보았다. 나는 남편으로서의 드몽탈의 삶을 이어받기를 원하나? 아니면 독신으로서의 드몽탈로 살기를 원하나? 잠시 후 그녀는 딸의 손을 꼭 잡은 채 서로 공모자의 시선을 주고받았다. 그리고 머리카락을 귀 뒤로 넘기면서 또렷한 목소리로 선언했다.

"네, 푸르카드 씨. 난 새로운 아르노 드몽탈에게 기회를 주고 싶습니다."

"정말 멋지군요!" 푸르카드가 두 팔을 벌리면서 큰 소리로 외쳤다. "이제 부인의 아름다운 따님과 함께 무대 위로 올라와주시겠습니까? 따님 이름이?"

"시빌입니다."

"신사 숙녀 여러분, 오늘밤 새로운 남편, 새로운 아버지와 함께 집으로 돌아가게 될 안프랑스와 시빌에게 뜨거운 환영의 박수 부탁드립니다!"(박수 소리/환호.)

모녀가 나를 향해 다가오자 가슴이 쿵쾅거리며 뛰기 시작했다. '무색, 넌 무색이야'를 되뇌면서 아무리 진정하려고 해도 소용없었다. 내 안에서 부드럽게 속삭이는 목소리를 침묵하게 할 수가 없었다. '저 여인이 너의 새로운 아내야. 새 딸도 생긴 거야.' 그리고 실체를 알 수 없는 모호한 감정이 느껴졌다. 강렬하고도 혼란스러운 감정이었다. 푸르카드가 이끄는 대로 내 오른편으로 와서 선 그들은 내게 수줍은 미소를 지어 보였다.

"신사 숙녀 여러분, 이제 마르크 바라티에 씨의 부인에게 질문할 차례입니다. 친애하는 잔, 처음에는 이 방송에 나오기를 원하지 않으셨던 것으로 압니다만. 그런데도 불구하고 이렇게 우리 초대에 응해주신 것에 대해 진심으로 감사드립니다."

그녀는 단호하고 창백한 얼굴로 자세를 고쳐 앉았다. 그들을 향해 있는 카메라를 홀린 듯 쳐다보고 있는 티보의 손을 꼭 잡은 채. 난 그녀가 내릴 결정에 대해 어떤 의문도 없었다. 전날밤 요란했던 우리의 대화 이후, 그녀가 새로운 남자와 다시 시작할 생각을 하기엔 그녀의 고통이 너무 크고, 상처 또한 너무나 생생하고 치유될 시간이 필요하리라는 것을 잘 알기 때문이었다. 한편으로 보면 그런 사실이 안타까웠다. 우리의 이별에도 불구하고 난 진정으로 그녀와 티보의 행복을 바랐다. 그리고 어쩌면, 그녀가 스쳐지나가는 남자들과 방황의 세월을 보내기보다는 드몽탈 같은 남자의 보호 아래 살아가기를 바라는지도 몰랐다.

"남편분의 결정을 받아들이기가 힘들었다고 알고 있습니다. 그렇지 않은가요, 잔?" 푸르카드는 마치 상황을 즐기는 듯한 표정으로 물었다.

"네, 그래요." 잔은 긴장된 목소리로 대답했다.

"그런 심정 충분히 이해할 수 있을 것 같군요. 사실 엄청나게 복잡하고 미묘한 선택일 테니까요. 하지만 아시다시피, 유감스러워하기엔 오늘밤 이미 너무 늦어버린 것 같군요. 이젠 당신의 미래와 어린 아들의 미래를 생각해야 할 때입니다. 당신 앞에 놓인 두 가지 선택을 잘 알고 계시겠지요. 이제 어떤 결정을 내릴 것인지 알려주시기 바랍니다."

그녀는 잠시 당황한 표정으로 본능적으로 도움을 구하듯 눈으로 나를 찾는 듯 보였다. 하지만 난 비겁하게도 아래로 시선을 떨구어 그녀의 간절함을 외면했다. 그러다 그녀가 아르노 드몽탈 쪽으로 시선을 돌리는 것을 지켜보았다. 꿀처럼 노란빛을 띤 그의 눈동자에서는 여전히 묘한 빛이 뿜어져나왔다. 잔은 한참 동안 아무 말 없이 그를 응시했다. 나와 삶을 맞바꾸는 벌을 받고도 잔에게서 위안조차 얻지 못할 불운한 남자 아르노 드몽탈에게 미리부터 동정심이 느껴졌다. 성사聖事가 거행되는 듯한 적막 속에 무거운 몇 초가 흘러갔다. 내가 아직 이런저런 생각 속에서 헤매고 있을 때 단호하게 선언하는 아내의 목소리가 내 귓전을 때렸다.

"네, 장파트리스. 전 새로운 마르크 바라티에에게 기회를 주겠습니다."

"정말 멋진 결정입니다!" 푸르카드는 눈동자를 굴려가면서 열광했다. "잔, 속히 무대로 나와 우리와 함께해주세요! 신사 숙녀 여러분, 그녀의 용기에 힘찬 격려의 박수를 보내주십시오!"

그다음 이어진 순간들은 몇몇 이미지만 단편적으로 내 기억 속에 간직돼 있을 뿐이다. 서로 손을 꼭 잡고 무대를 향해 계단을 올라오던 잔과 티보의 얼굴을 또렷이 기억한다. 사람들의 박수갈채. 귀를 먹먹하게 하는 음악소리. 위에서 비 오듯 떨어지던 수천 개의 색종이 조각들. 의기양양한 미소를 띤 말랭보 대통령과 그런 그를 바라보는 노벨리의 자부심 가득한 눈빛. 그리고 우리가 무대 뒤로 향할 때, 슬그머니 내 손을 잡아주던, 따뜻한 온기가 느껴지던 어린 시빌의 손.

"신사 숙녀 여러분, 아르노에게 힘찬 박수 부탁드립니다!" 내 등뒤에서 푸르카드가 외쳐대고 있었다.

그가 얘기하는 아르노가 바로 나라는 것을 깨닫는 데는 몇 초의 시간이 필요했다. 차가운 비가 뿌려대던 10월의 그날 밤, 판지로 만든 스튜디오 방음벽 안에서 내가 아르노 드몽탈이 되었음을, 앞으로 영원히 그의 이름으로 살아가야 한다는 것을 깨닫는 데는 단 몇 초가 필요했을 뿐이다. 순간 마르크 바라티에라는 이름이 낯설고 멀게 느껴졌다. 마치 불분명한 어떤 기억처럼. 난 미소를 띠고 시빌의 손을 힘주어 잡은 채 걸음을 재촉했다. 새로운 삶이 내 앞에 펼쳐지리라는 것을 직감하면서.

9

"샤를, 우린 집 앞에 내려주고 지하에 주차하세요."

"알겠습니다, 사모님."

검은색 세단은 사선으로 세차게 내리치는 빗속을 뚫고 빠른 속도로 트로카데로광장을 가로질러 달려갔다. 안프랑스와 나는 가는 동안 서로에게 거의 말을 건네지 않았지만, 그 침묵이 우리 사이에 어떤 불편한 감정이 존재한다는 의미는 아니었다. 오히려 서로의 자발적인 침묵 속에서 우리가 앞으로 친밀한 사이가 될 수 있다는 전조 같은 것을 느낄 수 있었다.

〈두번째 기회〉의 무대에서 벗어나자마자 우린 무대 뒤쪽에서 우글거리던 기자들의 집중적인 카메라 세례를 받았다. 잠깐 동안 내 옆에서 포즈를 취하는 데 응했던 안프랑스가 내 귀에 대고 속삭였다. "부탁인데요, 여기서 얼른 나가죠."

스튜디오 입구에서 우리를 기다리고 있던 검은색 메르세데스 뒷좌석에 올라타자마자 그녀는 운전기사에게 요청했다.

"샤를, 브람스를 틀어줘요."

우리 사이에 앉은 시빌은 내 손을 꼭 잡은 채 놓아주지 않았다. 나를 마치 살아 있는 곰 인형이나 새로운 애완동물처럼 생각하는 것 같았다. 어색한 침묵을 해소하기 위해 난 시빌에게 질문을 했다.

"우리 꼬마 숙녀는 지금 몇 살이지?"

"열네 살이에요. 두 달 후면 열다섯 살이 되고요. 12월 21일이 내 생일이거든요!" 소녀는 차가운 내 손을 더 힘주어 잡으면서 발랄하게 대답했다.

난 미소를 지으며 고개를 끄덕였다. 그리고 브람스의 교향곡이 차 안을 가득 채우도록 입을 다물었다. 음악이 내 머릿속 텅 빈 공간까지 스며들도록. 파리 시내까지 한 시간 남짓 달리는 동안 난 때때로 안프랑스를 돌아보았다. 그녀와 시선이 마주치기를 바라면서. 하지만 그녀는 음악에 푹 빠진 채 차창 위로 흘러내리는 빗물을 응시하는 듯했다.

샹드마르스가에 위치한 오스만 양식의 멋진 건물 앞 보도에 메르세데스가 멈춰 섰을 때는 이미 자정이 가까운 시각이었다. 운전기사는 즉시 차문을 열고 우산을 씌워 우리를 현관까지 에스코트해주었다.

"좋은 밤 보내시길 바랍니다, 사모님. 좋은 밤 보내십시오, 사장님." 그가 고개를 숙이며 인사했다.

"샤를도 좋은 밤 보내요. 월요일에 봐요." 안프랑스가 장갑을 벗으면서 말했다.

"좋은 밤 보내요, 샤를." 난 작은 목소리로 똑같은 말을 반복했다.

건물의 홀은 전체가 분홍색 대리석으로 뒤덮여 있었다. 천장에는 화려한 크리스털 샹들리에가 현란한 빛을 발하고 있었다. 모서리를 사선으로 다듬은 수천 개의 길쭉한 조각들이 달린 거대한 구체 조명등이었다. 난 몇 초간 고개를 뒤로 젖히고서 그것을 세심하게 관찰했다.

"이 건물 전체가 우리 거예요!" 시빌이 내 손을 잡아끌면서 외쳤다.

"시빌, 얌전히 좀 굴어." 안프랑스는 장난기 섞인 투로 딸을 나무랐다.

"난 괜찮으니 그냥 두세요." 나 역시 애써 즐거운 표정으로 미소를 지어 보였다.

안프랑스는 내게 미소로 답했지만 내 시선은 피했다. 우리 세 사람은 문에 쪽매붙임 세공이 된 엘리베이터를 타고 5층으로 올라갔다. 느린 속도로 운행하는 엘리베이터에선 정중함이 느껴졌다. 층계참에는 떡갈나무를 조각해 만든 크고 높다란 문이 하나밖에 보이지 않았다. 나는 이 화려한 공간과 좁다란 복도에 문들이 다닥다닥 붙어 있는 스타시티를 비교하지 않을 수 없었다. 안프랑스는 핸드백을 뒤져 기다란 열쇠를 꺼내더니 열쇠구멍에 넣고 돌렸다. 문이 미끄러지듯 조용히 열리자 그녀는 안으로 들어갔다. 시빌은 내 손을 꼭 잡고 안으로 이끌면서 나지막이 말했다.

"여기가 우리집이에요."

현관의 넓이로 가늠해볼 때 아파트의 광대함을 대략 짐작할 수 있었다. 꿀 빛깔을 띤 마루판이 끝없이 이어졌고, 천장은 쇠시리가 보이지 않을 정도로 높았다. 가구들을 둘러보던 중 현관 중앙의 대리석 기둥 위에 자리잡고 있는 특이한 물체에 시선이 멈췄다. 그것은 코린트양식에서 영감을 받은 듯 보이는 실물 크기의 조각상이었다. 뱀에게 공격당하는 나신의 어린 소녀를 나타낸 것으로, 거대한 뱀이 소녀의 순결한 목을 위협적으로 칭칭 감고 있었다.

"아르노는 때로 취향이 아주 별스러웠어요." 등뒤에서 안프랑스의 목소리가 들렸다.

그녀를 향해 돌아선 나는 그녀의 말과 그에 동반된 우울해 보이는 미소를 어떻게 해석해야 할지 몰라 잠시 머뭇거렸다.

"그러니까 말하자면······ 조금 특별하긴 하군요!" 난 약간 의아한 표정으로 맞장구를 쳤다.

그러자 활짝 웃는 그녀의 눈에 생기가 돌았다. 안프랑스는 입고 있던 아스트라한 모피 코트를 벗어 조심스럽게 접어 팔에 걸쳤다.

"외투 벗으실래요?" 그녀가 제안했다.

"그러죠."

시빌은 내가 블랙박스를 내려놓고 외투를 벗을 수 있도록 내 손을 놓아주었다. 난 방수 코트 깃을 잡고 소매의 물기를 턴 다음 안프랑스에게 건넸다.

"고마워요."

"별말씀을요. 시빌, 선생님한테 집을 구경시켜드리겠니?" 안프랑스가 딸과 나만 남겨두고서 우리 둘의 외투를 들고 자리를 떠나며 말했다. 그러자 시빌이 또다시 슬그머니 내 손을 잡았다.

"가실래요?" 소녀는 고개를 들어 나를 쳐다보면서 물었다.

난 블랙박스를 옆구리에 낀 채, 소녀의 부드럽고 따뜻한 손에 이끌려 세련되고 화려한 집안 내부를 이 방에서 저 방으로 돌아다니며 구경했다. 집 전체의 넓이는 300제곱미터는 족히 넘어 보였다. 시빌은 나를 데리고 가는 방마다 똑같은 의식을 반복했다. 문을 열고 모든 전기 스위치를 누른 다음 마치 부동산 중개업자처럼 만족스러운 미소를 띠고 내 반응을 살피곤 했다.

"여긴, 거실이에요!"

난 널찍한 하얀색 가죽소파 앞에 멈춰 섰다. 불과 몇 시간 전, 화면 속에서 아르노 드몽탈이 앉아 있던 자리다. 아르데코에서 영감을 받은 현대식 디자인의 소파는 빛을 발하는 에펠탑이 보이는 발코니 창에 등을 기대고 있었다. 야간 간접조명의 금갈색 빛에 잠겨 있는 에펠탑을 보면서 지금까지 이렇게 가까이선 본 적이 없다는 것을 깨달았다.

"여기 좀 앉아봐도 될까?" 내가 물었다.

"그럼요!" 시빌이 말했다. "우리 잠시 쉬어요!"

우리는 손을 잡고서 소파 한가운데 나란히 앉았다. 거실로 스며드는 어슴푸레한 빛에 공간이 더욱더 커 보이면서 정적이 더 짙게 내리깔리는 듯했다. 갑자기 시간이 더 느리게 흘러가는 것처럼 느껴졌다. 마치 유리병 속에 걸쭉한 액체를 부을 때처럼. 눈을 감자 온몸의 근육의 긴장이 풀어지는 것 같았다. 드몽탈이 이 소파에 앉아서 했던 말이 내 머릿속에 울려퍼졌다. "내겐 몸을 일으키는 것조차 불가능한 일이 되어버렸습니다." 그 말을 여러 번 되뇌자 진정한 안도감이 느껴졌다. 다시 눈을 떴을 때 나는 환각에 사로잡힌 것은 아닌가 하는 생각이 들었다. 마치 무수히 많은 별이 하늘에서 내려오기라도 한 것처럼 사방의 벽이 반짝거렸던 것이다. 난 불안한 눈빛으로 시빌을 돌아보았다. 소녀는 재미있다는 표정으로 손가락으로 창문을 가리켰다.

"에펠탑 불빛이에요. 자정이잖아요!"

난 잠깐 빛의 유희에 넋이 나간 소년처럼 입을 헤벌린 채 멍하니 있었다. 잠시 후 반짝거림이 사라지고 벽은 본래의 어두운색으로 되돌아왔다. 시빌은 마치 나쁜 꿈을 꾸는 나를 흔들어 깨우듯 내 손을 힘주어 잡았다.

"더 보러 가실래요?"

내 시선은 한없이 앳되고 완벽한 소녀의 얼굴로 향했다. 투명한 청록색 눈이 희미한 빛 속에서 반짝이고 있었다. 마치 방안에 퍼져 있는 빛의 미립자들이 소녀의 눈동자 속으로 모여들어 결정적인 빛을 발하는 듯했다. 소녀의 입술에 번지는 장난꾸러기 같은 미소가 아니었다면, 소녀의 눈꺼풀 아래에서 빛나고 있는 게 눈물이라고 믿을 것만 같았다.

"그래, 더 보러 가자꾸나." 난 소녀에게 미소를 지어 보였다.

우리는 집안을 누비고 다니면서 곳곳을 둘러보았다. 처음에 본 거실보다 훨씬 더 큰 또하나의 거실과 일류 레스토랑 못지않은 식당과 부엌까지 모두. 그런 다음 시빌은 지금까지 한 번도 사용한 적이 없다는 손님방을 거쳐 기다란 복도 끝에 있는 드몽탈의 서재로 나를 안내했다.

"여기가 그가 일하던 곳이에요." 소녀는 심드렁한 목소리로 말했다.

그의 서재는 저택의 다른 곳과 비교해볼 때 특별하게 큰 방은 아니었다. 기껏해야 1.5제곱미터쯤 돼 보였다. 벽면에 설치된 책장에는 수많은 책들이 꽂혀 있었지만, 화려한 제본과 완벽한 정돈 상태로 볼 때 순전히 장식용이라는 걸 짐작할 수 있었다. 발코니 창 맞은편에는 멋진 앙피르양식의 책상이 놓여 있었다. 난 그곳에 드몽탈이 건네준 블랙박스를 내려놓았다. 거기가 바로 박스가 있어야 할 자리인 것 같았다. 그건 다음날에나 열어볼 생각이었다.

"이제 다른 데로 갈까요?" 시빌이 물었다.

난 잠시 더 머뭇거리면서 유리창 너머로 밤바람에 떨리는 자줏빛 나뭇잎들을 바라보았다. 그러고는 소녀를 돌아보며 말했다.

"그래, 이제 가자."

우리의 발아래에서 마루판이 듣기 좋은 소리로 삐걱거렸다. 나무 틈새를 송진으로 메운 근사한 헝가리식 떡갈나무 마룻바닥이었다. 언젠가 잔과 내가 단 몇 평만이라도 이런 진짜 나무로 된 '마룻바닥'을 깔 수 있기를 바랐던 기억이 나도 모르게 떠올랐다. 우리가 말했던 '마룻바닥'이란 거칠게 다듬은 듯한 커다란 널빤지들로 만든 고급스러운 바닥재를 뜻했다. 그런데 이곳에 그런 마룻바닥이 실제로 존재했던 것이다. 오래된 귀한 나무로 만든 자연 그대로의 마룻바닥이었다. 여기저기 페르시아 카펫으로 덮여 있어 삐걱거림이 덜하긴 했지만 난 마음속으로 마루판이 들려주는 노랫소리를 즐기고 있었다.

"여기가 제 방이에요!"

내 눈앞에는 고전적인 가구들과 벽에 걸린 다양한 취향의 사진들이 대조를 이루는 엉뚱하고 괴상한 왕국이 펼쳐져 있었다. 화이트 스트라이프스의 포스터, 밀렌 파르메르의 예술적인 누드 사진, 바르바라의 흑백 초상……

"음악을 좋아하나보구나." 난 문간에 기대서서 말했다.

소녀는 방문을 다시 닫고 열쇠로 문을 잠갔다. 마치 내 말이 최악의 모욕감을 안겨주기라도 한 것처럼.

"네, 전 음악을 엄청 좋아해요." 소녀가 나를 옆방으로 밀면서 말했다.

우린 복도 끝에 있는 방문 앞에 멈춰 섰다. 문틈으로 한줄기 빛이 새어나왔다. 시빌은 나를 향해 큰 눈을 치떴다.

"여기가 부모님 방이에요." 소녀는 마치 음탕한 비밀을 털어놓기라도 하는 것처럼 내 귀에 대고 속삭였다.

난 소녀에게 눈을 찡긋해 보이면서 공모자 같은 미소를 지었다. 희미한 빛 속에서도 또렷이 드러나는 소녀의 아름답고 투명한 피부와 비현실적으로 보이는 완벽한 이목구비에 난 다시금 감탄을 금치 못했다. 소녀는 미소 띤 얼굴로 문을 세 번 두드렸다.

"엄마, 우리야. 집 구경은 모두 끝냈어. 들어가도 돼?"

잠시 후 안프랑스가 문을 열어주었다. 화장을 지우고 우아한 실내복으로 갈아입은 그녀의 얼굴은 그사이 더 초췌하고 창백하며 피곤해 보였다.

"들어와요!" 그녀는 헤어날 수 없는 깊은 슬픔이 느껴지는 목소리로 우리를 맞아주었다.

시빌은 나를 방안으로 잡아끌었다. 30제곱미터 정도의 방은 온통 흑백 가구로 장식돼 있었다. 바닥엔 두터운 연회색 카펫이 마룻바닥 대신 깔려 있었다. 안프랑스가 화장대 거울 앞으로 가 앉자, 시빌은 거대한 침대 가장자리로 나를 이끌었다. 안프랑스는 머리를 풀고 빗기 시작했다. 그녀에게서 풍겨나오는 은은한 향기는 신선한 무화과 향을 연상시키면서 방안 전체로 퍼져나갔다. 침대에 걸터앉은 나는 이 방에서 평온하게 머리 손질을 하고 있는 여인을 바라보는 일이 편안하게 느껴졌다. 매우 내밀한 모습인데도 어떤 거북함도 느껴지지 않았다.

"그래, 시빌, 얘기해보렴. 선생님께 집은 잘 안내해드렸니?"

"응, 방방마다 모두 보여드렸어! 내일은 주차장과 지하 창고를 보러 갈 거야." 시빌은 말하면서 반짝거리는 눈으로 나를 바라보았다.

"잘했구나. 선생님한테 뭐라도 마실 것은 좀 드렸고?"

그녀가 걸핏하면 사용하는 '선생님'이라는 호칭이 불편하게 느껴졌던 나는 좀더 편안한 대화를 제안하기로 했다.

"저기 말이죠, 내 생각엔 나를……"

내가 말을 잇지 못하고 한참 머뭇거리자, 안프랑스가 머리 빗질을 멈추고 나를 돌아보았다.

"……아르노라고 편하게 이름을 부르라는 얘기를 하고 싶은 거죠?" 그녀가 옅은 미소를 띠면서 내 말을 되받았다.

난 마치 잘못을 저지르다 들킨 아이처럼 얼굴을 붉혔다. 하지만 그녀의 말에서 어떤 경계심도 느낄 수 없었던 터라 그녀가 내게 준 기회를 포착하기로 마음먹었다.

"그러니까…… 그래요…… 날 아르노라고 불러도 좋아요!" 난 어깨를 으쓱했다.

우린 한참 동안 말없이 서로를 바라보았다. 그러다가 그녀는 또다시 거울로 고개를 돌려 꼼꼼하게 빗질을 하기 시작했다.

"그래서요?" 시빌이 내 손을 꼭 쥐면서 물었다.

"그래서라니?" 난 놀란 표정으로 소녀를 돌아보았다.

"엄마가 물어보잖아요. 마실 것 좀 드릴까 하고요."

난 잠시 머뭇거렸다. 다양한 감정의 굴곡을 맛보았던 하루를 보내고 난 뒤라 기꺼이 술이라도 한잔하고 싶었지만 그런 요청을 하기엔 아직 이르다는 생각이 들었다.

"그럼 물 한 잔만 가져다줄 수 있을까? 시원한 물로 큰 잔 가득."

"그럴게요. 부엌으로 같이 가실래요?"

"시빌," 안프랑스가 퉁명스럽게 딸의 말을 잘랐다. "선생님을 그냥 좀 내버려둘 수 없니? 그렇게 네가 가는 곳마다 같이 가자고 성가시게 굴지 말고."

"하지만……"

"토 달지 말고, 얘야. 가서 물 두 잔만 가져다주렴."

시빌은 계속 잡고 있느라 축축해진 내 손을 그제야 놓아주었다. 그리고 조용히 자리에서 일어나 마지못해 방을 나갔다.

"있잖아요, 내가 같이 가줄 수도 있었는데요." 난 저린 손가락을 주무르면서 내 생각을 분명히 얘기했다.

"고맙긴 하지만, 아이에게 선을 그을 줄 알아야 해요."

난 고개를 끄덕이고는 잠시 침묵을 지키다가 다시 입을 열었다.

"날 또 '선생님'이라고 불렀어요."

"네?"

"그러니까, 조금 전에 말이에요. 시빌한테 '선생님을 그냥 좀 내버려둘 수 없니'라고 말했잖아요."

안프랑스는 머리빗을 내려놓고 나를 돌아보며 미소 지었다.

"아, 내가 그랬나요? 그렇다면 미안해요, 아르노." 그녀는 짓궂게 이름을 힘주어 발음했다.

그러면서 다시금, 감춰진 고통이 은연중에 드러나는 예의 그 불안해 보이는 미소를 지었다. 난 그녀의 얼굴을 좀더 자세히 뜯어보았다. 풀어 늘어뜨리고 한참을 빗어내린 머리는 빛바랜 금발처럼 생기가 없었다. 샤프카 털모자의 귀덮개처럼 두 귀를 덮은 구불구불한 머리칼은 목 뒤에서 흐트러져 있었다. 무언가로부터 도망치는 듯한 시선과 나른해 보이는 옅은 색 눈동자는 지친 눈꺼풀 안에서 떨리고 있는 듯 보였다. 그녀의 유연한 몸짓은 그녀가 비교적 젊은 나이임을 말해주었지만, 머리맡 전등 불빛에 적나라하게 드러난 민낯은 예순 살 여인 같았다.

"좋아요." 난 미소를 띤 채 얘기를 계속했다. "이제 날 아르노라고 부르겠다고 했으니 이참에 제안하고 싶은 게 한 가지 있어요."

"아, 그래요? 뭐죠?"

"우린 이제 적지 않은 시간을 함께 보내야 할 뿐만 아니라 우리 관계의 성격을 고려해볼 때, 서로 편하게 말을 놓으면 어떨까 하는 생각을 해봤어요."

그러자 그녀의 굳어지는 눈빛과는 반대로 입가에는 활짝 미소가 떠올랐다.

"절대로 그럴 순 없어요!" 그녀가 짐짓 화난 투로 반박했다.

"미안해요…… 당신 말이 맞아요…… 그러기엔 아직 너무 이르긴 하죠……"

"아뇨, 그런 얘기가 아니에요. 다만, 난 십오 년간의 결혼생활 동안 아르노 당신한테 말을 놓은 적이 한 번도 없었거든요!" 그녀는 눈을 크게 뜨고 외쳤다.

난 믿을 수가 없어 눈썹을 찌푸리면서 고개를 갸우뚱했다.

"그럼요! 그건 부부간의 예의에 관한 문제잖아요!" 그녀는 자기 입장을 합리화하듯 덧붙였다.

난 부부간에 존대하는 문제에 대해 곰곰 생각해보았다. 내가 그런 생활에 적응할 수 있을지 자문하면서. 그런 부자연스럽고 낡아빠진 귀족적인 관습은 나와는 아무 상관 없는 별세계의 일인 것만 같았다. 게다가 부부 사이에 행해지는 다양한 형태의 은밀한 행위와 관련지어 그 득실을 따져보기도 했다. 드몽탈 부부는 그 오랜 시간 동안 중세시대 사랑의 유희에서나 가능했음직한 말들을 주고받으면서 섹스를 했던 것일까? "아르노, 저의 음부를 애무해주세요" "안프랑스, 부디 내 남근을 입에 넣어주시오" "아르노, 제발 오스만튀르크족처럼 난폭하게 내 안으로 쳐들어와주세요"…… 그녀는 내가 황당하고 외설스러운 생각에 잠겨 있음을 알아차리기라도 한 듯 나에게 미소를 보내면서 나를 안심시키려 했다.

"두고 보세요, 그렇게 어렵지 않을 거예요. 당신은 분명 아주 빨리 익숙해질 거라고 믿어요."

"아마도." 난 우스꽝스럽고도 에로틱한 상상들을 머릿속에서 쫓아버리면서 그녀의 말에 동의를 표했다. "그럼 시빌하고는 어떻게 하죠?"

"아이와는 서로 말을 편하게 한답니다." 안프랑스는 체념한 듯한 표정으로 한숨을 내쉬었다. "어쩌겠어요, 신세대인걸요!"

그 순간 시빌이 방으로 들어왔다. 시빌은 커다란 크리스털 물컵 두 개를 은쟁반에 정중하게 받쳐들고 있었다.

"여기 물이요!" 시빌은 내 눈을 똑바로 쳐다보면서 경쾌한 목소리로 말했다.

난 물컵을 집어 시원한 물을 한 모금 들이켰다. 시빌은 만족스러운 표정으로 나를 지켜보다가 안프랑스에게 물컵을 건넸다.

"고맙다, 애야."

그런 다음 시빌은 또다시 침대에 걸터앉은 내 옆으로 와 앉으면서 내 손을 꼭 잡았다.

"시빌, 시간이 늦었구나." 안프랑스는 차분하면서도 권위적인 목소리로 말했다. "선생님도…… 아니, 아르노도 좀 쉬어야지. 너도 마찬가지고."

"하지만 난……"

"제발 토 달지 말고. 잘 자라, 애야."

자리에서 일어난 시빌은 엄마와 나를 번갈아 바라보았다. 의미심장한 미소와 함께.

"알겠어요. 두 분을 위해 자리를 비켜드리죠."

느릿한 걸음으로 문으로 향하던 시빌은 방문 앞에 이르자 뒤를 획 돌아보며 장난꾸러기 같은 목소리로 나를 향해 소리쳤다.

"안녕히 주무세요, 아빠!"

시빌은 순식간에 복도로 사라져버렸다. 키득거리는 웃음소리와 맨발로 마룻바닥을 밟는 둔탁한 발소리가 들려올 뿐이었다. 난 이 극적인 퇴장에 다소 어안이 벙벙해져 잠시 아무 말도 하지 않았다.

"시빌이 무례하게 구는 걸 용서하세요." 안프랑스가 먼저 입을 열었다. "아마도 이 상황이 조금…… 혼란스러워서 그런 것 같으니까요."

"아마도 우리 모두가 그렇지 않을까요?" 난 말하는 동안 애써 그녀의 눈을 바라보려 했다.

안프랑스가 화장대에서 일어나 방을 가로지르는 동안 난 눈으로 그녀를 좇았다. 그녀가 침대 가까이 지나갈 때는 신선한 무화과 향을 연상시키는 향수 냄새가 더 진하게 느껴지면서, 내 마음이 차분하게 가라앉는 것 같았다. 난 빛바랜 우아함을 보여주는 그녀의 걸음걸이와 드러나지 않게 엉덩이를 흔드는 모습, 하얀색 레이스가 달린 잠옷 안으로 비치는 허벅지의 보기 좋은 곡선을 유심히 살펴보았다. 그녀가 예전엔 아름다웠을 거라고 생각하면서. 어쩌면 지금 그녀의 딸처럼 아름다웠을 거라고. 하지만 삶이란 것이 그녀를 짓눌러 일찍 늙어버리게 만든 듯했다.

"난 샤워할게요. 참고로 내가 쓰는 욕실은 오른쪽에 있고, 당신 욕실은 왼쪽이에요."

그녀는 내 앞에 서서 한 손은 허리를 짚고 다른 한 손으로는 방향을 가리켰다.

"알겠어요." 난 침대에서 일어나며 대답했다.

그녀가 욕실로 들어가려 할 때, 난 아까부터 입가에서 맴돌던 얘기를 하기로 마음먹었다.

"저기, 안프랑스⋯⋯"

"네?" 그녀는 멈칫하며 돌아섰다.

"그게 말이죠, 생각해보니까⋯⋯ 그러니까, 잠깐 동안만이라도⋯⋯ 난 손님방에서 자는 게 어떨까 해서요. 혹시라도 당신이 불편할까봐⋯⋯ 그렇다고 해도 난 이해할 수 있어요⋯⋯"

순간, 그녀의 얼굴에 자잘한 주름이 잡혔다. 그녀의 미소는 결코 아름답지는 않았지만, 사람의 마음을 움직이는 뭔가가 있었다.

"보시다시피, 서로 불편하지 않을 만큼 넉넉한 공간이 있잖아요!" 그녀는 여유로운 몸짓으로 침대를 가리키며 말했다.

난 그녀를 바라보면서 입가에 미소를 띤 채 고개를 끄덕였다.

"좋아요, 당신 생각이 그렇다면."

"그리고 당신은 법적인 남편으로서 나와 잠자리를 함께할 의무가 있다는 것을 잊지 마세요." 그녀는 장난기어린 시선으로 나를 바라보며 덧붙였다.

난 그녀에게 좀더 노골적인 미소를 날리면서 항복의 표시로 두 팔을 벌려 보였다.

"물론이죠! 내가 왜 미처 그 생각을 못했을까요?"

"좋아요. 그러니까 이제 질문은 그만하고 편하게 지내도록 해요."

그녀는 어린아이처럼 장난기 섞인 충고를 건넨 다음 욕실로 사라졌다. 난 다시 침대로 가서 무릎에 양 팔꿈치를 대고 앉아 두 손으로 머리를 감쌌다. 몇 시간 만에 처음으로, 새로운 삶을 시작한 이후 처음으로 나 혼자 있는 시간이었다. 난 막연하게나마 현재 상황을 점검해보고, 나 자신을 들여다보며 내 감정을 분석해볼 필요성을 느꼈다. 하지만 놀랍게도, 구체적인 생각이 전혀 떠오르지 않았다. 자기 성찰을 불러일으킬 만한 느낌이나 생각 같은 것도 떠오르지 않았다. 아무리 나의 내면을 들여다보며 샅샅이 뒤져보아도 두려움이나 고뇌의 흔적은 보이지 않았다. 어떤 면에서는 내 감정이 그토록 단순한 것에 두려움마저 느껴졌다. 너무나 분명한 사실 앞에서 그것을 인정하기가 어려웠다. 간단히 말해, 난 아주 행복했다. 내게 주어진 새로운 삶, 새로운 가족, 새 아파트로 인해 이미 마음의 평온을 되찾은 것 같았다. 생각해보면, 이런 조화로운 감정을 느껴본 게 언제였는지 기억조차 나지 않았다.

멍하니 허공을 바라보며 이런저런 혼란스러운 생각에 잠겨 있던 나는 안프랑스의 샤워 소리에 문득 정신을 차렸다. 난 자리에서 일어나 기계적인 걸음으로 내 욕실로 향했다. 문을 열자 마치 실험실처럼 너르고, 바닥부터 천장까지 백색 대리석으로 꾸며진 공간이 나타났다. 난 티끌 하나 없이 반짝이는 이인용 에나멜 세면대 앞에 섰다. 바로 앞벽에 붙어 있는 크롬 전구 두 개가 모서리를 사선으로 다듬은 거울을 비추고 있었다. 난 그사이 변해버린 것 같은 내 얼굴을 한참 동안 들여다보았다. 피부는 더 촉촉해지고, 눈빛은 더 환해지고 부드러워져 있었다. 난 옷을 벗고 통유리로 된 샤워부스로 들어갔다. 금속 손잡이를 돌리자 뜨거운 물줄기가 피부가 따끔거릴 정도로 세차게 쏟아져내렸다. 난 눈을 감고 벽 건너편에 있는 안프랑스의 벌거벗은 몸을 생각하기 시작했다. 하지만 욕망이나 혐오감도 느껴지지 않았다. 난 발치에 일렬로 놓여 있는 병들 중 하나를 집어서 끈적거리는 액체를 윗몸에 쏟아부었다. 그리고 몸을 문지르면서 중얼거렸다. "무색이야, 넌 무색이라고." 머리에 샴푸를 칠하는 동안 언뜻 잔과 티보가 떠올랐다. 그들은 지금 무엇을 하고 있을까? 새로운 마르크 바라티에에 대해 어떻게 생각할까? 그가 벌써 잔과 함께 내 침대에서 뒹군 것은 아닐까? 그녀를 유혹하고 소유하려고 하지는 않았을까? 난 그런 생각으로 고통받고 혼란스러워하며 죄책감을 느끼기라도 하고 싶었다. 하지만 그 질문들에 대한 답이 나와는 아무 상관이 없음을 솔직히 인정해야만 했다. 이상하게도 내 안에는 질투나 일말의 소유욕도, 한 치의 아쉬움도 남아 있지 않았다. 난 몸을 헹구면서 계속 되뇌었다. "무색이야, 넌 무색이라고."

샤워를 마친 나는 아르노 드몽탈의 목욕 가운이 내 몸에 꼭 맞는다는 걸 알고 만족스러운 미소를 지었다. 그런 다음 수건으로 머리를 말리고 꼼꼼하게 빗질을 했다. 그리고 면봉으로 귓속을 청소한 다음 철제 쓰레기통에 던져넣었다. 그러고는 역시 내게 꼭 맞는 팬티와 회색 양말을 신고 방으로 가려고 욕실을 나섰다.

난 욕실에서 두어 발짝 나서자마자 그 자리에 멈춰 섰다. 내 눈앞에 펼쳐진 광경에 잠시 당혹스러움을 느낀 것이다. 안프랑스가 커다란 침대 한쪽 끝에 길게 누워 어느새 잠들어 있었다. 그녀는 머리맡 전등을 끄고 이불을 턱밑까지 끌어올린 채 자고 있었다. 내 자리로 가기 위해 침대를 돌아가던 나는 자기계발서로 보이는 책에 걸려 비틀거렸다. 알록달록한 표지에 『내가 먹는 것이 나를 이룬다』라는 제목의 책이었다. 난 그녀의 잠든 얼굴을 좀더 자세히 보려고 바짝 다가갔다. 그녀는 수분 크림을 발라 윤기가 흐르는 창백한 피부와 대조되는 검은색 새틴 눈가리개를 하고 있었다. 물기가 채 마르지 않은 구불거리는 머리카락이 베개 위에서 왕관 모양을 이루었다. 내가 그런 시적인 성찰에 잠겨 있을 때 그녀의 입술이 살짝 벌어졌다. 그리고 그녀가 코를 골기 시작했다.

난 목욕 가운을 바닥에 떨어뜨리고는 이불 속으로 미끄러져 들어갔다. 그리고 머리맡 전등을 끄고 똑바로 누워 눈을 꼭 감은 채 어둠 속에서 빙그레 미소를 지었다. 우리는 이미 완벽한 부부가 되었다는 생각과 함께 난 깊은 잠 속으로 빠져들었다.

10

다음날 아침 잠에서 깨어난 나는 걷잡을 수 없이 혼란스러웠다. 침대에 누운 채 눈을 크게 뜨고 천장의 균열을 부지런히 찾아보았다. 수년 동안 그래왔던 것처럼. 하지만 균열 대신 매끄럽고 반들반들한 표면이 그 자리를 차지하고 있었다. 몇 초 후, 내 의식과 기억이 뒤죽박죽 되살아나기 시작했다. 방송, 운명의 수레바퀴, 안프랑스, 시빌, 나의 새로운 삶. 그리고 여전히 방안 공기를 채우고 있는 신선한 무화과 향의 향수까지도.

고개를 돌려보니 내 옆자리는 비어 있었다. 그 자리에서 잠을 잔 사람이 아무도 없었던 것처럼 이불은 가지런하게, 베개는 푹 꺼지지 않은 채 그대로 놓여 있었다. 방에는 편안한 안식을 느끼게 해주는 어둠이 깔린 가운데 희미한 한줄기 빛이 커튼 뒤에서 스며들고 있었다.

'행복해.' 난 마음속으로 되뇌었다.

'행복해, 난 무색이야.'

그런 다음 자리에서 일어나 침대 아래 떨어져 있던 목욕 가운을 다시 걸치고서 맨발로 카펫 위를 몇 걸음 걸어 실내화를 신었다. 그리고 창가로 가서 커튼 자락을 젖혀보았다. 그러자 햇살이 쏟아져 들어와 내 얼굴을 어루만져주었다. 화창한 날씨였다. 물망초 빛깔을 닮은 푸른 하늘을 배경으로 우뚝 서 있는 에펠탑이 보였다. 그 위로는 솜털 같은 구름들이 있었다.

난 욕실로 가서 세수를 하며 눈곱을 문질러 떼고 이를 닦았다. 그러다가 거울을 보면서 중얼거렸다. "아르노, 난 아르노 드몽탈이야." 거품을 뱉어내고 입을 헹군 다음에는 더 큰 목소리로 반복해서 말했다. "아르노, 난 아르노 드몽탈이라고." 그러고 나서 면도를 하고, 소변을 보고, 비누로 손을 씻은 다음 방으로 돌아갔다. 손목시계를 보니 거의 열두시였다. 실컷 자고 나니 온몸에 다시 기운이 샘솟는 것 같았다. 이젠 허기가 느껴졌다. 엄청나게 배가 고팠다.

난 방에서 나와 복도를 따라가면서 아파트의 구조를 다시 더듬어보았다. 안프랑스와 시빌은 대체 어디 있을까? 기분좋게 몸을 덥혀주는 목욕 가운과 내 발에 포근하게 감기는 실내화 덕분에, 마치 아침 먹을 식당을 찾고 있는 일류 호텔의 투숙객이라도 된 기분이 잠시 들었다. 복도가 교차하는 지점에 이르러 난 부엌이 나오기를 바라며 오른쪽으로 가보기로 했다. 그런데 나의 서툰 방향감각 탓에 식당 입구로 향하게 되었다. 식탁에 앉아 있던 안프랑스가 신문을 내리더니 재미있다는 표정으로 나를 훑어보았다.

"좋은 아침. 잘 잤어요?"

"네, 정오가 다 된 걸 보니 잘 잔 것 같아요!" 난 그녀의 맞은편에 자리를 잡고 앉으며 대답했다.

"별로 놀랄 일도 아닌데요. 당신은 잠보였으니까요." 그녀가 커피를 따라주면서 말했다.

난 멍한 표정으로, 내 잔으로 쏟아지는 짙은 색 액체를 바라보면서 방금 안프랑스가 한 말을 곱씹어보았다. 하지만 카페인 부족으로 아직 잠이 덜 깬 나는 그 말을 따져볼 여력이 없었다. 그 대신 식욕을 자극하는 음식이 한가득 차려진 우아한 자수 식탁보 위로 시선을 돌렸다. 크루아상, 신선한 과일, 토스트, 잼, 프로슈토, 스크램블드에그…… 갑자기 극심한 허기에 배가 뒤틀리는 것 같았다.

"먹어도 되나요?" 내가 물었다.

"물론이죠, 그러라고 있는 건데요!"

난 접시에 다양한 음식을 가득 담았다. 스크램블드에그, 햄, 크루아상, 설탕 절임 복숭아…… 그리고 빵을 한입 가득 베어 문 다음 뜨거운 커피 한 모금으로 빵을 부드럽게 적셨다. 안프랑스는 입가에 미소를 띤 채 허겁지겁 먹는 내 모습을 지켜보고 있었다.

"당신 오늘 아침에 완전히 스타 된 거 알아요?" 그녀가 식탁 위에 놓인 신문을 가리키며 말했다.

"그래요?" 난 입속에 달걀과 빵을 한가득 넣고 우물거리면서 말했다.

"여기요, 이것 좀 봐요."

그녀가 건네준 신문은 일요일마다 발행되는 주간지였다. 난 계속 음식을 씹으면서 접힌 신문을 펼쳐 일면을 살펴보았다.

"말랭보 대통령, 복지국가를 재창조하다" 한 면 전체를 가득 메운 말랭보의 사진 아래쪽에 진홍색 글씨로 이렇게 헤드라인이 적혀 있었다. 그는 황홀경에 빠진 듯한 얼굴로 두 손을 모은 포즈를 취했다. 전날밤 방송중에 찍은 사진인 듯 보였다. 사진 아래쪽에 실린 기사를 보니 내 예상이 맞았다.

"대통령은 어젯밤 4천만 이상의 시청자들이 지켜보는 가운데 글로벌비전 스튜디오에서 진행된 〈두번째 기회〉의 첫번째 촬영 현장을 참관했다. 생중계로 진행된 방송은 지금까지의 모든 시청률 기록을 깨뜨렸으며, 자신의 목숨을 포기하려 했던 열 명의 지원자는 그곳에서 공식적으로 자신들의 삶을 교환했다. 이처럼 전례가 없는 역사적인 실험을 통해 말랭보 대통령은 복지국가의 개념을 새로이 수립하고자 하는 뜻을 천명했다."

난 고개를 들어 안프랑스를 쳐다보았다. 그녀는 차를 마시면서 나를 계속 응시하고 있었다.

"다음 장을 넘겨봐요. 재미있을 거예요."

뒷장을 넘겨보니 다섯 명씩 두 줄로 늘어선 지원자들의 사진이 보였다. 그 위에 "열 명의 교환자"라는 야유 섞인 제목과 함께. 사진 속 첫째 줄 가운데 창백하고 슬픈 내 얼굴이 보였다. 양방향으로 표시된 화살표가 두 사람씩 연결해 교환의 결과를 도표로 보여주었다. 수학 언어에선 이 기호가 두 항 사이의 완전한 동치를 보여주는 것이라는 생각에 씁쓸했다······

"당신 사진이 아주 잘 나온 것 같아요." 안프랑스는 나를 위로하려는 듯 말했다.

난 그녀에게 미소를 지어 보인 다음 다시 도표를 꼼꼼하게 살펴보았다. 새삼스레 호기심이 발동한 것이다. 내 운명이 결정된 직후 곧장 스튜디오를 떠나온 터라, 선반공과 택시 운전사를 제외한 다른 지원자들의 운명에 대해서는 아는 바가 없었다. 신문 기사를 통해 교사는 경찰관이, 전기기사는 보험설계사가 되었다는 걸 알게 되었다. 그리고 운명의 아이러니인지 혹은 우연의 짓궂은 장난인지, 노숙자와 백만장자가 삶을 맞바꾸었다는 것도 알게 되었다.

다음엔 사설을 읽으려는데 가벼운 두통이 느껴졌다. 두통이 생기면 머리를 쓰는 일은 아무것도 못한다는 걸 잘 알기에, 나는 신문을 접어 식탁에 내려놓았다. 그리고 크루아상을 집어 커피에 적신 다음 한입 크게 베어 물고 씹기 시작했다.

"백만장자가 된 노숙자 얘기 봤어요?" 안프랑스가 흥미롭다는 표정으로 물었다.

"봤어요." 난 입안에서 죽이 된 페이스트리를 씹어 삼키면서 대답했다. "재밌지 않아요? 운명의 기막힌 반전이잖아요……"

"네, 그런 것 같네요." 그녀가 고개를 끄덕이며 말했다.

"어쨌거나 매스컴이 아주 신났겠군요." 난 스크램블드에그 덩어리에 포크를 찔러넣으며 중얼거렸다.

"매스컴 말이 났으니 말인데요, 당신한테 미리 얘기하려고 했는데…… 그들이 벌써 와 있어요." 안프랑스가 창문을 가리키며 말했다.

난 당황한 눈으로 그녀를 쳐다보면서 냅킨으로 입을 닦았다. 그리고 자리에서 일어나 벽에 바짝 붙은 채 창가 구석으로 다가갔다. 난 몸을 숙여 블라인드 틈새로 바깥을 조심스럽게 살펴보았다.

남자 셋이 보도에 세워둔 스쿠터에 올라탄 채로 한담을 나누고 있는 게 보였다. 또다른 두 남자는 접이식 받침대 위에 설치된 카메라를 만지고 있었다. 그들의 고성능 줌렌즈는 아파트 창문 쪽을 향하고 있었다. 몇 미터 떨어진 곳에 있는 텔레비전 방송국 차량 옆에서는 완벽하게 세팅한 머리 모양의 젊은 여성이 카메라맨을 향해 뭐라고 말하고 있었다. 난 창가에서 다시 식탁으로 와 앉았다.

"무슨 문제라도 있나요? 혼란스러워 보여요." 안프랑스가 물었다.

"어떻게 이런 일이." 난 커피를 한 모금 들이켜고는 대답했다. "난 이런 식으로 감시당하고 싶은 마음 추호도 없어요. 정부가 우리 사생활을 보호해줘야 하는 것 아닌가요?"

"네, 그렇죠…… 하지만 우리가 뭘 할 수 있겠어요?"

"걱정하지 마요. 내게 생각이 있으니까. 내가 오늘 당장 해결할게요."

"잘됐네요." 안프랑스는 한숨을 내쉬었다. "사실 이런 건 나한테는 별로 심각한 문제가 아니에요. 매스컴의 엄청난 관심이 집중되리라는 걸 이미 예상했으니까요. 내가 걱정하는 건 시빌이에요. 그렇지 않아도 이미 충분히 혼란스러운 상황일 텐데. 이렇게 일거수일투족이 노출되는 걸 그 아이가 견뎌낼 수 있을지 걱정돼요."

"걱정하지 마요. 이 모든 소동이 끝날 수 있도록 조치를 취할 테니까요."

그녀는 내 말에 안심한 듯 고개를 끄덕이더니 다시 찻잔을 입술로 가져갔다. 난 그녀에게 미소를 지어 보이고는 다시 스크램블드에그를 먹기 시작했다. 한 입마다 햄이나 구운 빵을 곁들여서. 난 눈을 반쯤 감고 씹는 데 집중하면서, 방안을 지배하는 감미로운 침묵을 음미했다.

"좋은 아침이에요, 아빠! 안녕히 주무셨어요?"

경쾌한 목소리에 놀라 의자에 앉은 채 빙그르 돌아 뒤쪽을 보니, 시빌이 식당 문간에 서 있었다. 시빌은 흰색 치마와 '지구를 치유하자'는 문장이 프린트된 하늘색 티셔츠에, 맨발에 은빛 운동화를 신고 있었다. 머리는 하나로 길게 뒤로 땋아내렸고, 발갛게 달아오른 얼굴은 커다란 눈 때문에 더욱더 빛이 났다. 한 손에는 테니스 라켓이 들려 있었다.

"그래, 아주 잘 잤단다. 너도 잘 잤니?" 난 소녀의 새로운 아름다움에 매료되어 말했다.

"아주 잘 잤어요!"

내 쪽으로 다가온 시빌은 몸을 숙여 나를 꼭 껴안고 나의 쇄골에 다정하게 머리를 기댔다. 그 몸짓에 좀 놀란 나는 포크를 접시에 떨어뜨리고는 소녀의 엄마를 향해 당혹스러운 시선을 보냈다. 하지만 안프랑스는 멍한 눈길로 그 광경을 지켜볼 뿐이었다. 마치 아득한 어떤 기억을 떠올리려고 애쓰는 것처럼 보였다. 난 손을 어디에 두어야 할지 몰라 땀에 젖은 시빌의 등으로 두 손을 가져갔다. 그녀의 티셔츠 위로 도 드라진 브래지어 후크 부분이 내 손끝을 스쳤다. 잠시 후 소녀는 포옹을 풀고 내 이마에 입맞춤을 했다. 난 무슨 말을 해야 할지 몰라 고개를 들고 미소를 지어 보였다. 소녀는 내 눈을 응시하면서 장난꾸러기 같은 표정으로 입을 샐쭉거렸다.

"뭣 좀 먹을래?" 안프랑스는 나의 당혹감을 덜어주려는 듯 딸에게 물었다.

"응, 배고파 죽겠어." 시빌은 여전히 내게서 눈을 떼지 않고 말했다.

시빌은 안프랑스의 오른쪽으로 가서 앉아 사과주스를 큰 컵에 따라 마신 다음 수다스럽게 얘기를 시작했다.

"오늘 아침 두 시간 동안 샤를로트와 뤽상부르공원에서 시합을 했거든요. 내가 완승을 거두었어요. 1세트에선 6 대 2로, 2세트는 4 대 0으로요. 코트를 비워줘야 하지 않았다면 더 멋지게 한 방 먹일 수 있었을 텐데 아쉬워요."

"테니스 자주 치니?" 내가 물었다.

"일요일마다요!" 시빌이 혀로 입술을 훑으면서 말했다. "그중에 한 달에 한 번은 아빠랑 치고요!"

마냥 짓궂은 표정으로 나를 바라보던 시빌은 엄마가 어떤 반응을 보일지 궁금해하며 그녀를 돌아보았다. 안프랑스는 딸에게 미소를 지어 보이며 손끝으로 딸의 뺨을 어루만졌다.

"시빌은 스포츠를 아주 좋아해요. 어렸을 때는 육상 챔피언이 되고 싶어했어요. 그다음엔 배구, 핸드볼, 수영, 발레…… 최근에는 테니스로 바뀌었고요."

"아빠도 테니스 칠 줄 아세요?" 시빌이 물었다.

"잘 못하는데." 내가 대답했다.

시빌은 눈을 찡그리면서 뾰로통한 얼굴을 했다. 실망한 기색이 역력했다.

"하지만 다시 시작한다면 좋을 것 같아." 난 시빌에게 좋은 인상을 주기 위해 덧붙였다. "그래도 예전에 서브는 정확히 잘 넣었는데. 조금만 연습하면 분명……"

"잘됐어요!" 시빌의 얼굴이 환해졌다. "그러면 다음주 일요일로 두 시간 예약해놓을게요!"

난 안프랑스에게 눈빛으로 의견을 물었다. 그녀는 동의의 표시로 고개를 끄덕였다.

"좋아! 그렇게 하자!" 난 냅킨으로 입가를 닦으며 말했다.

"너무 멋져요! 정말 재밌을 거예요! 그런데 오늘 오후엔 뭐하실 거예요?"

"너 숙젠 다 했니?" 안프랑스가 물었다.

"응. 어제 미리 해두었거든. 그래서 오늘 하루종일 시간 있어요."

안프랑스는 나를 바라보면서 자신의 이마에 붙은 머리카락을 쓸어넘겼다.

"이런, 이럴 땐 내가 어떻게 해야 할지…… 아르노는 아직 휴식이 더 필요할 것 같은데, 안 그래요?"

"그래요." 난 한숨을 쉬면서 대답했다. "난 집에서 꼼짝도 하지 않을 생각이에요. 두 사람은 하고 싶은 대로 해요. 나 때문에 그동안의 생활 습관을 바꾸지는 말고요."

"우리 생활 습관이라고요?" 시빌이 깜짝 놀라면서 눈을 동그랗게 떴다. "우리 생활 습관은 아무것도 안 하는 거예요. 아무 말도 안 하는 거, 지겨워 죽을 정도로요."

시빌은 착 가라앉은 목소리로 냉담하게 말했다. 순간, 소녀의 얼굴에서 미소가 사라졌다.

"시빌," 그러자 안프랑스가 끼어들었다. "가서 샤워해. 엄마랑 마레에 가자. 여자들끼리 윈도쇼핑이나 좀 하게."

시빌은 얼굴에 어떤 감정도 드러내지 않고 사과주스를 단숨에 들이켠 다음 자리에서 일어나 자기 방으로 향했다. 시빌이 식당에서 나가자 안프랑스는 팔짱을 낀 채 입술을 깨물었다. 그러다 잠시 후 다시 입을 열었다.

"저애를 이해해주세요. 가끔씩 예민하게 굴 때가 있거든요."

"신경쓰지 마요. 시빌은 매력적인 아이예요. 오히려 내가 서툰 게 아닌지 걱정되네요. 아이는 나와 함께 외출할 생각에 신이 났었나본데, 내가 흥을 깨버린 건 아닌지……"

"그렇다고 저런 행동이 용서가 되는 건 아니죠." 안프랑스는 자리에서 일어나면서 말했다. "난 외출 준비를 할 테니 천천히 브런치를 마저 드세요."

이번에는 그녀가 식당을 떠났다. 나를 내 '브런치' 앞에 홀로 남겨둔 채. 브런치! 내가 지금까지 살아오는 동안 한 번도 써본 적이 없는 말이었다. 물론 '아침식사' '간식' '요깃거리' 혹은 '주전부리' 같은 말은 해본 적이 있지만, '브런치'라니! 난 커피를 더 따르면서 마치 신기한 물건이라도 발견한 것처럼 큰 소리로 반복해 외쳤다. "브런치! 브런치!" 난 식탁에 팔꿈치를 대고 두 손으로 턱을 괴고서 눈을 감은 채 한동안 그렇게 있었다. 커피와 크루아상, 달걀, 햄 등이 뒤섞여 풍기는 달콤한 냄새에 취한 채…… 그제야 비로소 내 감정이 어떤 것인지 확실하게 알 수 있었다. 난 행복했다. 그렇다, 믿어지지 않을 만큼 행복했다. 난 전날밤에 그랬던 것처럼, 비관적인 생각들을 애써 떠올려보는 것으로 내가 지금 느끼는 행복감의 저항력을 시험해보기로 했다. 잔은 내 생각을 했을까? 나보다 새로운 마르크를 더 마음에 들어하는 것은 아닐까? 벌써 그에게 마음을 빼앗긴 것은 아닐까? 그들은 첫날 밤부터 사랑을 나누었을까? 만약 그랬다면, 그녀는 좋았을까? 티보는 그를 새아빠로 받아들였을까? 난 그런 일련의 질문들을 술잔에 담긴 얼음조각처럼 머릿속에서 빙빙 돌려보았다. 하지만 그것들은 얼음과 마찬가지로, 마치 투명한 물처럼 평온한 내 마음에 흔적도 남기지 않고 모두 녹아버렸다. 내게 어떤 의심이나 고통, 고뇌도 안기지 못한 채. "무색," 난 자리에서 일어나면서 중얼거렸다. "넌 완벽한 무색인 거야."

난 목욕 가운 주머니에 양쪽 엄지손가락을 찔러넣은 채 무기력한 걸음으로 식탁을 한 바퀴 빙 돌았다. 그리고 다시금 식당 구석구석을 살펴보는데 육중한 은촛대 두 개가 놓인 멋진 장식장이 눈에 띄었다. 다음으로 거실 벽을 둘러보던 중에 철사 두 줄을 꼬아 만든 와이어에 매달린 거대한 그림 앞에서 시선이 멈추었다. 난 그 그림을 전체적으로 좀더 잘 파악하기 위해 한 걸음 물러섰다. 순결한 백색 바탕에 무수한 검은 선들이 칡넝쿨처럼 뒤엉켜 있는 그림이었다. 전체를 봐서는 구체적인 형태도 연상되지 않았고, 카오스와 같은 막연한 느낌 외에는 아무런 감정도 느껴지지 않았다. 시선을 그림 아래쪽으로 향하자 붓글씨로 적은 'AdM'이라는 서명이 보였다.

"아마도 그게 당신 그림 중 가장 잘된 것일 거예요."

뒤를 돌아보니, 안프랑스가 문간에 기대선 채 나를 향해 미소 짓고 있었다. 그녀는 방수 코트를 입고 검은색 펠트 머리띠를 하고 있었다. 무척 우아한 차림새였다.

"아…… 듣던 중 반가운 얘기군요!" 난 두 팔을 벌리면서 말했다. "그러니까 제대로 이해한 거라면, 내가 그림을 그린다는 말이죠?"

"오, '그림을 그린다'는 말은 너무 거창한 것 같은데요." 그녀는 빈정거리는 듯한 투로 대꾸했다. "이 경우엔 당신이 유명한 잭슨 폴록의 작품 〈넘버 32〉를 모사한 것뿐인데 말이죠."

난 잠시 기억을 더듬어보았다. 예전에는 탄탄하다고 자부했던 나의 예술적 소양이 적잖이 날아가버린 터였다. 그 화가의 이름은 익숙했지만 그의 작품 중 어떤 것도 머릿속에 떠오르지 않았다. 그래서 난 조예 깊은 예술 애호가의 표정을 지으며 고개를 끄덕이는 것으로 대답을 대신했다.

"자, 우린 외출할 준비 다 됐어요." 안프랑스가 말을 이었다. "아마 오후 느지막이 돌아올 거예요."

"알았어요, 즐거운 시간 보내요!" 난 미소를 지어 보였다.

내가 이 말을 하는 순간 시빌이 나타나 제 엄마의 팔을 잡았다. 시빌은 꼭 끼는 워싱 청바지와 황색 스웨이드 부츠에 베이지색 가죽점퍼를 입었다. 시빌의 아직 축축한 머리칼이 넓은 양가죽 칼라 위에서 너울거렸다.

"우린 비상계단으로 나갈 생각이에요. 길에서 진을 치고 있는 파파라치들을 피하려고요." 안프랑스가 말했다.

"아주 좋은 생각이군요. 조심해요. 그럼 이따 봐요, 이쁜이들!"

그들이 복도로 사라지자, 난 믿을 수가 없어 방금 내 입에서 나온 기막힌 말을 되뇌어보았다. "이따 봐요, 이쁜이들"이라니! 대체 어떻게 그렇게 바보 같은 말을 입 밖에 낼 수 있담? 게다가 더 기막힌 사실은, 왼손 엄지손가락을 목욕 가운 주머니에 찔러넣은 채 오른손을 흔들면서 그렇게 말했다는 것이다. "이따 봐요, 이쁜이들"이라고! 이 무슨 한심스러운 짓거리람? 내가 대체 누굴 흉내내려고 했던 걸까? 누구처럼 보이기를 원했던 것일까? 사근사근한 포주? 장파트리스 푸르카드 같은 남자? 미녀 삼총사에게 인사하는 목소리만 등장하던 찰리? 난 씁쓸함으로 고개를 저으면서 어이없는 내 행동에 실소를 금할 수가 없었다.

난 창가로 가서 커튼을 젖히고 또다시 블라인드 틈새로 바깥을 살펴보았다. 그들은 여전히 똑같은 자리에서 이곳을 살피고 있었다. 스쿠터를 타고 있던 남자 하나가 사라지고 없는 대신, 망을 보고 있는 제삼의 사진사가 있었다. 아마도 늘어선 촬영 장비들에 호기심이 발동했을 행인 몇몇이 잠시 가던 길을 멈추고 우리 아파트 창문 쪽을 쳐다보다가 다시 일요일 한낮의 산책을 계속하기 위해 자리를 떠나는 모습도 보였다. 손목시계를 보니 오후 한시가 조금 넘었다. 저들은 대체 얼마 동안 저렇게 기다리고 있을 작정일까? 저렇게 매복해서 무엇을 얻으려고? 어떤 자극적인 정보를 얻어낼 작정으로 저러는 걸까? 마음속 깊은 곳으로부터 분노가 치밀어오르기 시작했다. 조심스럽게 억눌러온 강렬한 분노, 그것은 부르주아적인 분노였다. 난 새롭게 시작한 내 삶을 지키고 싶었다. 그 삶을 위태롭게 만드는 모든 것을 무력화시키고 싶었다. 내 아내와 딸과 함께 평화롭게 살 수 있기만을 원했다. 난 파파라치들을 몇 시간만 봐주기로 마음먹었다. 저녁때까지도 계속 성가시게 한다면 노벨리에게 보고할 생각이었다. 난 텔레비전 리얼리티쇼의 주인공처럼 내 삶을 전부 까발리면서 살고 싶은 마음이 전혀 없었다. 아니, 절대로 그럴 수는 없었다. 내 생각은 확고했다. 이 모든 건 내가 서명한 계약에 포함되지 않은 것이었다.

난 블라인드를 닫고 거실을 돌아보기 시작했다. 낮에 본 가구들은 전날밤에 봤을 때보다 더 절제미가 있어 보였다. 공간은 더 크고 간결했다. 난 하얀색 가죽소파에 편안하게 자리잡고 앉아 전날밤 수천 개의 별빛으로 반짝이던 순백의 벽을 둘러보았다. 그리고 마치 어린 시절의 꿈속에서나 보았음직한 그 기이한 장면을 다시 떠올렸…… 그렇게 몇 분간 평화롭게 생각에 잠겨 있다가 다시 일어나 서재로 쓰이는 방으로 건너갔다. 문을 열고 들어가 마룻바닥 위로 몇 걸음 걸어가서는 앙피르양식의 책상 뒤에 놓인 가죽 회전의자에 앉았다. 내 바로 앞에는 블랙박스가 놓여 있었다. 난 잠시 막연한 두려움을 느끼며 상자를 응시했다. 그러고는 두 손으로 상자를 잡고 조심스럽게 흔들어보았다. 상자는 가벼웠고, 조그맣고 단단한 무언가가 들어 있는 것 같았다. 난 길게 심호흡을 한 다음 뚜껑을 열고 몸을 숙여 안을 들여다보았다. 안에는 손 편지와 누렇게 바랜 사진 한 장, 그리고 루빅스큐브가 들어 있었다.

의아한 생각이 든 나는 우선 큐브를 집어들고 가까이 살펴보았다. 여섯 개의 면에는 선명한 색깔들이 뒤섞여 있었다. 난 머릿속으로 재빠르게 계산해보았다. 가로세로가 각각 세 칸으로 나뉜 면이 모두 여섯 개이므로 총 쉰네 칸이 여섯 가지 색으로 이루어진 거였다. 빨강, 초록, 노랑, 주황, 파랑 그리고 하양. 나 역시 고등학교 때 이와 비슷한 것을 가졌던 적이 있었다. 열네다섯 살쯤 되던 생일날, 대단히 실망스럽게도, 부모님이 내게 큐브를 선물해주었다. 당시 루빅스큐브는 교육적인 놀이의 전형으로 여겨졌다. 청소년기 아이들에게 필요한 기본 자질을 발달시켜준다고 알려져 있었다. 논리력과 민첩한 두뇌, 그리고 일종의 자폐적 행태까지. 선물을 받고 포장을 뜯어보니 큐브는 최적의 상태였다. 즉 한 면에 한 가지 색뿐이었다. 그때 나는 큐브를 그저 가만히 들여다보기만 했다. 그랬더니 아버지가 도취한 듯한 투로 설명했다. "이제 이걸 아무렇게나 섞으면 돼. 그리고 다시 색깔별로 맞추면 되지!" 아직도 흥분으로 들떠 있던 아버지의 눈빛이 기억난다. 난 고개를 끄덕이며 아버지에게 다정한 미소를 지어 보였다(나 역시 내 또래의 모든 아이들처럼 위선을 부리는 데는 이력이 나 있었다). 그러고는 내 방으로 달려가 그 망할 물건을 서랍 깊숙이 집어넣어버렸다. 그게 다시는 바깥으로 나오지 못하게 할 가장 확실한 장소였다.

난 닳아빠진 각각의 블록들과 색깔이 뒤섞인 여섯 면을 계속 살펴보았다. 오랜 세월이 지난 후 내 큐브는 어떻게 되었을지 궁금해하면서. 어쩌면 이사 도중 잃어버렸을 수도 있다. 혹은 내 어머니가 세상을 떠난 후 어머니가 살던 아파트를 팔면서 다른 오래된 물건들과 함께 처분해버렸을 수도 있다. 어머니와 아버지가 삼십 년 남짓 살아오던 초라하고 낡은 방 두 칸짜리 아파트. 난 어린 시절의 기억을 떠올려보았다. 내가 쓰던 방과 식어빠진 수프 냄새, 짙은 갈색 벽지, 홀로 남겨져 소설을 탐독하며 보내던 숱한 저녁들. 나를 회상에서 깨어나게 한 것은 밖에서 들려오는 새 울음소리였다. 거칠고 위협적으로까지 들리는 울부짖음이었다. 고개를 들어 소리가 나는 창 쪽을 쳐다보았지만 갈색 나뭇잎들이 바람에 흔들리는 광경만 눈에 들어왔다.

난 루빅스큐브를 책상에 올려놓고 상자에서 편지를 꺼냈다. 첫 장의 아래쪽으로 파란 잉크가 번져 있는 게 보였다. 난 목욕 가운 깃을 바로잡은 다음 다리를 꼬고 앉았다. 그리고 마치 한참 동안 숨을 참으려는 것처럼 깊이 숨을 들이마시고는 빽빽하게 쓰인 글자 속으로 빠져들었다.

친애하는 승계자에게

우선 당신에게 이처럼 하찮고 무의미한 삶을 물려주게 된 것에 대해 진심으로 사과하고 싶군요.

난 당신이 포기한 삶이 어떤 것인지 아무것도 모릅니다. 하지만 당신은 내 삶을 물려받는 순간부터, 그 삶 속에서 어떤 즐거움이나 기쁨, 심지어 아주 작은 흥미조차 느끼지 못할 거라고 미리 말씀드립니다. 아니, 어쩌면 당신은 나보다 그 삶을 더 즐기거나, 그저 만족하면서 잘 지낼 수 있을지도 모르겠군요. 비록 난 그러지 못했지만 말입니다. 어쨌거나 난 당신이 그럴 수 있기를 진심으로 바란다는 것을 알아주기 바랍니다.

이 상자 속에 일종의 유언처럼 무언가를 넣어 당신에게 전달해야 한다는 것을 알게 되었을 때 우선 다소 당혹스러웠던 것이 사실입니다. 이 안에 뭘 넣어야 할지 결정하기 힘들었고요. 결국 난 살아오는 동안 종종 그랬던 것처럼, 가장 편안하면서도 가장 진부한 방식을 택하기로 마음먹었습니다. 당신한테 이 편지를 쓰기로 결심한 것이지요. 사십 년 방황의 세월을 몇 장으로 어떻게 요약할지 몰라 고민하던 끝에 아래와 같은 분류법을 따르기로 했습니다. 당신이 보기에는 우스울지도 모르겠지만, 이 분류법은 '오늘의 운세'에서 상당 부분 영감을 받았습니다. 내가 살아온 삶이—이젠 당신의 삶이겠죠—이보다 더 나은 대접을 받진 않았지요.

건강

우선 (별거 아니지만) 좋은 소식부터 얘기하지요. 난 건강이 아주 좋은 편입니다. 이삼 년에 한 번쯤 감기에 걸릴까 말까 하고, 지금까지 약을 먹어본 적이 거의 없으니까요. 아마도 운동을 꾸준히 해온 덕분일 겁니다. 난 아주 어렸을 적부터 테니스와 골프를 계속해왔고, 내 신체 상태는 나이에 비해 아주 양호하다고 생각합니다.

하지만 내 삶의 건강 상태도 흠잡을 데 없이 완벽할 거라고 생각하진 마시기 바랍니다. 오히려 그 반대니까요. 서른 살경에 확실히 담배를 끊긴 했지만 그후 알코올에 대한 강한 욕구를 나날이 키워왔기 때문입니다. 특히 보드카를 너무나 사랑한 나머지 서재에서 종종 홀로 과음을 하기도 했습니다. 이중으로 된 책상 맨 아래 서랍의 가장 안쪽을 보면 내가 숨겨놓은 소중한 술병들이 있을 겁니다. 내 아내와 딸이 비난을 퍼붓곤 했지만, 난 술을 끊을 수가 없었습니다. 내게는 단순한 기쁨 이상으로 살아가는 데 없어서는 안 될 진정제 역할을 했기 때문이죠. 어쩌면 지금까지 이렇게 살아남을 수 있었던 것도 그렇게 늘 취해 있었기 때문이 아닐까 생각합니다.

난 편지를 읽다 말고 책상 쪽으로 몸을 숙였다. 맨 아래 서랍을 열어 쌓여 있는 봉투들을 치우고 바닥을 밀어보니 나란히 놓인 스톨리치나야 세 병이 보였다. 난 며칠 전부터 나를 괴롭히는 전에 없이 강렬한 욕구로 인해 한 모금 마실까 말까 망설이다가 다시 서랍을 닫고 편지를 계속 읽어나갔다.

일

이 문제에 관해서는 정말로 솔직하게 얘기하겠습니다. 빡빡한 일정과 넘치는 하루 일과를 소화하는 노련한 비즈니스맨으로 알려져 있는 나의 명성은 완전히 사기입니다. 정말 죽도록 일하는 이들을 생각하면 나의 활동을 '일'이라고 지칭하는 것조차 부당하게 여겨질 정도죠. 난 그저 나날이 번창하는 가족 기업을 물려받아 흔히 말하듯 '좋은 가장으로서' 신중하게 경영했을 뿐이니까요. 즉 자연스러운 흐름을 거스르는 어떤 것도 시도하지 않으면서 말입니다.

이 '로비코'라는 이름의 기업을 창립하신 분은 내 할아버지입니다. 회사는 돈벌이는 되지만 무미건조하기 짝이 없는, 볼베어링 생산 업체입니다. 오십여 년 전부터 자동차와 항공 산업 분야의 내로라하는 전세계 대기업들이 우리의 주 고객이지요. 내 아버님은 십 년 가까이 기업을 이끌다가 한창때인 중년의 나이에 뇌출혈로 세상을 떠나셨습니다. 유일한 아들이었던 나는 마지못해 기업을 물려받게 되었습니다. 불과 스물다섯 살에 말이죠. 당시 난 준비하고 있던 법학 논문을 중단하고 사업에는 아무런 흥미도 느끼지 못하는 상태로 이 일에 뛰어들었습니다. 부친의 뒤를 잇는 것만큼 반감이 들고 두려운 건 없었습니다. 이 일이 적성에 전혀 맞지 않았을 뿐만 아니라 무엇보다도 내 무능이 고스란히 드러날까봐 두려웠기 때문입니다. 난 나로 인해 가업이 파산하고, 수백 명의 직원들을 갑자기 해고해야 하는 사태가 발생할까봐 지레 겁먹고 있었어요. 하지만 막상 내가 할 일의 실체를 알게 되자 그런 두려움은 모두 사라져버렸습니다. 부친께서는 돌아가시기 전에 혜안을 갖고 우리의 주요 경쟁 기업들을 사들이거나 힘을 빼놓는 조치를 취해놓으셨던 것입니다. 우리의 주요 고객들과는 수년간 유효한 계약들이 체결되어 있어서, 정작 기업의 최고경영자가 내려야 하는 주요한 결정이란 게 없었죠.

따라서 난 내 할아버지와 아버지가 앉았던 푹신한 가죽소파에 자리 잡고 앉아 돈이 쏟아져 들어오기만을 기다리면 되었던 것입니다.

그것이 십오 년 넘게 내가 해온 일입니다. 공장은 잘 굴러갔고, 직원들도 아무 문제 없이 일을 잘해주었지요. 기업이 변함없이 무난한 생산성을 유지하는 데 방해가 되는 것은 아무것도 없었습니다. 난 다만 일년에 한두 차례, 몽티니와 생시르쉬르루아르, 아발롱, 퐁트네르콩트와 보포르에 있는 생산 현장 다섯 곳을 시찰하는 것으로 내 임무를 다할뿐이었지요. 그것조차 내겐 고역이었지만 난 부친이 확립해놓은 전통을 계승하기 위해 그럭저럭 그 임무를 수행해왔고, 생산 라인에 익숙해진 노동자들은 변화를 원하지 않았습니다.

그러니 당신이 나를 대신해 최고경영자의 역할을 수행하는 데 어떤 어려움도 없을 거라고 생각합니다. 화려한 직함에도 불구하고 내 의

무와 책임은 아주 제한적이기 때문입니다. 난 일주일에 딱 한 번, 월요일 아침마다 본사로 가서 대체로 금방 끝나는 이사회를 주관하기만 하면 되니까요. 그 시간마다 의욕적인 이사 세 명이 숫자를 곁들인 분석을 통해 우리 기업의 재정이 언제나 튼튼하다는 것을 내게 확인시켜주곤 하지요(내가 점점 더 부자가 되어간다는 사실을 대놓고 알려주면서요). 하지만 매주 한 차례의 보여주기식 외출을 제외하면, 최고경영자의 역할로 인해 더이상 시간을 할애하지 않아도 되고, 아파트를 벗어날 필요조차 없을 때가 많았습니다. 따라서 난 일 핑계를 대거나 조용히 있고 싶다는 이유를 들어 집에 머물면서 내 서재에 혼자 틀어박히는 게 습관이 되어버렸습니다. 그렇게 해서 난 아내와 딸에게 활동적인 남자의 이미지를 보여주면서 체면을 유지하고, 또 그렇게 해서 그들과 마주치는 일을 피할 수 있었습니다.

그런 식으로 난 홀로 이 서재에서 지난 십오 년의 시간 대부분을 보냈습니다. 아침부터 저녁까지 보드카를 홀짝거리면서, 혼자 생각에 잠기거나 꿈꾸고 고통스러워하면서. 때로는 몇 시간씩 창문 너머에서 흔들리는 나무를 지켜보기도 했지요. 당신이 이 상자 안에서 발견했을 루빅스큐브에도 많은 시간을 할애했고요. 그 큐브는 내겐 아주 소중한 것입니다. 아니, 절대로 없어서는 안 될 것이지요. 이십오 년 가까이 내 곁을 떠난 적이 없는 물건이랍니다. 내 우울한 운명의 매 단계마다 늘 나와 함께했으며, 언제나 내게 두려움이면서 막연한 위안의 근원으로, 양면적으로 작용했지요.

그것은 아주 오래전, 내가 고등학교에 다닐 때, 나와 가까이 지냈던 키 큰 금발머리 소녀가 선물해준 것입니다. 그녀의 이름은 에바 콜린스카이며, 폴란드 태생이었어요. 아주 특별하고 순수한 아름다움으로 빛나는 매혹적인 여성이었죠. 그리고 수학에 천재적인 재능이 있었어요.

상자 안에 내가 유일하게 간직하고 있는 그녀의 사진이 있을 겁니다.

난 상자 안에서 누렇게 바랜 사진을 꺼냈다. 고혹적인 우아함을 풍기는 한 소녀의 사진이었다. 백합처럼 희고 투명한 피부에 자줏빛 입술이 환한 미소를 그리는 모습이었다. 빛을 발하는 듯한 푸른색 눈과 금발머리는 커다란 석조 건물 뒤로 하얀 하늘이 보이는 흐릿한 배경과 강렬한 대조를 이루었다. 그녀의 얼굴이 왠지 낯이 익었지만 누구를 닮았는지는 기억나지 않았다. 난 사진을 손에 든 채 편지를 계속 읽어나갔다.

난 그 소녀를 미치도록 사랑했습니다. 우리 나이 열다섯 살 무렵이었지요. 난 지금까지도, 그녀가 내게 루빅스큐브를 선물했던 그날을 영화의 한 장면처럼 정확히 기억하고 있습니다. 우린 학생 식당으로 통하는 커다란 자단나무 계단 아래 마룻바닥에 앉아 어울려 놀고 있었어요. 그녀는 가냘픈 손에 큐브를 쥔 채 한참 동안 만지작거렸고, 난 담배에 불을 붙이고는 피우는 시늉을 하기 시작했습니다. 그러다 그녀가 진지한 표정으로 큐브를 내밀면서 내게 물었습니다. "이걸로 가능한 조합이 얼마나 되는지 알아?" 난 담배를 길게 한 모금 빤 다음 기침을 하고는 고개를 저으면서 큐브를 받아들었지요. 그러자 에바는 환해진 눈빛으로 아주 천천히, 음절 하나하나 또박또박 말하더군요. "4300경."
난 믿을 수 없다는 표정으로 내 손바닥에 놓인 작은 큐브를 들여다보았습니다. 어떻게 그 작은 물체 안에 무한대에 가까운 가능성이 숨어있을 수 있는지를 자문하면서 말이죠. "4300경이라고!" 그녀는 가늠할 수 없는 수를 음미하듯 두 눈을 크게 뜨고 반복해서 외쳤어요. 그리고 몇 초 후 덧붙였습니다. "그리고 해답은 딱 4000개뿐이야. 정확히 말하면 4096개지. 4의 여섯제곱에 해당하는 수." 난 잠시 망설인 끝에 이렇게 물었던 기억이 납니다. "4000개라니, 확실해? 난 답은 하나뿐이라고 생각했는데. 모든 면을 색깔대로 맞췄을 경우 말이야." 그러자 그녀가 자리에서 일어나 너그러우면서도 즐거운 표정으로 미소 지으면서 말했습니다. "직관적으로 생각하면 네 말이 맞아. 해답이 눈으로 보기에는 똑같으니까. 한 면에 한 가지 색깔 말이야. 하지만 실제로는 각 면의 중앙에 있는 칸은 결과를 변화시키지 않는 듯 보여도 네 가지 다른 위치로 바뀔 수가 있거든. 따라서 여섯 개의 각 면에 이런 추론을 적용하면 4의 여섯제곱에 해당하는 4096개의 답을 얻을 수 있는 거야." 난 그녀의 추론을 제대로 이해한 것인지 확실치 않은 상태로 기계적으로 고개를 끄덕였습니다. 그녀의 지적인 분석에서 일종의 존재론적 메타포를 엿본 것 같았습니다. 혼란스러운 가능성들로 이루어진 무한한 우주를요. 그에 비하면 하찮은 수에 해당하는 안정된 해답들, 우린 열을 내서 그 해답들을 찾아보지만 대부분 헛수고에 그치기 마련이지요. 그런 생각이 들자 갑자기 내 손안에 있는 큐브가 더 무겁게 느껴지더군요. 에바는 진중하면서도 다정한 목소리로 얘기를 계속했습니다. "수학적 관점에서 이런 질문을 할 수 있어. 어떤 위치에서 시작하든 간에 큐브를 맞추려면 최소한 몇 번을 돌려야 할까? 이 질문에 대한 알고리즘은 여전히 수수께끼야. 수학자들은 이걸 '신의 알고리즘'이라고 명명했지. 집합 이론의 이름난 전문가들도 연구를 거듭했지만, 지금까지 밝혀낸 거라곤 최소한 스무 번 이상은 돌려야 한다는 것뿐이야."

그녀는 잠시 얘기를 멈추고 이글거리는 눈빛으로 내 담배를 빼앗아 한 모금 빨더군요. 그러더니 내 눈을 똑바로 응시하면서 말했습니다. "아르노, 정말 날 좋아한다면 나한테 약속해줘. 큐브를 맞추도록 노력하겠다고." "물론이지." 난 이렇게 대답하고는 그녀를 껴안았습니다. 그리고 사춘기 소년 소녀만이 알 수 있는 달콤한 현기증을 느끼며 그녀에게 키스를 했지요.

그후 난 이십오 년이 지난 지금까지 그 맹세를 충실히 지켰습니다. 칸칸이 나뉜 이 장난감에 쉼없이 매달리며, 가끔은 한두 개의 면을 맞추는 데 성공하기도 했지요. 한두 개, 그 이상은 못했습니다. 그다음엔 영락없이 헤매게 되거든요. 힘들게 맞추어놓은 것도 어쩔 수 없이 흐트러져버리고, 먼저 맞춘 것을 흐트러뜨리지 않고는 새로운 면을 맞출 수가 없었습니다. 검증된 풀이법이 존재한다는 건 알고 있었습니다. 그걸 설명하는 두툼한 매뉴얼이 있다는 것도요. 하지만 난 우연과 내 의지에 따라서만 목표를 달성하겠노라고 스스로 다짐했었습니다. 내 삶의 성공을 위해서도 그 두 힘에 의지하고자 했고요. 그리고 당신이 이미 알고 있듯이, 난 비참하게도 실패하고 말았습니다. 그래서 이 흐트러진 큐브를 당신에게 남겨놓는 겁니다. 나의 모든 회한과 함께.

또다시 바깥에서 기이한 새 울음소리가 들려왔다. 거칠고 불안한 울부짖음이. 그런데 이번엔 아까보다 훨씬 더 가까이에서 들리는 것 같았다. 위협적으로 느껴지는 울음소리였다. 고개를 들어보니 새가 발코니에 올라앉아 있는 것이 보였다. 새는 어두운 눈빛으로 나를 응시하고 있었다. 까마귀였다. 새와 한참 마주보고 있는데 드몽탈의 말들이 머릿속에 울려퍼졌다. 그러다 갑자기 부리를 벌린 까마귀가 거친 소리를 내더니 발톱으로 빙그르르 돌아 날갯짓을 하며 날아가버렸다. 난 잠시 멍하니 있다가 루빅스큐브를 집어 손에 꼭 쥔 채 편지를 다시 읽어나갔다.

가족

난 아직 '내 가족'이라고 부르는 이들을 진정으로 가깝게 느껴본 적이 없습니다. 내 부모님은 나를 다정함과 거리감을 적절히 섞은 귀족적인 전통에 따라 교육시켰지요. 난 미움을 받거나 방치된 적이 없지만, 그렇다고 사랑받는다는 느낌이 든 적도 없습니다. 나의 유년 시절은 평화롭고 단조로웠습니다. 행복하진 않았죠. 우리 가족의 유일한 비극은, 나보다 세 살 어린 남동생이 내가 열 살 되던 해에 성홍열로 세상을 떠난 일이었습니다. 하지만 그 일을 진심으로 슬퍼했던 기억은 나지 않습니다. 외아들로서의 삶이 나와는 완벽하게 어울렸고, 무엇보다도 그에 동반되는 고독이 내 맘에 들었기 때문입니다.

결국 나에게 가족은 살아가는 데 필요한 물자 보급소 같은 곳이며, 하나의 규범적인 틀에 지나지 않았습니다. 사회에서 살아가기 위한 하나의 조직인 셈이죠. 난 남들과는 달리 가족이란 존재에 애착을 갖지 않았습니다. 아마도 그런 이유로 내가 형편없는 가장이 되었는지도 모르겠군요. 나쁜 아빠와 한심한 남편 말입니다. 또한 바로 그런 이유로 내가 이 세상에서 사라져버리고자 했던 것일 테고요. 그러한 실패가 내게 가장 치명적인 상처를 안겨주었으니까요. 당신도 똑똑히 보았을 것입니다. 내 딸이 나를 얼마나 미워하는지……

내가 손가락을 움직일 때마다 루빅스큐브의 코어 부분에서 부드럽게 삐걱거리는 소리가 났다. 난 시빌을 떠올렸다. 그애가 내게 즉각적으로 보인 과도한 애정에 대해 생각해보았다. 그애는 낯선 사람 아무에게나 그토록 애정을 쏟을 정도로 자신의 아버지를 미워했던 것일까? 드몽탈은 정말 그렇게까지 나쁜 가장이었을까? 그렇게 끔찍한 남편이었을까? 그렇다면 그가 새로운 삶에선 잔과 티보에게 다른 모습을 보여줄 수 있을까? 난 이러한 질문들에 아무런 답도 내릴 수가 없었다. 편지를 읽어나갈수록 드몽탈이란 남자가 점점 더 수수께끼로 다가왔다. 잘 짜인 문단과 살짝 가식적인 문체 뒤로 손에 잡히지 않는 무언가가 느껴졌다.

자꾸만 더 멀어지는 것 같은 그림자를 닮은 무언가. 난 이마로 손을 가져가 잠깐 동안 관자놀이를 문질렀다. 그런 다음 눈을 감은 채 잠시 침묵의 소리를 들어보았다. 그리고 다시 눈을 뜨고 말들이 빼곡히 들어찬 종이를 보았다.

사랑/친분관계

이게 매우 방대한 주제인 건 잘 알지만 간단하게 얘기해보겠습니다.

우선 '사랑'이라고 부르는 것부터 시작하죠. 내게 사랑은 단 한 명의 여인으로 귀착됩니다. 하지만 불행하게도 그 여인은 나와 결혼한 여자가 아닙니다. 내가 평생 사랑한 사람은, 진실한 사랑을 한 사람은 고교 시절의 그녀, 에바 콜린스카뿐이니까요. 열다섯 살 무렵부터 우린 서로를 열정적으로 사랑했습니다. 하지만 결코 성적인 접촉은 시도하지 않았죠. 우리 관계가 지속된 삼 년 동안 그녀도 나도 그런 얘기는 언급조차 하지 않았습니다. 우리는 대학입학자격시험을 무사히 치렀지만 대학에 가면서 서로 헤어져야만 했습니다. 에바는 몽펠리에의과대학에 진학했고, 난 팡테옹아사스대학의 부유층과 합류하게 되었지요. 부르주아 대학의 엄청난 수업량에 지친 나는 에바를 생각하면서 수없이 자위를 했습니다. 그녀의 가냘프면서도 탄탄한 육체와 딸기향이 나는 실크같이 부드러운 입술, 그리고 끊임없이 귓가에 맴도는 진중하고 허스키한 목소리를 떠올리면서. 몇 주 후 난 그녀와 함께 앞으로의 인생을 꾸려가고 싶다는 열렬한 구애의 편지를 보내기로 했습니다. 그후 몇 달간을 안절부절못하며 오지 않는 답장을 기다렸습니다. 일주일에 몇 번씩 그녀가 알려준 전화번호로 연락해보았지만, 더이상 사용하지 않는 번호라는 말을 반복하는 무심한 목소리만 들려올 뿐이었지요. 봄이 되자 더는 기다릴 수 없어서 그녀의 부모님께 전화를 했습니다. 난 한 번도 그분들을 만난 적이 없었고, 노동자 계층이었던 그분들은 프랑스어를 간신히 하는 수준이었습니다. 하지만 그분들이 내게 그 간단한 비보를 전하는 데는 몇 마디 말이면 충분했습니다.

에바는 오토바이를 타고 가다가 트럭에 치여 세상을 떠났던 것입니다.

물론 벌써 이십 년이나 지난 일이지만, 난 지금까지도 내 인생의 여자라고 생각하는 그녀를 잃은 상처로부터 여전히 회복되지 못하고 있습니다. 굴곡진 삶에 미처 훼손될 시간조차 없었던 청소년기의 꿈보다 더 집요하고 고통스러운 건 없죠.

난 오 년이 넘는 시간 동안 깊은 상심에 빠져 괴로워하느라 수많은 여자들의 구애에도 불구하고 그 누구와도 친밀한 관계를 맺을 수 없었습니다. 그러다 스물세 살이 되던 해에 안프랑스를 만났습니다. 무역학과 학사 과정을 밟고 있던 그녀는 내 어머니의 기준에 완벽하게 부합하는 며느릿감이었습니다. 상냥하고 세련된데다 사려 깊고 교양을 갖추었으며, 충분히 순종적이며 적절하게 자신을 드러내지 않을 줄도 아는 성품을 지녔으니까요. 그제야 비로소 난 자책에서 비롯된 자위행위에 종지부를 찍고 뒤늦게 그녀와 함께 섹스의 즐거움을 발견하게 되었습니다. 스물다섯 살에 부친이 세상을 떠난 직후 난 그녀와 결혼할 때가 되었다고 생각했지요. 그 사실이 그다지 기쁘지는 않았지만 이제 적절한 때가 왔다고 생각했던 것입니다. 결혼 직후 안프랑스는 곧바로 아이를 원했고 시빌이 이듬해에, 크리스마스를 얼마 앞두고 태어났습니다.

십오 년간의 결혼 생활 동안 난 다른 누구에게도 눈을 돌린 적이 없습니다. 하지만 언제나, 그래요, 매일같이, 난 에바 콜린스카를 생각했습니다. 심지어 내 딸이 그녀와 닮았다고 생각한 적도 있지요. 한 아버지의 산산조각난 꿈과 좌절감이 그렇게 자식을 통해 되살아날 수 있을 거라고는 생각지 못했습니다. 시빌을 바라볼 때면, 때로 에바가 되살아

난 것 같은 느낌이 들 때가 있을 정도니까요. 그애를 통해 에바가 늘 나와 함께 있는 느낌이 들었습니다. 하지만 내 환상은 거기까지입니다. 내 딸은 나를 뼛속 깊이 싫어하거든요. 딸에게 미움받는다는 것은 크나큰 불행이 아닐 수 없지만 딸을 원망하지는 않습니다. 왜냐하면, 당신에게도 이미 말했듯이, 난 아주 나쁜 아빠였던 것 같으니까요.

난 잠시 편지에서 눈을 돌려 에바 콜린스카의 사진을 자세히 들여다보았다. 그녀가 어쩐지 낯익었던 이유가 순간 자명해지는 것 같았다. 그녀는 놀라울 정도로 시빌과 닮았던 것이다. 에바의 얼굴이 조금 더 각이 지고 광대뼈가 좀더 튀어나오긴 했지만, 그 둘이 너무 닮아서 당혹스러울 정도였다. 난 사진을 내려놓고 편지를 계속 읽어나갔다.

'사랑'에 대한 좀더 실질적인 이야기로 마무리를 해보죠. 적어도 한 가지 면에서는 안심해도 된다고 말씀드리고 싶군요. 안프랑스는 부부 관계에서는 별로 까다롭지 않은 편이에요. 처음부터 그녀에게 대단한 능력을 보여준 적이 없기 때문입니다. 시간이 갈수록 우리가 관계를 갖는 시간은 점점 짧아지고 횟수도 뜸해지다가, 몇 년 전부터는 한 달에 한두 번밖에는 사랑을 나누지 않게 되었습니다. 우리가 나누는 사랑이란 대개 오 분 정도(때로 간단한 전희를 포함한 시간)의 격렬한 허리 놀림으로 끝나는 짧고 위생적인 행위였습니다.

하지만 지금까지 우리 부부는 비교적 균형 잡힌 관계를 유지해왔습니다. 일종의 부르주아적인 애정이 오랜 세월에도 불구하고 변함없이 우리를 이어주었습니다. 비록 우리는 결코 서로를 사랑한 적이 없다고 분명히 말할 수 있지만 말입니다.

'친분관계'에 대해서도 한마디해야 하니 밝혀두는데, 난 가까이 지내는 사람이 거의 없습니다. 내 주소록에 적혀 있는 연락처는 얼마 되지 않습니다. 서로 이해관계가 일치하는 비슷한 부류의 사람들이죠. 그런 면 역시 당신이 내 삶을 이어받아 살아가는 데 도움이 되리라 생각합니다.

취미

이 잡동사니 같은 항목을 덧붙이는 것에 대해선 잠시 망설였습니다. 내가 알기로는 대개 시답잖은 이력서 아래쪽에 등장하는 항목이니까요. 하지만 시간이 조금 남은 터라 기왕이면 완벽하게 채워넣는 게 좋겠다는 생각이 들었습니다. 나를 괴롭히는 강박관념과 신경과민 증세가 조금 완화되었을 때, 그리고 내가 술을 양껏 마시고, 내 손이 루빅스 큐브를 가지고 노는 일에 지쳤을 때, 그럴 때 난 가끔 유화를 그렸습니다. 그렇게 해서 그림 여러 점을 완성했지요. 기법 면에서는 꽤 성공적이었지만 영감이나 재능 면에서는 전혀 내세울 게 없는 그림이죠. 나 자신에게 어떤 재능이 있다고 인정할 수 있다면 그건 모사하는 재능일 겁니다. 난 위대한 예술가들의 작품을 마음에 품었다가 취미로 모사화를 그렸습니다. 특히 현대 화가들의 작품을 주로 그렸지요. 그러니 다른 분야에서와 마찬가지로 이 분야에서도 나의 일상은 기만과 무의미함이 지배하고 있었음을 당신도 알 수 있을 겁니다.

자, 이렇게 내 지나간 삶에 대해 모두 털어놓았습니다. 이 편지를 쓰노라니 내가 얼마나 그 삶에서 하루빨리 벗어나고 싶었는지, 그렇게 해서 그 삶을 얼마나 영원히 잊고 싶었는지를 새삼 깨닫게 되는군요.

이제는 당신이 얼마나 하찮고 무의미한 삶을 살아온 한 남자를 대신하게 되었는지 알겠지요. 하지만 그럼에도 불구하고 당신에게 행운이 함께하기를 진심으로 바랍니다.

당신의 전임자,
아르노 드몽탈

난 심호흡을 한 다음 편지를 책상에 올려놓고 창밖을 멍하니 내다보았다. 그러면서 바람에 흔들리는 나뭇가지들 사이로 까마귀가 다시 나타나주기를 막연하게 바라고 있었다. 거친 울음소리가 또다시 방안에 울려퍼지기를. 하지만 녀석은 나타나지 않았고 정적만이 나를 감쌌다. 나는 갑자기 막연한 불안감에 사로잡혀 자리에서 일어나 루빅스큐브를 집어들고 기계적인 걸음으로 서재를 벗어났다.

거실로 돌아온 나는 블라인드 너머를 흘끗 내다보았다. 여전히 파파라치들이 거리에서 진을 치고 있었다. 난 하얀색 가죽소파에 앉아 탁자에 루빅스큐브를 내려놓고 검은 선들이 뒤엉킨 그림을 다시금 응시했다. 잠시 후 그림이 마치 내게 최면이라도 건 것처럼, 느닷없이 몸이 나른해지고 더워지면서 팔다리에 모래주머니가 매달린 것 같은 느낌이 들었다. 온몸이 묘한 무기력감에 휩싸이면서 단어들이 뒤죽박죽으로 머릿속에 울려퍼졌다. '잭슨 폴록' '스톨리치나야' '에바 콜린스카'…… 그러다 순식간에 깊은 잠에 빠져들었다.

오랫동안 징징대듯 울어대는 인터폰 소리에 소스라치게 놀라 잠에서 깨어났다. 눈을 떠 손목시계를 보니 벌써 오후 네시였다. 난 퀭한 눈으로 사방을 둘러보았다. 가구들, 벽, 소파, 그림…… 요란하게 계속 울리는 인터폰 소리를 들으며 나는 눈을 비비고 소파에서 몸을 일으키고는 현관 입구까지 비틀거리며 걸어가 수화기를 들었다.

"누구시죠?"

"안녕하세요? 피에르앙드레 노벨리입니다, 올라가도 될까요?"

잠이 덜 깬 나는 몇 초간 멍한 상태로 이 뜻밖의 방문의 목적이 무얼까 생각해보았다. 그러고는 버튼을 눌러 문을 열었다. 난 목욕 가운의 띠를 여미고 벽거울에 비친 나를 살펴보았다. 예전보다 더 좋아진 혈색에 생기 있는 얼굴이 만족스러웠다. 난 비죽 솟은 머리카락을 손바닥으로 눌러 정돈한 다음 현관문 앞에 버티고 섰다. 웅웅거리며 올라온 엘리베이터가 삑 소리와 함께 멈추자 엘리베이터 문틀 안에 서 있는 그의 우람한 모습이 보였다.

"친애하는 아르노! 그래, 별일 없나요?"

노벨리는 나의 새로운 이름을 자연스럽게 불렀다. 마치 그게 오래전부터 내 이름이었던 것처럼. 난 뼈마디가 굵은 그의 손을 잡고 미소로 그의 인사에 답했다.

"난 잘 지내고 있습니다. 신경써주셔서 감사합니다."

"실례가 안 된다면 카림과 같이 들어가도 될까요?" 그가 옆으로 슬쩍 비켜 들어오면서 말했다.

그다음으로 아랍인이 그를 뒤따라 현관 안으로 들어왔다. 그는 검은색 가죽점퍼와 워싱 청바지 차림이었다. 그의 손끝에선 서류가방이 흔들리고 있었다.

"안녕하세요, 선생님!"

몸에 꼭 끼는 정장을 벗어던지고 캐주얼 차림을 한 그는 훨씬 더 젊고 편안해 보였다. 난 그들에게 따라오라고 하고는 함께 아무 말 없이 거실을 가로질러갔다. 노벨리는 내가 앉은 소파 맞은편에 놓인 안락의자에 자리를 잡았다. 카림은 그의 뒤쪽에서 서류가방을 든 채 서 있었다.

"그사이 아주 훌륭하게 정착한 것 같군요!" 노벨리가 방안을 둘러보면서 흐뭇한 미소를 지었다.

"특별히 불만스러운 건 없다고 해두죠." 난 무심한 투로 대답했다.

"잘됐군요! 이만하면 운명이 당신을 소홀히 대하지 않았다는 것을 인정하셔야겠습니다!"

난 잠시 아무 대꾸도 하지 않다가 다리를 꼬며 물었다.

"그런데 이렇게 집까지 무슨 일로 방문하셨나요?"

"설명을 드리자면, 카림하고 난 지원자들의 가정을 차례로 방문하는 중입니다. 오늘은 파리에 거주하는 사람들을, 내일은 지방을 돌아볼 예정입니다. 모두들 새롭게 맞이한 첫째 날에 잘 적응하고 있는지 확인하기 위해서죠."

"그렇군요." 난 손가락으로 허벅지를 두드리며 말했다.

"그런데 이곳에 오기 직전엔 폴 랑블라의 안부를 알아보려고 퐁마리 다리에 들렀는데요……"

"아! 그래서요? 우리의 전직 백만장자께서는 걸인의 새로운 삶에 만족하고 계시던가요?" 난 살짝 빈정거리는 투로 물었다.

"그게 말이죠, 그는 놀라울 정도로…… 그러니까 어떻게 말해야 할지…… 활짝 피었던데요." 그가 눈을 찡긋하면서 말했다.

"활짝 피었다고요?" 난 깜짝 놀라 되물었다.

"그렇다니까요." 그가 손가락 깍지를 껴 턱을 받치면서 단언하듯 말했다. "마치 삶의 작은 기쁨을 다시 발견한 것처럼 보였습니다. 단순하지만 진실한 기쁨을요. 말하자면 이런 겁니다. 내가 깨끗한 담요를 건넸더니, 그가 나를 품에 꼭 안더군요. 그의 눈은 마치 어린아이처럼 반짝였고요…… 마치…… 그가 다시 태어난 것만 같았습니다!"

노벨리는 고개를 들어 예리한 시선으로 나를 응시했다. 그는 새로 태어난 랑블라의 모습에 진심으로 감동받은 듯 보였다.

"내 생각을 듣고 싶은 거라면, 그 모든 게 꼭 하나의 아름다운 도시 동화 같군요…… 하지만 석 달 후에도 그가 여전히 눈을 반짝이고 있을지, 아니면 센강에 뛰어들게 될지는 좀더 두고봐야 아는 것 아닐까요?" 난 냉소적인 의견을 내놓았다.

"어쩌면 당신 말이 맞을지도 모르겠군요." 노벨리는 안락의자에 깊숙이 고쳐 앉으면서 동의를 표했다. "두고 보면 알겠지요. 하지만 적어도 당신 경우엔 성공적으로 새로운 삶을 시작한 것 같아 무척 기쁩니다."

"네, 감사드립니다. 지금으로선 모든 게 아주…… 순조롭게 진행되고 있으니까요."

"아주 좋아요, 아르노. 그게 가장 중요한 겁니다. 시간이 감에 따라 자연스럽게 자리를 잡아가면서 친숙해지면 되는 겁니다……"

"나도 그럴 생각입니다. 그런데 바로 그 점에서 작은 문제가 하나 생겼어요. 그래서 상의를 좀 할까 합니다만."

"물론 그래야죠. 어떤 문제입니까?"

"난 미디어의 저런 서커스 같은 짓거리를 인내할 준비가 전혀 되어 있지 않습니다." 난 창밖을 가리키면서 말했다. "기자들 손안의 장난감이 되고 싶은 마음이 추호도 없다고요. 이런 사생활 침해는 용납할 수가 없습니다. 나와 내 가족 모두를 위해서요."

노벨리는 잠시 아무 말도 하지 않고 나를 응시했다. 그의 눈에서 놀라움과 감탄이 뒤섞인 감정을 읽을 수 있었다. 난 단호하고 결연한 말투로 열의를 담아 '내 가족'을 언급했고, 그는 나의 그러한 열의를 놓치지 않은 것이다. 그가 살짝 미소를 지으며 대답했다.

"우리도 당신과 전적으로 같은 생각입니다. 그리고 이미 상황 파악을 끝냈고 말이죠. 퐁마리 강둑에도 파파라치 수십 명이 진을 치고 있더군요…… 이 모든 건 물론 용납할 수 없는 일입니다. 그런 과도한 노출은 우리 실험의 정당성을 위협하는 것이기도 하고요. 그래서 우린 이 문제를 되도록 빨리 해결하기로 했습니다. 그러니 안심하시기 바랍니다. 지금 이 얘기를 하고 있는 순간 엘리제궁에서 이미 이 나라에 있는 신문과 텔레비전 방송의 경영자들과 접촉하고 있을 테니까요."

"하지만 결코 그들을 침묵하게 하지는 못하리라는 것을 잘 알고 있을 텐데요." 난 한숨을 내쉬었다.

"물론 그건 우리가 바라는 바가 아닙니다. 미디어는 언제나 자유롭게 표현할 권리가 있으니까요. 하지만 우린 당신들이 가능한 한 평화로운 환경을 향유할 수 있도록 최선을 다할 것입니다. 그게 우리가 당신들에게 보장하기로 약속한 것이며, 공공질서와도 관련된 것이니까요. 분명히 말하지만, 앞으로는 기자 누구도 당신한테 가까이 접근하지 못하도록 강력한 금지 조치 시스템을 가동시킬 것입니다."

"좋습니다. 하지만 그동안에도 저들은 계속 밖에서 우리를 지켜볼 텐데요!" 난 흥분해서 외쳤다.

"내가 약속드리겠습니다, 아르노." 노벨리는 엄숙한 태도로 손바닥을 앞으로 치켜들어 보이면서 말했다. "늦어도 지금부터 몇 시간 후면 저들을 더이상 보지 않아도 될 겁니다."

난 그의 호언을 받아들이긴 하지만 한편으로는 회의적으로 생각하고 있음을 알리기 위해 천천히 고개를 끄덕였다.

"그런데 오늘 당신을 보러 온 것은 당신에게 필요할 두세 가지를 전달해주기 위해서이기도 합니다."

그는 카림에게 서류가방을 건네달라는 손짓을 했다. 그러고는 가방을 무릎에 올려놓고 잠금장치를 딸깍 하고 열어 커다란 크라프트지 봉투를 꺼냈다.

"당신의 새 서류들입니다." 그는 나지막한 탁자에 봉투를 내려놓았다. "안에 당신의 신분증, 여권 그리고 운전면허증이 들어 있습니다."

난 봉투를 열어 서류들을 꺼내보았다. 처음으로 새로운 삶을 위한 행정적인 현실과 직면하게 된 것이다. 사진 속에서 심각한 표정으로 얼굴을 찌푸리고 있는 것은 분명 나였다. 인상이 별로 좋지 않은 얼굴 아래 적혀 있는 것은 나의 새로운 인적 사항이었다.

아르노 루이 프랑수아 드몽탈
19xx년 11월 24일 뇌이쉬르센 출생

난 잠시 말문이 막힌 채 마음속으로 내 얼굴과 새로운 인적 사항을 일치시키려고 애썼다.

"11월 24일에 태어났으면 어떤 별자리죠?" 이윽고 내가 허공을 바라보며 물었다.

"사수자리입니다, 선생님." 카림이 재빠르게 대답했다. "제 어머니도 똑같거든요. 생일이 11월 말이면 사수자리 맞습니다."

난 점성술에 전혀 관심이 없었지만, 내게는 어떤 지표가 필요했다. 아주 하찮고 부차적인 것이라도.

"그리고 여기 당신이 쓸 휴대전화도 있습니다." 노벨리는 초박형 모토로라 휴대전화를 내게 건넸다. "이건 드몽탈의 것이었어요. 이제부터는 당신 겁니다."

난 휴대전화를 집어들고 폴더를 열어 무심코 연락처의 앞부분을 넘겨보았다. '안프랑스'는 '아메리칸 익스프레스' 바로 다음 두번째 목록에 있었다. 잠시 그녀에게 전화하고 싶은 생각이 들었다. 하지만 즉시 생각을 고쳐먹었다. 그녀한테 대체 무슨 말을 하려고? 어떤 핑계를 대려고? "안프랑스, 지금 어디 있어요? 당신과 시빌이 보고 싶군요. 언제 돌아올 건가요?" 그렇게 말한다면 아마도 내가 한심스럽고 약간 정신이 이상해 보일 수도 있을 터였다. 하지만 무척 이상하게 들리긴 하겠지만, 난 나의 새로운 가족이 진심으로 보고 싶었다. 그들의 얼굴과 미소, 내 아내와 딸의 섬세한 목소리를 다시 보고 듣고 싶다는 거의 본능적인 욕구가 느껴졌다.

"거기에 임의로 내 개인 전화번호와 심리상담팀 번호도 저장해놓았습니다."

난 의아한 눈빛으로 노벨리를 바라보았다.

"물론 당신은 언제든 제게 전화를 걸어도 됩니다." 그가 좀더 자세하게 설명했다. "그렇긴 해도 우린 스물네 시간 연락 가능한 전문가 팀을 배치해놓았습니다. 모두가 노련한 심리학 전공 상담사들이죠. 그러니까 어떤 문제가 생기면 주저하지 말고 연락하십시오. 그들은 당신을 돕기 위해 있는 사람들이니까요. 우리 둘은 일주일에 한 번씩 연락하는 게 어떨까요? 매주 토요일 아침 정도에. 당신이 괜찮다면 전화로 얘기할 수도 있고요."

난 고갯짓으로 그의 말에 동의를 표했다. 그리고 그의 관료적인 딱딱한 태도에 흥미와 당혹감을 동시에 느끼면서 미소를 지으며 그를 응시했다.

"질문 있나요?"

"아뇨. 없습니다." 난 엄지손가락으로 휴대전화를 닫으면서 대답했다.

"좋습니다." 그가 자리에서 일어나면서 말했다. "그렇다면 우린 이만 가봐야 할 것 같군요. 아직 방문할 곳이 많이 남았거든요. 그런데 다음번 방문자는 바로 마르크 바라티에랍니다!"

까마득히 잊힌 오래전 세상에서 불쑥 튀어나온 것 같은 그 이름을 들고 난 갑자기 혼란스러워졌다. 그 이름은 내게 이미 아득하게 멀어진, 포기해버린 삶을 상기시켰다. 난 경직된 웃음 뒤에 동요하는 마음을 감춘 채 노벨리와 카림을 현관문 앞까지 배웅했다.

"그러면…… 잔과 티보도 만나는 건가요?" 내가 더듬거리며 물었다.

"글쎄요…… 그건 잘 모르겠군요." 노벨리는 놀란 표정으로 대답했다. "그들이 집에 있다면 아마도요. 가봐야 알겠지요. 그런데 그걸 왜 물으시는지?"

"아뇨. 그냥." 난 움츠러들면서 고개를 숙였다.

나는 문을 열고 그들이 지나갈 수 있도록 비켜섰다.

"부인과 따님을 못 만나고 가서 유감이군요." 노벨리가 내게 손을 내밀면서 아쉬움을 표했다.

"두 사람은 쇼핑하러 외출했습니다."

"그렇군요. 다음에 만나볼 수 있기를 바랍니다."

"네, 다음번에는요."

"그럼 안녕히 계십시오, 아르노 씨."

"안녕히 계세요, 선생님." 아랍인이 말했다.

그들은 재빠르게 계단으로 사라졌고, 난 그들의 뒷모습을 지켜보다가 육중한 철문을 닫았다. 그리고 다시 하얀색 가죽소파로 가서 주저앉아 머릿속으로 얼굴들을 차례로 떠올렸다. 잔, 안프랑스, 노벨리, 시빌, 말랭보, 티보…… 그들의 이미지가 나의 예전 삶과 새 삶을 갈라놓는 불분명한 경계선에서 아른거리고 있었다. 그러다 머리가 무거워진 난 또다시 깊은 잠 속으로 빠져들었다.

열쇠로 문 여는 소리를 듣고야 난 잠에서 깨어났다. 재빨리 한 손으로 머리를 매만지고 맨다리 위로 목욕 가운을 잘 여민 다음, 태연한 척

탁자에 놓여 있던 루빅스큐브를 집어들었다. 나는 집중하는 표정으로 큐브를 돌리기 시작했다.

"안녕!" 그들이 한목소리로 인사를 건넸다.

안프랑스와 시빌은 추위에 뺨이 벌게진 채 명품 상표가 그려진 쇼핑백 꾸러미를 들고 있었다.

"안녕, 이쁜이들!" 난 또다시 이 한심스러운 표현을 사용한 나 자신을 증오하면서 그들에게 미소로 답했다.

"우리가 나가고 난 뒤로 자리에서 꼼짝도 안 한 것 같네요!" 안프랑스가 농담처럼 말을 건넸다.

"사실 좀 많이 자긴 한 것 같아요!" 난 나오려는 하품을 손으로 막으면서 말했다.

순간 그녀의 시선이 내 손에 들려 있는 큐브로 향했다. 그녀는 그 자리에 멈춰 선 채 입술을 오므리면서 굳은 표정을 지었다.

"벌써 아르노의 오래된 습관을 되찾았나봐요. 그걸 어디서 찾아냈죠?"

"그게…… 서재에서요." 난 마치 취조하는 듯한 그녀의 말투에 놀라 천진한 표정을 지으며 대답했다.

"아, 그래요." 그녀는 이렇게 말하고는 시선을 돌렸다.

"아빠, 아빠, 아빠 선물 사왔어요!"

때마침 들려온 시빌의 목소리가 분위기를 밝게 바꿔주었다. 시빌은 소파로 뛰어들어 내게 몸을 바짝 붙인 채 내 눈앞에서 리본으로 포장한 상자를 흔들어댔다.

"열어보실래요?"

난 미소를 지어 보이며 포장지를 뜯었다. 그리고 그 속에서 세련돼 보이는 반들반들한 붉은색 상자를 꺼내 뚜껑을 열었다.

"흰색 랄프로렌 폴로셔츠예요! 내가 골랐어요!" 시빌이 소리쳤다.

"당신 마음에 들었으면 좋겠네요. 당신이 가장 좋아하는 모델에, 당신이 좋아하는 색이죠. 먼저 입던 건 좀 낡은 것 같아서요……" 안프랑스가 착 가라앉은 목소리로 말했다.

"얼른 입어보세요! 얼른요!" 시빌은 내 목욕 가운의 띠를 잡아채다시피 하면서 열띤 목소리로 외쳤다.

"좀 가만있지 못하겠니?" 안프랑스가 딸을 나무랐다. "다른 사람한테 그렇게 강요하는 건……"

"놔두세요." 내가 끼어들었다. "난 괜찮아요. 어쨌거나 이 셔츠를 당장 입어보는 게 좋겠지요?" 난 들뜬 기분을 애써 흉내내며 말했다.

나는 자리에서 일어나 목욕 가운을 풀어헤쳐 바닥에 떨궜다. 잠시 후에야 내가 얼마나 당혹스러운 상황에 처했는지를 깨달았다. 화려한 거실 한가운데서, 전날밤까지만 해도 전혀 알지 못했던 두 여자의 시선을 집중적으로 받으며 팬티 차림으로 서 있었던 것이다. 난 본능적으로 배를 집어넣고, 엉덩이를 조이고, 빈약한 가슴에 애써 힘을 주었다. 그런 다음 셔츠를 펴서 서투르게 꿰입었다.

"고마워요." 난 곤혹스러움에 얼굴이 붉어진 채 옷매무새를 정돈하면서 나지막한 소리로 말했다. "딱 내 사이즈네요."

"당신한테 너무 잘 어울려요." 안프랑스가 고개를 기울이며 말했다.

"와우, 너무 멋져요!" 시빌은 감탄했다.

그리고 내 허리에 두 팔을 두른 채 내 쇄골에 얼굴을 묻고는 촉촉하고 섬세한 입맞춤을 했다.

"난 새로 생긴 아빠가 정말 자랑스러워요!" 그녀는 포옹을 풀면서 선언하듯 말했다.

관능적으로 느껴지는 시빌의 부드러운 입맞춤에 난 당혹감을 느끼면서 잠시 멍하니 서 있었다. 그러다 안프랑스와 눈이 마주쳤고, 그녀의 눈에 묘한 그림자가 스쳐가는 게 보였다.

"자! 이제 이 어질러진 것들을 모두 정리하자꾸나!" 그녀는 우리 둘 사이에 느껴지는 거북함을 털어버리려는 듯 짐짓 유쾌한 표정으로 말했다. "이제 곧 저녁식사 시간이라서 맛있는 포장 음식을 사왔어요. 데우기만 하면 돼요."

그들이 자리를 뜬 사이 난 손목시계를 들여다보았다. 저녁 일곱시가 다 되어가고 있었다. 내가 생각했던 것보다 훨씬 더 오래 잤던 것이다. 창가로 가보았다. 밖에는 어둠이 내려 있었다. 죽 늘어서서 노르스름한 빛을 뿜어내는 가로등 아래로 한 노파가 예쁘게 꾸며놓은 푸들 한 마리를 산책시키고 있었다. 좀더 멀리 있는 벤치에서는 두 청소년이 어울려 놀고 있었다. 난 수상한 사람들이 있는지 보기 위해 보도 위를 두루 훑어보았다. 하지만 주변은 이제 완벽하게 조용했다. 노벨리가 약속한 대로 파파라치들은 사라지고 없었다.

그뒤의 저녁식사 시간은 내가 지금까지 살아오면서 보냈던 시간 중 가장 달콤했다. 우리 세 사람은 식당의 커다란 식탁에 둘러앉아 몇 가지 간단하면서도 영양가 높은 음식을 먹었다. 프로방스식 파르시 요리, 프로슈토, 코린트 건포도를 넣은 꽃상추 샐러드…… 그 모두에 상큼한 샤스플린 와인이 곁들여졌다. 시빌은 수다스럽고 쾌활하며 톡톡 튀었다. 안프랑스는 세심하고 상냥하며 매력적이었다. 식사 시간 내내 그들의 목소리가 식기들과 잔들이 찰그랑거리는 소리, 내가 음식을 씹는 소리의 리듬에 자연스럽게 녹아들었다. 시빌이 꼭 봐야겠다며 틀어놓은 텔레비전 뉴스 소리조차 나의 평온함을 방해하지는 못했다. 완벽한 머리 모양을 한 금발의 여성 아나운서가 나와 다른 아홉 명의 지원자에 관해 얘기하고 있었다. 소위 전문가들이 줄줄이 등장해 우리가 거쳐간 과정을 다시 짚어가면서, 복잡한 용어와 기교 섞인 추론을 토해내며 우리의 운명을 예견하고 있었다. 그중 정신분석학자이자 정신과의사인 사람이 '마르크 바라티에'를 언급했을 때도 난 전혀 놀라지 않았다. 그렇다, 난 나의 새로운 가족에게 평온한 미소를 보내면서, 레드와인을 곁들여가며 음식을 계속 씹고 있었다. 그리고 식사를 마치고 안프랑스가 내 접시를 치우다가 내 손을 스쳤을 때, 난 새로운 친밀감의 전조를 느낄 수 있었다. 그것은, 아직은 조심스럽고 한껏 무르익은, 머지않아 활짝 피어나기만을 기다리는 관능이었다.

그리고 바로 그 순간, 내 아내와 딸에게 둘러싸인 채 살아 있다는 사실이 놀랍도록 강렬한 기쁨으로 다가왔다. 내가 지난 삶을 까맣게 잊어버렸으며, 잔과 티보를 더이상 생각하지 않는다고 한다면 거짓말일 터였다. 하지만 그 모든 게 이젠 훨씬 더 아련하게 느껴질 뿐이었다. 마치 신생아의 꿈속에서처럼. 이제 더이상 아무런 고통이나 죄의식도 느껴지지 않았다. 지금까지 살아오는 동안 난 이런 조화로운 감정을 느껴본 적이 단 한 번도 없었다. 이렇게 시간의 단조로운 흐름을 귀중한 감로甘露처럼 음미해본 적도 결코 없었다. 그리하여 난 눈을 반짝이며 감동으로 목이 멘 채, 아르노 드몽탈의 삶이 내게는 더없이 잘 어울린다고 생각했다.

11

난 아무리 미치도록 힘들었을 때에도, 다른 사람의 삶을 대신 살아간
다는 게 이렇게 간단한 일이 될 거라고는 상상조차 못했다.

단 한 번도.

내가 다시 태어나고 초기 몇 주를 묘사해야 한다면, 우선 지극히 평
범한 삶이 그렇듯, 그날이 그날인 날들의 연속이었다고 할 수 있을 것
이다. 그런 날들이 모여 한 주를 이루고, 그런 식으로 또 한 달이 지나가
는 나날이었다고.

내가 빠르게 파악한 바로는, 아르노 드몽탈의 일상은 거의 변함없는
순서로, 체계적이고 완벽하고 안정적으로 구성되어 있었다. 어쩌면 메
트로놈 같은 리듬을 따라 흘러가는 판에 박힌 일상 덕분에 내게 부과된
과제를 별로 힘들이지 않고 해치울 수 있었는지도 모르겠다. 그렇게 해
서 당혹스러울 정도로 손쉽게 그의 삶 각 부분으로 재빠르게 녹아들어
갈 수 있었던 것이다.

새로운 신분을 부여받은 직후부터 난 직업적인 변신에 온전히 몰두

했다. 그것은 나의 최우선 목표이자 가장 큰 두려움이기도 했다. 사실 과거의 삶에선 한 번도 최고경영자의 역할을 준비한 적이 없을 뿐만 아니라, 볼베어링이라는 삭막한 분야에 대해 아는 바도 전혀 없었다. 하지만 자신의 기업과 자신의 역할에 대한 드몽탈의 얘기가 사실과 거의 다를 바 없다는 것을 알게 된 뒤로 그런 두려움은 모두 사라져버렸다. 직업 면에서도 일상생활과 마찬가지로 특별히 놀랄 것도, 특별히 흥미를 불러일으킬 것도 없이 순조롭게 수익을 축적해가는 과정의 연속일 뿐이었다.

첫째 주에는 난 성실한 보스로서 매일 아침 정확히 여덟시 삼십분이면 차창을 검게 선팅한 검은색 메르세데스에 올라탔다. 변함없이 침착한 전담 운전기사인 샤를은 내가 〈르 피가로〉지에 이어 〈레제코〉지를 건성으로 뒤적거리는 동안, 이십 분 정도 걸리는 똑같은 코스를 더없이 친절하게 설명해주었다. 엘리제르클뤼대로에 위치한 우리집을 떠난 차는 오르세가의 화려한 건물들을 따라 달리다가 퐁데쟁발리드 다리를 건너 센강 우안 지구로 접어들었다. 그런 다음 프랭클린루스벨트대로를 따라가다가 차들로 혼잡한 샹젤리제대로의 원형 교차로를 돌아 마침내 종착지인 마티뇽대로에 이르렀다. 그곳 34번 건물에 내 사무실이 있었다.

맨 처음 회사에 갔을 때 난 건물의 위용에 압도되었다. 그 웅장한 건물은 1990년대 초반에 장자크 페르니에라는 건축가가 설계한 것이었다. 건축가는 검은 유리로 된 건물 전면에 고전주의건축의 잔해를 끼워 넣으며, 이 기이한 혼종 건축물에 세기말의 불안감을 투사하려 한 듯 보였다. 건축가는 짐짓 엄숙한 태도로 "위기의 시대에 새로운 문명은 옛것의 파편들을 다시 사용한다"고 설명한 바 있다. 이러한 탈선의 결과는 꽤 인상적이었다. 그중에서도 거대하고 요란한 건물 입구가 특히 그랬다. 거대한 남성상 두 개가 건물 전체의 무게는 물론 마치 인류의 온갖 불행을 어깨에 짊어진 듯 건물 입구 양옆에 버티고 서 있었다. 1층 갤러리에서는 언제나 티끌 하나 없이 깨끗한 유리창 너머 몹시 흉측한 아크릴 작품들을 전시했다. 중간 층들에는 광고 에이전시와 중개업 사무실들이 들어서 있었다. 내가 운영하는 기업의 본사는 마지막 층에 있었다. 그곳의 내 사무실 발코니에선 파리의 지붕들이 보이는 기막힌 전망을 감상할 수 있었다.

처음엔 드몽탈이 앉았던 자리를 차지하는 것이 두려웠다. 무엇보다 내 신임도를 확립하는 것이 급선무인 것 같았다. 난 내 아랫사람들이, 내가 드몽탈의 역할을 강제로 빼앗았다는 생각을 하지 않게끔 하고 싶었다. 그리고 그것 때문에라도 최선을 다해 열심히 일할 각오를 했다.

난 첫째 주 월요일부터 즉시 매주 열리는 이사회에 참석했다. 회의는 드몽탈이 미리 알려준 대로 진행되었다. 세 명의 이사가 성심성의껏 나를 맞아주었는데, 유능하고 충직한 사람들인 듯 보였다. 놀랍게도 그들은 내게 개인적인 질문을 전혀 하지 않았고, 내가 기업의 최고경영자 자리에 오르게 된 상황에 대해 아무런 코멘트도 하지 않았다. 그들은 마치 아무 일도 없었다는 듯이 행동했다. 최고경영자가 바뀐 것을 그들이 알아차리기는 한 것인지 잠시 의문이 들기까지 했다.

그런데 그들은 대표가 일주일에 한 번씩만 회사에 나오던 상황에 익숙한 터라, 그후에도 내가 매일같이 사무실로 출근하는 사실에 대해 의아해하는 것 같았다. 난 나의 늦은 출발을 만회하고 공백을 메우기 위해 아침부터 저녁까지 사무실에 머물렀다. 계약서들을 살펴보고, 회계 장부들을 검토하며, 볼베어링의 영광스러운 역사와 빛나는 전망에 대해 공부했다. 광택지로 된 기업 홍보 브로슈어에는 "볼베어링—움직이는 미래"라는 표어가 박혀 있었다. 난 기업이 어떻게 돌아가는지 알고자 애썼고, 첫 주부터 생산 현장 다섯 군데(몽티니와 생시르쉬르루아르, 아발롱, 퐁트네르콩트와 보포르)를 방문하겠다고 했다. 난 산업도시이자 빈곤 지역인 그곳에서 노동자들로부터 내 신분에 걸맞은 존중과 함께 환대를 받았다. 매우 만족스럽게도 그들은 내가 새로운 최고경영자가 된 걸 오히려 더 기뻐하는 것처럼 보이기도 했다.

사실 난 1500명이 넘는 직원을 거느린 경쟁력 있는 기업의 최고경영자가 된 것에 자만심이 섞인 자부심을 느꼈다. 수년간 지속된 굴종의 삶에 짓밟힌 나의 에고를 위해 이보다 더 달콤한 복수는 없었다. 하지만 초기의 열정이 지나가자 난 그 일에 그만큼의 시간과 에너지를 쏟아부을 필요가 별로 없다는 것을 깨닫게 되었다. 그렇게 해서 둘째 주에는 일주일에 세 번만 사무실에 나갔으며, 셋째 주부터는 월요일 회의 참석만으로도 충분하다는 것을 알게 되었다. 드몽탈의 말은 거짓이 아니었다. 그의 기업은 늙은 고양이처럼 평온하고 느긋한 나날을 이어가고 있었다. 먼 훗날까지 줄줄이 예약된 계약서들로 영속성을 확립해놓았을 뿐만 아니라, 엄격하고 유능한 이사 세 사람이 관리를 맡고 있었다. 난 최고경영자로서 서류에 서명하고, 정중히 고개를 끄덕이며 배당금을 챙기기만 하면 되었다.

초기 얼마간은 내 재산이 얼마나 많은지를 알아가는 시간이었다. 재정 컨설턴트 역할을 겸하는 가족 변호사가 와서 내 자산 목록을 설명해주었을 때, 난 말 그대로 기절할 뻔했다. 난 십여 개의 은행 계좌를 가지고 있었는데, 재정 상황은 조세회피지에 챙겨둔 자금과 외국 제품에 투자한 이익금으로 날로 윤택해졌다. 내 명의의 부동산 목록을 봤을 땐 정말 현기증이 일어났다. 파리에 아파트 세 채, 근사한 별장 두 채(한 채는 노르망디에, 또 한 채는 코르시카섬에), 그리고 런던과 뉴욕에 오피스텔 한 채씩을 갖고 있었다…… 이와 같은 부를 누렸다는 걸 알고 처음에는 엄청나게 부담스러웠지만, 점차 그 사실에 도취되면서 나중에는 아주 편안하게 느껴졌다. 난 이십 년 전부터 결핍에 대한 두려움과 월말의 불안감을 안고 살아왔다. 또한 해고될까봐, 경제적인 부담을 감당할 수 없게 될까봐 전전긍긍하며 살아왔다. 그런데 느닷없이, 내가 천년 동안 일해도 모을 수 없을 막대한 재산을 물려받은 기업의 우두머리가 된 것이다. 더는 돈 걱정 하지 않아도 될 만큼 충분한 돈을 갖게 된 것이다. 그것이 바로 내가 늘 그려오던 부의 정의定義였다. 그리고 나의 새로운 삶은 내 꿈 이상으로 그 정의를 실현해주었다.

재정적인 걱정에서 완전히 벗어나고, 새로운 경영 능력에도 자신감을 얻은 나는 점점 더 많은 시간을 가족과 함께 집에서 보냈다. 그러면서 엄청난 만족감을 얻을 수 있었다. 안프랑스는 날이 갈수록 눈에 띄게 다정해졌다. 그 다정함은 시간이 흐를수록 진실하고 상호적인 애정으로 변모해갔다. 난 그녀에게 사랑과 유사한 어떤 감정도 느끼지 못했지만, 사실 그런 건 중요하지 않았다. 그리고 그건 그녀도 마찬가지일 거라고 생각했다. 우린 매우 이상한 상황에서 만났음에도 불구하고 이토록 빠르게, 그리고 이처럼 자연스럽게 서로에게 적응해간다는 사실이 놀라웠다. 우린 거의 본능적으로 서로 간에 진정한 공감대를 형성할 수 있었다. 이따금 안프랑스는 이유를 알 수 없는 어두운 표정을 지으며, 무언가 고통스러운 비밀이 담긴 것 같은 어둠 속으로 숨기도 했다. 그러한 침묵과 유폐의 순간에는 난 절대 아무런 질문도 하지 않고 그녀의 기분이 나아지기만을 기다렸다. 하지만 그녀가 그런 우울한 상태에 오래 머물러 있는 일은 드물었다. 그 외의 시간에는 결코 유쾌해 보인다고는 말할 수 없지만 꽤 한결같은 기분을 유지하는 편이었다. 우린 거북해하거나 머뭇거리는 일 없이 쉽게 소통했고, 그녀와의 대화는 즐거웠다. 안프랑스는 다소 딱딱해 보이는 귀족적인 이미지 뒤에 넘치는 유머와 소박함을 지닌 여인이었다. 깊이 있는 교양을 갖추었고 신랄한 풍자를 구사했으며, 온갖 종류의 주제에 관해 막힘 없이 토론할 줄도 알았다. 난 진부한 높임말을 써가며 그녀와 함께 토론하고, 그녀를 웃고 놀라게 하는 데서 진정한 행복을 느꼈다. 요컨대 욕망이나 죄의식 같은 감정의 그늘에서 벗어나, 장난기 섞어 순수하게 유혹하는 단순한 기쁨을 그녀 곁에서 다시 알아가는 듯했다. 우린 스스로가 돌이킬 수 없을 만큼 삶에 깊은 상처를 받았으며, 그 상처로부터 끊임없이 고름이 흘러나오리라는 걸 잘 알고 있었다. 결코 아물지 않을 그 상처로 인해 어쩌면 우린 앞으로도 사랑을 할 수 없을지도 몰랐다. 지난날의 고통 때문에 우리는 사랑의 감정에 자신을 내맡기지 못하는 겁 많고 소심한 존재가 되어버렸다. 하지만 우린 함께하는 것에 만족했고, 전형적인 부부들 사이에서는 열정적 사랑의 종말로 여겨졌을 이 평화로운 우정을 소중히 여겼다. 사실상 우린 격정적인 감정의 과잉으로 고통받는 일 없이 이미 오랜 세월을 함께 살아온 부부처럼 행동했다.

안프랑스는 내가 편하게 지낼 수 있도록 사려 깊고 유능한 가정부처럼 배려해주었다. 예를 들면 내 옷장을 그녀가 직접 관리하는 식이었다. 마치 운명의 신이 한 번의 윙크로 마법이라도 부린 것처럼 드몽탈의 옷들은 나를 위한 맞춤옷 같았다. 외투, 양복, 셔츠, 신발까지 모두가 내게 완벽하게 들어맞았다. 다만 그의 바지 길이를 조금 줄일까 잠시 망설이기는 했다. 그는 나보다 키가 조금 더 큰 듯했다. 하지만 약간 불편하긴 해도 결국 손대지 않고 그냥 두기로 했다. 안프랑스가 그 편이 더 우아해 보인다며 나를 안심시켰다.

그녀는 어떤 상황에서든 내가 편안할 수 있도록 늘 세심하게 살폈다.

대단히 지혜롭게도 내 과거에 대해 아무런 질문도 하지 않았고, 잔이나 티보 이야기도 결코 꺼내지 않았다. 나 또한 아르노 드몽탈에 대해, 그녀와 그의 복잡했을 관계에 대해 언급하지 않았다. 우린 둘 다 예전 각자의 삶에 대해 아무것도 잊지 않았다는 걸 잘 알고 있었다. 잊기에는 분명 아직 너무 일렀고, 어쩌면 우리 기억 속에서 영원히 지워지지 않을지도 모르는 일이었다. 잔과 티보의 얼굴은 계속 나를 따라다녔고, 심지어 난 죄의식에 짓눌리고, 새로운 삶으로 인한 엄청난 현기증과 새로운 삶을 위해 희생시킨 이들에 대한 기억에 시달리다 한밤중에 깨어나기도 했다. 하지만 안프랑스 앞에서는 결코 그런 얘기를 입 밖으로 꺼내지 않았다. 우리 사이에는 각자의 과거에 대해 침묵을 지켜야 한다는 무언의 계율 같은 것이 존재했다. 오직 침묵만이 우리를 그것으로부터 자유롭게 해줄 수 있다고 믿는 것처럼.

우리가 처음 육체적으로 가까워진 것은 셋째 주에 안프랑스가 나를 위해 저녁 초대 자리를 마련한 후였다. 그녀는 까칠한 유머를 구사하는 톡톡 튀는 자신의 어머니와 '내 오랜 친구들'이라고 소개한 별 볼 일 없는 인물 둘을 초대했다. 샤를에두아르와 티모테(두 친구의 이름이다)는 각자 파마머리 아내를 동반했다. 난 친숙하고도 낯선 이들 사이에서 처음엔 불편함을 느꼈지만 점차 소심함을 극복해나갔다. 그리고 술기운에 힘입어 즐거운 저녁 시간을 보낼 수 있었다. 그 시간을 통해 난 처음에 직감적으로 느꼈던 사실을 거듭 확인했다. 드몽탈의 가족과 친구들, 그리고 피고용인들은 본래의 그보다 나를 더 마음에 들어하는 것 같다는 사실을.

화기애애한 식사 시간이 끝난 뒤, 적당히 취한 안프랑스와 난 침대로 향했다. 매일 저녁처럼 우린 나란히 누워 머리맡 전등을 껐다. 그런데 그녀가 갑자기 전에 없이 대담하게 슬그머니 내 손을 잡았다. 어둠 속에서 그녀의 눈이 반짝였다. 그 속에서 절망으로 채색된 희미한 한줄기 욕망을 간파하기가 무섭게 그녀가 물렁물렁한 내 성기를 마치 신기한 조이스틱이라도 되는 것처럼 움켜쥐었다. 그토록 열성적인 모습에, 대체 그녀가 몇 달, 어쩌면 몇 년이나 사랑받지 못하고 살았을지 자문했다. 내 행동을 반쯤 의식할 수 있을 정도로 얼큰히 취한 상태에서 내 성기가 순식간에 단단하게 발기하는 게 느껴졌다. 난 옆으로 몸을 돌려 그녀 위로 올라가 끈적거리는 내 입술을 크림 맛이 나는 그녀의 입술에 밀착했다. 그러자 내 몸 아래서 떨고 있는 그녀가 느껴졌다. 굳어지고 긴장한 채 뜨겁게 달아오른 그녀의 육체가 마치 너무 오래 익혀 육즙이 다 빠져버린 바짝 마른 고깃덩어리처럼 느껴졌다. 우리의 결합은 짧았지만 그런대로 진실했다. 낯선 두 육체의 수줍은 접촉이 그러하듯이. 난 처음으로 조랑말에 올라탄 겁 많은 어린아이처럼 두려움과 흥분을 동시에 느끼면서 오 분가량 그녀의 몸 위에 머물렀다. 난 이십 년 동안 잔하고만 사랑을 나누었고, 안프랑스 역시 아마도 드몽탈과 처음으로 섹스를 경험했을 테니, 우린 둘 다 어떤 면에서는 나이든 두 동정이나 다름없었다. 좁고 축축하고 따뜻한 그녀의 질 안에 내 몸을 내맡기는 동안 그녀의 입에서는 오랫동안 참아온 듯한 신음소리가 흘러나왔다. 난 절정의 순간에 그녀에게서 빠져나와 그녀의 치골에 사정을 했다. 그런 다음 그녀를 꼭 껴안자 우리의 배에 정액이 끈적끈적하게 엉겨붙었다. 그녀는 흐느끼기 시작했고, 난 그녀의 목에 다정한 입맞춤을 퍼부으면서 그런 그녀를 더욱더 세게 껴안았다. 잠시 후 그녀는 눈물을 그쳤다. 그러고는 내 목덜미에 손을 얹고 나지막하게 속삭였다. "고마워요." 그후 우린 서로의 품안에서 잠이 들었다.

그 밤을 계기로 그후에도 자주 섹스를 했던 건 아니다. 하지만 그 밤

이 우리가 가까워지는 데 결정적인 계기가 된 것은 부인할 수 없는 사실이었다. 우리의 육체적 결합이 자주 이루어진 것은 아니지만, 그뒤로 우린 연인들처럼 함께 잠자는 것에 익숙해졌다. 서로에게 더없이 익숙한 부부들처럼 때로 각자의 차가운 발이 서로 뒤엉킨 채로 잠들기도 했다.

그렇다, 겨우 몇 주 만에 안프랑스는 나의 진짜 아내가 되었다. 적어도 난 그녀를 그렇게 여겼고, 그녀는 그런 나에게 고마워하는 것 같았다.

그 기간 동안 나와 시빌의 관계 또한 무르익어갔다. 시빌은 계속해서 내게 열렬한 애정 표현을 서슴지 않았고, 난 여전히 그애의 열정적인 몸짓에 혼란스러울 때가 있었음을 인정해야겠다. 사실 아침부터 저녁까지 애정 표현과 입맞춤으로 넋을 쏙 빼놓는, 완벽한 육체의 매혹적인 롤리타 같은 소녀를 목석처럼 대할 수 있는 남자가 이 세상에 어디 있겠는가. 아니, 어떤 남자도 그 앞에서 무감각한 상태로 버틸 수는 없을 터였다. 그애의 아버지라면 모를까. 그리고 내게 주어진 것이 바로 그 역할이었다.

초기에 느꼈던 충격의 파장이 지나가고, 시빌의 교태 섞인 몸짓과 충동적인 포옹에 어느 정도 익숙해지면서 난 차차 그애를 내 친딸처럼 생각하는 법을 배워갔다. 그애에게서 매혹적인 요정보다는 가냘픈 어린아이를 보는 법을. 또한 구세대 음악과 고전문학 그리고 인터랙티브 게임을 두루 즐기는 그애의 폭넓은 취향을 발견하기도 했다. 그애는 특히 내가 보기에 지나칠 정도로 '세컨드 라이프'의 세계 속에서 자신의 아바타를 꾸미는 데 상당한 시간을 할애했다. 또래의 많은 아이들처럼 그애 역시 가상의 세계에서 또하나의 진짜 삶을 병행해서 확장시키고 있었다. "여기선 진짜 내가 되는 것 같아요." 어느 날 저녁 시빌은 힘없는 목소리로 이렇게 내게 털어놓았다. 난 그애의 여가 활동을 주의깊게 살피고, 그애가 바라는 것에 귀기울이는 동시에 다른 좋은 아빠들처럼 그애의 학업 성적에도 신경을 썼다. 고등학교 2학년 교과 수업을 꽤나 따분해했지만 성적은 아주 만족할 만했다. 그중에서 그애가 유일하게 좋아하는 건 프랑스문학 수업인 것 같았다. 그애가 가장 좋아하는 19세기 작가들의 영향이 컸다. 우린 때로 그애의 텍스트 비평이나, 교사들이 내준 어이없는 논술 주제에 관해 토론을 하기도 했다. 이따금씩 그애의 수학 문제 풀이를 돕기도 했다. 시빌은 대수 실력은 꽤 좋았는데, 통계는 잘 이해하지 못했다. 난 스스로 창의적인 교육자로서의 자질을 발견하며 저녁 내내 루빅스큐브로 확률 문제를 설명하느라 무진 애를 쓰기도 했다. 유감스럽게도 그애에게서는 깔깔거리는 웃음소리를 이끌어낸 게 전부였지만. 안프랑스는 딸의 학업에는 전혀 관심을 두지 않았으므로, 시빌과 나는 이런 교류를 통해 더욱 특별한 사이가 되었고, 우리의 공감대는 갈수록 돈독해졌다.

시빌 역시 엄마와 마찬가지로 때로 이유를 알 수 없는 침묵에 빠져들기도 했다. 일시적으로 감정이 폭발해 그애가 자기 방안에 틀어박힐 때도 있었지만, 결코 몇 시간을 넘기지 않았다. 난 혼란스러운 사춘기여서 그렇겠거니 생각했다. 그리고 시빌은 그런 순간이 지나면 아무 일도 없었다는 듯, 에너지 넘치는 즐거운 표정으로 활짝 웃으면서 다시 모습을 드러내곤 했다. 그런 일들에 익숙해져가긴 했지만, 난 여전히 그애의 과민함과 불안정한 모습에 대한 의문을 떨쳐낼 수 없었다. 특히 충족될 줄 모르는 애정 욕구를 드러내며 끊임없이 애정의 몸짓과 관심을 찾아 헤매는 그애의 모습을 볼 때는 더욱더 그런 궁금증이 꼬리를 물었다. 우리 둘만 집에 남아 있게 될 때면 그애는 즉시 나를 찾았고 어디든지 나를 따라다녔다. 서재와 거실, 심지어 내 방까지도. 시빌은 몇 시간씩 내 손을 잡고 있었고, 마치 갑작스레 어떤 위험을 감지하고 오직 나만이 자신을 그 위험에서 지켜줄 수 있는 것처럼 느닷없이 상대의 마음을 무장해제시키는 열렬함으로 내 손을 꼭 움켜쥐기도 했다. 이런 엉뚱한 행동과 과장된 몸짓에도 불구하고, 나는 그애가 내 마음을 뒤흔들어놓았다는 걸 인정해야만 했다.

그 어느 때보다도 평온하고 백수나 다름없던 나는 대부분의 시간을 안프랑스와 시빌과 함께 보냈다. 일을 하지 않는 엄마와 여유 있는 고등학교 시간표 대로만 학교에 가는 딸, 그리고 나, 우리 세 사람은 독서와 음악 감상, 대화와 웃음으로 평화로운 긴긴 저녁 시간과 달콤한 주말을 함께 보냈다. 두 모녀 덕분에, 오래전부터 내 안에 있었지만 그동안 잊고 지냈던 나의 유머 감각과 재치가 되살아나는 듯했다. 마치 절망과 권태와 고뇌가 층층이 쌓인 지층 아래 오랫동안 깊숙이 감춰져 있던 보물들을 다시 캐낸 것만 같았다. 잊고 있었던 나의 교양과 문학에 대한 열정, 다른 이들에 대한 호기심과 자존감을.

우리가 외출하는 일은 아주 드물었다. 주로 동네 식당에 저녁식사를 하러 가는 것을 제외하면 대개는 세상과 격리된 채 지냈다. 그럴 필요가 있었다기보다는 의도적인 선택이었다. 이제 기자들은 우리를 조용히 내버려두었고, 우린 거리낌없이 밖으로 나다닐 수도 있었다. 하지만 우리의 아늑한 보금자리로도 충분히 만족스러웠고, 우리는 저마다 이 애정어린 트리오 가운데서 각자의 상처를 치유하고 또다시 자신을 구축해나가는 방식을 찾아가는 듯했다. 물론 우리의 삶은 평범한 개인의 삶과 완전히 같지는 않았다. 비록 우리 스스로 우리의 삶을 보호하고 있긴 했지만, 그렇다고 해서 미디어의 광적인 관심이 줄어든 것은 아니었다. 〈두번째 기회〉로 인해 곳곳에서 열띤 논쟁이 벌어졌고, 프랑스를 넘어 전 세계가 이 실험을 지켜보고 있었다. 우린 실험실의 쥐나, 새로운 인류를 개발하기 위한 인간 모르모트가 된 것이나 다를 바 없었다. 하지만 따지고 보면 그런 건 아무래도 상관없었다. 난 내게 주어진 새로운 삶을 사랑했다. 비록 인위적인 방식으로 시작되긴 했지만, 난 그 속에서 더할 나위 없는 평온함을 누리고 있었다.

매주 토요일 아침, 의례적인 전화 통화 때마다 난 일말의 머뭇거림도 없이 노벨리에게 그 사실을 밝혔다.

"어떻게 지내십니까?" 그는 언제나 불안한 목소리로 내게 물었다.

"잘 지냅니다. 아주 잘 지내요. 나의 새 삶이 아주 마음에 듭니다."

"다행이군요. 아주 잘됐어요. 그렇다면 이제 서류 작성으로 넘어가도록 하죠."

난 언제나 똑같은 절차에 따라 행정 당국이 요구하는 다양한 설문지에 답했다. 그리고 그는 변함없이 늘 똑같은 격려의 말로 대화를 끝맺었다. "뭐든지 필요한 게 있으시면, 혹은 단지 얘기가 하고 싶을 때 언제라도 내게 전화하면 됩니다. 밤이건 낮이건 언제라도 상관없습니다."

난 그에게 감사했다. 그에게 빚진 듯한 기분마저 들었다. 그는 어쩌면 권력이라는 기계의 아주 작은 부속품일지도 몰랐다. 하지만 저 대머리의 거구 사내가 아니었다면 난 이미 한 달 전에 머리를 권총으로 날려버렸을 것이라는 생각을 떨쳐버릴 수 없었다. 그렇다, 난 노벨리가 내 목숨을 구했다는 것을 인정해야만 했다. 눈에 보이지는 않지만 도처에 존재하면서 대통령을 위해 일하는, 강력한 힘을 지닌 노벨리와 또 다른 이들. 몇 주 전까지만 해도 내 비웃음의 대상이었던 말랭보 공화국이 나를 죽음의 발톱에서 아주 간단히 구해낸 것이다. 그리고 그들은 나를 새로운 사람으로 만들어주었다. 행복하다고 감히 말할 수 있는, 살아 있는 존재로.

11월에 들어서면서 난 행복의 절정을 맛보았다. 우리는 만성절 휴가를 카부르에 있는 우리 별장에서 함께 보내면서 새롭게 시작된 내 삶의 첫번째 달을 우리끼리 친밀하게 기념하기로 했다. 난 해변에 지어진 널따란 통나무집이 대번에 편안하게 느껴졌다. 난롯가에 앉아 오래된 책들을 뒤적이고 춤추는 불꽃을 바라보며 한없이 평화로운 나날을 보낼 수 있었다. 거실의 커다란 베란다 창 너머로 바다를 향해 있는 퍼걸러가 보였다. 그리스건축 기둥들에는 흘러내린 비가 길게 흔적을 남겨놓았고, 그 위로 잡초들이 덩굴로 엉겨붙어 있었다.

행복했다.

마치 내 집에 와 있는 것처럼 편안했다.

파리로 돌아가기 전날 밤, 황홀했던 그날의 기억을 난 선명하게 간직하고 있다. 매일같이 오후 끝 무렵이면 따뜻하게 물이 데워진 야외 수영장에서 수영을 했다. 그럴 때면 팔다리를 한껏 벌린 채 눈을 반쯤 감고 물위에 떠 있곤 했다. 그러면 내 몸이 두 세계 사이에 둥둥 떠 있는 느낌이 들었다. 내 몸은 염소가 첨가된 따뜻한 물속에 반쯤 잠겨 있고, 나머지 반은 얼음처럼 차가운 바람이 어루만져주었다. 우윳빛 하늘을 응시하던 나는 잠시 하늘과 하나가 된 듯한 느낌이 들었다. "넌 무색이야." 난 입가에 미소를 띠고서 중얼거렸다.

그런 다음 난 가을의 부드러운 양면성이 나를 감싸도록 내맡겼다. 내가 마침내 아르노 드몽탈이 되었다는 내밀한 확신과 함께. 오랫동안 제자리를 찾지 못하던 그 삶은 내가 자신을 찾아주기를, 내가 풍요롭게 만들어주기를 간절히 기다리고 있었던 것이다. 내가 어떤 형체를 부여해주기를.

12

11월 15일 토요일. 나는 그날을 마치 꿈을 꾼 것처럼 정확히 기억한다. 그날 이른 새벽부터 쉼없이 퍼붓던 차가운 황갈색 비도. 또한 아무것도 내게 영향을 끼칠 수 없으며, 내가 그려놓은 길에서 나를 벗어나게 할 수 없다고 마음속으로 되뇌었던 일도 기억한다. 한 달 조금 넘는 기간 동안 나는 마침내 허물을 벗어버린 것이다. 그리고 완벽한 결과를 변질시킬 수 있는 어떤 간섭이나 방해로부터도 나를 보호하기로 굳게 마음먹고 있었다. 나는 완전하고 절대적인 방식으로 아르노 드몽탈이 되어 있었다. 몸과 마음 모두. 심지어 늘 그래왔던 것 같았으며, 내 과거에 어떤 단절도 일어나지 않았던 듯했다. 마르크 바라티에라고 불리는 남자는 애초부터 존재하지도 않았던 것 같았다.

그래, 그 무엇도 그 누구도 나를 흔들어놓을 수는 없어. 그날 난 그렇게 되뇌었다. 수백만 시청자들의 매서운 시선조차 그럴 수 없을 거라고.

노벨리는 모두 세 번의 힘겨운 텔레비전 방송을 치러내야 할 거라고 내게 예고한 바 있었다. 계약서에 명기된 대로. 첫 방송과 석 달 후 마지막 방송, 그리고 11월 15일 그날로 예정된 '중간 단계'의 방송은 임시 대차대조표를 보여주는 시간이었다. 그날 아침, 정기적인 전화 통화 중에 노벨리는 간략하게만 그 얘기를 언급했다. 마치 무언가를 두려워하는 사람처럼.

"혹시 오늘밤 방송 때문에 너무 스트레스를 받고 있는 건 아닙니까?" 그가 내게 물었었다.

"전혀요. 난 아주 편안합니다."

방송 자체에는 어떤 흥미도 느껴지지 않았지만, 난 별다른 어려움 없이 해낼 수 있을 것 같았다. 몇 시간 동안 무대의 열기와 눈부신 조명, 방청객들의 웅성거림, 그리고 미디어의 우스꽝스러운 소동을 인내심을 가지고 참아낼 준비가 되어 있었다.

저녁 정각 일곱시가 되어 안프랑스와 나는 우리 차를 타고 라 플렌 생드니를 향해 출발했다. 노벨리의 적극적인 섭외(그는 늘 금발 미녀에 굶주린 방송 제작자들의 압력으로 다리를 놓아주려는 것뿐이었겠지만)에도 불구하고, 시빌은 집에서 방송을 보겠다고 했다. 지난번 스튜디오에서 받았던 스트레스를 또다시 겪고 싶지 않다는 게 그 이유였다. 우리는 저녁 여덟시까지 가기로 예정돼 있었지만, 샤를의 날쌘 운전 덕분에 순식간에 그곳에 도착했다. 메르세데스가 글로벌비전 스튜디오 입구에 멈춰 섰을 때는 아직 삼십 분 정도 남아 있었다. 우린 잠시 차 안에서 기다릴까도 생각했지만, 난 안프랑스에게 건물 모퉁이에 있는 바로 가서 잠시 시간을 보내자고 제안했다. 비교적 평정심을 유지하고는 있어도, 또다시 푸르카드의 장광설과 무례한 카메라, 그리고 〈두번째 기회〉의 방청객들과 마주하기 전에 약간의 강장제가 필요하다고 느꼈기 때문이다.

우리는 우리 옷차림새와 어울리지 않는 어수선한 분위기의 바에 자리를 잡고 앉았다. 난 습관적으로 보드카를 한 잔 시켰고, 안프랑스는 탄산수를 주문했다. 나는 기분좋게 보드카를 한 모금 들이켜면서 주변 탁자들을 무심코 둘러보았다.

바로 그 순간 그들이 내 눈에 띄었다. 한자리에 둘러앉아 미소 짓고 있는 세 사람이.

먼저 잔과 눈이 마주쳤다. 그녀는 계절에 비해 얇아 보이는 검은 벨벳 재킷과 황옥색 미니스커트를 입고 있었다. 금빛 귀걸이가 귓불을 장식했고, 머리는 자연스럽게 틀어올린 채였다. 내 기억과 내 눈앞의 새로운 현실을 나란히 놓고 그녀를 알아보는 데는 몇 초의 시간이 필요했다. 그녀 안의 무엇인가가 변해 있었다. 그녀의 눈빛은 더욱더 고고해 보였으며, 안색은 훨씬 생기가 넘쳤다. 무엇보다도 그녀는 예전보다 훨씬 더 젊어 보였다. 얼굴에 있던 주름도 사라진 것 같았다. 그녀는 나를 발견하자 머리카락 한 가닥을 매만지고는 의자에 앉은 채로 굳어버렸다. 그러더니 괜스레 티보가 마시던 딸기 우유를 젓기 시작했다. 그러자 눈을 들어 엄마를 쳐다보던 티보 역시 그녀의 시선을 좇아 나를 보고야 말았다. 아이가 내게 미소 지었고, 나도 미소로 답했다. 못 본 지 한 달여 만에 키가 더 자란 듯했다. 나의 과거에서 튀어나온 풍경과 마주하자 난 목이 메었다. 애써 잊고자 했던 예전의 삶. 내 아들, 아이는 내 아들이었다. 아이의 순진한 얼굴을 통해 다시 죄의식이 나를 파고들었다…… 이번에는 두 사람 옆에 앉아 있던 남자가 나를 알아보고는 얼굴이 굳어졌다. 그가 잔의 손을 꼭 잡더니 그녀의 어깨 위에 팔을 둘렀다. 그렇게 굳은 표정으로 서로를 관찰하면서 얼마 동안 그 자리에 있었는지 모르겠다. 난 점점 더 빨라지는 심장박동과 함께 갑작스레 얼굴이 벌겋게 달아올랐다. 그리고 그들에게서 계속 시선을 떼지 못한 채, 어떤 태도를 취해야 할지 몰라 머뭇거리면서 보드카를 한 모금 크게 들이켰다. 그들 자리로 가서 인사를 해야 하나? 마치 아무 일도 없었다는 듯이? 아니면 멀찍이 떨어져 앉은 채로 못 본 척해야 하는 걸까? 남자는 적대감과 일종의 경계심을 가지고 나를 응시했다. 내가 보기엔 그랬다. 결국 난 잔에게 손짓을 하기로 마음먹었다. 잠시 주저하던 그녀도 손을 들어 인사했다. 그 광경을 유심히 바라보던 티보는 그 사랑스러운 사팔눈으로 잔과 나를 번갈아 바라보았다. 그러자 남자는 기분이 몹시 언짢아 보이는 얼굴로 잔의 귀에 대고 뭐라고 속삭였다. 그가 자리에서 일어나 외투를 입자, 그녀 역시 다소 거북한 표정으로 그를 따랐다. 남자는 티보의 손을 잡고 입구 쪽으로 걸어갔다. 그들이 카운터 앞을 지나갈 때 잔이 감정이 벅차오른 눈을 들어 나를 바라보았다. 그리고 난 그녀의 입술에서 이 말을 또렷이 읽을 수 있었다. "고마워, 모든 게 다 고마워."

그러고는 남자가 바의 문을 열자 그들은 어둠 속으로 사라졌다. 난 복받쳐오르는 눈물이 흘러나오지 않도록 이를 악물었다.

"아르노, 당신 괜찮아요?" 안프랑스가 내 팔을 붙잡으면서 물었다.

난 멍한 눈으로 그녀를 돌아보고는 또다시 보드카 한 모금을 마셨다. 그녀 역시 그 광경을 모두 지켜보았지만 전혀 동요하는 기색은 보이지 않았다.

"괜찮아요." 난 들릴락 말락 하는 목소리로 대답했다.

그녀는 고개를 끄덕이더니 나에게 미소 지었다. 조금 전의 상황에도 무심한 듯 보이는 그녀의 태도에 나는 궁금해졌다. 나는 그녀의 손을 잡으며 물었다.

"당신은요? 당신은 그를 다시 보는 게 아무렇지도 않아요?"

230

그러자 그녀는 내게 슬픈 미소를 지어 보였고, 이내 얼굴에 그늘이 스쳤다. 그녀는 냉담한 목소리로 내뱉었다.

"아뇨, 난 아무렇지도 않아요. 마치 그 남자를 알지도 못했던 것 같아요. 처음부터 전혀 알지 못했던 것 같다고요."

그러고는 눈을 돌려 손목시계를 들여다보더니 바 직원에게 계산서를 요구했다.

"이제 가죠. 늦겠어요."

무대로 향하며 나는 신체적이면서도 정신적인 불쾌감에 사로잡혔다. 난 대기실에서 기다리는 동안 보드카를 두 잔째 주문해 마셨고, 아마도 술기운이 오르기 시작한 듯했다. 그런데 그 외에 또다른 무언가가 있었다. 나쁜 예감 같은 것이었다. 오래전에 잊고 있었던 신경과민 증세와 발열 증상이 느껴졌다. 배가 뒤틀리면서 구역질이 올라오기 시작했다. 그녀를 내 생각 속에서 쫓아버리려는 노력에도 불구하고, 바에서 본 장면이 계속 떠올랐다. 똑같은 장면들이 머릿속에서 맴돌았다. 티보의 손을 잡고, 팔로 잔을 안고 있는 남자. 더 젊어지고, 더 아름다워지고, 활짝 피어난 듯 보이는 잔. 내게 "고마워"라고 말하던 잔. 난 그녀의 말을 되뇌면서, 그녀의 떨리는 입술과 고마움으로 가득한 그녀의 눈을 다시 떠올렸다. "고마워, 모든 게 다 고마워." 대체 뭐가 고맙다는 말일까? 그녀의 말에는 어떤 아이러니가 내포된 것일까? 자신을 버렸다는 비난을 돌려서 표현한 것은 아닐까? 아니, 그럴 리 없었다. 그건 그녀의 방식이 아니었다. 그건 진심어린 감사의 말이었다. 진실한, 그래서 더욱 더 당혹스러운 고마움의 표현이었다.

여성 스태프 한 사람이 두 개씩 짝지어 놓여 있는 열 개의 의자 중 한

곳에 나를 앉혔다. 내 의자에는 9번이 붙어 있었다. 첫 방송 땐 드몽탈에게 부여되었던 번호였다. 내 오른쪽의 아직 빈 의자에는 3번이 붙어 있었다. 난 그가 내 옆에 와서 앉게 될 거라는 걸 알았다.

커튼 너머에서 방청객들이 웅성거리는 동안 또다른 지원자들이 무대 위에 자리를 잡았다. 난 택시 운전사와 보험설계사, 선반공 등을 알아보았다. 또한 걸인과 백만장자가 마치 오랜 전우라도 되는 것처럼 서로 열렬하게 포옹을 한 후 나란히 자리에 앉는 모습도 눈에 띄었다. 대단히 상징적이었던 그들의 엇갈린 운명은 아마도 미디어의 가장 큰 호기심을 불러일으켰을 것이다. 난 지금은 걸인으로 전락한 과거의 백만장자를 흘끗 쳐다보았다. 누더기를 걸친 그는 십 년은 더 늙어 보였지만, 솔직히 말해 예전보다 더 행복해 보였다. 육 주 전만 해도 그토록 우울하고 어두워 보였던 그의 얼굴이 환한 미소로 빛나고 있었다.

내가 그런 생각들에 잠겨 있는 사이 그 남자가 아무 말 없이 내 곁으로 와 앉았다. 그는 의자 팔걸이에 손을 올려놓은 채 꼼짝도 않고 뻣뻣한 자세로 앉아 있었다. 그는 내가 입던 오래된 낡은 양복을 입고 있었다. 이름만 이탈리아제인, 싸구려 양복점에서 산 옷들 중 하나였다. 게다가 그 옷은 당시의 나보다 지금의 그에게 더 잘 어울려 보였다. 난 그를 처음 보자마자 내게 깊은 인상을 남겼던 그의 조각 같은 이목구비와 기품 넘치는 외모에서 눈을 떼지 못했다. 하지만 그는 나한테 단 한 번도 눈길을 주지 않았다. 그의 입가에 가벼운 미소가 스쳐가면서 입술이 씰룩거리는가 싶더니 이내 허공을 멍하니 바라볼 뿐이었다. 잠시 후 난 눈길을 돌려 분주한 무대를 지켜보며 다른 생각을 하려고 노력했다. 하지만 노력에도 불구하고 신경과민 증세는 구역증과 함께 점점 더 커져갈 뿐이었다.

"방송 시작 오 분 전입니다!"

난 스피커에서 울려 나오는 소리에 소스라치게 놀랐다. 스태프들이 무대 뒤로 돌아가고 카메라맨들이 자리를 잡자 모니터 십여 개에 동시에 불이 켜졌다. 화면에 광고 화면이 나가기 시작하자 난 두려움을 감추기 위해 먹음직스러운 수프와 바삭거리는 초콜릿 과자, 안전한 자동차들의 이미지에 집중했다…… 내 안의 무언가가 막 흔들리려 하고 있었다. 힘겹게 다시 찾은 불안정한 균형이 어떤 식으로든 무너져내릴 거라는 것을 감지하고 있었다. 그 이유와 방식은 알 수 없었지만, 그 사실만은 확신할 수 있었다. 지금까지 구역증이 나를 속인 적은 단 한 번도 없었다. 그것은 내게 언제나 충실한 메신저였다.

"방송 시작 일 분 전입니다!"

말끔한 물결무늬 양복 차림의 장파트리스 푸르카드가 무대로 들어섰다. 그는 줄지어 앉은 지원자들에게 고갯짓으로 인사를 건넨 다음 닫혀 있는 커튼 뒤로 가서 가슴을 내밀고 섰다.

"십 초 후 타이틀뮤직 나갑니다!"

완벽하게 들어맞는 움직임 속에 타이틀뮤직이 울리면서 동시에 눈부신 조명이 무대를 비추자 붉은색 벨벳 커튼이 방청객들이 꽉 들어찬 홀을 향해 열렸다.

난 곧바로 첫째 줄에 앉아 있는 안프랑스와 눈이 마주쳤다. 평온해 보이는 그녀의 미소가 그나마 내게 용기를 북돋워주었다. 그리고 그녀와 조금 떨어진 곳에 앉아 있는 잔과 발개진 얼굴로 보조 의자 위에 올라서 있는 티보가 보였다. 그들은 무대를 향해 입맞춤을 날리면서 열렬한 박수를 보내고 있었다. 난 그들이 보내는 입맞춤이 나를 위한 게 아닐까 하는 생각을 잠시 했다. 하지만 내 오른쪽에 앉아 있는 남자의 반응이 내 의문을 단번에 해소해주었다. 그는 입에 손끝을 갖다대더니 입술을 둥글게 오므려 그들에게 답례 키스를 보냈다. 그러자 잔과 티보는 기쁨을 감추지 못하는 몸짓으로 더욱더 세게 박수를 쳤다. 그 사이 타이틀뮤직은 강렬한 느낌의 곡조로 길게 끝을 맺었다.

"신사 숙녀 여러분, 그리고 친애하는 시청자 여러분, 오늘밤 이렇게 여러분을 다시 만나게 된 것을 무한한 영광으로 생각합니다. 오늘은 〈두 번째 기회〉의 중간 점검 결과를 글로벌비전의 스튜디오에서 생방송으로 보내드리기 위해 이 자리에 모였습니다!"(방청석의 박수 소리와 바이올린, 트럼펫, 심벌즈 소리.)

난 긴장을 풀고 정신을 다잡으려 애쓰면서, 의자에서 몸을 곧게 펴고 재킷의 깃을 바로잡았다. 침착함과 자신감, 평정심을 되찾아야만 했다. 한 달 전부터 인내심을 가지고 다시 내 것으로 만들었던 모든 것들, 갑자기 불안한 상태로 시험대에 올려놓게 된 것들을 놓치지 않도록 꽉 부여잡아야만 했다.

"신사 숙녀 여러분, 육 주가 지났습니다. 그렇습니다. 여기 계시는 남성분들이 삶을 맞바꾼 지 벌써 육 주가 지났습니다. 이 무대 위에서 절망적이고 나약한 모습으로 여러분과 마주했던 지원자들입니다. 당시 그들을 지탱해주던 유일한 희망은 두번째 기회를 획득하는 것뿐이었습니다!"

고통스러운 구역증에 이젠 속쓰림마저 가세했다. 손바닥이 축축이 젖어오면서 등에 식은땀이 흘러내렸다. 난 옆자리에 앉은 그를 흘끗 쳐다보았다. 미세한 먼지 입자가 공중에서 춤을 추는 가운데, 희미한 조명이 비치는 공간 속에서 그의 옆모습이 또렷하게 드러났다. 그의 얼굴로부터 묘한 빛이 뿜어져나오고 있었다. 그리고 그의 입술은 의미를 알 수 없는 미소를 띤 채 굳어 있었다.

"신사 숙녀 여러분, 육 주는 한 사람의 일생에 비하면 물론 아주 짧은 시간일 겁니다. 하지만 우리 열 명의 지원자에게는 아주 오랜 여정이었을 텐데요. 우린 그들과 함께 이 놀라운 실험의 중간 지점에서 첫번째 대차대조표를 작성하려고 합니다. 과연 그들은 예전보다 더 행복하다고 느낄까요? 아직도 죽음의 유혹에서 벗어나지 못하고 있는 것은 아닐까요? 또는 〈두번째 기회〉가 그들의 절망을 떨쳐버리게 해주었을까요? 오늘밤, 여러분 앞에서 그들은 각자 솔직하게 자기 속마음을 털어놓을 겁니다."

관자놀이로 구슬땀이 흘러내리는 게 느껴졌고, 나는 손끝으로 땀을 닦아냈다. 무대의 열기가 점점 더 뜨거워지면서 숨이 막혀왔다.

"육 주 전부터 전 세계 사람들이 우리 지원자들에게 이목을 집중하고 있습니다. 그리고 오늘부터 또 정확히 육 주 후, 우린 최후 결산을 위해 이 무대에 다시 모이게 될 것입니다. 만약 그 결과가 만족스럽다면, 우리 대통령이 약속한 대로 다음번엔 여러분 모두에게, 바로 지금 여기 계시는 여러분 모두에게! 두번째 기회가 주어지게 될 것입니다! (방청석의 박수 소리와, 바이올린, 트럼펫, 심벌즈 소리.) 그리고 이 기회를 빌려 말랭보 대통령께 인사를 전합니다. 오늘밤 그분은 지극한 애정으로 우리를 지켜보고 계실 겁니다!"

푸르카드는 머리를 다시 매만진 다음 좌중이 조용해지길 기다렸다가 엄숙한 몸짓으로 지원자들을 향해 팔을 뻗으며 말했다.

"이제 그들의 목소리를 한시바삐 듣고 싶어하는 여러분을 위해 서둘러 우리의 첫번째 지원자들을 불러보겠습니다. 장뤼크 모로와 라시드 아마미입니다!" (박수 소리/환호.)

제작진은 첫 방송 때와 같은 순서로 '한 쌍'씩 질문을 받게 될 거라고 우리에게 미리 알려주었다. 따라서 선반공과 택시 운전사가 제일 먼저 테이프를 끊게 되었다. 내 옆의 남자와 나는 그다음 순서가 될 터였다. 난 내 옆의 남자를 흘끗거리면서 푸르카드를 향해 걸어가는 지원자들에게 기계적으로 박수를 보냈다. 그 역시 무심한 태도로 박수를 치고 있었다. 입가에는 여전히 의미를 알 수 없는 미소를 띤 채. 잠시 그와 눈이 마주치자 불투명한 두 눈동자만이 눈에 들어왔다. 왠지 불안해 보이고 오한이 느껴지는 새까만 눈동자였다. 나는 입안이 더 바짝 마르면서 혀가 덩어리진 밀가루 반죽처럼 부어오르는 것 같았다. 이마는 끈적거리는 땀으로 젖고 관자놀이에서는 쿵쿵거리는 맥박소리가 들려왔다. 이 모두가 내게는 지극히 익숙한 증상들이었다. 예의 그 끔찍한 두통이 다시 고개를 쳐들기 시작한 것이다. 과거 내가 다른 인물이었을 때, 내 머리에 수시로 구멍을 뚫어놓던 바로 그것이었다. 잠시 후 나의 모든 감각이 둔해진 듯, 마치 누비이불을 뒤집어쓴 것처럼 소리와 빛이 희미해졌다. 푸르카드의 목소리, 방청객들의 박수 소리, 드문드문 들려오는 지원자들의 증언. "난 지금처럼 행복했던 적이 없습니다." 새로운 라시드 아마미가 만면에 희색을 띠고서 말했다. 그는 여전히 바이킹의 후예 같은 금발머리였다. "마르세유는 정말로 내 삶을 바꾸어놓았습니다. 난 내가 모는 택시 안에 있을 때 비로소 쓸모 있는 사람이 된 것 같습니다." "그리고 나의 새로운 가족과 지내는 것도 너무나 행복합니다. 레일라는 나한테 정말 다정하게 대해주거든요." 레일라는 그의 고백에 덧붙여 그림을 더 아름답게 만들었다. "우린 함께 있는 게 너무나 좋아요…… 아이들도 그를 좋아하고요. 정말 근사해요…… 모든 면에서 말이죠. 제가 무슨 말을 하려는지 아시겠지요!" (방청객들의 음탕한 웃음소리.) "공장에서 팀을 이루어 함께 일하는 건 바로 내가 원하던 것이었어요." 새로운 장뤼크 모로는 이렇게 단언했다. 그의 구릿빛 얼굴은 파드 칼레의 하늘 아래 올리브 빛깔로 변해 있었다. "북쪽의 날씨가 나를 일깨우고, 내게 활기를 불어넣어주었습니다. 마침내 내 일과 삶에 다시 애착을 갖게 된 거죠." 예전 모로의 가장 친한 친구가 그 사실을 입증해주었다. "우린 며칠 만에 엄청나게 친해졌어요! 난 예전의 그보다 지금의 그와 더 잘 맞는 것 같습니다!"(박수갈채/방청객들의 미소.) 그가 다니는 공장 사장 역시 그에 대한 찬사를 아끼지 않았다. "두 사람이 바뀌어서 손해 본 게 정말로 없다고 생각합니다! 단 이 주 만에 그는 진짜 프로처럼 일을 해냈거든요. 아주 깔끔하고, 실수도 전혀 없고…… 무엇보다 의욕적이고, 정말 멋진 친굽니다! 제일 먼저 출근하고, 가장 늦게 퇴근하고요. 예전의 그와는 전혀 다르다니까요!"(박수갈채/방청객들의 냉소.)

흐릿하고 아득한 시간이 그렇게 흘러갔다. 코멘트와 증언, 박수갈채와 냉소 사이를 오가면서. 그사이 난 기력을 잃고 점점 더 심해지는 두통과 싸우느라 안간힘을 쓰고 있었다. 그러다가 나를 향해 불안한 미소를 지어 보이고 있는 안프랑스와 시선이 마주쳤다. 기진맥진한 나는 그녀에게 일그러진 미소로 간신히 답했다.

"……이제는 아르노 드몽탈과 마르크 바라티에를 만나보겠습니다!"(방청석의 박수 소리와 바이올린, 트럼펫, 심벌즈 소리.)

내가 호명되는 순간에야 난 멍한 상태에서 갑작스레 깨어났다. 내 옆의 남자와 나는 동시에 자리에서 일어났다. 그리고 마치 그 기이한 안무를 함께 연습이라도 한 것처럼 완벽한 동시 동작으로 나란히 걸어가 무대 끝에 멈춰 섰다. 그 순간 방청석에 앉은 사람들이 형체가 없는 얼룩덜룩한 덩어리로 보이면서 몇몇 얼굴만 눈에 들어왔다. 내게 미소 짓고 있는 안프랑스, 주의깊게 무대를 응시하는 잔, 그리고 의자에 올라서서 요란하게 박수를 치고 있는 티보의 얼굴……

"친애하는 아르노," 푸르카드가 내 어깨에 한 손을 올려놓으면서 말했다. "괜찮다면 당신부터 시작하죠. 당신의 새로운 삶이 어떻게 흘러가고 있는지 그동안의 일을 좀 들려주시겠습니까? 새로운 생활에 어떻게 적응해가고 있나요? 육 주 전 우리가 처음 만났을 때 당신은 극도로 신경이 날카로우면서 불안해 보였고 고통스러워했는데요. 지금이 그때보다 더 행복하다고 생각하십니까?"

난 심호흡을 하고 안프랑스에게 미소를 지어 보인 다음, 잔의 눈을 똑바로 바라보면서 세심하게 준비해간 말들을 쏟아놓았다.

"먼저 난 더이상 그때의 내가 아니라는 것을 말씀드려야 할 것 같군요, 장파트리스. 지금이야말로 이 말을 해야 할 때가 아닌가 싶습니다. (방청객들의 공감어린 미소.) 새로운 삶은 지금으로부터 육 주 전 첫날부터 마치 나를 위해 맞춘 것처럼 내게 꼭 들어맞았습니다. 그리고 난 지금 지극히 평온하게 지내고 있으며 더이상 바랄 게 없습니다. 이렇게 말해야겠지요. 난 행복하다고 말입니다. 기업의 최고경영자라는 새로운 직업은 정말 근사할뿐더러 가족과 함께할 수 있는 시간을 허락해주기도 합니다. (난 안프랑스에게로 시선을 돌렸다.) 내 아내와 나는 매우 잘 맞으며, 우린 더할 나위 없이 하나가 된 느낌입니다. 그리고 우리 딸 시빌과 함께 우리 세 사람은 정말 멋진 팀을 이루고 있습니다. (난 마침내 푸르카드 쪽으로 돌아서서 결론짓듯 말했다.) 한마디로 말하자면, 〈두번째 기회〉가 내 목숨을 구했다고 생각합니다."

그러자 푸르카드는 감동으로 빛나는 눈으로 두 팔을 활짝 벌리면서 마이크에 대고 소리쳤다.

"신사 숙녀 여러분, 뜨거운 박수 부탁드립니다!"

방청객들이 별생각 없이 남들을 따라 박수를 치는 동안, 난 내 옆에서 있는 남자의 반응을 살폈다. 그는 내 열광적인 연설에는 전혀 관심을 보이지 않은 채 입가에 여전히 의미를 알 수 없는 미소를 띠고 있었다. 잔 역시 입가에 환한 미소를 띠고서 열렬히 박수를 보내고 있었다. 서로 눈이 마주쳤을 때 난 그녀의 얼굴에서 호의를 읽을 수 있었다. 그것은 모든 애증을 떨쳐버린 진실한 호의였다. 그녀는 나 때문에 진정으로 행복해하는 듯 보였다. 치유할 수 없는 고통으로부터 마침내 해방된 나를 보고 안도하는 듯했다. 마치 불치병에 걸린 늙은 숙모의 안락사에 안도하는 것처럼.

"친애하는 아르노, 이번에는 아내분의 증언을 들을 차례인 것 같군요."

여성 스태프가 안프랑스에게 마이크를 건네는 사이 그녀는 자리에서 일어나 블라우스를 매만졌다. 긴장하고 조금 초조하며 겁먹은 듯 보였다. 난 무대에서 그녀에게 격려의 윙크를 보냈다.

"그러니까…… 전 사실 처음엔 약간 겁이 났어요." 그녀는 살짝 떨리는 목소리로 얘기를 시작했다. "우리 사이에 문제는 없을지, 결합이 제대로 이루어질지 두려웠죠. 내 딸과 나한테 어울리지 않는 남자와 다시 마주하게 될까봐 두려웠습니다. (그녀는 잠시 말을 멈추고 내게 미소를 지어 보였다. 그녀의 눈빛이 환하게 밝아졌다.) 하지만 이젠 마음이 놓입니다. 뿐만 아니라 난 행복한 여자가 되었어요. 자상하고 유머 넘치고 더없이 다정한 남편, 마침내 나를 돌봐주는 남자를 만났으니까요. 그는 또 시빌에게도……"

"마침 따님 얘기를 하시니 잘됐군요." 푸르카드가 그녀의 말을 가로막았다. "아쉽게도 따님은 오늘밤 우리와 함께하지 못하고 전화로 증언하기를 원했지요. 아마 지금쯤 전화가 연결돼 있을 텐데요…… 시빌?"

안프랑스는 마이크를 두 손으로 들고서 입을 벌리고 멍하니 서 있었다. 그녀도 나도 시빌의 개입에 대해 통보받은 바가 없었던 터였다. 우리 허락 없이 마지막 순간에 결정된 게 분명했다.

"시빌, 내 목소리가 들립니까?" 푸르카드가 다시 물었다.

"네, 들려요." 맑고 투명한 목소리가 들려왔다.

안프랑스의 낯빛이 창백해지면서 내 오른쪽에 서 있는 남자를 응시하는 모습이 내 눈에 들어왔다. 나 또한 그를 향해 돌아서서 그를 뚫어지게 쳐다보았다. 그는 여전히 존재하지 않는 어딘가를 바라보고 있을 뿐이었다. 하지만 그의 시선이 조금씩 흔들렸고, 그의 미소에서는 오만함이 다소 사라진 듯 보였다.

"친애하는 시빌 양, 오늘밤 무대 위에 부모님과 함께 오르지는 못했지만, 몇 분 전에 우리에게 전화를 걸어주었는데요. 오늘밤 시빌 양도 증언하고 싶어서인 거죠? 그렇지 않나요?"

내가 의아한 눈빛으로 안프랑스를 쳐다보자 그녀 역시 이해할 수 없다는 표시로 어깨를 으쓱했다.

"네, 그래요." 머뭇거리던 시빌이 입을 열었다. "저도 증언을 하고 싶었어요. 제가 얼마나 행복한지 말하려고요. 정말 행복해요. 육 주 전부터 세상에서 가장 멋진 아빠와 살게 되었으니까요." (방청객들의 연민어린 한숨.)

"신사 숙녀 여러분," 푸르카드가 울먹거렸다. "자녀를 행복하게 해주는 것만큼 아름다운 보상이 있을까요? 친애하는 시빌 양, 시빌 양이 지금 우리에게 들려준 이야기는 정말 감동적이군요……"

"어쨌거나 그건 사실이에요." 시빌은 얘기를 계속했다. "제 새아빠는 저와 얘기도 나누고, 제가 무엇을 하는지, 제가 무엇을 좋아하는지 관심을 보여주시고 제 공부에도 신경을 써주시거든요…… 그분은 정말…… 정말 멋진 분이에요…… 다른 사람하곤 달라요…… (시빌이 갈라진 목소리로 외쳤다.) 예전의 그 비열한 인간하고는 다르다고요!"

스피커에서 삑삑거리는 날카로운 소리가 흘러나오는 동안 놀란 방청객들이 웅성거리는 소리가 들려왔다. 시빌이 전화를 끊어버린 것이다. 걷잡을 수 없는 혼란 속에 몇 초가 흘러갔다. 안프랑스는 다시 자리에 앉아 당혹스러운 표정으로 눈을 내리깔았다. 잔 역시 놀라고 충격을 받은 듯 보였다. 내 오른쪽 남자의 미소는 이제 공허한 경련에 불과했다. 이제 두통은 전의를 불태우며 규칙적으로 내 관자놀이를 공격하고 있었다.

"신사 숙녀 여러분." 푸르카드가 웅성거리는 방청객들을 진정시켰다. "부디 진정하시길 바랍니다. 어린 시빌 양 역시 자신의 생각을 확실하게 표현할 권리가 있으니까요. 우린 시빌 양의 의견과 감정을 존중해야만 합니다. 그리고 시빌의 증언에서 단 한 가지 사실만 기억합시다. 시빌은 새아빠와 마침내 행복을 되찾은 겁니다!"(방청객들의 수긍하는 박수 소리.)

난 고개를 숙이고 눈을 감은 채 머리를 엄습해오는 고통을 억누르기 위해 애썼다. 그러면서 여전한 충격 속에, 왜 시빌이 군이 증언하려고 했는지 알고 싶었다. 나를 향한 그애의 칭찬은 물론 감격스러웠지만 그애가 벌인 한바탕 소동에는 내내 어리둥절했다. 그 남자도 스스로 인정했듯이 그가 좋은 아빠가 아니었던 건 분명한 듯했지만, 난 지금까지 시빌이 이런 식으로 그를 욕하는 것을 단 한 번도 들어본 적이 없었다. 그 남자에게 연민을 느끼는 건 아니었지만 내 딸의 태도가 지나치고 황당하다는 생각을 떨칠 수가 없었다.

"감동적인 증언을 해주신 데 대해 아르노와 가족분들에게 다시 한번 감사드립니다. 이제 새로운 삶이 그들을 향해 손짓하고 있습니다. 그들이 그 길을 계속 나아가기를 기원합니다. 이번에는 여러분이 기다리던 대로, 우리의 친구 마르크 바라티에의 얘기를 들어보겠습니다……"

그의 이름이 마치 낯선 이방인의 이름처럼 들렸다. 아니 한술 더 떠서, 내가 부정적인 선입견을 가진 사람의 이름처럼 인식되었다. 이제 내 머릿속에서 그 이름은 내 옆에 있는 반질거리는 무표정한 얼굴의 남자와 동일시되었다. 시빌의 공격을 받고도 어느새 그 수수께끼 같은 미소를 되찾은 그와.

"친애하는 마르크, 우리에게 모두 얘기해주시죠. 당신의 새로운 삶을 어떻게 살고 계신지 말입니다."

백지장처럼 창백하고 섬세한 그의 피부 속에서 움직이는 턱뼈가 보였다. 그는 뒷짐을 지고 혀로 입술을 축인 다음, 약간 길게 끄는 차분한 목소리로 대답했다. 예전에는 나를 매혹했던 그의 목소리가 지금은 역겹게 느껴졌다.

"글쎄요, 장파트리스, 어떻게 얘길 해야 할지 모르겠지만…… '새로운 삶'이란 말은 적합하지 않은 것 같군요. 왜냐하면 난 마침내 태어난 것 같은 느낌이 들었으니까요. 마르크 바라티에로 세상에 온 것 같은 느낌 말입니다. 마치 지난 사십 년 세월이 나쁜 꿈처럼 느껴졌습니다. 내 기억 속에서 지워버려야 할 악몽처럼요. 그렇습니다, 난 새사람이 된 게 아닙니다, 장파트리스. 난 다만 육 주 전에 태어난 겁니다. 바로 여기 이 무대 위에서요. 살아 있음을 느낀다는 것은 정말 멋진 일입니다. 마침내 나 자신이 될 수 있다는 것은요. 난 마르크 바라티에입니다."

"여러분, 뜨거운 박수 부탁드립니다!" 푸르카드는 기대 이상의 답변에 열광했다.

방청객들이 환호하는 가운데 첫째 줄에서 일어나 박수를 치고 있는 잔이 눈에 띄었다. 티보는 콧구멍에서 손가락을 빼고 행복한 몸짓으로 두 팔을 흔들기 시작했다. 난 그들을 무시하고, 그들과 시선을 마주치지 않으려고 애썼다. 그러면서 내 심장박동에 집중하고 나를 괴롭히는 두통을 다스리려고 애썼다. 그 남자의 어떤 말도 내게 영향을 미쳐서는 안 되었다. 나의 예전 삶에서 나를 구해준 그에게 감사한 마음을 가질 수도 있었다. 내게는 실패의 연속이자, 이루어지지 못한 만남들의 집합일 뿐인 삶에서. 마르크 바라티에라는 이름으로 살아가는 삶은 나를 죽

일 뻔했다.

"친애하는 마르크, 그런 증언을 듣게 되어 우리로선 정말 기쁘군요. 불과 육 주 전만 해도 절망의 나락에 빠져 있던 그가 이렇게 변하다니, 정말 굉장하지 않습니까! (방청객들의 박수갈채.) 당신의 지인 몇몇이 당신이 되찾은 삶의 기쁨에 대해 증언해주고자 오늘밤 이곳에 와 있는 데요."

푸르카드가 번지르르한 말을 앵무새처럼 되풀이하는 동안 여성 스태프 하나가 손에 마이크를 들고 셋째 줄에 앉아 있는 두 남자에게 다가가는 모습이 보였다. 그들이 자리에서 일어나는 순간 난 온몸에 전율이 스쳐지나가는 걸 느꼈다. 조명 불빛 아래 창백한 그들의 얼굴을 알아본 것이다. 그들은 '파스키에 & 콩파니'의 최고경영자인 앙리 파스키에와 그의 얼간이 같은 충직한 재무이사 쥘리앵 도트비뉴였다.

"이렇게 와주셔서 감사합니다. 사장님께선 오래전부터 마르크 바라티에가 일해온 기업을 운영하고 계시는데요. 그에 관해 어떤 얘기를 해주실 수 있겠습니까? 새 마르크가 새로운 직장에 어떻게 적응해나갔나요?"

파스키에는 마이크를 잡고 목소리를 가다듬었다. 그의 비대한 대머리가 땀으로 번들거렸다. 그는 지겹도록 입고 다니는 줄무늬 양복에 목이 푹 파묻혀 그 어느 때보다 뚱뚱해 보였다.

"친애하는 장파트리스, 우린 더이상 바랄 게 없다는 점을 말씀드려야 할 것 같군요. 마르크의 직무 능력은, 그러니까 새로운 마르크 말입니다, 정말 놀라울 따름입니다. 우리 회사에 온 지 두 주 만에 그는 모든 회계 업무를 재정비했습니다. 더욱더 빠르고 경제적인 정보처리 시스템을 확립해놓았습니다. 이 모든 걸 단 두 주 만에요, 상상이 되십니까? 예전의 바라티에는 십오 년간 일하면서도 단 한 번도 그런 제안을 하지 않았는데 말이죠! 그는 그런 제안을 하려는 시도조차 하지 않았다니까요!"

난 내 옛 상관의 경멸어린 시선을 눈썹 하나 까딱하지 않고 의연하게 견뎌냈다. 이젠 그의 조롱이나 모욕 따위는 아무래도 상관없었다. 저 역겨운 비곗덩어리는 내겐 더이상 아무것도 아니었다. 그는 이제 더이 상 수천 명 직원들의 우울증과 위궤양, 설사를 유발하는, 횡포를 부리 는 무시무시한 주인이 아니었다. 그렇다, 그의 판단과 지적 따위는 더 이상 중요하지 않았다. 이제 난 모든 면에서 그보다 우위에 있었으니 까. 난 저 비열한 인간보다 더 젊고 잘생겼으며, 훨씬 더 부자였다. 내가 이끄는 기업이 그의 회사보다 열 배는 더 가치가 있었고, 난 전 세계로 수출까지 하고 있었다. 그것도 그의 다종다양한 화장실 변기와 비데보 다 훨씬 더 품격 있는, 최신 기술로 만들어낸 볼베어링을. 그런 통쾌한 생각을 하면서 난 그에게 최대한 거만한 냉소를 지어 보였다. 그는 그 런 나를 못 본 척하고 이마의 땀을 닦은 다음 새로운 바라티에에 대한 격찬을 이어갔다.

"게다가 여기 있는 저희 회사 재무이사가 여러분께 그 사실을 확인시 켜드릴 수 있을 겁니다. 마르크가 이미 부서 전체를 훌륭하게 재편성해 놓았지요. 그렇지 않습니까, 쥘리앵?"

도트비뉴는 컬이 진 머리에 귀족적으로 생긴 낯짝을 끄덕이면서 상 관이 내미는 마이크 쪽으로 몸을 기울이며 말했다.

"모두 사실입니다." 그가 눈을 크게 치뜨면서 말했다. "마르크는 진 정으로 우릴 감동시켰습니다."

"……그뿐만이 아닙니다!" 파스키에는 아까보다 더 벌게진 얼굴로 흥분해서 외쳤다. "우린 아무것도 요구하지 않았는데 마르크 스스로 파 스키에 변기 회사의 글로벌 전략을 연구하기까지 했습니다. 그리고 날 이 갈수록 기발해지는 제안서를 십여 건이나 내게 제출했지 뭡니까! 특히 일본 모델에서 영감을 받은 항문 세척용 분사식 비데가 장착된 새로운 변기 출시를 제안한 것도 바로 그였습니다!"

"그거 정말 멋지군요!" 푸르카드는 당혹감과 유쾌함을 동시에 표출하며 그의 말을 중단시켰다.

방청석에서 냉소가 터져나오자 뚱뚱한 파스키에는 얼굴을 찡그리며 억지웃음을 지어 보였다. 그 순간 난 계속해서 나를 괴롭히는 두통에도 불구하고 사디스트적인 희열을 충분히 만끽할 수 있었다. '항문 세척용 분사식 비데'가 장착된 변기라니. 내가 대체 어떻게 그동안 저토록 하찮은 야망을 가진 기업을 위해 일할 수 있었단 말인가? 새 바라티에가 펼쳐 보이는 대단한 능력과 혁신적인 생각 따위는 아무래도 좋았다! 그가 회계 분야의 십자군이 되든, 기발한 변기 따위를 개발해내느라 골머리를 싸매든 나와는 전혀 상관없는 일이었다! 난 이제 저 꼭두각시들이며 저들의 우스꽝스러운 목표와는 전혀 다른 세계에 속해 있는 느낌이 들었다.

"파스키에 씨, 당신의 증언에 다시 한번 감사드립니다." 푸르카드는 이렇게 말하고는 방청석이 조용해지기를 기다렸다가 그 남자 쪽으로 돌아섰다. "친애하는 마르크, 진심으로 축하드립니다. 당신의 앞날에 탄탄대로가 펼쳐져 있는 것 같군요! 그런데 당신의 사생활은 어떻습니까? 당신의 새로운 가족은요? 이젠 아내분인 잔에게 물어봐야 할 것 같군요."

잔은 내가 예전에 보지 못했던 당당한 모습으로 자리에서 일어났다. 그녀는 마이크를 받아들고 강렬한 눈빛으로 남자의 눈을 응시했다. 그들은 그렇게 잠시 말없이 서로를 바라보았다. 그러더니 잔의 미소가 점점 더 환해졌다. 그녀는 눈부시게 아름다웠다.

"아주 간단히 말할 수 있어요." 그녀는 남자에게서 눈을 떼지 않고 말했다. "마르크와 나는 말 그대로 첫눈에 반했습니다. 그런 일이 가능할 거라고는 생각해본 적이 없었어요. 그러니까 내 말은…… 그런 건 전설 속에서나 나오는 건 줄 알았어요. 감상적인 여자들이 지어낸 오래된 신화 같은 데서요. 하지만 이제 난 첫눈에 반한다는 게 실제로 존재한다는 것을 알게 되었습니다. 우리가 느꼈던 두려움이나 우려에도 불구하고, 우리의 감정은 그 모든 것을 극복할 만큼 강했습니다. 마르크는 과거의 고통을 떨쳐버리고, 내 상처를 치유해주어 나를 새로운 여자로 만들어주었어요. 난 다시 태어난 것 같은, 마침내 사랑을 발견한 것 같은 느낌을 받았습니다. 왜냐하면 그를 만나기 전까지는 난 결코 진정한 사랑을 해본 적이 없다는 걸 알게 되었으니까요."

"신사 숙녀 여러분." 푸르카드는 감동에 젖은 목소리로 외쳤다. "감동적인 사랑의 고백에 뜨거운 박수 부탁드립니다! (감동받은 방청객들의 박수갈채.) 마르크, 정말 멋진 사랑을 하고 계시는군요!"

내 오른쪽의 남자는 더욱더 활짝 웃어 보였다. 처음으로 그의 눈이 촉촉해진 듯 보였다.

"네, 그렇습니다. 잔이 말한 그대로입니다. 우린 정말로 서로에게 첫눈에 반했습니다. 놀랍고 마법 같은, 그리고 열정적인 사랑을 모두 느꼈습니다. 그녀와 나는 즉시 하나가 됨을 느낄 수 있었습니다. 모든 면에서 즉각적인 합일이 이루어진 겁니다. 지적으로, 예술적으로…… 그리고 육체적으로도 말이죠……"

"오 이런, 마르크, 그만 얘기하는 게 좋겠군요!" 푸르카드가 그의 말을 가로막았다. "아이들도 이 방송을 지켜보고 있으니까요!" (방청석의 키득거리는 웃음소리.)

내 머리를 괴롭히는 두통은 점차 도를 더해갔다. 몸이 점점 더 뜨거워지면서 엄청난 갈증이 느껴졌다. 시야가 흐려지기 시작하면서 정신

마저 몽롱해졌다. 난 점점 더 혼란스러운 감정의 미궁 속으로 빠져들었다. 잔과 옆 남자의 열렬한 사랑 고백. 서로를 집어삼킬 것 같은 그들의 뜨거운 사랑. 그것을 표현하는 저속하기까지 한 방식. 그리고 그녀가 너무나 쉽게 나를 지워버렸다는 사실. 그 모든 것이 분명 나를 흔들어 놓고 내 머릿속 통증을 가중시키고 있었다.

"어쨌든 오늘밤 제가 하고 싶은 말은," 남자가 그윽한 목소리로 말을 이었다. "잔은 내 인생의 여인이라는 겁니다. 그리고 우리 사랑을 더욱 굳건히 하기 위해 우린 아이를 낳기로 했습니다. 우리 아들 티보에게 예쁜 여동생이나 남동생을 선물하기로 마음먹었습니다."

"정말 모든 면에서 신속한 커플이군요!" 방청객들이 감탄사를 연발하는 동안 푸르카드가 열광적인 찬사를 보냈다.

그들이 날린 결정타에 충격을 받은 나는 간신히 침을 삼켰다. 방금 남자가 내뱉은 말은 평소 잔이 나에게 수시로 했던 말과 거의 똑같았다. "마르크, 티보한테 예쁜 여동생이나 남동생 선물할 생각 없어?" 당시 깊은 절망에 빠져 있던 나는 이미 길어질 대로 길어진 나의 실수와 방황의 목록에 아이까지 추가할 생각이 전혀 없었다. 남자는 박수 소리가 잦아들기를 기다렸다가 다시 입을 열었다.

"당신을 사랑해요, 잔." 그는 그녀를 똑바로 응시하면서 고백했다.

"저도 당신을 사랑해요, 마르크." 잔도 얼굴을 붉히면서 속삭이듯 말했다.

난 그들의 달콤한 사랑 고백을 들으면서 토할 것만 같았다. 더이상 예전의 잔은 존재하지 않았다. 그녀는 전혀 다른 여자가 돼 있었다. 우리가 비교적 잘 지내던 젊은 시절에도 잔은 나한테 그런 고백을 한 적이 단 한 번도 없었다. 그녀는 자신의 감정 표현에 언제나 수줍어하고 절제하는 편이었다. 그런데 저 남자가 대체 무슨 마법을 부려 그녀 안에 깊이 잠들어 있던 낭만적인 열정을 일깨워주었단 말인가? 온갖 의문이 내 머릿속에서 요동치고 있을 때 방청객들의 박수갈채를 뚫고 가냘픈 목소리 하나가 들려왔다.

"나도 사랑해요, 아빠."

내 시선이 향한 곳은 의자에 올라선 채 엄마의 손에서 마이크를 건네받아 말하고 있는 티보였다.

"아주 많이 사랑해요, 아빠." 아이는 사랑스럽게 입술을 내밀면서 거듭 말했다.

아이는 지금 누구에게 말한 것일까? 아이가 불안정한 작은 눈으로 응시하고 있는 사람이 우리 둘 중 누구란 말인가? 몇 초 동안 난 마음으로부터 우러나온 저 가냘픈 외침이 나를 향한 것이라고 확신했다. 그것은 어른들의 터무니없는 짓거리에 마음의 상처를 입고 방황하는 어린아이의 절규처럼 내 귓가에 울려퍼졌다. 티보는 물론 아빠가 그리울 터였다. 나 또한 티보가 그리웠다. 티보가 부른 '아빠'는 바로 나였다, 지금까지 늘 그래왔듯이. 한꺼번에 몰려오는 감동에 사로잡힌 나는 아이의 고백에 응답하기 위해 입을 벌렸다. 하지만 그 순간 내 목소리 대신홀 안에 울려퍼진 것은 그 남자의 목소리였다.

"나도 사랑한다, 사랑하는 내 아들. 너를 아주 많이 사랑한단다."

너무나 행복해 보이는 티보는 이가 빠진 수줍은 미소로 그에게 응답했다. 그리고 그는 티보에게 다정한 손 키스를 날려보냈다. 난 말을 삼킨 채 이를 악물었다. 이 상황을 수긍하고 받아들여야만 했다. 아이의 엄마가 그랬듯이, 내 아들도 이미 자신의 기억으로부터 나를 깨끗이 지워버렸던 것이다. 아이가 간직한 과거만큼이나 짧은 아이 자신의 기억으로부터. 티보의 '아빠'는 이제 저 남자, 마르크 바라티에였다.

"정말 감동적이군요!" 푸르카드는 훌쩍거리기까지 했다.

이제 통증은 내 머릿속 전체를 침범해버린 상태였다. 관자놀이에서 목덜미까지 불꽃처럼 나를 집어삼켰다. 염산이 가득 담긴 통처럼 부글부글 끓어오르는 뱃속에서는 시큼한 위액이 역류해 식도가 화끈거렸다. 다리가 따끔거리면서 귀에서는 윙윙거리는 소리가 들려왔다. 그리고 온몸이 후들거렸다. 난 심호흡을 한 다음 내가 얼마나 믿기지 않는 행운을 차지했는지를 떠올리려고 노력했다. 나의 새로운 삶이 주는 평온함과 다시 찾은 마음의 평정. 지금 내가 누리고 있는 엄청난 호사. 넘쳐나는 돈과 으리으리한 아파트. 사랑스럽고 기품 있는 아내와 딸. 난 마르크 바라티에의 삶과 스타시티, 그리고 고질적으로 초라한 그의 삶과는 멀리, 아주 멀리 있었다. 객관적으로 난 그를 부러워할 이유가 아무것도 없었다.

"친애하는 마르크." 푸르카드가 다시 말을 이었다. "당신은 새 삶에 매우 만족스럽게 정착한 것 같군요. 그런데 우리에게 얘기해주고 싶은 마지막 한 가지가 남아 있는 것 같은데요."

"아, 네, 그렇습니다." 남자는 약간 수줍은 표정으로 대답했다. "그게 말이죠, 실은 제가 몇 년 전부터…… 글을 써왔거든요. 물론 대단한 것도, 엄청나게 공을 들인 것도 아닙니다만……"

"자, 자!" 푸르카드가 그를 부추겼다. "지나치게 겸손하신 것 같군요! 우리한테 알려줄 굉장한 소식이 있는 걸로 알고 있습니다."

"사실입니다, 장파트리스. 그건 뜻밖의 선물이었습니다…… 정말 전혀 기대하지 않았거든요……"

"얼른 얘기를 해주시죠. 우리 시청자들이 애타게 기다리고 있으니까요!"

"그게 말이죠…… 한 달쯤 전 우편으로 제 소설 원고를 몇몇 출판사에 보내보기로 했었거든요……"

"그래서요?" 푸르카드가 눈을 반짝거리면서 다음 얘기를 부추겼다.

"그리고 사흘 후 곧바로 전화 한 통을 받았는데요, 아직도 믿을 수가 없습니다. 갈리마르출판사 편집장의 전화였거든요. 직접 말입니다. 그는 내 원고가 기획위원들을 감동시켰다고 했어요. 그래서 되도록 빨리 출간하기를 원한다고 말이죠. 하나도 손대지 않은 그대로요. 그렇게 된 겁니다. 정말 신기합니다…… 모든 게 너무 빨리 진행됐거든요…… 어제 초판 인쇄가 끝나서 다음주부턴 서점에서 만나보실 수 있을 겁니다."

"그거 정말 멋진 소식이군요!" 푸르카드는 침을 튀기면서 외쳤다. "진심으로 축하합니다, 친애하는 마르크! 분명 우리 시청자들도 당신의 작품을 몹시 읽고 싶어할 겁니다. 소설 제목이 뭔가요?"

남자는 잠시 말을 멈추더니 심호흡을 했다. 그러고는 기쁨을 더 오래 누리고 싶은 것처럼 음절 하나하나를 떼어 발음했다.

"『고통을 완화하는 자세』입니다."

"신사 숙녀 여러분, 이 제목을 잘 기억하십시오.『고통을 완화하는 자세』! 다음주 월요일부터 서점에서 만나보실 수 있습니다! 대단히 감사합니다, 마르크. 아르노에게도 다시 한번 감사의 말을 전합니다. 앞으로 남은 육 주 동안에도 두 분에게 행운이 함께하기를 바랍니다. 두 분은 새로운 삶의 출발이 아주 순조로운 것 같군요! 신사 숙녀 여러분, 두 분에게 힘찬 격려의 박수 부탁드립니다! (방청석의 박수 소리와 바이올린, 트럼펫, 심벌즈 소리.) 잠시 후에는 여러분이 소식을 몹시 궁금해하는 놀라운 한 쌍을 만나게 될 텐데요. 노숙자 폴과 백만장자 프랑크입니다! 곧 다시 뵙겠습니다. 채널을 고정해주세요!"

바로 그 순간 내 안의 무언가가 부서져버렸다. 조용하지만 돌이킬 수 없는, 내면 깊숙한 곳의 파괴. 난 마치 로봇처럼 무겁고 기계적인 걸음으로 무대를 가로질러 내 자리로 돌아왔다. 머리를 죄어오던 두통이 멈춘 대신 이번에는 독기 서린 감정이 강력하게 나를 사로잡았다. 증오와 열등감, 질투가 뒤섞인 감정이었다. 난 양쪽 관자놀이를 문지르면서 내 옆에 앉아 있는 남자를 바라보았다. 그는 또다시 밀랍 마스크를 쓴 듯한 얼굴에, 입가에 미소를 띤 채 반짝이는 눈으로 저멀리 어딘가를 응시하고 있었다.

난 그의 목을 조르고 싶은 마음을 억누르기 위해 주먹을 힘껏 그러쥐어야만 했다.

겨우 육 주 만에 그는 나를 아무것도 아닌 존재로 만들어버렸다. 그는 나를 빨아들이고, 대체하고, 표절하고, 그리고 넘어섰다. 육 주 만에, 겨우 육 주 만에, 그는 내 삶을 성공적으로 살아냈다.

13

그후 사십팔 시간을 최대한 정확하게 묘사해야 할 것 같다. 내 기억
은 계속 흐릿해지고 있지만.

방송 다음날은 내 기분과 어울리는, 비가 추적추적 내리는 을씨년스
러운 날씨의 일요일이었다. 난 뜬눈으로 밤을 새운 후 새벽이 되기도
전에 일어나 커피를 만들어 내 서재로 향했다. 그리고 내 은신처의 희
끄무레한 빛 속에서 간밤의 일들을 다시 떠올려보았다. 그들의 말 한마
디 한마디와 모습 하나하나가 강박적으로 되풀이해서 머릿속으로 지나
갔다. 그 남자와 반들거리는 그의 얼굴, 너무나 환하게 빛나던 잔과 그
들이 과시하던 첫눈에 반한 사랑. 또한 그 어느 때보다 흥분한 모습의
발그스레한 얼굴의 티보. 하지만 난 무엇보다도 그 비열한 인간이 빼앗
아간 책, 나의 책을 떠올렸다.
『고통을 완화하는 자세』.
내가 최종적으로 결정하기 전까지 수도 없이 바꾸고도 마음에 들지

않아 고민했던 제목이 그 어느 때보다도 멋지게 느껴졌다. 『고통을 완화하는 자세』.

그가 내 소설에 대체 무슨 짓을 한 것일까? 무슨 권리로 내 말들을 약탈해갔단 말인가? 그가 내 원고를 수정했을까? 아니면 다시 쓰기라도 한 것일까? 대체 무슨 술수를 부렸기에 그토록 빨리 출간이 결정되었단 말인가?

난 몇 시간 동안 열에 들뜬 몸과 마음으로 나 자신을 괴롭혔다. 루빅 스큐브를 단 한 면도 맞추지 못한 채 쉼없이 만지작거리면서. 그리고 마침내 새틴 커튼 뒤로 꾸역꾸역 날이 밝아오기 시작하자 한없는 슬픔이 나를 사로잡았다. 난 동트기 전 하늘의 빛을 희석시켜버리는 아침 햇살을 멍한 눈으로 바라보며 앉아 있었다. 그러다 기진맥진한 채 그 자리에서 잠이 들고 말았다.

나를 혼수상태 같은 잠에서 깨어나게 한 것은 한데 뒤섞인 그들의 목소리였다.

"아르노, 당신 거기 있어요?"

"아빠, 제발 문 좀 열어주세요!"

안프랑스와 시빌은 잠긴 문을 두드리고 있었다. 난 여전히 멍한 상태로 손목시계를 들여다보았다. 어느덧 정오가 지나 있었다. 하늘은 석고처럼 뿌연 백색이었고, 작은 빗방울들을 유리창에 점점이 뿌려댔다. 난 목욕 가운 바람으로 떨고 있었다. 온몸의 기운이 모두 빠져나간 것만 같았다. 난 남은 힘을 끌어모아 심호흡을 한 다음 애써 담담한 목소리로 대답했다.

"난 괜찮아요. 좀 혼자 있고 싶을 뿐이에요. 좀 있다 나갈게요."

한참 동안 침묵이 이어졌다. 난 문 너머에서 속삭이는 그들의 염려

섞인 대화를 주의깊게 엿들었다. "엄마, 다시 시작한 건 아닐까?" 난 안 프랑스의 대답은 바로 듣지 못했고, 잠시 후 내게 말하는 그녀의 침착한 목소리만 들려왔다.

"쉬어요, 아르노. 당신은 휴식이 필요하니까요. 어젯밤은 정말 힘든 시간이었어요. 우린 삼십 분 후에 점심 먹을 거예요. 당신도 괜찮다면 같이 먹어요."

"고마워요, 하지만…… 난 괜찮아요. 지금은 배가 안 고파요…… 하지만 나중에…… 그래요, 아마도 나중엔……"

난 마치 실어증이라도 걸린 사람처럼 말을 더듬으면서 넋을 잃고 헤맸다. 그러다가 말을 채 끝내지 못하고 입을 다물었다. 난 뱃속에서부터 점점 커지는 두려움을 억누르기 위해 눈을 꼭 감은 채 정신을 집중했다. 나를 금방이라도 집어삼키려는 두려움이란 놈이 꿈틀거리고 있었다.

"그럼 그렇게 해요." 안프랑스가 말했다.

그들의 발소리가 문 뒤에서 멀어지는 동안, 난 허울뿐인 침착함이라도 되찾아 머릿속을 비워내고, 오물을 흡수한 스펀지 같은 나의 뇌를 정화시키려고 애썼다. 관자놀이 안쪽에서 가벼운 두통이 시작되고 있었다.

나한테 대체 무슨 일이 일어나고 있는 걸까?

나의 이런 상태가 지극히 정상적인 것일까?

난 자리에서 일어나 창가로 걸어가 바람의 손길에 흔들리는 나뭇잎들을 응시했다.

아니, 아무리 이성적으로 따져보아도 이건 정상이 아니었다.

그 무엇도 이런 불안감이 찾아오는 것을 합리화할 수는 없었다.

난 생기를 잃어버린 눈빛으로 창가에 한동안 머물러 있었다. 이중 유리창 너머로 보이는 인간 세상이 이상하게도 멀게 느껴졌다. 다시 소파로 돌아와 몸을 깊숙이 파묻자, 내 뱃속 깊숙이 똬리를 튼 두려움이 생생하게 느껴졌다. 난 루빅스큐브를 집어들고 몇 분간 정신을 집중한 끝에 하얀색 면 두 줄을 맞추는 데 성공했다. 그러다 갑자기 손놀림을 멈췄고, 뒤섞여 있는 큐브를 잡은 손가락이 떨리기 시작했다. 납덩어리 같은 것이 목구멍을 꽉 막더니 눈물이 솟구쳐 나오려고 했다.

난 눈을 감고 두 손으로 머리를 감쌌다. 묵직한 머리가 마치 고통스러운 변신이라도 하는 것처럼 부글부글 끓고 있었다. 난 두 엄지손가락으로 눈 아래쪽을 받친 채 관자놀이를 문질렀다. 아래로 서서히 가라앉는 느낌이 들었다.

내가 이 상태에서 벗어날 수 있을까?

내게 아직 버틸 힘이 남아 있긴 한 것일까?

현기증이 일면서 정신을 잃을 것만 같았다. 그러다 혼돈 상태의 머릿속에서 생각 하나가 떠올랐다. 처음에는 모호하게, 그러다 점점 더 명확하게 하나의 실마리처럼 떠오른 특효약이었다. 난 손을 뻗어 책상 아래쪽 서랍을 열었다. 그것들은 거기에, 한없이 끈기 있게, 투명한 모습으로 나란히 누워 있었다. 내게 구원의 손길을 내밀 준비를 하고서, 마치 오래전부터 나를 기다려온 것처럼. 난 전에 마시다가 남겨둔 병을 집어들고 뚜껑을 열어 병 주둥이를 코 아래 갖다댔다. 독한 냄새가 마치 묘약처럼 내 안으로 스며들었다. 나의 온 존재가 이 액체를 열렬히 갈구하는 것 같았다.

난 병을 입에 대고 단숨에 사분의 일 정도를 비워냈다. 그러고는 혀로 입술을 핥은 다음 눈을 감고 머리를 뒤로 젖혔다. 알코올이 마치 구원의 불길처럼 내 몸을 관통하면서, 내 목을 불태우고 배를 덥히며 페니스를 팽창시키는 게 느껴졌다. 그러자 그 즉시 고통이 가라앉았다.

집요하게 나를 괴롭히던 두통이 다소 누그러지고, 배를 잡아뜯는 것 같던 복통도 사그라졌다. 머릿속 생각은 여전히 뒤죽박죽이었지만, 나를 엄습해오던 두려움은 단 몇 초 만에 사라져버렸다.

다시 진정된 나는 루빅스큐브를 집어들고 무작위로 면들을 돌려보았다. '4300경 개의 조합'과 에바 콜린스카의 얼굴을 떠올렸다. 나를 향한 그녀의 청록색 눈빛도…… 난 보드카를 두세 모금 더 마시고는 술기운에 또다시 마취 상태와 같은 잠 속으로 빠져들었다.

내가 잠에서 깨어났을 때는 이미 밤이었다. 손목시계를 흘끗 보니 자정이 넘은 시각이었다. 열 시간 가까이 술의 미궁 속에서 정신을 잃고 헤맸던 것이다. 내 앞에는 거의 바닥이 난 스톨리치나야 병이 굴러다녔다. 그 옆에는 여전히 뒤섞인 채로 루빅스큐브가 놓여 있었다. 난 잠시 그 기만적인 정물을 응시하다가 술병에 남아 있는 술을 모두 비워버렸다. 그런 다음 자리에서 일어나 비틀거리는 걸음으로 서재를 나갔다. 난 어둠에 잠긴 아파트 안을 돌아다니기 시작했다. 그리고 거실로 들어가 거대한 그림 앞에 우뚝 멈춰 섰다. '아르노 드몽탈'이 그린 폴록의 〈넘버 32〉였다. 내 시선은 또다시, 보는 사람에게 최면이라도 걸듯 복잡하게 뒤엉킨 검은 선들을 향했다. 난 마음속으로 외쳤다. 사기꾼, 저속한 모사꾼 같으니라고. 오직 내 몸의 나른함만이 치밀어오르는 분노를 막을 수 있었다. 난 비틀거리면서 복도로 발걸음을 옮겨 내 방으로 향했다. 방문을 열자 희미한 빛 속에 시트를 거의 흐트러뜨리지 않을 정도로 빈약한 안프랑스의 몸이 보였다. 난 목욕 가운을 벗어 바닥에 떨어뜨리고 그녀 곁으로 가서 누웠다. 나의 거친 숨결에선 보드카 냄새가 짙게 풍겼다. 그녀의 호흡이 빨라지는가 싶더니 그녀가 내 쪽으로 돌아누웠다. 그녀는 완전히 잠든 게 아니었다.

"아르노, 난 두려워요." 그녀가 조그맣게 속삭였다. "시빌도 그렇고요…… 자기가…… 그러니까 내 말은…… 당신이 다시 시작한 것 같은 생각이 들어서요."

반쯤 잠든 상태에서 그녀는 처음으로 나한테 말을 놓을 뻔했다. 취기에도 불구하고, 어쩌면 그녀 때문에 감격해서인지 순간적으로 강렬한 흥분이 느껴졌다. 그녀는 마음이 상한 듯 등을 돌린 채 몸을 웅크렸다. 난 그녀 뒤로 미끄러지듯 다가가 나의 단단해진 성기를 그녀의 엉덩이에 갖다댔다.

"내가 뭘 다시 시작한다는 거지?" 난 그녀의 납작한 가슴을 움켜쥐면서 귀에 대고 속삭였다.

우리의 성교는 매우 짧고 거칠었다. 아무런 전희도 없이 나는 그녀의 몸속으로 들어가 강박적인 몸짓으로 피스톤 운동에만 몰두했다. 내페니스는 아직 애액이 나오지 않아 빡빡한 그녀의 질 속을 힘겹게 뚫고 들어갔다. 내가 마치 그녀의 몸속을 문질러 닦는 자루 달린 솔이라도 된 느낌이었다. 그녀는 작은 숨소리조차 내지 않았고, 일말의 기쁨이나 불만족도 표현하지 않았다. 채 일 분도 되지 않아 난 마치 새끼 멧돼지의 멱을 딸 때와 같은 신음소리를 내며 힘차게 정액을 뿜어냈다. 내 의지와는 상관없이, 에바 콜린스카의 천사 같은 얼굴을 떠올리면서. 그녀의 모습이 마치 오르가슴의 아이콘처럼 내게 다가왔다. 그리고 난 무감각한 안프랑스의 몸에서 빠져나와서는 침대 끝으로 굴러가 취기와 망각 속에 즉시 잠에 빠져들었다.

다음날 잠에서 깨어났을 때 끈적거리는 내 입에선 알코올로 인한 악취가 풍겼다. 아직 날이 밝지 않은 시각이었고, 안프랑스는 내 옆에서 코를 골고 있었다. 난 그림자가 춤추는 천장에 시선을 고정한 채 잠시 그대로 누워 있었다.

난 생각했다. '더이상 침대에서 일어날 수가 없어.'

그리고 또 생각했다. '몸을 일으키는 것이 불가능해.'

난 내가 이 문장을 얼마나 수없이 되뇌었는지를 떠올렸다. 내 책의 첫번째 문장을.

그리고 그 비열한 인간과 『고통을 완화하는 자세』를 떠올렸다.

난 침대에서 빠져나와 불안정한 걸음으로 욕실로 향했다. 변을 보고 간단히 샤워를 한 다음 수염을 깎으려 했다. 그런데 거울에 비친 내 모습을 보고 화들짝 놀랐다. 나를 보고 미소 짓고 있는 것은 다름 아닌 그 남자의 얼굴이었다. 그는 예의 그 고정된 시선으로 나를 응시하고 있었다. 그 수수께끼 같은 표정으로. 난 잠시 거울 앞에 멍하니 서 있었다. 그리고 나서 눈을 감고 얼굴에 면도 크림을 발랐다. 냉정을 되찾아야만 했다.

십오 분 후, 난 말끔하게 면도를 하고 영국식 줄무늬 양복을 갖춰 입었다. 그런 다음 부엌으로 가 커피를 만들어 다시 서재로 향했다. 빈 보드카 병이 가죽 탁상 매트 위에 마치 트로피처럼 여전히 그 자리에 놓여 있었다. 난 병을 서랍 속에 넣어두고 커피를 한 모금 마신 다음 또다시 루빅스큐브를 집어들고 만지작거리기 시작했다. 소파에 푹 파묻힌 채 각 면을 맞추거나 흩뜨리면서 한 시간 가까이 있었다. 그러자 창밖에서 새벽빛이 유유히 비쳐들기 시작했다. 시계를 보니 여덟시였다. 난 눈을 감고 한숨을 내쉬었다. 매주 월요일마다 그랬듯이 로비코 이사회에 참석해야만 했다. 전혀 내키지 않았지만 어쩔 수 없었다. 꾀병을 부리거나 아예 취소를 해버릴까 하는 생각도 해보았다. 어쨌거나 내가 사장 아닌가. 하지만 난 바람을 쐴 필요가 있었다. 이 서재로부터, 숨이 막힐 것만 같은 정적으로부터 벗어나야만 했다. 그리고 그 하기 싫은 일이 내게 절호의 기회를 제공했다. 난 커피를 마저 마시고 외투를 입고 아파트를 나섰다. 새벽 추위에 보닛에서 김을 뿜어내는 메르세데스가 건물 앞에서 나를 기다리고 있었다. 난 뒷좌석으로 빨려들듯 들어가 백미러로 샤를의 상냥한 시선과 마주했다.

"좋은 아침입니다, 사장님." 그가 내게 신문을 건네면서 말했다.

"좋은 아침이에요, 샤를."

차 안은 알맞게 난방이 돼 있었고, 샤를의 비밀이 숨겨진 듯한 스피커에서는 웅장한 음악이 흘러나왔다.

"무슨 음악이죠?"

"차이콥스키입니다, 사장님. 〈비창〉입니다."

"무척 아름답군요."

차는 군데군데 살얼음이 반짝거리는 아스팔트 위를 미끄러져 달리기 시작했고, 난 무심코 〈르 피가로〉지를 펴들었다. 늘 그렇듯이, 신문 일면은 말랭보의 환하게 웃는 얼굴로 도배되어 있었다. "대통령, 내기에서 승리를 목전에 두다". 난 짜증스러운 한숨을 길게 내쉬고는 기사 첫 줄을 훑어보았다. "지난 토요일, 〈두번째 기회〉는 중간 점검 방송에서 다시 한번 시청률(91퍼센트의 점유율) 기록을 경신했다. 하지만 이번 방송은 글로벌비전의 새로운 성공을 넘어서, 육 주 동안 실험을 거쳐 삶의 재분배 프로그램의 장기적인 실현 가능성을 입증했다는 데 그 의의가 있다. 아직은 그 과정이 불안정하고 불공평한 면이 많지만, 열 명의 '교환자들'은 모두 삶의 의욕을 되찾은 것으로 보인다. 따라서 앞으로의 육 주가 결정적인 역할을 하게 될 것이다. 그 결과에 따라 법적인 유효성을 획득하고 전례없는 개혁의 길이 열릴 것이다. 프랑스 국민들은 이미 압도적인 지지를 보내고 있다." 그리고 알록달록한 그래프가 여론조사 결과를 보여주었다. "〈두번째 기회〉의 일반화에 찬성하십니까?"라는 질문에 응답자의 84퍼센트가 긍정적인 대답을 내놓았음을 설명하는 도표였다.

난 신문을 읽다 말고 차창 너머로 퐁데쟁발리드 다리의 멋진 풍경을 감상했다. 빛나는 하늘을 배경으로 가지런하게 늘어선 건물들이 돋보였고, 〈비창〉의 곡조가 내 고막을 계속해서 어루만져주고 있었다. 난 다시 신문으로 시선을 돌려 첫 장을 넘겼다. 그러자 사진으로 가득찬 이면에서 그가 단번에 눈에 들어왔다.

그였다. 밀랍 인형 같은 표정으로 강박적인 미소를 짓고 있는 그 남자.

거기엔 다른 지원자들도 함께 등장했다. 바보 같은 코멘트("유력한 CEO가 된 전직 회계원")가 곁들여진 내 얼굴을 포함해서. 하지만 그 남자, 그는 우리들 한가운데서 우뚝 군림하고 있었다. 다른 이들보다 더 크고 격조 있는 포맷의 사진 속에서 탁자에 팔을 기댄 모습으로. 그는 주먹으로 턱을 괸 채 먼 곳을 응시하며 입가에는 예의 그 미소를 띠고 있었다. 그의 사진 위에는 이탤릭체로 몇 마디 덧붙여 있었다.

마르크 바라티에

『고통을 완화하는 자세』

입이 바짝 마르고 가슴이 메었다. NRF 총서의 하얀색 표지 아래에는 살짝 펼쳐진 책 사진도 함께 실려 있었다. 회색 배경의 칸 안에는 찬사가 부각되어 있었다.

"독특한 문체로 쓰인 충격적이고도 완벽한 소설—올해 문학계의 새로운 발견."

갈리마르 출판사의 로고가 그 무게감을 더하면서 내 심장을 갈기갈기 찢어놓았다.

샤를은 변함없이 예의바른 태도로 나를 쇼크 상태로부터 이끌어냈다.

"사장님, 도착했습니다."

난 고개를 들고 선팅이 된 차창 너머로 내 사무실이 있는 혐오스러운 건물을 바라보았다. 입구 양옆의 남성상들이 평소보다 훨씬 더 고통에 짓눌려 보였다.

"고마워요, 샤를." 난 문을 열면서 말했다. "여기서 기다려줘요. 잠시면 됩니다."

"알겠습니다, 사장님." 그는 약간 놀란 표정으로 뒤를 돌아보며 말했다.

난 힘을 끌어모으고 신선한 공기로 폐를 채운 다음 복도와 엘리베이터, 자동문을 지나 이사회가 열리는 타원형 회의실로 거침없이 향했다. 넥타이를 맨 세 명의 이사가 그들에게 어울리는 뻣뻣한 태도로 나를 맞이했다.

"좋은 아침입니다, 사장님." 그들은 이구동성으로 아부성 인사를 했다.

그들은 매주 그러듯이, 세 사람 모두 한결같은 분석과 증가 추세의 그래프, 고무적인 통계를 내게 쏟아냈다. 난 그중 일부만 주워들으며 예의바르게 고개를 끄덕이기만 하면 되었다.

"사장님, 이 안건들을 인가하시겠습니까? 앞으로 중장기적으로 우리 자회사들에 상당한 투자를 해야 할 것임을 예측하는……"

"그러죠, 인가하겠습니다. 우리 기업의 전략과도 일치하는 것 같군요."

그들의 전문적인 충고를 마저 듣지도 않고, 나는 그들이 내 앞에 쌓아놓은 서류들을 한번 들춰보지도 않은 채 그 자리에서 동의했다. 그러자 세 명의 이사가 걱정스러운 표정으로 나를 뚫어지게 바라보았다.

"정말 이대로 아무 문제가 없을까요, 사장님?" 재무이사가 조심스럽게 물었다.

"물론입니다. 아무 문제 없습니다." 난 고개를 끄덕였다. "오늘 일정은 다 마친 것 같군요. 이만 회의를 마치죠."

나는 그렇게 말하는 동시에 자리에서 일어나 당황하는 이사들을 남겨둔 채 서둘러 회의실을 떠났다. 그러고는 엘리베이터 안으로 달려들어가 거울에 비친 내 얼굴을 살펴보았다. 창백한 안색에 볼은 퀭하고 눈밑에 보랏빛 다크서클이 져 있었다. 그리고 석탄처럼 시커먼 두 개의 구멍이 눈을 대신했다. 난 건물 밖으로 나와 열에 들떠 두리번거리며 샤를의 메르세데스를 찾아보았다. 하지만 차가 보이지 않자 이리저리 행인들에 치이며 보도 한가운데 어쩔 줄 몰라하며 멍하니 서 있었다. 심장박동이 빨라지면서 식은땀이 나기에 마음을 진정시키려고 하늘을 올려다보았다. 하지만 내 눈에 보이는 것은, 높은 곳에서 묵직하고 위협적인 시선으로 나를 내려다보는 거대한 남성상들뿐이었다.

"사장님! 사장님!"

맞은편 보도에서 샤를이 손을 흔들면서 나를 부르는 게 보였다. 난 오토바이에 치일 뻔해가면서 종종걸음으로 대로를 건너, 마치 도망자처럼 차 뒷좌석으로 파고들었다. 과도하게 데워진 차 안을 〈비창〉의 곡조가 여전히 가득 채우고 있었다. 땀에 흠뻑 젖은 채 숨쉬기조차 힘들었던 나는 넥타이 사이에 손가락을 집어넣어 매듭을 풀었다.

"괜찮으십니까, 사장님?" 샤를이 걱정스럽게 물었다.

몇 초간 아무런 대답도 할 수가 없었다. 난 눈을 감고 이마의 땀을 닦은 다음 심장박동을 진정시키려 했다.

"샹젤리제로." 난 간신히 발음했다.

"네?"

"샹젤리제로 가줘요. 부탁해요."

"알겠습니다, 사장님." 그가 시동을 걸면서 대답했다.

우리가 커다란 철문 앞에 주차했을 때는 아직 오전 열시가 채 되지 않은 시각이었다. 문은 아직 닫혀 있었다. 부랑자 같은 젊은이 몇몇이 점퍼와 파카를 두둑이 입고서 담배를 피우고 발을 작작거리며 보도에서 기다리고 있는 게 보였다. 패스트푸드점이나 영화관처럼 '버진 메가스토어'도 그들에게 대단한 유흥거리인 터였다. 난 밤낮으로 스타시티의 콘크리트 골목 사이를 헤매고 다니는 청소년 무리를 떠올렸다. 그들은 종종 고속전철역 입구에 모여서 약속의 땅, 샹젤리제를 향해 순례를 떠나곤 했다. 전 세계적으로 유명하면서도 매우 통속적인 이 대로에서 그들은 아침부터 저녁까지 마치 시계추처럼 지칠 줄 모르고 걸어다녔다. 내가 메르세데스의 유리창에 얼굴을 바짝 붙인 채 다소 반동적인 생각에 잠겨 있을 무렵, 붉은색 작업복을 입은 키 작은 남자가 회전문을 여는 게 눈에 띄었다.

"여기서 기다려요, 샤를. 금방 올게요."

난 차에서 내려 버진 메가스토어 입구로 향했다. 내 관자놀이를 두드리는 맥박에 발걸음을 맞추면서. 난 홀에 서 있는 경비를 지나친 다음 오른쪽으로 방향을 틀어 지하 서점으로 향하는 계단을 내려갔다. 급히 서두르다 계단에서 미끄러질 뻔했지만 간신히 난간을 붙잡았다. 그리고 잠시 난간에 기대어 한숨을 돌렸다. 숨을 깊이 들이마셨다가 천천히 내쉬어보았지만 아무런 소용이 없었다. 심장박동은 점점 더 빨라질 뿐이었다. 상점의 열기는 바깥의 추위와 대조적이었다. 끈적거리는 땀이 온몸에서 배어났다. 난 손등으로 이마를 훔치고 다시 천천히 계단을 내려갔다.

계단 아래 도착해서도 여전히 다리가 후들거렸고, 덩치 큰 흑인 여자 계산원이 그런 나를 계속 뚫어지게 바라보고 있었다. 난 화려한 양장본과 여행 서적을 진열해놓은 맨 앞의 진열대를 살펴보았다. 이제 내 앞에 연속적으로 펼쳐질 장면을 늦추려는 것처럼, 서두르지 않고 비닐 커버를 눈으로 천천히 훑었다. 하지만 그러다 곧 끔찍한 고통이 닥치리라는 것을 난 알고 있었다. 그런 다음 아래쪽으로 일반 문학 진열대가 보이는 계단 위에 서게 되었다. 난 수많은 익명의 책들 가운데서 어떤 위안이라도 발견하고자 그곳을 휘둘러보았다. 하지만 내 시선은 중앙의 커다란 기둥에 가서 꽂혔다. 그가 거기 있었다. 피해갈 수 없을 만큼 거대한 크기로. 순간 손이 얼음장처럼 차가워지면서 배가 뒤틀리는 것 같았다. 신문에서 보았던 바로 그 남자의 사진이 내 눈앞에 있었다. 주먹으로 턱을 괸 채 먼 곳을 응시하며 입가에는 예의 그 미소를 띤 모습으로, 책이 가득 들어찬 진열대 가운데 위치한 기둥의 반을 뒤덮고 있었다.

난 머뭇거리는 걸음으로 그곳으로 다가갔다. 또다시 숨이 가빠지면서 심장박동이 빨라졌다. 기둥 앞에 도착하자, 난 미색이 섞인 하얀 표지를 손으로 스쳐보았다. 온기가 느껴지는 매끄럽고 멋진 디자인의 표지였다. 손안에 쏙 들어오는 단단한 책을 내 손으로 직접 만지면서도 그것이 실제로 존재하는 것인지 믿기 어려웠다. 이 모두가 내겐 비현실적으로 느껴졌다.

고통을 완화하는 자세
마르크 바라티에 소설

믿을 수가 없었다. 이건 한마디로 불가능한 일이었다. 내 안의 모든 것이, 내 정신과 육체 모두가 그 사실을 믿으려 하지 않았다. 난 다른 세상에서 온 듯한, 또다른 언어로 쓰인 것 같은 이 몇 마디 단어를 다시 읽어보았다.

고통을 완화하는 자세
마르크 바라티에 소설

빛을 발하는 붉은색 글씨들이 표지 전체를 환히 밝히고 있었다. 난
마치 최면에라도 걸린 듯 눈을 뗄 수가 없었다.

고통을 완화하는 자세

마르크 바라티에 소설

nrf

갈리마르

난 창자가 갈기갈기 찢겨나가는 심정으로 꼼짝 않고 그 자리에 선 채
현기증이 날 정도로 이 단어들을 읽고 또 읽었다. 나중엔 무의미한 음
절들의 나열로밖에 보이지 않을 정도로.

"망설이지 말고 그 책 꼭 사쇼!" 그때 내 뒤에서 누군가가 내게 말을
걸어왔다.

뒤를 돌아보니, 기품 있어 보이는 나이든 서점 주인이 가느다란 뿔테
안경 너머로 나를 지켜보고 있었다.

"기막힌 걸작이라오. 읽어보면 알게 될 거요."

그의 찬사가 비수처럼 내 가슴팍에 꽂혔다. 난 그대로 그 자리에 쓰
러져버릴 것 같았지만 간신히 기운을 추슬러 목멘 소리로 그에게 대답
했다.

"고맙습니다…… 조언 감사합니다."

노인은 내게 미소 짓더니 다시 안경을 치키고는 진열대 사이로 발걸
음을 돌렸다. 난 깊이 숨을 들이마시고 손에 들린 책을 들춰보았다. 뒤
표지에는 단 두 문장만 간략하게 적혀 있었다.

"더이상 침대에서 일어날 수가 없다.

나는 생각한다. '몸을 일으키는 것이 불가능해.'"

돌처럼 단단한 덩어리가 내 목구멍을 꽉 틀어막은 것 같았다. 난 이 두 문장을 반복해서 읽어보았다. 한 번, 두 번, 열 번. 그것은 내가 수없이 고치고 또 고쳤던 소설의 첫 구절이었다. 첫 문장에 따라 그다음이 달라질 수 있기 때문이었다. 그러다 마침내 어느 날, 난 마음을 굳혔다.

"더이상 침대에서 일어날 수가 없다.

그는 생각한다. '몸을 일으키는 것이 불가능해.'"

수개월간 망설이고 고뇌하며 며칠 밤낮을 지새운 끝에 난 삼인칭을 선택했던 것이다. 그것이 더욱더 우아해 보이고 미묘한 거리감을 두고 볼 수 있게 하면서, 값싼 자전적 소설의 표현 수단인 '나'보다 덜 비장해 보인다고 생각했기 때문이다. 그런데 그는, 그 남자는 다른 선택을 했다. 난 목이 멘 채로 그 두 문장을 다시 한번 읽어보았다.

"더이상 침대에서 일어날 수가 없다.

나는 생각한다. '몸을 일으키는 것이 불가능해.'"

뒤표지 아래쪽의 간략한 작가 소개가 눈에 띄었다.

"마르크 바라티에는 40세로, 파리 근교에 살고 있다. 『고통을 완화하는 자세』는 그의 첫번째 소설이다."

눈이 풀리면서 동시에 눈앞이 뿌옇게 흐려졌다. 난 이십 년 전부터 언젠가 이 문장을 읽을 수 있게 될 날을 꿈꾸어왔다. 죽기 전에 이러한 영광의 순간을 맛볼 수 있기를. 마침내 나 자신으로서 인정받을 수 있기를. 하지만 사진 속 인물은 내가 아닌 또다른 마르크 바라티에였다. 또다시 관자놀이께 맥박이 세차게 뛰면서 극심한 두통이 몰려왔다.

난 반쯤 넋이 나간 상태로 책값을 내기 위해 계산대로 향했다. 뚱뚱한 흑인 여자가 이번에는 노골적인 적대감을 드러내며 나를 응시했다. 난 책을 손에 들고 계단을 두 칸씩 뛰어올라갔다. 밖으로 나가서는 내 얼굴을 물어뜯는 듯한 돌풍에도 아랑곳없이 마치 미친 사람처럼 보도

위를 달려갔다. 그러고는 메르세데스에 올라타 세차게 문을 닫았다.

"집으로 갑시다." 내가 헐떡거리며 샤를에게 말했다.

샤를이 백미러로 벌게진 내 눈을 쳐다보면서 물었다.

"정말 괜찮으십니까, 사장님?"

난 무슨 말인가 하고 싶었지만 아무 말도 할 수가 없었다. 내 목소리가 목구멍 깊이 감금되어 붙들린 듯했다. 내가 말없이 고개를 끄덕이자 그는 그제야 출발했다. 〈비창〉이 더욱더 웅장하고 느릿한 마지막 악장으로 접어들었을 때 난 책을 무릎 위에 놓고 떨리는 손으로 펼쳐보았다.

"더이상 침대에서 일어날 수가 없다.

나는 생각한다. '몸을 일으키는 것이 불가능해.'"

난 남아 있는 용기를 모두 끌어내 그다음 단락을 읽어보았다. 그러고는 몇 쪽을 넘겨 무작위로 고른 문장을 읽었다. 그리고 좀더 떨어진 곳에 있는 문장과 거의 끝부분의 또다른 문장을 살펴보았다. 어디를 펼치건 나의 문장을 발견하게 되리라는 걸 이미 예상하고 있었다. 바뀐 것은 아무것도 없었다. 그것은 내가 쓴 원고 그대로였다. 쉼표 하나까지도. 그렇다, 그 비열한 인간이 삼인칭 대신 흉악한 일인칭으로 고친 것말고는 달라진 게 아무것도 없었다. '나는' '나를' '나에게'가 내 원고를 오염시켜놓은 것이다. 눈이 시큰거렸다.

감히 어떻게 이런 짓을 할 수 있단 말인가?

'그'는 어디로 사라진 것일까?

집으로 가는 동안 난 이를 악문 채 울음을 참으려고 애썼다. 그리고 아파트에 도착하자마자 서재로 뛰어들어가 문을 닫아걸었다. 난 책을 손에 들고 창가로 가서 나무들을 둘러싼 순백의 하늘을 바라보았다.

내 안의 무언가가 완전히 부서져버렸다는 걸 깨달았다. 그렇다, 바로 그날, 내게 '전'과 '후'가 생겨났음을 분명히 느낄 수 있었다.

어쩌면 내 한계에 도달한 것인지도 몰라. 난 책을 쥔 손에 힘을 주며 생각했다. 그가 내 아내와 아들, 내 아파트, 내 직장, 내가 원하지 않았던 그 하찮은 삶 모두를 가져가는 걸 내가 받아들이지 않았나. 그것도 흔쾌히. 그렇게 결정한 것은 바로 나 자신이었다. 하지만 내게 남아 있는 모든 힘과 내 영혼, 내 자존심을 걸고, 난 그가 내 문장과 단어를 차지하는 것만은 절대로 용납할 수 없었다. 그렇다, 내 이성의 힘을 다해 생각하더라도 그것만큼은 결코 인정할 수 없었다.

내가 고통스러운 생각에 잠겨 있는 동안 창문 너머에서 날카로운 쇳소리 같은 것이 들려왔다. 까마귀 한 마리가 발코니 가장자리에 와 앉아 있었다. 아마도 첫날 나를 맞아주었던 그놈인 것 같았다. 녀석은 불투명해 보이는 작은 눈으로 한참 동안 나를 응시하다가 홀연히 날아가 버렸다. 날아왔던 것처럼 그렇게. 바로 그 순간 고통으로 틀어막혀 있던 내 목구멍이 뚫렸다. 그제야 비로소 난 눈을 감고 울음을 터뜨릴 수 있었다. 미로 같은 밀림 한복판에서 길을 잃어버린 아이처럼.

14

그후 며칠 동안 난 서재에 틀어박혀 밖으로 나가지 않기로 마음먹었다. 방음장치가 된 이 음울한 방은 내가 가장 선호하는 곳이 되었다. 아니, 생존의 장소라고 말해야겠다. 난 그 속으로 숨어들기로 마음먹었다. 덧문과 커튼마저 닫아버린 채, 끊임없이 내게 견딜 수 없는 고통을 가해오는 세상으로부터 나를 보호했다. 햇빛을 차단하고 지내는 동안 난 점차 시간개념을 완전히 상실했다. 사실 내게 시간 같은 건 더이상 아무런 의미가 없었다. 내 삶은 이제 자연이나 인간의 리듬이 아니라, 내 병든 정신의 요동치듯 불안정한 흐름에 달려 있었으니까.

내 일과는 아침부터 밤까지 보드카를 믿을 수 없을 만큼 점점 더 많이 마시고, 『고통을 완화하는 자세』를 강박적으로 읽는 것이 전부였다. 난 텍스트를 읽고 또 읽었다. 때로 문장 하나, 단어 하나에 집착하면서. 마치 생사가 달린 문제라도 되는 것처럼, 그것들의 의미를 비워버릴 때까지 거듭 읽어나갔다. 그러다가 때때로 술주정뱅이나 기면증 환자처럼 잠깐씩 잠이 들곤 했다. 그리고 언제나 바짝 메마른 입에서 역겨운 악취를 풍기며 험상궂은 얼굴로 잠에서 깨어나서는 그 즉시 또다시 강박적인 독서를 시작했다. 때로 눈이 피곤에 절어 더이상 글을 읽을 수 없을 때는 책을 잠시 내려놓고 루빅스큐브를 집어들었다. 신경질적으로 큐브를 만지작거리면서 코어 부분을 움직이면 방의 정적 속에 덜그럭거리는 소리가 울렸다. 취기에 논리력이 둔화되기도 했지만 난 때로 한 면이나 두 면을 맞추기도 했다. 하지만 세번째 면부터는 언제나 헤매게 되면서 앞서 맞춰놓은 면들을 흩뜨리지 않고는 새로운 면을 맞출 수가 없었다. 난 집요하게 매달려 먼저 맞춘 것들을 해체하는 일을 반복하면서 새로운 면을 맞출 전략을 짜내기 위해 노력했다. 이 억지스러운 큐브 맞추기에서 내게 유일하게 힘이 되어주는 것은 에바 콜린스카의 영원한 미소였다. 그녀의 사진은 바로 내 눈앞의 연필꽂이에 기대놓여 있었다. 최악의 순간에 난 그녀의 청록색 눈을 응시하며 얼마간의 위안을 얻곤 했다. 그러다 신경이 극도로 날카로워져 큐브의 면이 무형의 모자이크에 불과해질 때면 알코올을 한 모금 들이켜고는 루빅스큐브를 서랍에 다시 넣어놓았다. 그런 다음 또다시 자학적인 방식으로 『고통을 완화하는 자세』를 읽기 시작했다.

그렇게 시간이 흘러갔다.

여러 날과 여러 밤이.

언제나 변함없이.

내 상태에 대한 안프랑스와 시빌의 우려는 날이 갈수록 점점 더 커져갔다. 내가 서재에 틀어박혀 있던 첫날, 그들은 방문을 두드리면서 밖으로 나와 같이 얘기하자고 애원했다. 난 처음엔 침묵을 지키면서 그들의 애원을 무시하다가 나중엔 더이상 나를 귀찮게 하지 못하도록 찢어질 듯한 목소리로 외쳤다. "난 그저 혼자 있고 싶다고! 날 좀 그냥 내버려둬요!"

난 복도에서 오가는 그들의 발소리를 들으며, 그들이 불안한 마음으로 내 방문에 귀를 바짝 붙인 채 소리를 엿듣고 있다고 상상했다. 나는 거의 먹지 않았지만, 그들은 나를 감동시킬 만큼 헌신적으로 아침, 점심, 저녁때마다 세심하게 신경쓴 식사를 쟁반에 담아 서재 앞 층계참에 가져다놓곤 했다. 그리고 내가 급히 요청한 대로 스톨리치나야도 가져다주었다. 난 적어도 세 병은 항상 비축해둬야 마음이 편안해졌다.

그렇게 하루하루가 흘러갔고, 난 세상과 시간으로부터 멀어진 채 모든 것에 철저하게 무관심한 나날을 보내고 있었다. 희미한 빛 속에 칩거하며 서재 밖을 나가서 씻는 수고조차 더는 하지 않았다. 서재에 딸린 작은 화장실은 냄새나는 내 생리 욕구를 해결하기에 충분했다. 거기에 설치된 조그만 세면대 위의 낡은 거울에서 매일매일 내 얼굴이 점점 더 추레해져가는 것을 확인할 수 있었다. 움푹 팬 뺨 위로는 검붉은 다크서클이 보였고, 해쓱한 얼굴에는 주름이 더욱더 도드라져 보였다. 나는 내 말들을 빨아들이고, 매일매일 성무일도서를 읽어나가듯 강박적으로 그 책을 읽어갈수록 내 안의 본질이 빠져나가는 느낌이었다. 나 자신이 텍스트 안으로 조금씩 옮겨가면서 내 존재를 아직 지탱하고 있는 유일한 끈을 끊어내는 느낌이 들었다.

나를 다시 읽어나갈수록—그를 다시 읽어나갈수록—페이지를 한 장 한 장 넘길 때마다 마치 실타래처럼 내가 풀려나가는 것을 느낄 수 있었다. 나의 것이었던 그 모든 말들이 이젠 그의 것이 되어 있었다. 그것은 이제 내가 증오하는 남자, 내가 잊고자 했던 남자, 마르크 바라티에의 말이었다. 내 말을 화려하게 장식하고 있는 것은 천사 같은 낯짝을 한 그의 사진이었다. 내 이름으로 말하고 있는 것은 그의 열띤 목소리였다.

나는 유사流沙 속으로 가차없이 빠져드는 느낌이 들었다. 꼼짝없이 붙들린 채로 나의 움직임 하나하나가 나의 침강을 가속화할 뿐이라는 생각이 들었다. 내가 미쳐버렸던 것이다. 간단히 말해 미쳐버린 것이다. 난 내가 박탈당했다는 것을 잘 알고 있었다. 매끄러운 얼굴과 늘 똑같은 미소를 짓고 있는 남자가 나를 아직 내 과거와 이어주던 유일한 것을 내게서 앗아가버린 것이다. 내가 결코 감추거나 부인하려고 하지 않았던 유일한 것, 내가 그에게 물려주기에 유일하게 좋은 것이라고 믿었던 것을. 수면 부족과 지속적으로 마셔댄 알코올로 인해 진이 빠져버린 채, 빽빽하게 자란 수염과 떡이 진 머리로 난 단 한 가지 생각만 하고 있었다. 잃어버린 내 말들을 되찾아야겠다고.

내가 고독 속에 며칠을 칩거하는 동안 신경이 극도로 날카로워진 안프랑스가 또다시 내 방문을 두드렸다.

"아르노," 그녀가 갈라진 목소리로 애원했다. "제발 모든 것을 망치지 마요…… 정신을 놓지 마요…… 우리가 당신을 도울 수 있다고요."

"날 그냥 좀 내버려둬요." 난 혼잣말처럼 중얼거렸다. "날 좀 내버려두라고…… 나를 다시 읽을 수 있게 그냥 좀 날 내버려둬줘요."

잠시 침묵이 이어지는 동안 오열을 삼키며 가만히 눈물을 흘리고 있을 안프랑스의 모습이 떠올랐다. 한숨소리가 들리더니, 그녀가 좀더 단호한 투로 말했다.

"아르노, 오늘이 벌써 토요일이에요. 당신이 이 서재에 틀어박힌 지도 일주일이나 지났다고요. 제발 정신 좀 차려요. 노벨리에게 한번 연락이라도 해보란 말이에요."

그녀가 마룻바닥 위로 또각또각 소리를 내며 복도를 지나 멀어져가는 소리가 들렸다. 토요일이라면 벌써 일주일이 지났군. 난 생각했다. 자발적인 칩거가 꼬박 일주일 동안 이어졌던 것이다. 머리가 빙빙 돌면서 알코올로 인한 가스에 기관지가 화끈거렸다. 위에서는 시큼한 위산이 역류했다. 난 자리에서 일어나 비틀거리면서 몇 걸음 떼다가 구겨진 셔츠를 벗고 킁킁거리며 겨드랑이 냄새를 맡아보았다. 몸에서 악취가 풍겼다. 난 비틀거리면서 벽난로 위에 걸린 거울 앞으로 가서 섰다. 거울에 비친 엉망이 된 내 모습에 화들짝 놀랐다. 난 좀더 자세히 살펴보기 위해 가까이 다가가 거울의 틀에 뺨을 갖다댔다.

이럴 순 없었다. 내 모습을 알아볼 수가 없었다.

그 얼굴은 전혀 내 얼굴이 아니었다. 분명 아니었다.

내 얼굴이 어딘가 모르게 변형되고, 뒤틀려 있었다. 난 취기에도 불구하고 순간 깨달았다. 내 본질이 비워지는 듯한 느낌, 내 글을 읽는 것이 일종의 투석 행위처럼 느껴지던 감각을 변해버린 내 얼굴을 보며 거듭 확인했다. 난 손가락 끝으로 이마와 뺨을 꼬집어보았다. 살이 마치 고약한 주름처럼, 기이하고도 완강한 형태를 띠었다. 벌게진 눈과 비듬으로 뒤덮인 덥수룩한 머리카락, 살갗을 문지를 때 손가락에 묻어나는 때는 차치하고라도, 결정적으로 변한 것은 나의 표정이었다. 그 순간, 변화한 내 용모에서 익숙하면서도 가증스러운 몇 가지 세세한 부분이 눈에 띄었다. 내가 너무나 잘 알고 있는 태도와 몸짓, 눈빛까지. 그렇다, 의심의 여지가 없었다. 난 그 남자를 닮아가고 있었다. 눈에 눈물이 차올라 거울에 비친 내 모습이 뿌옇게 흐려졌다. 그리고 거울 속 내 모습은 마치 악몽 속에서 튀어나오기라도 한 것처럼 떨리다가 이내 사라져버렸다. 그러자 두통이 단검처럼 내 관자놀이에 꽂혔고, 난 책상에 가서 앉았다.

난 뒤섞인 루빅스큐브를 집어들어 손바닥에 놓고 관찰했다. 불길한 생각이 내 머릿속으로 스며들면서 카포시 육종처럼 내 뇌를 더럽혔다. 순간 깊은 절망감이 나를 사로잡았다. 불현듯 누군가의 목소리가 듣고 싶어졌다. 어떤 목소리라도 들어야 했다. 누군가와 이야기를 해야만 했다. 친구의 위로가 힘이 돼줄 수도 있을 테지만 내겐 친구가 단 한 명도 없었다. 안프랑스의 말이 옳았다. 내가 해야 할 일은 단 한 가지밖에 없었다. 내가 새로운 삶을 시작한 뒤로 매주 토요일마다 그랬듯이, 노벨리에게 전화를 해야 했다. 그는 어쩔 수 없이 내가 유일하게 속내를 터놓을 수 있는 존재가 되어 있었다. 그리고 난 처음으로 그러고 싶은 욕구보다는 그럴 필요성을 느꼈다.

난 서랍 깊이 넣어두었던 내 휴대전화를 다시 켜고 연락처를 검색해 그의 번호를 눌렀다. 그가 평소보다 더 다정한 목소리로 응답하자 난 목이 메어왔다.

"잘 지내요, 친애하는 아르노? 오늘은 조금 늦었군요! 벌써 열한시가 다 됐어요! 늦잠을 잤나보군요?"

나는 수일간의 침묵 끝에 마주한 그의 수다스러움에 당혹감을 느끼고 잠시 머뭇거리다 작은 목소리로 말했다.

"안녕하세요…… 난…… 그렇죠……"

잠시 침묵이 흐르는 사이 들려오는 것은 휴대전화로 인해 더 크게 울리는 나 자신의 숨소리뿐이었다. 난 눈을 감고 내 두개골을 공격해오는 통증을 진정시키기 위해 애썼다. 잠시 후 노벨리가 먼저 입을 열었다.

"무슨 일 있어요?"

난 아무 말도 못하고 침묵을 지켰다. 그는 한껏 부드러운 목소리로 다시 말했다.

"아르노, 내가 당신을 돕기 위해 있다는 걸 잊지 마세요. 날 믿어도 됩니다."

그의 말에 꼭 감은 내 두 눈에서 눈물이 흘러내렸고, 씁쓸한 맛과 함께 입가에 가서 맺혔다. 난 심호흡을 한 다음 눈을 살짝 뜨고 내 뺨 위의 눈물자국을 손으로 훔쳤다. 목을 죄어오는 불안감과 배가 뒤틀리는 고통에도 불구하고, 노벨리의 목소리는 내게 진통제 역할을 했다. 난 숨을 길게 내쉬고는 솔직히 털어놓기로 마음먹었다.

"더이상 못하겠습니다." 난 기어들어가는 목소리로 말했다. "이제 더이상 못하겠단 말입니다. 아시겠어요? 내가 누군지 더이상 모르겠어요…… 예전에 내가 누구였는지도 이젠 모르겠다고요……"

"이해합니다." 그는 마치 주치의 같은 투로 자신 있게 말했다. "당신은 의심할 자격이 있습니다. 그러니 조금도 부끄러워할 필요가 없습니다. 지극히 평범한 증상일 뿐이죠. 얼마든지 극복 가능한 것이니까요……"

"아니…… 당신은…… 당신은 잘 이해를 못하는 것 같군요." 난 그의 장황한 말을 가로막으려 애썼지만 헛수고였다.

"……그런 반응은 이미 우리 전문가들에 의해 확인된 것입니다. 좀더 자세히 알려드리자면, 당신은 지금 '변화 분열 장애'라는 것을 앓고 있는 겁니다. 이미 여러 명의 지원자가 똑같은 증상을 겪은 바 있습니다. 하지만 안심해도 됩니다. 모두들 극복해냈으니까요. 적응 단계에서 누구나 겪는 일시적인 불편일 뿐입니다. 단순한 위기일 뿐이란 말입니다. 아르노, 내 말을 믿어요. 당신이 극복할 수 있도록 적절한 약품을 제공해드리겠습니다……"

"난 아무 약도 먹지 않을 겁니다." 난 차분하지만 단호한 목소리로 대꾸했다. "아무 약도 먹지 않겠다고요, 알겠어요?"

내 대답이 노벨리의 허를 찌른 것 같았다. 그는 잠시 침묵을 지키더니 한숨을 내쉬었다.

"좋습니다. 그럼 원하는 게 뭔지 말해보시죠."

난 맥없는 시선으로 고개를 숙인 채 몇 초간 아무 말도 하지 않았다. 그러다 금속성의 목소리로 나 자신도 놀란 말을 내뱉었다.

"난 다만 내 삶을 되찾고 싶습니다."

전화기 저편에서 라이터를 켜는 마찰음이 들려왔다. 난 노벨리의 빛나는 눈과 찌푸린 이마, 담배 연기로 가려진 얼굴을 떠올렸다. 그리고 방금 나의 요구가 의미하는 바를 생각하기 시작했다. '나의 삶 되찾기'. 난 우리가 살던 좁은 아파트에서 잔과 티보를 곁에 둔 나를 상상했다. 새로운 업무 성과를 낸 후 영광스럽게 퇴근하는 내 모습도 떠올려보았다. 출간된 내 소설을 보고 느끼게 될 형언할 수 없는 행복도 그려보았다. 순간, 내가 버리기로 결심했던 그 삶의 이상적인 환영이 나를 사로잡았다.

"그건 불가능합니다." 그는 단호하게 말했다. "그건 절대로 안 되는 일입니다, 당신도 잘 알고 있을 텐데요."

"아, 그래요? 왜 안 되는 거죠?" 난 영벌이라도 받은 사람처럼 쉰 목소리로 말했다. 그사이 또다시 눈물이 흘렀다.

"우린 합의를 했습니다, 아르노." 그는 권위가 느껴지는 목소리로 단호하게 말했다. "당신은 계약서에 서명을 했고, 따라서 그 계약을 따라야만 합니다. 어떤 이유로든 국가와의 약속에 문제를 제기할 수는 없습니다."

난 눈물을 닦고 이를 악물고는 요란하게 코를 훌쩍거렸다. 딱딱하게 굳은 그의 말투와 돌이킬 수 없는 판결에도 불구하고 그의 차분하고 진중한 목소리는 여전히 내 마음을 진정시켜주었다. 이루 말할 수 없이 참담한 와중에도 그의 말이 옳다는 것을 충분히 알 만큼의 명료함이 아직은 내게 남아 있었다. 난 계약서에 서명했고, 약속을 했다. 나 스스로 마르크 바라티에이기를 영원히 포기한 것이다.

"알고 있습니다." 난 결국 중얼거리듯 말했다. "나도 잘 알고 있습니다…… 하지만 이 모든 걸 더이상 견딜 수가 없어요…… 내가 무너져가는 기분이라고요……"

"아르노, 다시 한번 말하지만, 우린 당신을 도울 수 있습니다." 그는 또다시 예의 그 다정하고 부드러운 목소리를 되찾아 속삭이듯 말했다.

난 휴대전화를 귀에 바짝 붙인 채 메마른 눈으로 멍하니 그의 말을 듣고 있었다. 그의 말에서 나를 깨어 있게 만드는 힘을 이끌어내려고 애쓰면서.

"잘 생각해보십시오." 그가 계속해서 말했다. "마음을 가라앉히고 한번 곰곰이 생각해보시기 바랍니다. 당신의 새로운 삶에 대해 객관적으로 잘 생각해보란 말입니다. 겨우 두 달 전까지만 해도 당신은 당신 삶을 스스로 끝내려고 했지요, 아닌가요?"

난 스타시티 아파트 13층의 우리집에서 내 방 침대에 걸터앉아 권총을 입에 문 내 모습을 다시 떠올렸다.

"네, 사실입니다."

"당신은 죽은 것이나 다름없는 사람이었습니다. 유령이나 껍데기뿐인 사람이었죠. 그리고 이제 당신 주위를 한번 둘러보시지요."

난 정신에 살짝 문제가 있는 사람처럼 그의 말대로 내 주위를 둘러보았다. 벽, 전등, 천장……

"눈을 크게 뜨고 주위를 둘러보세요, 아르노. 눈을 크게 뜨고 당신이 얼마나 운이 좋은지를 깨닫기 바랍니다. 이제 당신은 부유하고 막강한 영향력을 지닌 사람입니다. 기품 있는 여인의 남편, 매력적인 딸의 아빠가 되었고요. 한 남자로서 바랄 수 있는 모든 것이 이제 당신 손안에 있단 말입니다. 당신은 그런 사실을 깨닫지 못하는 건가요?"

난 그의 말에 조금씩 젖어들고 있었다. 비록 내 안에 생겨난 텅 빈 공간의 아주 작은 부분만 채워줄 뿐이었지만, 그 순간엔 그것만으로도 충분했다.

"아뇨, 잘 알고 있습니다." 난 눈을 감은 채 대답했다.

"그렇다면 부디 이 모든 걸 망치지 마십시오. 당신에게 주어진 이 기막힌 행운을 망치지 말란 말입니다. 지금 당신의 자리를 꿈꾸는 사람이 얼마나 많을지를 생각해보세요. 지금 혼란스럽다는 건 이해합니다. 하지만 당신 스스로 잘 추슬러야만 합니다. 당신의 새로운 삶은 정말로 그럴 만한 가치가 있기 때문입니다."

난 아무런 대꾸나 반론도 할 수 없었다. 그의 말은 빈틈없는 논리로 무장돼 있었고, 그의 결론은 반박 불가능한 것이었다. 심지어 그는 내 안에 죄의식마저 불러일으켰다. 결국 난 배은망덕하다못해 심약하기까지 한 인물에 지나지 않는지도 몰랐다. 하지만 노벨리의 그럴듯한 논리는 내가 느끼는 것과는 수광년쯤 떨어져 있는 것 같았다. 그는 나를 갉아먹고 있는 고통의 심각성을 제대로 평가하지 못하는 듯했다. 사실 나 스스로도 고통의 크기를 정확히 가늠하지 못했다.

"부디 앞으로 노력하겠다고 약속해주십시오. 당신에게 친구로서 부탁하는 겁니다. 이 시련을 이겨내고, 회의나 우울 따위에 더는 휩쓸리지 않고, 미래를 향해 나아가겠다고 약속해주시기 바랍니다. 당신과 당신의 새 가족을 위해 그렇게 하십시오, 아르노. 당신에게 크나큰 희망을 걸고 있는 수백만 프랑스인들을 위해서도 말입니다. 부탁입니다, 아르노. 부디 약속해주십시오."

그의 목소리는 그를 처음 알게 된 그날처럼 최면성의 떨림을 되찾았다. 난 그가 방금 말한 대로 내가 시작한 새로운 삶에 대해 생각하기 시작했다. 그 삶이 내게 선사하는 그 모든 놀라운 혜택에 대해서도. 난 노벨리의 비전에 반박하거나 이견을 제시할 어떤 근거도 찾지 못했다. 그에게 무슨 말을 할 수 있단 말인가? 내 책에 대해서? 바라티에의 사기 행각에 대해서? 그로 인해 끊임없이 피를 흘리고 있는 내 상처에 대해서? 나날이 변해가는 내 얼굴에 대해서? 그런다고 해도 달라질 건 아무것도 없다는 것을 난 잘 알고 있었다. 그는 내 영혼을 잠식해가는 고통의 본질을 이해할 수 없을 터였다. 그리고 따지고 보면 그의 말이 옳기도 했다. 난 어쩌면 응석받이 아이처럼 굴었던 것인지도 몰랐다. 새로운 삶을 얻었음에도 불구하고 아직 예전 삶에서 누렸던 혜택을 바라고 있었던 것이다. 그럴 순 없었다. 그건 나 자신이 용납할 수 없었다. 마침내 난 입을 열어 잦아드는 목소리로 말했다.

"좋습니다. 약속하죠."

난 이상하고 또 유치하게도 정신적으로 그 약속에 매달렸다.

전화를 끊은 직후 난 여전히 노벨리의 말과 그가 내게 주입하려 했던 의욕에 도취한 채, 마지막 힘을 끌어모아 새로운 삶에 매달려보기로 마음먹었다.

그렇다. 난 다시 나를 추스를 수 있을 것이다.

그에게 그러겠다고 약속했다.

난 『고통을 완화하는 자세』와 루빅스큐브를 서랍 속에 넣고 열쇠로 잠가버렸다. 그리고 방안에 흩어져 있는 빈 보드카 병들을 주워 휴지통에 던져넣었다. 또한 에바 콜린스카의 비현실적으로 순수한 얼굴에 마지막으로 감탄한 후 그녀의 사진 역시 치워버렸다. 혼자 칩거 생활을 하는 내내 그녀는 나의 유일한 동반자였고, 시빌과 닮은 그녀의 모습은 나를 점점 더 혼란에 빠뜨렸다. 피곤할 때는 그녀와 내 딸의 얼굴이 혼동되기까지 했다.

시빌……

안프랑스……

난 문득 그들이 얼마나 보고 싶은지 깨달았다. 결국 노벨리의 말이 옳았다는 생각이 들었다. 이 난관에서 벗어날 때가 된 것이다. 정상적인 삶을 되찾고, 내 가족을 다시 만나야 할 때였다.

난 핏속에 가득한 술기운을 몰아내고 기력을 찾기 위해 몇 시간 잠을 자두기로 했다. 그리고 다시 깨어났을 땐 새로운 활력을 느끼며 자리에서 일어나 창가로 가서 덧문을 열었다. 바깥은 이미 밤이었다. 차가운 바람이 들이치면서 방안에 짙게 배어 있던 상한 과일 냄새 같은 것을 모두 쓸어가버렸다. 손목시계를 보니 거의 저녁 여덟시였다.

난 화장실 불을 켜고 간단히 단장을 하기 시작했다. 이를 닦고, 찬물로 세수하고, 손가락에 물을 묻혀 뒤엉킨 머리를 매만졌다. 전에 비해 비교적 청결해졌는데도, 여전히 거울에 비친 유령 같은 얼굴은 전에 비해 무언가가 달라져 있었다. 하지만 그런 생각을 머릿속에서 떨쳐버리려고 애쓰면서 아무것도 생각지 않고 단장을 계속하기로 했다. 겨드랑이와 상체, 성기를 비누로 씻고 작은 수건으로 꼼꼼하게 물기를 닦았다. 그리고 향수 샘플 병에 남아 있던 마지막 몇 방울을 몸에 뿌린 다음 일주일 내내 입었던 셔츠를 다시 입고는 굳게 잠가두었던 서재 문을 열기 위해 문 앞에 섰다. 전율이 몸을 길게 훑고 지나갔다. 내가 세상과 마주할 준비가 돼 있긴 한 것일까? 안프랑스와 시빌 곁의 내 자리를 다시 차지할 준비가? 난 용기를 내기 위해, 노벨리에게 했던 약속과 내가 벗어나겠다고 다짐했던 깊은 수렁을 떠올렸다. 그리고 심호흡을 한 다음 단번에 문을 열었다.

난 불빛과 텔레비전 소리를 좇아 거실로 통하는 어두운 복도를 따라갔다. 복도 끝에 이르러서는 걸음을 늦추었다가 천천히 한 바퀴 돌아 문간에 가만히 섰다.

두 사람은 거실 소파에 앉아 편안한 옷차림으로 함께 텔레비전을 보고 있었다. 그들을 다시 보는 것은 내게 하나의 충격이었다. 마치 오래전부터 그들을 떠나 있었던 것 같은 느낌이었다. 안프랑스는 검은색 잠옷과 하얀색 털 실내화를 신고, 머리는 아무렇게나 틀어올린 채였다. 시빌은 사각팬티를 덮는 길이의 스웨터 차림으로, 맨살이 드러난 두 다리를 구부려 소파 가장자리에 걸치고 있었다. 난 몇 초간 말없이 그들을 지켜보았다. 지치고 슬픈 표정의 그들은 한없이 나약해 보였다. 그들의 그런 모습에 죄책감이 느껴졌다.

내가 서 있는 곳에서는 거실이 비껴 보였다. 두 사람은 그들의 굳은 표정에 희미한 빛을 투사하는 화면 속 춤추는 이미지에 몰두해 있느라 내가 와 있는 것을 미처 알아차리지 못했다.

"안녕, 이쁜이들!" 난 짐짓 경쾌한 목소리로 인사를 건넸다.

그들이 고개를 돌리더니 믿을 수 없다는 눈빛으로 나를 쳐다보았다. 마치 내가 먼 여행에서 갑자기 돌아오기라도 한 것 같은 기분이었다.

"아빠! 아빠!"

먼저 반응을 보인 것은 시빌이었다. 그애는 소파에서 뛰어내려 내 품으로 뛰어들었다. 그러더니 내 셔츠 속으로 두 손을 집어넣고는 사랑과 의문이 가득한 눈으로 나를 바라보았다. 난 그 순간 그애의 모습에 겹쳐 보이는 에바 콜린스카의 얼굴을 머릿속에서 떨쳐버리려 애쓰면서 미소로 답했다.

"이제 괜찮아요? 정말 우리 곁으로 돌아온 거예요?"

난 그애의 이마를 어루만지고, 구불구불한 긴 금발머리 사이로 손가락을 넣어 쓰다듬었다. 그애와의 신체 접촉으로 나는 생기를 되찾았다.

"그런 것 같아."

"아빠가 많이 보고 싶었어요." 시빌이 내 가슴팍에 뺨을 바짝 갖다대고 말했다.

난 고개를 들어 감동으로 촉촉이 젖은 안프랑스의 눈을 쳐다보았다. 그녀는 자신이 꿈을 꾸고 있는 건 아닌지 자문하듯 꼼짝 않고 소파에 앉아 있었다. 잠시 후 그녀의 얼굴에 은밀한 미소가 번져나갔다.

"나도 두 사람이 보고 싶었어요." 난 그녀의 눈을 응시하며 나지막이 중얼거렸다.

이 말을 하면서 내가 거짓말을 하는 게 아니라는 것을 알았다. 그들을 다시 보고, 내가 그들에게 얼마나 소중한 존재인지 새삼 확인하고, 어쩌면 내가 그들을 행복하게 해줄 수도 있음을 알게 되어 마음 한구석으로 나는 진심으로 기뻐하고 있었다.

"우리하고 같이 텔레비전 보실래요?" 시빌은 마치 아무 일도 없었다는 듯 내 손을 잡고 소파로 이끌었다.

"뭘 보고 있었어요?" 난 그들 사이를 비집고 들어가 앉으면서 물었다.

"〈당신을 도우러 갑니다〉 마지막 회예요. 형편없는 프로지만 시간 때우기엔 좋거든요……"

시리즈 제목만 듣고도 난 티보를 떠올리지 않을 수 없었다. 입을 헤벌린 채 굵은 뿔테 안경을 쓴 눈을 크게 뜨고 넋 나간 듯한 표정으로 텔레비전을 응시하던 아이의 모습을. 그 순간 가슴이 메어왔다. 티보, 사랑스러운 내 아들, 비겁한 나에게 버림받은 내 아들. 난 여전히 작은 일에도 민감하게 반응하는 불안정한 상태임을 느꼈다. 물론 마침내 내 서재로부터 벗어나, 세상과 나를 갈라놓았던 얼마 되지 않는 거리를 걸어올 수 있었던 것은 다행스러운 일이었다. 하지만 난 회복기의 환자처럼 언제라도 또다시 허무와 광기, 그리고 나의 예전 삶에 대한 우스꽝스러운 향수에 빠져들 수 있음을 스스로 잘 알고 있었다. 안프랑스는 다정하게 내 팔을 잡으며 나를 여러 가지 상념에서 벗어나게 해주었다.

"뭘 좀 먹을래요?"

난 그녀를 돌아보며 그녀의 눈을 응시했다. 그녀의 얼굴에 너그러운 미소가 환하게 피어올랐다. 하지만 몹시 지친 듯 눈 밑에는 다크서클이 졌고 양쪽 볼은 홀쭉했다. 내가 안겨준 고통을 용기와 품위로 꿋꿋하게 잘 견뎌낸 그녀의 모습은 예전보다 더 빛이 나고 감동적이기까지 했다. 난 고개를 끄덕이면서 소심한 어린아이처럼 미소로 답했다.

"그래요…… 뭘 좀 먹었으면 좋겠군요."

우리 세 사람은 아무 일도 없었다는 듯 더없이 평온한 저녁 시간을 보냈다. 마치 지난 일주일이 아무런 흔적도 없이 모녀의 기억 속에서 증발해버린 듯했다. 그들은 내가 칩거해 있던 이유에 대해 아무런 질문도 하지 않았다. 그것이 단지 나를 배려해서였는지, 아니면 그런 내 행동에 너무나 큰 충격과 상처를 받아 언급조차 않고 잊고 싶어서였는지는 잘 알 수 없었지만. 하지만 어쨌거나 난 다시 찾은 충만한 행복의 순간을 음미했다. 텔레비전 앞에 앉아 안프랑스가 나를 위해 준비한 근사한 밤참을 게걸스럽게 집어삼켰다. 잘 숙성된 치즈와 호밀빵, 부르고뉴 와인, 한 접시에 골고루 담긴 신선한 과일들…… 내 몸은 점차 힘과 활력, 건강을 되찾아갔다.

한 시간쯤 지나자 시빌은 자러 가기로 했다.

"안녕히 주무세요, 아빠!" 그애는 나를 한참 동안 꼭 껴안고 놓아주지 않았다.

안프랑스와 나는 텔레비전 문학 프로그램의 단조로운 토론을 보는 척하면서 거실의 어슴푸레한 빛 속에 한동안 말없이 앉아 있었다. 그러다가 그녀가 먼저 자리에서 일어나 내게 손을 내밀었다.

"늦었네요. 자러 가지 않을래요?"

난 그녀를 쳐다보면서 그녀의 힘없는 손을 잡았다.

"그래요, 갑시다."

난 일주일간 서재 소파에서 밤을 지새운 터라 안락한 내 방을 되찾게 된 것이 못내 반가웠다. 난 욕실로 가서 소변을 보고 면도를 한 다음 한참 동안 뜨거운 물로 샤워를 했다. 그런 다음 안프랑스가 기다리는 침대 속으로 미끄러져 들어갔다.

"정말 괜찮은 거예요?" 그녀가 약간 걱정스러운 목소리로 물었다.

난 머리맡의 불을 끄고 그녀 옆에 똑바로 누웠다.

"그런 것 같아요." 난 천장을 쳐다보면서 대답했다.

그러자 조심스럽게 시트를 비비적거리는 소리가 나더니 내 아랫배에 그녀의 차가운 손길이 느껴졌다. 난 눈을 감은 채 숨을 죽이면서 긴장을 풀려고 애썼다. 그녀의 손톱이 내 부드러운 뱃살을 할퀴듯 스치면서 점차 음모가 난 부위로 향했다. 난 그녀의 대담한 행동에 적이 당혹스러웠다. 그녀가 먼저 적극적인 모습을 보인 것은 처음이었다. 이 육체적 접촉의 감미로움에도 불구하고 난 그녀와의 성관계가 불가능함을 잘 알고 있었다. 내 몸이, 하물며 내 남성이 내 의지를 따르기에는 나 자신이 너무나 허약하고 불안정한 상태라는 것을 잘 알기 때문이었다. 난 명백한 거절의 표정을 지으며 그녀 쪽으로 돌아누웠다. 그녀의 눈이 욕망으로 반짝이고 있었다.

"안프랑스…… 난 아직……"

그녀는 미소 짓더니 몸을 웅크리고 내 곁으로 바짝 다가왔다.

"나한테 맡겨요. 내가 다 알아서 할 테니까."

그녀는 내 페니스를 움켜쥐고 자신의 입속에 집어넣었다. 우리가 만난 이후로 한 번도 시도해본 적 없는 대담한 몸짓으로. 처음 순간의 놀라움이 가시자 난 그녀의 가냘픈 목덜미에 손을 올려놓았다. 그녀의 머리가 오르내리는 리듬에 따라 목덜미의 근육이 수축하는 게 느껴졌다. 그녀의 얼굴이 제대로 보이지 않는 어둠 속에서 난 그녀의 혀가 전해주는 모호한 느낌에 집중했다. 그러자 어떤 쾌감과 함께 그녀의 촉촉한 입술에 섬세하게 감싸인 내 페니스가 커지는 게 느껴졌다. 그렇다고 해서 소위 성적으로 흥분한 상태는 아니었다. 애써 에로틱한 형상들을 떠올리기 위해 눈을 감자 엉뚱한 장면들이 차례로 눈앞을 지나갔다. 맨먼저 커다란 안경 너머로 나를 응시하고 있는 티보가 보였다. 담배 연기에 가려진 노벨리의 눈이 그 뒤를 이었다. 브래지어를 풀어 관능적인 가슴을 드러낸 잔의 모습도 떠올랐다. 그녀 뒤에 서 있는 그 남자가 그녀의 가슴을 두 손 가득 움켜쥐고 있었다. 난 대형 스크린의 영화 같은 이 음울한 장면들을 애써 지워버리고자 했지만 아무런 소용이 없었다. 그러는 사이 발기했던 내 페니스에서 스르르 힘이 빠져나갔다.

"당신 괜찮은 거예요?" 안프랑스는 입속에서 귀두를 빼내고는 내게 물었다. 엄지와 검지로 내 페니스를 계속 자극하면서.

"괜찮아요. 괜찮을 거예요······" 난 한숨을 내쉬었다.

"그만할까요?"

"아니." 난 아주 잠깐 머뭇거린 후 대답했다. "아니, 계속해요."

그녀가 또다시 내 페니스를 입속 깊숙이 집어넣자 난 머릿속을 완전히 비워내기 위해 노력했다. 그녀를 실망시키고 싶지 않았고, 그녀가 처음으로 베푸는 뜻밖의 호의에 어떻게든 보답하고 싶었다. 그녀는 왕성한 식욕을 드러내듯 완벽한 오럴 섹스에 몰입해 있었다.

난 자극적인 이미지를 찾기 위해 내 환상 속 레퍼토리를 열심히 뒤져보았지만, 평소에 내 자위행위를 도와주던 어떤 형상도 제대로 기능을 발휘하지 못했다. 그랬다. 그 어느 것도 내가 그토록 갈구하는 결정적인 울림을 이끌어내지는 못했다. 포기하려는 순간, 난 그녀의 시선에서 뜨거운 열기를 느낄 수 있었다. 에바 콜린스카의 얼굴이 나를 보고 미소 짓고 있었던 것이다. 그 순간, 내 페니스가 마치 방망이처럼 단단해졌고, 다시 의욕이 솟구쳐오른 안프랑스는 하던 일을 계속했다. 오르가슴에 이르는 황홀한 길로 향하는 동안 난 또다시 희망을 품게 되었음을 깨닫고 놀랐다. 나를 괴롭히던 좌절감은 일시적인 것이고, 난 그것을 극복할 것이며 분명 극복할 수 있다고 믿게 되었다.

그런 생각으로 마음이 평온해지자 페니스가 단단해지며 심장이 마구 뛰었고, 나는 격렬한 경련과 함께 안프랑스의 입속에 힘차게 정액을 뿜어냈다. 그런 다음 우린 격정적인 행위로 인한 나른함과 충만한 포만감을 느끼며 젊은 두 연인처럼 꼭 껴안은 채 잠이 들었다.

15

밤이 지난 뒤 나의 낙관적인 생각은 더욱더 굳어졌다. 다음날 난 피곤했지만 안정된 마음으로 느지막이 잠에서 깨어났다. 안프랑스와 시빌이 침대로 아침식사를 가져다주었다. 클래식이 흐르는 가운데 우리는 침대에 길게 누운 채 잼 바른 빵과 크루아상을 먹고, 이야기를 하거나 웃고 이불 속에서 빈둥거리면서 한가로운 일요일 아침을 보냈다. 지극히 달콤하고 평온한 그 시간이 너무나 완벽하게 느껴진 나머지, 나는 마치 치커리차의 화합적인 효능을 자랑하는 우스꽝스러운 광고를 찍고 있는 듯한 느낌마저 들었다. 하지만 내 느낌은 분명 실재하는 것이었다. 난 다시 태어난 것만 같았고, 난관을 반드시 헤쳐나갈 수 있을 것이라는 희망을 또다시 품게 되었다.

오후가 되어 햇볕이 따사롭게 내리쬐자 안프랑스는 함께 산책하러 나가자고 제안했다. 바깥 외출을 하지 않은 지 일주일도 더 된 터라 난 그녀의 제안을 반갑게 받아들였다. 우린 불로뉴 숲으로 가기로 했고, 해가 질 때까지 숲의 그늘진 오솔길들을 누비고 다녔다. 안프랑스와 시빌을 양쪽에 끼고서, 두 명의 매력적인 간호사에게 부축받는 취한 환자 흉내를 내기도 했다. 오랜 산책 덕분에 나는 기분이 한껏 상쾌해졌다. 인간의 욕구는, 적어도 내 욕구로 볼 때, 개와 별반 다르지 않다는 생각이 들었다.

저녁 시간도 마찬가지로 기분좋게 시작되었다. 집으로 돌아온 후, 안 프랑스는 레바논 사람이 운영하는 음식점에 저녁을 주문하고 아페리티프로 샤르도네 와인을 한 잔 가득 내게 따라주었다. 널찍한 하얀색 가죽소파에 자리를 잡고 앉아 손에는 와인 잔을 든 채, 난 또다시 복잡한 선들이 뒤엉킨 그림을 오랫동안 응시했다. 단순한 모방에 지나지 않아, 저속한 모사일 뿐이라고. 이렇게 생각하면서. 그런데도 그는 뻔뻔스럽게도 그림에 서명까지 할 생각을 하다니. 하지만 그림을 모독하는 명백한 사기 행위임에도 불구하고 그림은 내게 깊은 인상과 함께 모호하고 이중적인 감정을 불러일으켰다.

"그의 재능에 감탄하는 중?" 안프랑스가 탁자 위에 땅콩 그릇을 내려놓으면서 빈정거리듯 물었다.

"어떤 면에서는." 난 회의적인 표정을 지으며 대답했다.

그녀는 내 옆에 앉아 마티니를 한 모금 마시고는 나와 마찬가지로 그의 모사화에 대한 감탄을 굳이 감추려 하지 않았다.

"그래도 재능이 있긴 했어요." 잠시 침묵을 지키던 그녀가 말했다.

"그렇게 생각해요?"

"네. 그 분야에서는 예외적일 만큼 재능이 뛰어나다고 볼 수 있죠. 영감이나 창작의 재능 같은 건 전혀 없지만요. 하지만 난 지금까지 그 사람처럼 모방에 대한 열정이나 광적인 집착을 가진 사람을 본 적이 없어요. 그런 면에서는 아주 특별한 재능을 지닌 셈이죠. 물론 그의 '예술'이란 것은 자신이 감탄하는 대상을 강박적인 완벽주의로 모사하는 것에 불과하지만요. 때로 난 그가 일종의 뱀파이어가 아닐까 하는 생각도 했어요. 말하자면 희생자들의 피를 빨아먹는 대신, 그들의 과거와 생각, 감수성 등을 빨아들여 자신의 삶을 지탱하는 거죠. 새로운 모사 작업을 시작할 때마다 그는 매번 예술가의 생애와 작품의 정확한 탄생 배경에 대한 아주 상세한 자료를 모으곤 했어요. 그런 준비 작업이 수개월간 이어지기도 할 정도로 말이죠……"

"그럼 저건 어떤 이유로 모사하게 된 걸까요?" 나는 그림을 가리키면서 물었다.

"〈넘버 32〉는 아마도 그가 특별히 아끼는 작품 중 하나였을 거예요. 그 속에서 그가 무엇을 본 것인지는 잘 모르겠어요. 우린 그런 얘기를 한 적이 없거든요. 그는 작업중인 작품을 나한테 보여준 적이 거의 없어요. 완성된 그림을 지하 창고에 보관해두기 위해 서재에서 가지고 나올 때에야 비로소 잠깐 볼 수 있었을 뿐이죠. 그의 작품들은 아직도 먼지와 때가 켜켜이 쌓인 채로 그곳에 보관돼 있어요. 백여 점은 족히 될걸요. 특히 잭슨 폴록과 빌럼 데 쿠닝의 모사화가 많죠. 그 두 사람은 그에게 형제나 마찬가지예요. 그는 '액션페인팅' 분야의 대가들을 숭배하다시피 했거든요……"

"액션페인팅?" 난 무지를 드러내는 찌푸린 얼굴로 어름거리며 물었다.

나의 무지와 우스꽝스러운 영어 발음이 재미있다는 듯 안프랑스는 너그럽게 미소를 지어 보였다.

"그래요, 액션페인팅요." 그녀는 음절을 하나하나 힘주어 발음했다. "그림을 그리는 신체 행위를 작품의 핵심으로 간주하는, 1950년대 초반에 등장한 예술 사조예요."

"좀더 자세히 설명해줄 수 있어요?"

"간단히 말하면, 하나의 창작품은 어떤 방식으로든, 심지어 의도하지 않아도 창작자의 신체적, 정신적인 상태를 반영한다는 게 그 사조의 핵심 사상이에요. 그림은 화가의 몸짓을 유도하는 생체 에너지와 더불어, 그림을 구성하는 재료와 색상 자체의 고유한 반응으로부터 비롯된다고 믿는 거죠. 따라서 그림을 그리는 행위는 작품의 원동력이자 의미 자체인 것으로 간주되고요. 작품은 그 순간의 충동에 따라 움직이는 신체의 증거가 되는 셈이죠. 사실 이 모든 것은 초현실주의자들이 주장하는 객관적 우연의 개념과도 아주 유사하다고 볼 수 있어요. 하지만 거기에 무의식의 개념이 섞여 있는 거고요."

내가 그녀의 현학적인 설명을 모두 알아들었는지는 확실치 않았다. 아마도 나의 당혹감이 그녀를 바라보는 내 찡그린 표정에서도 드러났을 터였다.

"아주 흥미로운 얘기군요." 난 그녀의 말에 공감하듯 고개를 끄덕였다.

"사실 알고 보면," 그녀가 미소 지었다. "그들의 예술은 그리 어려운 게 아니에요. 그들은 화폭 위에 물감통을 던지거나, 다양한 도구를 사용해 마치 빵에 버터를 바르듯 물감을 칠해서 그림을 완성하기도 하죠. 영감을 받아 열에 들뜬 듯 창조적인 충동에 이끌리면서 말이죠. 어떤 유형의 그림인지 알 것 같아요?"

"알 것 같군요. 그러니까 말하자면, 작품이 예술가의 분명한 의도보다는 우연의 산물이란 얘기 아닌가요?"

"맞아요, 그런 셈이죠. 혹은 또다른 관점에서 보자면, 그 우연이란 것은 필연의 확률론적 버전일 뿐이고요. 하나의 작품은 구체적인 상황 속에서 맞닥뜨린 요소들, 즉 예술가, 움직임, 다양한 색, 당시의 기분 등의 조합에서 태어나는 것이라는 얘기죠. 즉 최종 결과에는 우연적인 것과 유일하며 결정론적인 것이 함께 녹아 있다는 거죠. 이해가 되나요?"

"네. 그러니까…… 무슨 말인지 알 것 같아요."

"게다가 〈넘버 32〉를 잘 살펴보면," 안프랑스는 그림을 손가락으로 가리키면서 설명을 계속했다. "처음에 볼 때는 즉흥적이고 충동적이며 거의 원초적인 분출의 결과물로밖엔 보이지 않죠? 그렇지 않나요?" 그녀의 목소리에선 약간의 흥분이 묻어났다.

"정말 그래요." 난 고개를 끄덕이며 공감을 표했다.

"하지만 이 경우엔 복제품에 불과해요. 아주 정교하고 꼼꼼하게 고심해서 그린 복제품이죠."

그녀는 잠시 말을 멈추고 또다시 마티니를 한 모금 쭉 들이켠 다음 눈을 아래로 내리깔았다. 순간 그녀의 눈빛이 어두워졌다.

"그가 가장 좋아했던 인용문이 뭔지 알아요? 특히 만취 상태가 될 때마다 아침부터 밤까지 계속 즐겨 되뇌었던 말이?"

"그게 뭐였죠?"

"그건 아마도 빌럼 데 쿠닝이 커다란 붓으로 화폭에 무작위로 그림을 그리면서, 도발적인 생각에서나 홧김에 말했음직한 문장이에요. '스타일은 하나의 속임수다.'"

안프랑스는 그 말을 하면서 고개를 끄덕였다. 그녀의 입가에 슬픈 미소가 스쳐갔다. 그녀는 천천히 그 말을 되뇌었다.

"'스타일은 하나의 속임수다.' 이게 바로 그가 했던 말이에요. 그가 습관처럼 늘 되풀이했던 말이죠."

슬며시 다시 몸에 열이 나면서 마음이 흔들리는 것 같았다. 그 남자와의 과거에 대한 느닷없는 이야기와 그녀가 전해준 그 문장이 나를 또다시 혼란에 빠뜨렸다. 그 짧은 문장은 마치 예리한 단검처럼 내 안으로 파고들었고, 고통스러운 메아리처럼 내 머릿속에서 점점 더 크게 울려퍼졌다.

"어쨌든 당신은 그 분야에 대해 아주 잘 알고 있는 것 같군요." 난 어색한 침묵을 깨고 내 마음의 동요를 감추기 위해 찬사의 말을 건넸다.

"네, 어쩌면……" 그녀는 술잔을 비운 다음 대답했다. "남편의 엉뚱한 기벽을 이해하려고 노력하다보니 나도 모르게 전문가가 돼버린 것 같아요."

그녀는 한숨을 쉬면서 소파에서 일어나 내가 비워낸 샤르도네 잔을 집어들었다.

그러고는 또다시 애써 즐거운 표정을 지으면서 말했다.

"식당으로 가죠. 주문해놓은 저녁이 곧 도착할 테니까요."

그녀가 거실에서 나가고 난 홀로 깊은 정적 속에 머물렀다. 그림에 시선을 고정하고 마치 돌처럼 굳어버린 듯 몇 분간 꼼짝 않고 앉은 채로. 그림 속 복잡하게 뒤얽힌 검은 선들이 미로가 되어 마치 최면술이라도 부리는 듯 나를 빨아들이는 것 같았다. 순간, 그림이 살아 있어 나와 이어지려 애쓴다는 느낌, 아니 확신이 들었다. 우연의 산물인 것처럼 보이지만, 실상은 공들인 모사화인 이 그림의 혼돈 속에 어떤 숨겨진 의미, 비밀스러운 메시지가 담겨 있는 것 같았다.

그러면서 또다시 점차 내 실체와 에너지가 내게서 빠져나가고 있다는 느낌이 들었다. 쿠닝의 인용문이 불길한 예언처럼 계속해서 내 안에 울려퍼졌다. '스타일은 하나의 속임수다.'

우리는 식탁으로 자리를 옮겼고, 난 저녁을 먹는 내내 당혹감을 감추려고 애썼다. 시빌은 유쾌한 기분으로 자기 친구들의 연애담을 시시콜콜 들려주면서 손가락에 묻은 후무스 소스를 쪽쪽 빨아댔다. 난 그애의 얘기를 건성으로 들으면서 타불레*와 샤와르마**를 피타 빵에 싸서 조금씩 기계적으로 삼켰다.

"아르노, 좀더 마실래요?" 안프랑스가 레바논산 레드와인 병을 집으면서 물었다.

생각에 깊이 잠겨 있던 나는 몇 초 후에야 대답했고, 그녀는 내게 불안한 눈길을 보냈다. 그녀는 느닷없이 불길한 예감을 느낀 듯 보였다.

"고마워요, 오늘은 충분히 마신 것 같아요." 나는 이렇게 말했다.

"정말 괜찮은 거예요?" 안프랑스는 눈살을 찌푸리며 물었다. "안색이 조금 창백해 보여서요."

"정말이에요, 아빠, 정말 이상해 보여요……"

난 공허한 시선으로 안프랑스와 시빌을 번갈아 바라보았다. 귀에서 윙윙거리는 소리가 들리기 시작하면서 눈앞이 흐려졌다.

"아무래도 난…… 좀 쉬어야겠어요…… 혼자 좀 있어야 할 것 같아." 난 냅킨을 내려놓고 자리에서 일어나면서 중얼거렸다. "미안해요."

내가 식당을 떠나는 사이 안색이 변하고 경악과 체념이 뒤섞여 스쳐지나가는 그들의 얼굴이 눈에 들어왔다. 난 눈에 보이지 않는 누군가에게 조종당하는 꼭두각시처럼 어슴푸레한 빛에 잠긴 거실 소파로 다시 가서 앉았다. 그러고는 밖에서 새어들어오는 구릿빛 가로등 불빛을 받은 〈넘버 32〉의 미로 속으로 또다시 빠져들었다. 여전히 내 머릿속에서는 똑같은 문장이 강박적으로 맴돌았다. '스타일은 하나의 속임수다.'

나 자신이 점점 더 약해지는 느낌이었다. 두통이 또다시 엄습해왔다.

---

* 쿠스쿠스, 토마토, 양파, 파슬리 등에 올리브유와 레몬즙을 넣은 샐러드의 일종.
** 양념한 쇠고기, 양고기, 닭고기 등을 구워 야채와 함께 빵에 싸 먹는 아랍과 레반트 지역의 전통 음식.

전날밤 간신히 되찾은 불안정한 균형이 다시금 위협받고 있었다. 나는 흔들리고 있었다. 다시 균열이 생기고 있었다.

난 기분 전환을 위해 리모컨을 집어들고 텔레비전을 켰다. 그리고 초점 없는 시선으로, 외설적인 장면과 시답잖은 프로그램을 경쟁적으로 내보내는 오십여 개의 채널을 차례로 넘겼다. 그러다가 텔레비전을 끄려는 찰나에 그를 보았다. 그가 바로 내 앞에서 나를 바라보고 있었다.

빛나는 시선으로.

내 눈을 똑바로 응시하면서.

윤곽이 뚜렷한 그의 얼굴이 화면 가득 클로즈업되었다.

그는 미소 띤 얼굴로 손으로 머리를 쓸어넘기면서 그윽하고 침착한 목소리로 말하고 있었다.

"사실 스타일은 하나의 속임수라고 생각합니다."

그 순간 나는 심장박동이 멈추면서 온몸에 식은땀이 흐르기 시작했다. 내가 보고 있는 장면이 환각이나 상상력이 만들어낸 허상이 아닌가 하는 생각이 잠깐 들었다. 하지만 앵글이 바뀌면서 남자의 맞은편에 앉은 글로벌비전 뉴스 앵커의 모습이 보였다.

"마르크 바라티에, 저희와 단독으로 이 대담에 응해주셔서 다시 한번 감사드립니다. 우리 시청자들을 위해 당신의 첫번째 소설의 제목을 다시 한번 말씀드리죠. 바로 『고통을 완화하는 자세』인데요. 이 책은 일주일 전부터 판매 기록을 갱신하며, 비평가들로부터 만장일치 찬사를 받고 있습니다."

또다시 그의 창백하고 매끄러운 얼굴이 화면 가득 클로즈업되었다. 난 그가 나를 바라보고 있음을 알 수 있었다. 그렇다, 그는 나를 바라보고 있었다. 지금 이 순간, 그는 내가 화면 너머에서 자신을 지켜보고 있다는 걸 알고 내게 말하고 있었다. 오직, 나를 향해서만.

"나를 맞이해주셔서 감사합니다."

그의 말에 배가 뒤틀리면서 손이 떨리기 시작했다. 앵커 멘트가 일기 예보로 넘어가는 순간 난 마치 시한폭탄이라도 되는 양 급작스럽게 텔레비전을 꺼버렸다. 그리고 어둠 속에 그대로 앉아 있는 동안 머리가 묵직해지면서 두통이 나를 옥죄기 시작했다. 뱃속의 내장이 녹아내리고, 몸이 와해되면서 나를 내팽개치는 것만 같았다. 무너져내리지 않으려는 노력에도 불구하고, 남자가 말한 문장이 계속해서 머릿속을 맴돌았다.

"나를 맞이해주셔서 감사합니다."

그 비열한 인간이 내 삶을 가로챘을 뿐만 아니라, 교묘하게 선별한 예의바른 인사말을 빌려 감히 나를 조롱하는 호사까지 누리고 있었다.

"나를 맞이해주셔서 감사합니다."

언제나 발작 증세의 전조로 나타나던 분노와 절망이 한데 뒤섞인 감정이 내 안의 깊은 곳에서 올라오고 있었다. 난 안간힘을 다해 자리에서 일어나 두 손으로 관자놀이를 문질렀다. 어쩌면 그는 내 위치에서 정말 행복한지도 몰라. 난 목구멍으로 치밀어오르는 오열을 삼키며 생각했다. 그는 내 삶에 편안하게 자리잡아 행복한 거야. 내 아내와 아들, 내 직장, 그리고 오늘날 그에게 영광을 가져다준 내 글들과 함께……

난 설명하기 힘든 급작스러운 충동에 이끌려 주머니에서 휴대전화를 꺼내 잠시 머뭇거리다가 예전 집으로 전화를 걸었다. 곧 다가올 위험으로부터 잔과 티보를 구해야겠다는 갑작스러운 예감 같은 게 느껴졌기 때문이었다. 그 남자가 그들에게 위해를 가할 수도, 그들을 다치게 하거나 자기 마음대로 조종할 수도 있을 거라는 직감이 들었다. 그걸 설명하거나 증명해 보일 수는 없었지만. 신호음이 한 번, 그리고 두 번 울렸다. 심장이 마구 뛰기 시작했다.

"여보세요?"

사랑하는 아들의 목소리였다. 티보의 목소리. 아이의 목소리를 통해 나의 모든 과거가 마치 뺨을 때리듯 되살아났다. 난 눈에 눈물이 그렁그렁한 채로 아무 말도 입 밖에 내지 못했다.

"여보세요? 누구세요?"

난 내 아들과 옛집을 눈앞에 떠올렸다. 부엌일로 분주한 잔과 나 대신 거실 소파에 앉아 있는 남자의 모습도……

"여보세요?"

순간 무기력과 절망감이 엄습해왔다. 쓸쓸함과 증오심이 혈관 속에서 납덩어리처럼 나를 짓누르고 있었다. 난 눈을 감고 전화를 툭 끊어버렸다.

"당신 괜찮은 거예요?"

다시 눈을 떠보니 안프랑스가 거실 입구에서 나를 지켜보고 있었다.

"괜찮아요." 난 휴대전화를 다시 주머니에 집어넣으면서 힘없는 목소리로 대답했다.

그녀는 언제부터 나를 지켜보고 있었던 것일까? 어디까지 본 것일까? 안프랑스는 천천히 다가와서는 내 두 손을 꼭 잡고 꿰뚫어보는 듯한 시선으로 나를 응시했다.

"다 알고 있어요." 그녀의 목소리는 한없이 다정하고 부드러웠다.

"뭘…… 뭘 알고 있다는 거죠?" 난 당황한 표정으로 물었다.

"당신이 왜 그토록 괴로워하는지 알아요. 나도 다 알고 있다고요. 책 때문이잖아요."

"그 얘길 누구한테 들었죠?"

안프랑스는 입술을 잘근잘근 깨물며 잠시 머뭇거리더니 입을 열었다.

"그게…… 잔하고 얘기를 했어요."

그녀의 입에서 나온 소식에 나는 명치를 맞은 느낌이었다. 난 심호흡을 하고 이를 악물었다. 안프랑스와 잔이 여자끼리의 공감대를 느끼며 자신들의 속내와 불안감을 나누고, 나의 좌절을 두고 수군거리는 장면이 떠올랐다. 그리고 그런 상상은 내게 몹시도 치욕스러웠다. 나의 은밀한 사생활이 침해당한 것만 같았다. 두 여자가 내 영혼의 비밀스러운 경계에, 나의 예전 삶과 새로운 삶, 기억과 망각, 그리고 실패와 성공을 갈라놓는 희미한 경계선 위에 서 있는 듯했다.

"대체 언제 그녀하고 얘기를 한 거죠?" 난 다소 공격적으로 물었다.

"이삼일 전쯤에요. 난 불안했어요, 당신도 이해하죠…… 당신은 서재에 틀어박혀 나오질 않고, 난 어떻게 해야 할지 몰랐으니까요…… 당신이 왜 그러는지 알아야만 했다고요."

"그래서? 서로의 남편에 대해 충고라도 주고받은 건가요?" 난 씁쓸한 미소를 지으며 물었다.

"그냥 얘기를 나누었을 뿐이에요, 아르노. 우린 당신을 걱정했다고요. 그래요, 그렇게 얘기라도 하고 나니 좀 낫더군요……"

난 더이상 슬픔과 연민으로 가득한 그녀의 눈을 마주볼 수가 없었다. 난 그녀의 손을 놓고, 등을 돌린 채 또다시 〈넘버 32〉를 응시했다. 머리가 빙글빙글 돌면서 심장이 빠르게 뛰기 시작했다.

"좋아요, 방해하지 않을게요." 잠시 후 그녀는 체념한 듯한 투로 말했다. "난 가서 디저트를 준비할게요."

안프랑스가 자리를 뜨자, 다리가 후들거리기 시작했다. 머리가 천근만근 무겁게 느껴지면서 심장이 터질 것만 같았다. 멀리서 안프랑스와 시빌의 목소리가 들려왔다. 하지만 난 더이상 그들과 마주앉아 있을 수가 없을 것 같았다. 난 느린 걸음으로 〈넘버 32〉로 다가가 그림에 두 손바닥을 가져다댔다. 그러고는 눈을 감고 마치 점자책을 읽는 맹인처럼 그 울퉁불퉁한 면에 정신을 집중했다. 그 남자의 말이 또다시 내 안에 울려퍼졌다.

"나를 맞이해주셔서 감사합니다."

난 마치 인간 꼭두각시처럼 외부의 힘에 이끌리듯 벽에서 그림을 떼어내 두 손으로 받쳐들고 비틀비틀 서재를 향해 걸어갔다. 복도는 한없이 길어 보였고, 난 쓰러지지 않기 위해 벽에 기대야만 했다. 그리고 방으로 들어가 문을 닫아걸었다. 또다시 내 은신처에 홀로 있게 되어 안도했지만 여전히 열에 들떠 정신을 차릴 수가 없었다. 난 책상에 쌓여 있는 오래된 서류들을 바닥으로 밀어내버리고 그림을 올려놓았다. 그리고 연필꽂이에서 붉은색 수성 펜을 집어 뚜껑을 열고, 내가 하려는 일을 눈앞에 그려보며 떨리는 손을 그림의 중앙으로 가져갔다. 난 그가 내게 가한 커다란 상처를 닮은 깊고 붉은 흉터를 그림에 남기고자 했다. 그리하여 한참 동안 그림 바로 앞에서 펜 끝을 무기처럼 들고 선 채 내 안의 힘을 모두 끌어모았다. 심장이 세차게 뛰고 이마엔 땀이 흥건히 흐르는 사이 내 몸안에서 보이지 않는 싸움이, 기이하고 결정적인 전투가 벌어졌다. 그러다가 결국 행동으로 옮기지 못하고 펜을 발치에 던져버리고 말았다.

나는 충격으로 넋이 나간 사람처럼 가죽소파에 주저앉았다. 그리고 서랍을 열어 루빅스큐브와 보드카 병을 꺼냈다. 에바 콜린스카의 사진도 다시 올려놓았다. 그리고 잠시 멍한 시선으로 비장미 가득한 나의 신전을 둘러보았다. 아르노 드몽탈의 신성한 제단이 또다시 차려진 것이다. 난 술병을 입에 갖다대고 눈을 감은 채 알코올을 목구멍 속으로 흘려넣었다.

"나를 맞이해주셔서 감사합니다."

난 그의 말에 이중적인 의미가 담겨 있음을 알았다. 내 삶에 자리잡게 해준 것에 대해 감사하며, 또한 내 본의와 무관하게 그의 망가진 영혼의 은신처가 되어준 것에 감사한다는 의미였다.

"나를 맞이해주셔서 감사합니다."

그렇다, 그의 뒤틀린 영혼, 그의 강박관념, 그리고 그의 결함 모두가 내 안으로 들어와 자리를 잡았던 것이다.

난 손끝으로 에바 콜린스카의 사진을 어루만지면서 술병에 남아 있는 술을 모두 비워냈다. 그런 다음 기분좋게 취한 상태로 자리에서 일어나 벽난로 위의 거울 앞에 섰다. 취기와 피곤 때문에 거울 속 내 모습이 또렷하게 보이지 않았다. 하지만 내 얼굴이 변했다는 것은 이제 논란의 여지가 없어 보였다. 심지어 변화의 속도가 점점 빨라지기까지 하는 것 같았다. 그가 말 그대로 내 안으로 흘러들어온 느낌이었다. 투명한 캡슐에 담긴 독처럼 내 안으로 침투한 느낌. 목이 메고 시야가 흐려진 채 나는 한 손을 얼굴로 가져갔다. 내 눈으로 확인한 것을 손끝으로 느끼면 다르기를 바라면서. 손가락으로 뺨을 스치는 바로 그 순간, 여러 번 문 두드리는 소리가 들렸다.

"아빠, 문 열어주세요!"

경쾌함과 천진함이 가득한 시빌의 목소리였다. 또다시 귀에 윙윙거리는 소리가 들리기 시작하면서 다리가 후들거렸다.

"문 좀 열어줘요!" 안프랑스 역시 경쾌한 목소리로 말했다. "시빌이랑 내가 깜짝 선물을 준비했어요."

난 짐짓 아무렇지 않은 척하면서 두통을 핑계삼아 그들을 당장 돌려보낼 생각으로 문으로 다가갔다. 등은 땀으로 흥건했고, 심장은 터지기 일보 직전이었다. 거칠게 문을 열자 그들이 내 앞에 서 있었다. 공모의 눈빛으로 어깨를 나란히 한 두 사람의 얼굴이 일렁이는 수많은 촛불에 환히 밝혀졌다.

"생일 축하해요!" 모녀가 한목소리로 외쳤다.

순간 난 어안이 벙벙해진 채 그들의 손에 들린 케이크를 바라보았다. 매끄럽게 반짝이는 초콜릿 크림으로 덮인 케이크였다. 중앙에는 4자 모양의 커다란 초가 하나 꽂혀 있었다.

"자정이에요! 생일 축하해요!"

눈을 반쯤 감고 정신을 집중하려고 안간힘을 쓰며 난 오늘이 11월 24일 월요일이라는 사실을 떠올렸다. 아르노 드몽탈이 꼭 마흔 살이 되는 날이었다. 이 순간을 이미 경험한 듯한 참기 힘든 느낌이 엄습했다. 과거의 상처가 느닷없이 되살아나는 느낌이었다. 마치, 성적으로 억압받았던 오랜 연인이 자신이 당했던 일들을 낱낱이 드러내 보이는 것처럼. 잔과 티보의 얼굴이 내 기억 깊은 곳으로부터 솟아올랐다. 그들이 그토록 축하해주고 싶어했던 내 생일날 저녁, 식당에 있던 모습 그대로. 그날, 생일을 맞이하느니 차라리 죽기를 선택하고자 했던 나 자신의 모습도.

"난…… 난 이미 마흔 살이 지났어요." 나는 타들어가는 수많은 초들을 응시하면서 꺼져가는 목소리로 말했다. "난 이미 마흔 살이 지났다고……"

그러고는 다리 힘이 풀리는 것을 느끼며 두 손으로 머리를 감싼 채 마룻바닥으로 쿵 소리를 내며 쓰러져버렸다.

16

나에겐 발드그라스*에서 지냈던 기억은 아무것도 남아 있지 않다.

전혀 아무런 기억도.

언제나 취약하기 그지없던 내 기억은 그 기간에 대한 어떤 흔적도 간직하고 있지 않았다.

하지만 난 그 역사적인 건물 오른쪽 끝에 위치한 널찍하고 환한 방에서 열흘을 넘게 지냈던 것이다. 후에 전해들은 바로는, 그곳에 머무는 동안 내가 특별 대우를 받았다고 했다. 내가 묵었던 방은 원래 대통령에게만 허락되는 공간이었다. 그런 예외적인 특혜를 지시한 것은 말랭보 자신이었다. 아마도 나의 경우 최고 수준의 치료와 비밀 보장이 필요했기 때문인 듯했다.

어쨌거나 난 그곳에 입원해 있던 날들을 기억하지 못한다. 내 기억 속에 블랙홀이 생긴 듯했다. 12월 5일 금요일에 깨어나 그곳에서 나오

---

* 1645년 파리에 설립된 군병원.

는 순간까지.

그날 새벽 잠에서 깨어났을 때, 난 마치 오랫동안 낮잠을 푹 자고 일어난 것처럼 개운하고 활기찼다. 내가 본 첫번째 이미지는 침대 옆에 서서 내 손을 잡고 있는 안프랑스와 시빌의 모습이었다. 노벨리의 모습도 보였다. 깜짝 놀라 휘둥그레진 눈으로 그를 바라보았을 때 그가 한 말을 난 아직 기억하고 있다. "이제 됐어요, 아르노. 우리 곁으로 다시 돌아왔군요."

난 지금까지도 내가 혼수상태에 빠져 있었던 이유를 정확히 알지 못한다. 그들이 내게 어떤 치료를 했었는지도. 나는 내 진료 기록을 한 번도 본 적이 없다. 퇴원 후에 입원 사실에 대한 공식적인 기사를 신문에서 읽었을 뿐이다. "아르노 드몽탈이 뇌출혈 증세로 쓰러졌다. 그는 안정을 취하면서 모든 적절한 치료를 받았으며, 생명에는 아무런 지장이 없는 것으로 밝혀졌다." 사실 난 이 일의 정확한 정황과 진행 과정에 대해 자세히 알려고 하지도 않았다. 어딘가에 감춰진 부분과 위장된 거짓이 있을 거라고 짐작은 했지만, 진실을 알려고 드는 것이 내겐 부차적인 일로 여겨졌다.

심지어 하찮다는 생각마저 들었다.

12월의 그 아침, 병원 출구로 향하는 자갈길에서 난 마냥 평온하고 무심한 상태로 오직 집으로 돌아가고 싶다는 생각뿐이었다. 머리는 빈 조개껍데기 같았고, 내게는 원초적이고 본능적인, 거의 동물에 가까운 욕구만 남아 있었다.

다시 안락한 내 아파트로 돌아오자 일종의 안도감과 함께 진정한 기쁨이 느껴졌다. 절제된 가구, 고상한 장식품, 은은한 조명. 순간, 그때까지 진정 내 것이라고 생각해본 적 없던 그곳의 모든 것과 내가 완벽한 일체를 이루는 느낌이 들었다. 이전에는 마치 호화로운 궁전에 임시로 머무는 손님처럼 느껴졌지만 이젠 모든 게 익숙했고, 때로는 무척 친밀한 느낌이었다. 수년 전부터 그곳에서 살아왔으며 그곳이 내 전생의 무대였던 것 같은 착각마저 들었다. 물론 그 삶이 실제일 리 없다는 건 알고 있었지만. 그런 어렴풋한 기억들이 당혹스럽긴 해도 그 덕분에 전혀 두렵진 않았다. 그것은 불안의 근원이 아니었고, 그 때문에 조금도 불편하지도 않았다. 난 그런 기억들을 상냥하고 너그러운 유령처럼 받아들였으며, 그것들이 마치 오랜 친구처럼 내 마음을 달래주는 것 같았다.

그후로 며칠간, 다시 찾은 평온함에 잠겨 있는 동안은 더이상의 발작 증세를 보이지 않았다. 가벼운 두통이나 현기증조차 느껴지지 않았다. 물론 처방받은 알약들을 꼼꼼하게 챙겨 먹고 있긴 했다. 매 식사 후 길쭉한 붉은색 캡슐을 세 알씩 하루에 아홉 알씩 삼키고 있었다. 어떤 성분인지는 전혀 모르지만 내게 놀라운 효과를 보이고 있는 것만은 분명했다.

그러한 회복기와 안정기를 거치는 동안 난 내 아내하고 딸과 한층 더 가까워진 것 같았다. 두 사람 모두 나와 더 잘 통하고, 더 친밀해진 느낌이었다. 난 더이상 그들 앞에서 억지로 만족한 표정을 짓거나, 애써 괜찮아 보이려고 하지 않아도 되었다. 이제는 그들을 오래전부터 알고 있었던 것처럼 지극히 자연스럽게 행동할 수 있었다. 우리가 과거를 공유하지 않는다는 사실이 제약이 되진 못했다.

한마디로 마침내 나 자신이 된 것만 같았다.

하지만 안프랑스와 시빌이 내 행동을 어떻게 받아들이고 있는지는 알 수가 없었다. 내가 이렇게 스며들듯 자연스레 돌아온 것에 대해 어떻게 생각하는지, 그것을 기쁘게 생각하는지도 알 길이 없었다. 그들도 나처럼, 우리가 죽 함께 살아온 것 같다고 느끼고 있을까? 우리 삶이 지속적으로 이어져왔으며 결코 서로 떨어진 적이 없다고? 이제 우린 진정한 가족을 이루었다는 나의 내밀한 확신을 그들도 공유하고 있을까? 난 이러한 질문들에 자신 있게 대답할 수가 없었다. 대체로 그들은 변해버린 내 성격을 잘 맞춰주면서, 다시 찾은 우리 가정의 평온함을 즐기고 있는 듯 보였다. 하지만 때로는 정확히 이유를 알 수 없는 이상한 표정으로 나를 바라보기도 했다. 당황해서일까? 불안해서? 아니면 나 때문에 겁을 먹고 있기라도 한 것일까?

어쨌거나 내 삶은 정상적이고 규범적인 흐름, 결코 깨질 것 같지 않은 단조로운 리듬을 되찾았다. 난 늘 똑같은 모습으로 마음을 평온하게 해주는 오래된 습관들을 이어갔고, 아무런 거리낌 없이 칩거의 욕구를 충족해나갔다. 또한 여전히 정기적으로 참석하는 '로비코'의 이사회를 제외하고는 아파트 울타리를 벗어나는 일을 극도로 삼갔다. 내 서재에만 틀어박힌 채 나를 가장 편안하게 해주는 나만의 기벽에 몰두하면서 대부분의 시간을 보냈다.

난 매일 오랜 시간 동안 루빅스큐브를 만지작거리면서 머릿속에서 맴돌기만 하는 해결책을 찾아 헤맸다. 그러는 동안 나를 진정시켜주는 보드카를 하루 온종일 홀짝홀짝 쉼없이 마셔댔다. 술이 내가 먹는 약의 천연 보충제가 된 듯했다. 책상 위, 연필꽂이에 기대놓은 내 눈앞의 에바 콜린스카의 사진이 이 달콤한 칩거 생활의 동반자가 되어주었다. 그녀는 점점 더 나를 매혹했다. 그녀의 시선, 그녀의 미소가 나를 계속 도취시키면서 진정제와 같은 효력을 발휘했다. 내가 그녀의 사진과 사랑에 빠진 것은 아닐까 하는 생각이 들 정도로 그 사진에 압도당한 듯했다.

어느 날 저녁 내가 〈넘버 33〉 모사화를 그리기 시작한 것도 그녀를 위해, 그녀의 매력에 경의를 표하기 위해서였다. 그 그림은 내 컬렉션에 아직 채워넣지 못한 폴록의 주요 작품 중 하나였다. 난 완벽에 가까운 정교한 모사로 그녀를 기리기로 마음먹었다. 그리하여 작업을 위해 바닥에 새하얀 아마천과 실물 크기의 작품 사진, 그리고 트레이싱페이퍼를 펼쳐놓았다. 새해가 되기 전에 작품을 완성하는 것이 목표였다. 그리고 루빅스큐브의 수수께끼를 푸는 데 몰두하지 않을 때는 이 강박적인 작업에 나머지 시간의 대부분을 써버렸다.

이처럼 난 주로 씻고 잠자고 먹기 위해서가 아니라면 서재 밖으로 거의 나가지 않았다. 매일 저녁 안프랑스와 시빌과 함께 식탁에 둘러앉아 저녁식사를 하면서 대화하는 시늉을 위해 몇 마디 진부한 질문을 던지는 것이 바깥 활동의 전부였다. 그들의 대답에는 사실상 귀를 기울이지도 않았다. 가벼운 속보로 달려가는 당나귀처럼, 기계적으로 고개를 끄덕이면서 음식을 씹기만 했다. 절대 그들과 함께 있는 것이 불쾌해서가 아니었다. 오히려 그 반대로, 그들의 목소리가 빚어내는 작은 음악소리를 무척 즐기고 있었다. 하지만 난 뒤섞인 루빅스큐브와 에바 콜린스카의 사진, 그리고 〈넘버 33〉의 세밀한 부분에 마음을 온통 빼앗긴 채 그것들이 만들어내는 삭막하고 접근 불가능한 영역 속에 머물러 있었다. 언제나 디저트를 먹기도 전에 먼저 자리에서 일어나, 당혹해하는 그들을 내버려둔 채 나의 즐겁고 강박적인 습관을 위해 또다시 서재로 발걸음을 옮겼다. 대개는 그곳에서 나머지 저녁 시간을 보내면서 종종 한밤중까지 지냈다. 피로와 과음으로 그곳에서 쓰러져버리지 않을 경우에는 몸을 질질 끌고 침실로 가서 안프랑스와 함께 밤을 보냈다. 내가 침대 속으로 미끄러져 들어갈 때면 그녀는 매번 잠에서 깨어났다. 그녀는 갈수록 깊이 잠들지 못하는 것 같았다. 잠에서 깨어날 때마다 조심스럽고 다소 불안한 듯한 시선을 보냈고, 그러다 아무 말 없이 다시 잠들곤 했다.

그것이 내 삶이었다.
단조롭고 비정형적인.
난 매일같이 변함없는 일과의 메트로놈 같은 리듬에 따라, 최면에 걸린 듯 반복되는 일상 속에 하루하루 자리를 잡아갔다.

그렇게 금욕 생활을 하며 두 주가 흐른 12월 중순경, 여전히 난 균형적이고 안정적인 나만의 세상 속에서 두문불출하며 지내고 있었다. 외부 세상과의 접촉은 거의 차단해버린 상태였다. 아무도 만나지 않았고, 신문이나 라디오, 텔레비전도 더는 보지 않았다. 바리케이드를 치듯 내 서재 안에 틀어박혀 있는 동안에는 외부의 공격이나 나 자신 속에 깃들어 있는 악마로부터 더욱더 안전하다고 느꼈다. 그렇다고 지극히 행복한 니르바나의 경지에 도달한 것은 아니었다. 그 어떤 것도 내게 열정이나 호기심을 불러일으키지는 못했다. 하지만 난 이 평온한 의욕 부진 상태를 마치 상처받기 쉬운 어린아이처럼 소중하게 여겼다. 사실 행복을 추구한다는 것이 나와는 아무 상관이 없어졌다.

"모든 게 아주 좋습니다." 난 노벨리와 전화 통화를 하며 이렇게 반복해 말했다. "가장 힘든 시기는 지난 것 같아요." 그가 불안해하는 낌새를 보이자 난 그를 안심시켰다.
"이제야 비로소 나 자신을 찾은 것 같습니다." 난 거듭 그를 안심시키고자 했다. 그리고 난 정확히 기억한다. 12월 20일 토요일, 몹시 추웠던 아침의 일이었다.

진심으로 하는 말이었다.

그에게 아무것도 숨길 것이 없었다.

다음날 내게 다시 찾아올 위기에 대해 아무것도 예측하지 못했기에.

그런데 그것이 정말 위기였을까? 어쩌면 해방은 아니었을까? 석 달 전부터 내가 걸어온 험난한 길의 종착지는 아니었을까?

사실 난 잘 모르겠다.

앞으로도 결코 알 수 없을 것이다.

하지만 계속해서 내 기억을 흐릿하게 만드는 분노와 피로감에도 불구하고, 이제 그 사실을 되살려내야만 한다. 가능한 한 충실하게 묘사할 수 있도록 노력해야만 한다.

12월 21일 일요일의 하루는 이전의 날들과 별다를 바 없이 시작되었다. 동이 트기도 전에 잠에서 깨어난 나는 커피를 준비해 서재로 가서 그 안에 오전 내내 틀어박혀 있었다. 보드카는 한두 잔 정도 적당히 마셔가면서, 에바의 감탄하는 눈길 앞에서 큐브의 두 면을 맞추는 데 성공했다.

정오경에 난 부엌으로 가서 알약을 챙겨 먹고 간단한 식사를 만들어 먹기로 했다. 푸아그라를 바른 빵이 먹고 싶은 마음이 간절했다. 부엌에서는 안프랑스와 시빌이 깔깔대고 웃으면서 알록달록한 비닐봉지들과 종이 상자들이 놓인 조리대 주위에서 분주하게 움직이고 있었다.

"안녕, 공주님들." 난 냉장고 문을 열면서 나지막이 말했다.

그 말에 순간 그들이 딱딱하게 굳은 얼굴로 나를 향해 돌아섰다. 그들의 표정엔 마치 청부 살인 업자라도 마주친 것처럼 공포와 경악이 서려 있었다.

"안녕." 마침내 안프랑스가 맥없는 목소리로 대답했다.

시빌은 그녀 곁에서 라뒤레 마카롱 상자를 든 손을 떨면서 납빛이 된 얼굴로 말없이 서 있었다. 난 그들을 계속 쳐다보면서 약간 당황한 표정으로 푸알란 빵집에서 사온 빵을 한 조각 집어들고 푸아그라를 바르기 시작했다. 그들은 줄곧 돌처럼 굳어버린 얼굴로 나를 바라보았다.

"무슨 일 있어요?" 내가 결국 먼저 물었다.

내가 그 말을 하자마자 시빌은 마카롱 상자를 떨어뜨리고는 부엌 밖으로 달려나갔다. 안프랑스는 고개를 떨구고는 팔짱을 꼈다. 마치 갑자기 한기를 느낀 것처럼.

"대체 무슨 일인지 좀 말해줄래요?" 난 그녀의 눈을 똑바로 바라보면서 말했다.

"아무것도…… 아무것도 아니에요. 그냥…… 그냥 당신이 한 말 때문이에요."

"내 말이요?"

"네. 당신이 들어와서…… 우리보고 '공주님들'이라고 불렀잖아요."

"아, 그랬나? 아마도…… 그런데요?"

그녀는 시선을 돌리더니 입술을 깨물었다. 그리고 마치 악몽을 되새기듯 가느다란 목소리로 중얼거렸다.

"그게…… 그 사람이…… 늘 그렇게 말했거든요. 특히…… 그러니까…… 정상이 아닐 때요."

난 빵을 한입 가득 베어 물었고 푸아그라가 혀에 녹아내렸다. 그리고는 천천히 음식을 씹으며 안프랑스가 방금 한 말을 곰곰 생각해보았다. 돌이켜보니 그 남자에 대해 더이상 생각하지 않은 지도 꽤 오래된 듯했다. 그의 현재 삶이나 과거가 더이상 나를 괴롭히지 않게 된 지도. 그가 존재했었다는 사실을 기억하고 있긴 했던가? 난 궁금하다는 표정으로 입안의 빵을 삼키고 다시 물었다.

"정상이 아닐 때라니요? 그게 무슨 뜻이죠?"

"아니, 아무것도 아니에요." 그녀는 일그러진 미소를 지으며 말했다. "잊어버려요. 그냥 말이 그렇다고요……"

"말이 그렇다, 어쩌면……" 난 멍한 얼굴로 고개를 끄덕이면서 말했다. 그리고 또다시 바삭바삭한 빵을 한입 깨물었다.

안프랑스는 바닥에 떨어진 마카롱 상자를 주워 은쟁반에 색색의 마카롱을 늘어놓기 시작했다. 난 그녀가 빨간색, 초록색, 그리고 하얀색 마카롱들을 가지런히 늘어놓는 모습을 지켜보았다…… 그걸 보니 서재에서 나를 기다리고 있을 루빅스큐브가 떠올랐다. 큐브를 빨리 다시 맞추고 싶어졌다.

"말이 나온 김에 하는 말인데," 그녀가 하던 일을 계속하면서 말했다. "당신이 점점 더 그를 닮아가는 것 같아요……"

"아, 그래요? 그렇게 생각해요?" 난 알약 병을 살짝 돌려 열면서 말했다.

그러자 안프랑스가 내 쪽으로 돌아서서 내 눈을 똑바로 응시했다. 그녀의 눈에 지친 표정이 스쳐지나갔다.

"그래요, 그런 것 같아요."

"그러니까…… 외모가 그렇다는 거예요?" 난 본능적으로 내 얼굴로 손을 가져가면서 물었다.

"그게…… 외모뿐만이 아니에요."

순간 그녀의 얼굴 표정이 긴장으로 팽팽해지면서 가면처럼 굳어졌다. 눈빛 또한 어둡고 멍해졌다. 난 알약 세 알을 생수와 함께 하나씩 삼키면서 그녀를 주시했다. 이 순간 내가 해야 할 가장 기본적이고 사리에 맞는 일은 그녀를 이해하려고 애쓰며, 그녀가 은연중에 전달하려는 메시지를 간파하려 애쓰는 것임을 잘 알고 있었다. 그리고 예민해져 있고 무언가를 두려워하는 것처럼 보이는 그녀를 위로하는 것. 하지만 내 안의 무언가가 대화를 가로막았다.

"난…… 이만 서재로 돌아가야 할 것 같아요."

안프랑스는 아무런 대꾸도 하지 않고 고개만 끄덕였다. 부엌에서 나가려는 순간 난 또다시 그녀의 눈빛이 흐려지는 것을 보았다.

"오늘 저녁을 잊은 건 아니겠죠?" 그녀가 물었다.

"오늘 저녁이라뇨?" 난 놀란 얼굴로 그녀를 돌아보며 되물었다.

그녀는 구겨진 봉지들 사이에 놓인 마카롱 쟁반을 턱으로 가리켰다.

"시빌의 생일이잖아요. 오늘이 열다섯번째 생일이에요……"

그녀의 목소리가 갈라지면서 곧 울음이 터져나올 것만 같았다.

"물론이죠, 꼭 참석할게요." 난 억지웃음을 지어 보였다.

난 서재로 돌아와 나머지 오후 시간 내내 틀어박혀 있었다. 작은 보드카 병을 비워가면서, 마룻바닥에 꿇어앉아 〈넘버 33〉 복제화를 공들여 완성해나갔다. 작업은 순조로웠고, 난 만족스러웠다. 저녁 여섯시경이 되자 다리가 저려오면서 무릎뼈가 부서져버릴 것처럼 아팠다. 난 잠시 휴식을 취하기로 하고 책상 의자로 가서 앉았다. 그리고 루빅스큐브를 집어들고 잠시 한 면을 맞추려고 애쓰다가 에바 콜린스카의 청록색 눈이 지켜보는 가운데 깜빡 선잠이 들었다.

그사이 그녀의 꿈을 꾸었다. 처음 있는 일이었다. 우리가 학생식당으로 통하는 커다란 자단나무 계단 아래 바닥에 앉아 있는 모습이 똑똑히 보였다. 미소를 띤 그녀는 완전히 새것인 루빅스큐브를 내게 내밀면서 허스키하고 엄숙한, 매력적인 목소리로 물었다. "이걸로 가능한 조합이 얼마나 되는지 알아?" 천천히, 음절 하나하나를 또박또박 발음하는 그녀의 커다란 두 눈이 수정처럼 빛났다. "4300경." 그리고 내 손에 그녀의 성숙한 육체가 와닿고, 내게 키스하는 그녀의 입술에서 새큼한 맛이 느껴졌다……

그때 누군가가 내 방문을 요란하게 두드리는 소리에 나는 갑자기 꿈에서 깨어났다. 입은 끈적거렸고, 기이한 꿈 때문에 아직 혼란스러운 상태로 난 자리에서 일어나 비틀거리면서 문으로 향했다.

"누구세요?"

"나예요." 안프랑스의 목소리였다. "저녁식사 준비 다 되었다고 알려주려고요."

"곧 갈게요." 난 하품을 억누르며 대답했다.

난 화장실로 가서 정신을 가다듬은 다음 복도를 따라 거실로 향했다. 그곳, 널따란 거실에서 오직 그녀만 눈에 들어왔다. 간결한 흰색 태피터 원피스를 입은 그녀는 숨이 턱 막힐 정도로 우아하게 빛났다. 식탁 끝에 앉은 그녀에게서는 왕녀 같은 기품이 돋보였다. 샹들리에가 뿜어내는 엷은 갈색빛이 춤추듯 그녀의 얼굴을 비추었다. 그녀를 보는 순간 난 그 자리에서 정신을 잃을 뻔했다. 방금 꿈속에서 보았던 그 여인과 너무나 닮아 있었다. 하지만 난 다시 정신을 추스르고 이를 악문 채 유연하고 태연한 걸음으로 그녀에게 다가갔다.

"안녕, 천사 아가씨. 생일 축하해!"

나를 올려다보는 그녀의 투명한 눈빛에는 놀라움과 두려움이 뒤섞여 있었다.

"안녕, 아빠." 시빌이 나지막한 목소리로 대답했다.

난 시빌과 마주보는 자리에 앉아 냅킨을 펼쳤다. 문장紋章이 새겨진 화려한 자기 세트가 식탁을 장식하면서 중세시대의 향연을 떠올렸다. 난 시빌에게 미소를 지어 보이고 내 크리스털 잔에 와인을 따랐다.

"좀 마실래?" 난 와인병을 내밀면서 물었다.

"저는 술 안 먹는 거 잘 아시잖아요." 그녀는 불편한 기색을 잘 숨기지 못하며 대꾸했다.

"그렇지. 그렇긴 하지만…… 오늘은 좀 특별한 날이잖아, 안 그래? 오늘만 예외적으로 생각할 수도 있지. 그래도 열다섯 살이 되는 날인데, 축하해야지!"

내 말에 시빌은 어둡고 불안한 눈빛으로 나를 바라보았다. 마치 내 행동 하나하나를 분석하고, 내 말 하나하나의 의미를 해석하는 것 같았다.

"아뇨, 고맙지만 안 마실래요."

난 시빌에게서 눈을 떼지 않은 채 식탁에 와인병을 내려놓았다. 나를 향한 시빌의 냉랭한 시선에도 불구하고 난 그 완벽한 얼굴에서 눈을 돌릴 수가 없었다. 어깨 위로 폭포수처럼 흘러내리는 구불구불한 눈부신 금발머리에서도. 식당의 어슴푸레한 빛 속에서 반짝거리는 시빌의 눈은 모든 면에서 에바 콜린스카와 너무도 닮아 있었다.

"자, 식사 나왔습니다!"

안프랑스가 해산물이 가득한 커다란 쟁반을 들고 들어와 식탁에 내려놓았다. 잘게 부서진 얼음 무덤 위에 난도질당한 시체들이 쌓여 있는 듯 보였다.

"굴, 성게, 게, 소라…… 사랑하는 우리 어린 딸이 좋아하는 게 모두 있답니다!"

"어린 딸, 어린 딸이라니요! 벌써 열다섯 살이라고요!" 난 경박한 표정을 지으며 소리쳤다.

안프랑스는 자리에 앉아 날카로운 눈빛으로 나를 쏘아보았다. 시빌은 눈을 내리깔고 식기를 만지작거렸다.

"그럼 맛있게들 먹자고요!" 난 알이 꽉 찬 성게를 집어들면서 말했다.

"그래요, 맛있게 먹어요." 안프랑스는 딸의 어깨에 한 손을 올려놓으면서 말했다. "생일 축하한다, 우리 딸."

식사는 유난히 긴장된 분위기 속에서 이어졌다. 난 시빌에게서 여전히 눈을 떼지 못한 채 그녀가 먹고 마시고 음식을 씹고 입술을 닦는 모습을 가만히 바라보았다…… 그녀는 감히 범접할 수 없을 만큼 눈부시게 아름다우면서 기품 있고, 만지면 부서져버릴 듯 가냘파 보였다. 계속해서 내 시선을 피하는 그녀의 얼굴에선 무언지 모를 두려움이 엿보였다. 그녀는 자주 당황한 표정으로 엄마를 돌아보았고, 안프랑스는 체념 섞인 슬픔이 가득한 눈빛으로 딸을 바라보았다.

난 성게 십여 개와 소라 대여섯 개, 먹음직스러운 양고기 다리, 노릇하게 잘 구워진 감자를 게걸스럽게 먹어치웠다. 그리고 디저트를 가져오기 위해 안프랑스가 자리를 비우자, 난 거침없는 시선으로 시빌의 옷을 벗겨 그 아찔한 아름다움을 마음껏 탐했다.

"너 오늘 정말 아름답구나."

내 말에 그녀는 마치 공포에 사로잡힌 듯 몸을 떨면서 얼굴빛이 창백해졌다. 그러더니 힘들게 입을 열었다.

"고마워요, 아빠."

순간 나는 그녀를 내 품에 안고 마구 키스를 퍼붓고 싶은 강렬한 욕구와 탐욕스러운 충동에 사로잡혔다. 하지만 평소에 그토록 애교가 넘치던 그녀는 그 어느 때보다도 냉랭하게만 느껴졌다. 마치 우리 사이에 보이지 않는 벽을 쌓아올린 듯했다.

"괜찮은 거니?"

"네." 내 물음에 그녀는 시선을 다른 곳으로 돌리면서 대답했다. "전…… 엄마를 도와주러 가봐야겠어요."

시빌은 자리에서 일어나 냅킨을 내려놓고 서둘러 식당을 떠났다. 난 홀로 한참 동안 식탁에 앉아 부르고뉴산 와인 한 병을 비워냈다. 눈을 감자 에바 콜린스카의 얼굴이 떠올랐다. 그녀의 모습은 이제 시빌과 정확히 하나로 겹쳤다. 마치 데칼코마니처럼.

"이제 생일 축하 노래 불러요! 생일 축하합니다, 생일 축하합니다……"

안프랑스는 한 발 한 발 엄숙하고 천천히 걸어왔다. 그녀의 손에는 진한 핑크색 초 열다섯 개가 꽂힌 생과일 케이크가 들려 있었다. 시빌은 두 손으로 마카롱 쟁반을 받쳐든 채 초췌하고 불안해 보이는 얼굴로 그녀의 뒤를 따랐다.

"생일 추우카-합-니이다아아!" 난 마치 귀먹은 사람처럼 큰 소리로 외쳤다.

그들은 몹시 당혹스러운 눈빛으로 잠시 나를 쳐다보았다. 그러더니 식탁에 앉아 무언가를 의논하기 시작했다. 난 그들의 대화에 동참할 노력조차 하지 않고 케이크 두 조각과 마카롱 대여섯 개를 먹어치우면서 계속 시빌을 뚫어지게 바라보았다. 그녀의 천사 같은 얼굴의 아주 작은 부분에까지 감탄하면서.

식사가 끝나자 안프랑스는 시빌에게 리본을 두른 꾸러미 두 개를 건넸다. 하나는 최신형 휴대전화, 다른 하나는 아름다운 회색빛 진주가 박힌 펜던트였다. 그사이 부르고뉴산 와인 한 병을 더 비운 나는 취기로 인해 머리가 아파오기 시작했다.

"난…… 그만 거실로 가야겠어요."

비틀거리면서 자리에서 일어나 쓰러지지 않기 위해 식탁을 움켜잡고 있는 나를 그들은 어둡고 아연한 표정으로 바라보았다. 난 그런 그들에게 마치 위험한 미치광이처럼 이를 모두 드러내면서 씩 웃어 보였다. 그런 다음 거실까지 몇 미터 되지 않는 거리를 비틀거리면서 걸어갔다.

거기서 난 매끄러운 흰색 가죽소파에 엎어져, 한순간에 심연과도 같은 잠 속으로 빠져들었다. 꿈들이 모두 사라져버린 잠 속으로.

얼마나 시간이 지났을까, 내가 잠에서 깨어났을 땐 성난 듯이 방안을 휘젓고 다니는 그림자들이 나를 에워싸고 있었다. 벽, 전등, 천장…… 겁에 질린 나는 잠시 후에야 그것이 밖에서 빛나는 에펠탑 때문이라는 것을 알고 진정할 수 있었다. 거실은 유령들의 거대한 파티장으로 변해 있었다. 시간은 정확히 자정이었다.

난 빛이 어른거리는 벽을 경이로운 느낌으로 둘러보며 한동안 멍하니 앉아 있었다. 그러던 중 시선이 〈넘버 32〉로 가서 멈췄다. 그림은 방안을 비추는 영롱한 빛을 받아 예전과는 전혀 다른 느낌이었다. 문득 석 달 전 이 아파트에 처음 왔을 때의 기억이 떠올랐다. 그때도 지금처럼 자정에 현란한 빛을 발하는 에펠탑에 놀랐었다. 그날 밤, 바로 이 소파에서 나와 함께 앉아 있던 시빌의 모습도 생각났다. 그녀의 투명한 눈과 수정같이 맑은 웃음소리, 내 손안에 살포시 놓여 있던 부드럽고 따뜻한 손. 강력한 파도처럼 내 마음속 깊은 곳에서, 그때의 친밀감을 다시 느끼고 싶은 억누르기 힘든 충동이 느껴졌다.

어느새 에펠탑의 빛이 잦아들고, 방안은 본래의 색을 되찾았다. 난 어둠 속에서 소파에서 일어나 몽유병자 같은 걸음걸이로 거실을 가로질러 침실로 향하는 복도를 따라갔다. 그러다 문이 살짝 열려 있는 안 프랑스의 방 앞에서 잠시 멈춰 섰다. 그러고는 떨리는 가슴으로 다리를 휘청거리면서 몇 미터 떨어진 시빌의 방으로 발걸음을 옮겼다. 황갈색 빛 한줄기가 문 아래쪽에서 새어나왔다. 난 손가락 끝으로 관자놀이께에 방울진 땀을 닦아낸 다음 문손잡이를 잡고 조심스럽게 돌렸다. 문은 아무 소리도 내지 않고 스르르 열렸다.

거기, 연핑크빛 이불 아래, 천사처럼 아름다운 그녀가 지극히 평온한 모습으로 잠들어 있었다. 그녀가 켜놓은 머리맡 전등의 후광 아래 그녀의 머리채가 베개 위에 왕관의 형상을 이루고 있었다. 난 최면에라도 걸린 듯 천천히 다가갔다. 그리고 침대에 걸터앉아 조용히 그녀의 얼굴을 응시했다. 그녀의 감긴 눈꺼풀 아래로 눈동자가 굴러가는 것이 보였고, 살짝 벌어진 입술 사이로 새어나오는 숨결 또한 느낄 수 있었다. 그녀의 입술에 옅은 미소가 스치고 지나가는 듯 보였다. 어쩌면 꿈을 꾸고 있는 건지도 몰라, 난 생각했다. 내 꿈을 꾸고 있는지도 몰라. 내가 그렇게나 자주 그녀의 꿈을 꿨던 것처럼.

난 우수어린 열기에 이끌려 그녀의 얼굴 가까이 내 얼굴을 갖다대고 그녀의 향기에 빠져들었다. 그리고 욕망과 진한 감동에 몸을 떨며 손가락으로 그녀의 동그스름한 뺨을 어루만졌다. 그녀의 피부는 마치 장난감 인형처럼 매끄럽고 윤기가 흘렀다. 촉촉한 자줏빛 입술은 나를 향한 듯했다. 그녀가 입은 하늘색 티셔츠의 목둘레 언저리에서 도드라진 쇄골이 언뜻 보였다. 손가락으로 그녀의 가슴 언저리를 스치자 아랫도리가 후끈거렸다. 그 순간 나는 억제할 수 없는 아찔한 충동에 사로잡혔다. 난 두 손으로 그녀의 머리채를 움켜쥔 채 그녀의 입속으로 혀를 밀어넣었다.

그녀의 구슬처럼 커다란 두 눈이 번쩍 뜨였다. 그녀의 눈에 놀라움과 공포, 체념의 빛이 차례로 지나갔다.

"아무 걱정 하지 마, 에바." 난 그녀의 귓불을 살짝 깨물면서 속삭였다. "두려워하지 마, 내 천사. 나야, 나라니까."

그녀는 발버둥치거나 소리를 지를 생각조차 하지 않았다. 내가 티셔츠를 걷어올리고 그녀의 가슴에 키스를 퍼붓는 동안 그녀의 뺨 위로 오랫동안 참았던 눈물이 조용히 흘러내리기 시작했다.

"아빠," 그녀는 목이 메어 들릴락 말락 하는 소리로 중얼거렸다. "아빠, 제발 부탁이에요…… 또 이러지 마세요."

그 순간, 그녀의 피부의 달콤함에 도취된 나는 그녀의 말이 무엇을 의미하는지 깨닫지 못했다. 열에 들뜬 나의 귀에는 나를 더욱더 흥분시키는, 그녀의 그윽한 억양과 애원하는 듯한 관능적인 어조만 들려올 뿐이었다. 허벅지에 닿은 내 남성이 테라코타로 만든 방망이처럼 단단해진 것을 느낄 수 있었다. 내 혀가 그녀의 조그맣고 여린 두 젖꼭지를 오가는 동안, 그녀의 탄탄한 허리를 움켜쥔 내 두 손에 더욱더 힘이 들어갔다……

"당장 그만두지 못해요!" 내 등뒤에서 날카로운 목소리가 들려왔다.

난 소스라치게 놀라 매트리스에서 침대 아래로 떨어졌다. 얼굴이 벌게진 채 숨을 헐떡거리면서 뒤를 돌아보니, 잠옷 차림으로 문간에 서 있는 안프랑스가 보였다. 그녀의 눈은 눈물로 충혈돼 있었다. 분노와 고통의 눈물로.

"당장 그만두라고요." 그녀가 흐느끼면서 침대로 다가왔다.

"엄마." 배 위로 이불을 다시 끌어올리면서 시빌 역시 흐느꼈다.

난 마치 악몽을 꾸기라도 한 것처럼 넋이 나가서 바닥에 주저앉아 있었다. 내 눈앞의 광경이 실제인지, 그것을 겪고 있는 사람이 나 자신이 맞는지도 명확하게 판단할 수 없었다. 눈이 뒤집힌 안프랑스는 손을 떨면서 나를 향해 다가왔다. 그녀의 눈은 사납기까지 한 분노를 표출하고 있었다. 그녀는 나를 굽어보면서 두 손으로 내 얼굴을 감싸더니 내 눈을 깊숙이 들여다보았다. 그 속에서 일종의 단서나 반박할 수 없는 증거라도 찾는 듯이.

"아르노, 당신인 거죠?" 그녀는 손가락으로 내 턱을 꽉 잡고 물었다.

평소에 그토록 침착하던 그녀가 마치 무언가에 홀린 듯했다. 몇 초 후 나를 잡고 있던 손을 놓고 그녀는 믿을 수 없다는 표정으로 나를 뚫어지게 바라보았다. 그러더니 그녀의 얼굴이 점점 더 창백해지면서 표정이 딱딱하게 굳어졌다. 마치 익숙한 유령이라도 마주친 것처럼.

"난 알고 있었어요." 그녀는 이를 앙다물고서 혼잣말처럼 속삭였다. "난 알고 있었어요, 아르노. 당신이 우리에게 되돌아온 걸."

17

그날 밤 그 시각 이후 난 서재에 내내 틀어박힌 채 쓰러지기 일보 직전의 상태로 그곳에 머물렀다. 얼마나 많이 마셨는지 알지도 못한 채 보드카를 일정한 간격으로 쉼없이 마셔대며 점점 더 깊이 취해갔다. 하지만 끊임없이 알코올을 부어대도 잠을 이룰 수가 없었다. 난 비장하고도 의기소침한 모습으로 내 은거지에서 옴짝달싹 못하고 그 공간과 물건들에 사로잡힌 포로가 되어 있었다.

뒤섞인 루빅스큐브.

에바 콜린스카의 사진.

〈넘버 33〉의 미완성 모사화.

난 나 자신이 그 물신物神들의 절대적인 힘에 지배당하고 있음을, 마치 약물 중독자처럼 그것들의 존재에 의존하고 있음을 알고 있었다.

그리고 온 힘을 다해 더이상 아무것도 생각하지 않으려고 노력했다. 나를 집어삼킬 것만 같은 수치심도, 나를 소진시키는 증오도, 또다시 내 곁을 맴도는 듯한 죽음조차도. 난 마침내 새로운 날이 밝아오기만 기다렸다. 내게 아직 남아 있는 존엄과 명료한 정신으로 알찬 하루를 보내기로 마음먹었다.

아침 여덟시, 알코올과 불면으로 엉망이 된 채 창문을 열자 새벽빛 속에 세찬 바람이 내 뺨을 때렸다. 그때 어디선가 까마귀 울음소리가 들려왔지만 모습은 보이지 않았다. 비밀스러운 나뭇잎들 사이 어딘가에 숨어 있는 듯했다. 난 두근거리는 가슴으로 화장실에 가서 눈을 감은 채 한참 동안 소변을 보았다. 그런 다음 거울 앞에 서서 비틀거리지 않기 위해 세면대를 부여잡고 내 얼굴을 자세히 살펴보았다.

"넌 누구냐?" 난 거울에 비친 내 모습을 향해 조용히 속삭였다.

마치 어떤 이방인에게 말을 건네는 느낌이었다. 비사교적이고 불안정하고 나약하지만, 나와는 영원히 불가분의 관계인 존재를 향해.

"넌 누구냐?" 난 거울로 더 가까이 다가가면서 물었다. "거기서 뭘 하고 있는 거지? 내 안에 틀어박혀서?"

난 네온등 아래서 창백한 얼굴과 퀭한 눈, 불그죽죽한 다크서클, 백악같이 하얀 피부색을 하나하나 뜯어보았다. 분노와 두려움, 그리고 어디에도 정착하지 못하는 애정 같은 것이 뒤섞인 내 얼굴은 기이하고 감동적이기까지 했다. 난 가족에게 버림받은 늙은 병자처럼 떨리는 두 손에 얼굴을 파묻고 흐느끼기 시작했다. 그러다가 벽에 기댄 채 스르르 미끄러져서는 세면대 아래 쪼그리고 앉아 마음껏 목놓아 울었다. 살아남을 힘을 내 안에서 그러모으며 극도로 지친 상태로 한동안 그곳에 머물렀다.

여덟시 삼십분, 난 씻지도 옷을 갈아입지도 않고 방수 코트를 걸치고 아파트를 나섰다. 머릿속을 비워내고 목구멍까지 차오르는 두려움을 다스리려고 애쓰면서 붉은색 벨벳 카펫이 깔린 커다란 계단을 내려 갔다. 어느 월요일처럼 메르세데스가 유백색 안개에 잠긴 채 문 앞에서 나를 기다리고 있었다. 난 신선한 공기를 길게 들이마신 다음 옷깃을 세우고는 차문을 열고 뒷좌석에 올라탔다.

"좋은 아침입니다, 사장님."

"좋은 아침이에요, 샤를." 난 쉰 목소리로 인사를 건넸다.

백미러로 나를 주의깊게 바라보는 그의 눈길이 불안해 보였다. 난 양복도 입지 않고 넥타이도 매지 않았으며, 셔츠는 구겨져 있었다. 샤워도 면도도 하지 않고, 대충이라도 머리를 매만지지 않은 상태였다. 눈은 술기운과 눈물로 벌겋게 충혈돼 있었다.

"괜찮으신 겁니까, 사장님?"

"네, 괜찮아요…… 고마워요." 난 더듬거리며 대답했다. "샤를…… 난…… 난 오늘 회사엔 가지 않을 겁니다."

언제나 신중한 반응을 보이는 운전기사는 눈썹을 찡그리며 내 쪽으로 몸을 돌렸다.

"알겠습니다, 사장님. 그렇게 하시죠. 그럼 어디로 모실까요?"

"라 플렌 생드니로 가줘요." 난 한숨을 내쉬며 대답했다.

"그러죠. 음악을 좀 틀까요?"

"그래요. 〈비창〉을 틀어줘요."

자동차는 빙판이 된 도로를 미끄러지듯 달리기 시작했다. 아다지오의 첫 소절이 울려퍼지기 시작하자 난 고개를 뒤로 젖히고 지친 눈을 감았다. 목이 메고, 눈꺼풀 안쪽에서 눈물이 솟구치는 가운데 간밤의 사건이 생생하게 떠올랐다. 시빌과 안프랑스, 나를 사로잡았던 그 더러운 충동과 갑작스러운 광기. 그리고 그 모든 것에 익숙한 듯 보이던 그들의 기이한 반응까지도.

그 남자의 얼굴도 떠올랐다.

그렇다, 이제 내 머릿속은 그에 관한 생각으로 가득차 있었다.

수수께끼 같은 그의 얼굴과 양면성을 띤 미소. 속을 알 수 없는 애인처럼 나를 매료하면서 동시에 한발 물러서게 만드는 그의 모든 것. 무엇보다도 난 깊은 절망감과 함께, 그의 존재를 내 영혼 속에 조금씩 주입하는 침투 과정에 대한 생각에 빠져 있었다.

"사장님?"

아마 내가 깜빡 잠이 들었던 모양이다. 혹은 꿈속을 헤매고 있었는지도. 어쨌거나 샤를의 목소리에 나는 가증스러운 현실로 다시 돌아왔다. 멈춰 선 메르세데스가 부르릉거리고 와이퍼가 앞유리창을 평온하게 닦고 있었다.

"사장님," 샤를이 나를 거듭 불렀다. "목적지에 도착했습니다. 약속을 하고 왔는지 경비가 물어보는데요."

난 초소에서 무장한 채 똑바로 서 있는 경비를 흘끗 쳐다보았다.

"노벨리 씨를 만나러 왔다고 전해줘요." 난 둔탁한 목소리로 중얼거리듯 말했다.

몇 초 후 글로벌비전의 철책이 열리고, 차는 젖은 자갈길을 천천히 굴러가 33번 건물 앞에 멈춰 섰다.

"고마워요, 샤를. 여기서 기다려줘요."

스튜디오의 문은 열려 있었다. 종이 죽으로 만든 무대장식 사이로 분주하게 움직이는 기술자들의 모습이 보였다. 난 처음으로 그 광경을 접했던 10월의 그날 저녁을 떠올리며 인공적인 공간을 단호한 걸음으로 가로질러갔다. 어떤 회한도 일말의 원망도 느껴지지 않았고, 그 모든 일들이 까마득히 오래전에 일어난 것만 같은 느낌이었다.

난 지하로 통하는 문 앞에 도착해 인터폰 버튼을 길게 눌렀다.

"네?" 노벨리의 목소리가 들려왔다.

"접니다."

잠시 침묵이 흐른 뒤 딸깍 하고 잠금장치가 열렸다. 난 문을 밀고 들어가 가파른 계단을 내려가기 시작했다. 아직 내 혈관 속에는 다량의 알코올이 흐르고 있었지만 정신은 더할 나위 없이 맑은 것 같았다. 난 그를 대면할 준비가 돼 있었다.

계단 아래 도착하자 그가 나를 기다리고 있었다. 구석에 있는 책상 뒤에 앉아 한 손에는 담배를 든 채 회색빛 연기의 소용돌이에 둘러싸인 그의 눈이 두 개의 아콰마린처럼 반짝였다. 난 그를 응시하는 눈빛에서 되도록 감정을 배제한 채 말없이 앞으로 나아갔다. 그러고는 그의 앞에 놓인 소파에 털썩 주저앉았다.

그는 한참 동안 말없이 뚫어지게 나를 바라보았다. 평소보다 훨씬 더 어두워 보이는 그의 눈빛에서 무엇을 읽어내야 할지 혼란스러웠다. 그 속에는 공감과 슬픔, 그리고 약간의 분노가 뒤섞여 있는 듯했다.

"오랜만이군요, 아르노." 그가 마침내 입을 열고 딱딱한 목소리로 인사를 건넸다. "무슨 일이시죠?"

"이제 그만하시죠, 노벨리." 난 남아 있던 힘을 모두 끌어모아 쏘아붙였다. "난 더이상 연극을 계속할 생각이 없습니다. 내게는 그럴 기력이 더는 남아 있지 않단 말입니다. 나한테 대체 무슨 일이 일어나고 있는 건지 말해보시죠. 이젠 말해줘야 하는 것 아닌가요?…… 그리고 예전의 나한테 대체 무슨 짓을 한 건지도 말해보라고요……"

그는 담배를 길게 한 모금 빤 다음 코로 연기를 내뿜었다. 나선형의 연기가 천장을 향해 길게 이어지면서 우아한 추상적 형태를 띠었다가 흩어졌다.

"아무것도요." 그는 잠시 후 내 눈을 똑바로 바라보면서 대답했다.

난 말없이 눈빛으로 질문했다.

"아무것도 하지 않았습니다." 그는 유감스럽다는 투로 고개를 저으면서 되풀이해 말했다. "우린 밤낮으로 당신의 행복을 위해 노력한 것 외에는 아무것도 한 게 없습니다."

난 고개를 숙이고 눈을 감은 채 눈두덩에 양쪽 엄지손가락을 갖다대고 꾹 눌렀다. 그런 몸짓이 눈물이 치밀어오르는 것을 막아주기라도 할 것처럼.

"나의 행복이라고요?…… 하지만…… 하지만 난 행복하지 않단 말입니다." 난 갈라진 목소리로 말했다. "알겠어요? 난 더이상 이런 삶을 살아갈 수 없어요. 이렇게 계속 살 수는 없다고요. 난 하루종일 서재에만 틀어박힌 채 누구와도 말하지 않고 아침부터 밤까지 보드카만 마셔대고 있어요. 하찮은 큐브를 맞추거나 비현실적인 화가들의 그림을 흉내내면서 말이죠. 게다가 벌써 이십 년 전에 죽은 사춘기 여자애와 사랑에 빠져서, 그녀와 닮았다는 이유로 내 딸을 범할 뻔했다고요. 난 지금 미쳐가고 있단 말입니다. 노벨리, 내 말 알겠어요? 난 지금……"

"그가 되어가는 중이죠." 그는 단호한 말투로 내 말을 가로막았다.

나는 그의 말에 고개를 들었다가 예리하고 깊은 시선으로 나를 응시하는 그와 눈이 마주쳤다. 난 침을 삼키고 요란하게 코를 훌쩍거리면서 한 손을 이마로 가져갔다.

"그래요, 바로 그겁니다……" 난 말을 더듬거렸다. "내가 그가 되어가고 있는 것 같아요. 그가 내 안으로 들어와 있는 것 같은 느낌이 든다고요. 그는 정말로 비열한 인간입니다. 가증스럽고 비정상적인, 한마디로 정신병자란 말입니다…… 이제야 비로소 내 딸이 왜 그를 그토록 싫어했는지 알 것 같아요. 그가 그 아이에게……"

"우린 이미 다 알고 있습니다." 그가 손짓으로 내 말을 가로막았다.

난 놀라움을 나타내며 이해할 수 없다는 눈빛으로 그를 쳐다보았다. 그는 약간 당황한 듯한 표정으로 시선을 피하더니 작은 크리스털 재떨이에 담배를 비벼 껐다.

"하지만 당신은 성공할 수 있는 모든 조건을 가지고 있었습니다, 바라티에 씨. 적어도 서류상으로는 말이죠." 그는 서랍을 열어 서류철 하나를 꺼냈다.

그는 눈썹을 찡그리고는 마치 재능이 뛰어난 학생에게 실망한 선생처럼 고개를 가로저으면서 서류철을 뒤적거리기 시작했다. 그가 방금 나를 내 예전 이름인 '바라티에'로 불렀다는 사실을 깨닫는 데는 잠시 시간이 걸렸다. 난 그의 말을 잘 이해하지 못한 채 눈에 눈물이 그렁그렁해서는 곧 실신할 것만 같은 상태로 그를 바라보았다.

"당신은 성공하기 위한 모든 것을 가지고 있었다고요." 그는 서류를 한 장씩 넘기면서 거듭 강조했다. "정말 이해할 수가 없군요…… 우린 당신의 모든 성공 가능성을 따져보았습니다. 우리의 분석은 모두 일치했고요. 당신은 이상적인 아르노 드몽탈이 되어야만 했단 말입니다. 한 기업의 모범적인 수장이자 좋은 아빠, 다정하진 않지만 충실한 남편, 과묵하지만 사회적으로 문제가 없는 그런 사람 말입니다. 그런데 정말 유감입니다. 이건 엄청난 낭비라고요!" 그는 유감스럽다는 듯 얼굴을 찌푸리며 말했다.

난 그가 늘어놓는 말의 의미를 제대로 파악하지 못하고 멍하니 입을 벌린 채 계속 그를 응시했다.

"하지만 다른 지원자들에 대해선 우리의 예측은 조금도 빗나가지 않았습니다. 단 한 명의 캐스팅도 실패하지 않았단 말입니다. 우리가 계획했던 대로 모두가 완벽하게 성공했으니까요. 교사와 경찰, 택시 운전사와 선반공, 노숙자와 백만장자, 전기기사와 보험설계사…… 그들 모두가 전에 없이 행복하게 잘살고 있단 말입니다! 우린 이 실험을 반드시 성공으로 이끌기 위해 이론적 연구와 통계학적 분석, 다양한 기준에 따른 법적 유효성 인정 등을 위해 수개월을 투자했습니다. 되도록 위험도를 줄이기 위해서였죠. 그런데 대체 이 꼴이 뭡니까!" 노벨리는 짜증스러운 표정으로 천장을 향해 두 팔을 치켜들었다. "당신이 문제였어요! 마르크 바라티에가 걸림돌이었다고요!"

나는 믿을 수 없다는 표정으로 그를 쳐다보았다. 그리고 도무지 이해할 수 없는 그 말의 충격을 간신히 견뎌냈다. 그는 내가 다음에 할 질문을 미리 간파하기라도 한 듯 냉소를 지었다.

"당신 말은……" 난 무진 애를 쓴 끝에야 어렵사리 입을 뗄 수 있었다. "그러니까 방송이…… 그 운명의…… 모든 게 미리 짜인 각본을 따른 거라는 얘긴가요?"

"괜한 억측으로 힘 빼지 마십시오." 그는 거만한 표정으로 쏘아붙였다. "잠깐만 차분히 생각해보시죠. 당신은 똑똑한 사람이니까요. 당신은 진심으로 우리가 실패의 위험을 무릅쓸 거라고 생각했나요? 우연이라는 맹목적인 손에 국가의 미래를 내맡길 거라고? 우리 국민들이 이 개혁에 걸고 있는 모든 희망을? 좀 진지하게 생각해보시기 바랍니다, 바라티에 씨. 미니스커트 차림의 여자와 운명의 수레바퀴 따위가 우리나라의 운명을 결정하도록 내버려둘 수는 없는 것 아닌가요? 그러니까 말하자면 이 모든 것은 적절하게, 뭐랄까요, 연출되어야만 했던 겁니다. 이해하시겠습니까?"

"그렇다면……" 난 들릴락 말락 하는 목소리로 말했다.

"그래요, 맞습니다. 우리가 우연을 계획적으로 이끌어낸 겁니다. 성공 가능성이 가장 큰 지원자들의 삶을 맞바꾸도록 유도한 것이죠……"

잠시 말을 멈춘 노벨리는 담배를 한 개비 집어들고 만지작거렸다. 하지만 담배에 불을 붙이지는 않았다. 그러더니 2미터 가까이 되는 떡 벌어진 근육질 몸을 일으켜 나를 쏘아보았다.

"그러니까 지금까지의 결과를 종합해볼 때, 우린 일단은 성공했다고 볼 수 있습니다. 석 달 전까지만 해도 스스로 목숨을 끊으려고 했던 열 명의 지원자 중 아홉 명이 지금껏 지속적인 행복의 온갖 징후를 보여주고 있으니까요. 그들은 곧 프랑스인 모두가 지켜보는 가운데 그 사실을 증언하게 될 것입니다. 당신도 알겠지만, 다음주 토요일에 〈두번째 기회〉의 마지막 방송이 있습니다. 우린 그때 완벽한 보고서를 제출하게 될 테고요. 그렇게 12월 27일 토요일을 우리 역사의 전환점으로 삼게 될 것입니다. 새로운 시대가 도래하는 것이죠. 대통령께서는 내년 신년 대국민 연설 자리에서 이 사실을 공포할 거고요. 그리고 수백만 명의 사람들에게 이 연말은, 마침내 모든 것이 또다시 가능해지는 역사적인 순간으로 영원히 기억될 겁니다!"

순간 그는 흥분한 것을 후회하기라도 하듯 입술을 깨물었고 눈빛이 어두워졌다. 그러더니 느린 걸음으로 책상을 돌아 나에게 다가왔다.

"우린 공익을 생각해야 합니다, 바라티에 씨." 그는 차가운 금속성의 목소리로 말했다. "수많은 국민들의 희망 앞에서 우리의 책임을 생각해야 한단 말입니다."

내가 아무 말도 못하고 당혹스러운 얼굴로 그를 뚫어지게 쳐다보자 그는 내 어깨에 손을 올려놓으면서 말했다.

"오랫동안 우린 당신 역시 예외가 아닐 거라고 생각했습니다. 당신도 결국 다른 지원자들처럼 우리 기준에 부합하고, 우리의 예측에 법적인 정당성을 부여해줄 거라고요. 더구나 초기에는 당신이 새로 시작한 삶에서 행복해 보이기까지 했으니까요. 드몽탈을 괴롭히던 오래된 망령들이 당신에게는 아무런 영향을 미치지 않는 것 같았지요. 드몽탈로 말하자면, 조울증과 알코올중독자라는 전력에도 불구하고 마르크 바라티에의 이름으로 모범적인 남편과 직원 그리고 성실한 시민으로 거듭날 수 있었고요……"

그는 눈살을 찌푸리면서 고개를 저었다. 그의 눈에서 깊은 실망감을 읽을 수 있었다.

"그래요, 처음에 우린 정말로 그렇게 믿었지요……"

"나도 그랬어요." 난 넋이 나간 듯한 눈빛과 목멘 소리로 중얼거렸다. "나도 그랬어요. 나도 그렇게 믿었다고요……"

그는 내 어깨를 다정하게 두드리고는 팔짱을 낀 채 길게 한숨을 내쉬었다.

"알고 있어요. 나도 잘 알고 있습니다…… 하지만 우린 이제 〈두번째 기회〉가 당신에겐 쓰라린 실패였다는 걸 인정해야겠군요. 아니, 심지어 위험이 되었음을 말이죠. 당신은 놀랍게도 아르노 드몽탈의 습관과 행동을 너무나 똑같이 재현해냈으니까요. 그의 성격과 사악한 기벽까지 모두요. 당신이 결코 짐작조차 할 수 없었을, 근친상간 같은 것까지도 말입니다."

그 말에 난 시빌의 목덜미를 게걸스럽게 탐하던 내 입을 떠올렸다. 겁에 질려 새하얘진 안프랑스의 얼굴과 혐오스러운 나의 발기, 너무나 익숙한 통제 불능의 충동까지도. 신경이 극도로 예민해진 나는 육체적, 심리적으로 갈기갈기 찢겨나가면서 마지막으로 남아 있던 기력마저 빠져나가는 것을 느낄 수 있었다. 난 두 손으로 머리를 감싼 채 흐느끼기 시작했다.

"진정해요." 노벨리는 예의 그 따뜻하고 안정감 있는 목소리로 나를 달랬다. "제발 진정해요. 따지고 보면 이 모든 건 사실 당신 잘못이 아닙니다……"

그는 다시 한숨을 내쉬더니 환자를 향한 의사의 연민어린 눈빛으로 나를 바라보았다.

"처음으로 당신에게서 불안의 징후, 즉 드몽탈의 치명적인 결함이 차차 되살아나는 것을 발견했을 때, 우린 그것을 체계적으로, 그러니까 과학적인 방법으로 중단시키려는 시도를 했지요. 그런 관점에서, 당신이 발드그라스에 머물렀을 때 우리는 다시금 희망을 품을 수 있었어요. 세인의 눈에 띄지 않게, 극심한 조현병 증세에 사용하는 최신 치료법을 시험해볼 수 있었죠. 당신에게 처방된 혼합 약물들 때문에 당신이 더 온순해지면서, 당신의 환경에 덜 민감하게 반응하도록 약간의 기억상실 증상이 동반됐던 겁니다. 하지만 안타깝게도 그런 노력들조차 당신에겐 충분하지가 않았던 겁니다."

난 얼굴을 타고 흘러내리는 눈물을 억제하지 못한 채 딸꾹질을 하면서 그의 말을 듣고 있었다. 줄줄 흘러내리는 콧물을 훌쩍훌쩍 들이마셔 가면서.

"인간의 본성이란 것은……" 그는 생각에 잠긴 듯한 표정으로 말을 이었다. "아무리 치밀하게 분석한다 해도, 인간의 본성은 언제나 뜻밖의 놀라움을 숨기고 있는 법이지요. 바라티에 씨, 당신과 같은 경우를 우리가 예상치 못했다는 것을 인정해야겠군요. 그래요, 당신이 정말로 그가 될 수 있으리라 단 한 순간도 예상하지 못했으니까요."

잠시 말을 멈춘 노벨리는 재킷 주머니에 손을 찔러넣더니 내게 담뱃갑을 내밀면서 물었다.

"한 대 피우시겠습니까?"

난 눈물범벅이 된 눈으로 잠시 그를 바라보다가 떨리는 손을 멈추기 위해 두 손을 모았다.

"아뇨, 생각 없습니다." 난 고개를 저으면서 말했다.

그는 라이터를 딸깍거리면서 담배를 여러 번 빨아댔다.

"왜 나죠?" 난 잠시 침묵하다가 애원하듯 물었다. "왜 나만 실패해야 했죠?"

커다란 초록빛 눈으로 나를 응시하던 노벨리는 입술을 동그랗게 오므려 링 모양의 담배 연기를 세 번씩 내뿜어 유령처럼 공중으로 퍼뜨렸다.

"우리도 똑같은 질문을 한 바 있습니다." 그는 허탈한 미소를 지었다. "비록 실망하긴 했지만, 우린 이 실패로부터 교훈을 얻으려고 노력했지요. 따지고 보면 과학은 언제나 성공보다는 실패를 통해 발전해왔으니까요……"

"그런데 왜? 왜 하필 나인가요?" 난 그의 팔을 붙잡고 간절하게 물었다.

"……그리고 그런 점에서," 그는 내 질문을 무시한 채 엄숙한 말투로 얘기를 계속했다. "우리가 당신에게 감사를 표해야 할 것 같군요. 왜냐하면, 어떤 면에서는 당신이 우리의 발전을 도와준 셈이니까요. 우리 프로젝트에 포함시킬 수 있는 이론적이고 실제적인 후보군을 더욱더 잘 파악하도록 해주었죠. 그리고 선천적인 것과 후천적인 것에 대한 오랜 논쟁에 새로운 빛을 비출 수 있게 도와주었고요. 후천적인 것의 우월성을 확신하는 우리에게 이번 실험은 우리 생각이 옳다는 것을 확인시켜준 셈이지요. 모든 지원자들이 우리가 예상했던 것과 똑같은 행동 양상을 보였고, 일정한 자극에 예측 가능한 방식으로 반응했습니다. 당신이 유일하게 예외적인 경우였던 것입니다. 그렇다고 해서 우리 결론을 무효화시킬 수는 없는 것이죠. 그건 당신도 이해하리라 믿습니다."

"그런데 왜 나죠?" 난 기어들어가는 듯한 목소리로 거듭 물었다. "왜 하필 나냐고요?"

노벨리는 두 손으로 내 어깨를 부여잡고 내 얼굴에 자기 얼굴을 바싹 갖다댔다.

"왜 당신이 실패했는지 정말로 알고 싶습니까, 바라티에 씨? 왜 그토록 찬란하게 구상된 이 개혁조차 당신을 끝내 구하지 못했는지, 그 이유가 정말 알고 싶은 겁니까?"

난 고개를 끄덕이면서 마치 빵 한 덩이를 구걸하는 불쌍한 소년처럼 애원하듯 그를 바라보았다. 그는 내 손을 꼭 잡더니 눈썹을 찡그리면서 무언가에 집중하는 표정을 지었다. 그러고는 입을 살짝 여는가 싶더니 잠시 머뭇거리다가 매우 침착한 목소리로 선언하듯 말했다.

"왜냐하면 당신은 비어 있기 때문입니다. 완전히 비어 있기 때문이죠."

그의 말에 난 숨이 멎을 것처럼 놀라 눈을 크게 뜬 채 그 자리에서 얼어붙고 말았다.

"당신은 완전히 비어 있기 때문에, 어떤 사악하고 병든 영혼이라도 아무런 어려움 없이 당신 안으로 침투할 수 있었던 것입니다. 당신 안에서 최적의 수용체를 발견했던 것이죠."

그의 눈에서 서로 충돌하는 두 가지 빛이 반짝였다. 마치 나에게서 두려움과 매혹을 동시에 느끼는 것처럼.

"당신은 일종의 스펀지와 같은 존재입니다. 그렇지 않나요? 마치 신종 동물과도 같죠. 카멜레온 같다고나 할까요. 당신은 어떤 환경에도 녹아들 수 있고, 당신 주위의 어떤 것과도 동화되면서 그것을 모방할 수 있는 능력을 지녔어요…… 어떤 면에선 내가 당신에게 감탄하고 있는지도 모르겠군요. 어쨌든 당신은 철저하게 비어 있기 때문에 우리의 모든 예측과 통계, 그리고 모델화하려던 시도로부터 벗어날 수 있었던 것입니다. 결론적으로, 당신은 어쩌면 일종의 초인일지도 모른다는 생각이 드는군요. 절대적 자유가 무엇인지를 궁극적으로 우리에게 보여주는……"

그는 잠시 자신의 번뜩이는 철학적 분석에 심취하기라도 한 듯 반짝이는 눈빛으로 한동안 말없이 어딘가를 응시했다. 그러더니 사뭇 사무적인 말투로 다시 얘기를 계속했다.

"당신은 어떤 형태도 색깔도 특별한 취향도 없는 사람입니다. 한마디로 비어 있는 존재란 말이죠. 이제 그게 증명된 셈이고요. 당신을 스스로에게 매어둘 수 있는 유일한 한 가지는 젊은 시절에 써두었던 오래된 원고뿐이었지요. 출판조차 되지 않은 원고요. 드몽탈은 그것을 자기 것으로 만들어, 그것도 성공적으로요, 당신을 당신 과거, 그리고 당신의 정체성과 이어주던 마지막 끈을 잘라내버린 셈이죠. 그로 인해 당신은 거대한 구멍과 같은, 즉 아무것도 없이 텅 빈 공간으로 변해버린 겁니다. 그래서 드몽탈의 영혼이 아무런 어려움 없이 침투할 수 있었던 최적의 몸뚱이가 되어버린 것이죠……"

난 눈물마저 말라버린 뿌연 눈빛으로 계속 그를 응시했다. 목이 메어왔지만 더이상 울 수조차 없었다.

"내 말이 맞죠, 그렇지 않습니까?" 노벨리는 나른한 목소리로 말을 이었다. "당신은 비어 있는 존재이고, 당신도 그 사실을 잘 알고 있습니다. 당신은 마르크 바라티에도, 아르노 드몽탈도, 혹은 다른 어떤 가상의 인물도 아닙니다. 그건, 아무도 아니면서 동시에 모두가 될 수도 있다는 얘기죠. 결국 당신은 이 세상에선 끝끝내 행복해질 수 없을 겁니다."

그는 몸을 바로 세우고 한숨을 내쉬더니 손으로 반들거리는 머리를 문질렀다.

"그렇다고 오해하진 마십시오. 우린 당신에 대해서는 아무것도 탓하지 않으니까요. 상황이 이렇게 돌아간 것에 대해 당신은 죄책감을 느낄 필요가 없어요. 하지만 당신의 행동은 사회적으로 용납될 수가 없습니다, 당신도 잘 알고 있겠지만. 우린 그런 일이 대중에게 알려지거나, 수백만 프랑스인들이 기다려온 개혁이 위협받는 것을 그냥 두고 볼 수가 없습니다."

그는 고개를 끄덕이고는 담배를 다시 길게 한 모금 빨았다.

"어쨌거나 난 이제 당신을 이해한다는 말을 하고 싶군요. 비록 다소 늦은 감이 있긴 하지만 말입니다. 그렇습니다. 난 당신을 이해하고, 당신의 고통에 진심으로 공감합니다. 이제야 비로소 내가 석 달 전에 만났던 남자의 절망을 가늠할 수 있게 된 것 같군요. 비어 있는 한 남자, 자신의 공허한 상태를 냉철한 이성으로 분명하게 파악하고 있던 한 남자를 말이죠. 그때 당신이 얼마나 죽고 싶었을지 이제야 이해할 수 있을 것 같습니다. 그리고 그런 당신의 뜻을 존중해주었어야 했다는 생각이 드는군요."

"그럼 이제 날 좀 내버려두세요…… 날 그냥 죽게 내버려두라고요. 난 이대로 사라져버리고 싶단 말입니다……"

내가 떨리는 목소리로 선언하듯 말하자 딱딱하게 굳었던 노벨리의 얼굴이 환하게 밝아졌다. 그는 또다시 내 어깨에 손을 짚으며 다정한 미소를 지었다.

"우리도 그 문제에 대해 충분히 생각하고 있습니다. 안심하십시오, 당신 소원대로 될 테니까요. 그게 바로 당신이 가장 바라는 것이고, 아마도 당신의 가장 뛰어난 직감이 될 것 같군요. 약속드리지요. 당신은 곧 죽게 될 것입니다."

"좋습니다…… 그렇다면…… 난 이제 그만 가봐야겠군요." 난 후들거리는 다리로 간신히 일어서면서 말했다. "난 죽으러 갈 겁니다. 이미 오래전에 했어야 할 일이죠. 하지만 걱정하지 마세요. 당신들한테 어떤 문제도 일으키지 않을 테니까요. 아무에게도 말하지 않을 테니……"

"우리 프로젝트에 해가 될까 염려해주시니 정말 고맙군요. 하지만 지원자가 자살해버리면 그다지 모양새가 좋지 않다는 것을 이해하실 겁니다. 더구나 마지막 방송을 며칠 앞둔 시점엔 말이죠. 그래도 걱정하지 마십시오. 우리에게 더 좋은 해결책이 있으니까요. 나를 따라오시겠습니까?"

노벨리는 내 팔을 잡고 방 구석에 있는 문으로 나를 이끌었다. 눈에 잘 띄지는 않지만 처음 이곳을 방문했을 때 내 호기심을 자극했던 문이었다. 그가 방음장치가 된 문의 손잡이를 잡고 힘주어 밀자 스르르 문이 열렸다.

"여러분," 그는 방안으로 들어가면서 쾌활한 목소리로 외쳤다. "이번 한 번뿐이니 괜찮겠지요. 방문객을 모시고 왔습니다!"

내 눈앞에는 거대한 타원형 탁자가 놓여 있고, 그 주위에는 대략 같은 비율로 스무 명가량의 젊은 남녀가 모여 있었다. 그들 중 서른 살이 넘어 보이는 사람은 아무도 없었다. 대부분이 청바지에 알록달록한 셔츠나 헐렁한 스웨터, 요란한 색깔의 티셔츠 차림이었다. 저마다 노트북 컴퓨터를 하나씩 앞에 두고 있었다. 당혹스러운 표정으로 그들을 둘러보던 나는 왠지 낯익은 듯한 한 사람에게 눈길을 멈추었다. 그가 내게 미소를 지어 보이며 한 손을 들어 인사했다.

"안녕하세요, 선생님."

"안녕하세요, 카림." 난 건성으로 그에게 인사했다.

그러고는 놀라움을 감추지 못한 채 방안을 자세히 살펴보았다. 구겨진 종이들이 카펫 위 여기저기 무더기로 쌓여 있고, 텔레비전 시리즈물 주인공들의 모습이 담긴 다양한 포스터들이 벽면을 빼곡하게 장식하고 있었다. 또한 커피와 담배 냄새가 방안 가득 배어 있었다. 내게 공손히 인사를 건넨 아랍인을 제외하고는 모두가 무심한 눈길로 나를 흘끗 쳐다보더니 다시 컴퓨터 자판을 두들기면서 자신들의 대화를 계속해나갔다.

"저들을 이해하십시오." 노벨리가 넌지시 내게 말했다. "예술가들이 그렇잖아요. 어떨 때는 꼭 자폐증 환자들 같다니까요……"

"예술가들이라뇨?" 난 깜짝 놀라 물었다.

"네. 예술가들요. 혹은 창안자들이라고 불러도 좋고요. 본래 글로벌비전의 시나리오작가 팀원들이죠. 이 작은 팀 하나가 일 년에 일만 시간이 넘는 분량의 프로그램을 만들어내고, 프랑스인들이 광적일 정도로 열렬히 지켜보는 에피소드 속 인물들 백여 명을 조종하는 것입니다. 정부측 팀원들을 보완하기 위해 〈두번째 기회〉의 작업에 이들을 참여시킨 것은 어찌 보면 당연한 일이었던 거죠. 이제 대통령은 또다시 정치와 텔레비전이 명백한 시너지 효과를 낼 수 있다는 사실을 입증해 보일 것입니다!"

난 말문이 막힌 채 그에게 반문하듯 흐릿해진 눈빛을 던졌다.

"아, 지금 당신이 무슨 생각을 하고 있는지 잘 압니다." 그는 마치 아버지 같은 말투로 말했다. "사람들의 삶을 가지고 텔레비전 드라마처럼 각본을 짠다는 건 불가능하다고 생각하시겠지요. 회차 하나하나, 장면 하나하나, 대사 하나하나 말이죠. 하지만 진실을 알고 나면 당신은 깜짝 놀랄 겁니다. 우리의 삶이 얼마나 소설과 닮았는지 새삼 확인하게 되면 말이죠."

그는 내가 이해하지 못하는 부분이 있는지 살피려는 것처럼 잠시 내 반응을 관찰했다. 그러더니 내 어깨에 한쪽 팔을 두르면서 귀에 대고 속삭였다.

"이 젊은 친구들이 당신 이야기를 썼다는 말입니다, 마르크. 오, 물론 내가 당신을 아르노라고 부르기를 원하는 건 아니겠죠. 이들이 당신과 다른 모든 지원자들의 이야기를 썼습니다. 매일매일, 이 지하실에서 그들의 작은 노트북 자판을 두드리면서요. 이해하시겠습니까?"

그는 자신이 방금 내게 가한 충격의 효과를 연장하려는 것처럼 잠시 말을 멈추었다가 다시 말을 이었다.

"물론 위기가 결코 없었다고 볼 순 없습니다. 이런 시도에서 늘 그렇듯이, 때로는 우연이란 것이 부리는 변덕에 대응해나가야 하니까요. 전문가들의 표현을 빌리자면, 생방송의 돌발 상황에 늘 대비해야 하는 것이죠. 그래서 몇몇 대사나 시퀀스를 수정해야 할 때도 있었습니다…… 하지만 대체로 우리 시나리오는 놀라울 정도로 현실과 들어맞았지요. 일이 정반대로 흘러가지 않는 한은 말이죠……" 노벨리는 순간 자기 생각의 심오함에 스스로 감탄한 듯 눈을 찡그리며 말했다.

난 아연실색하여 아무런 대꾸도 못하고 그를 바라보았다. 마치 불안정한 무중력상태에서 두 세계 사이를 떠다니는 느낌이 들었다. 노벨리는 잡고 있던 내 어깨를 놓고 아랍인에게 가까이 오라는 신호를 보냈다.

"카림은 우리의 자랑스러운 우수 요원 중 한 명입니다. 특히 〈당신을 도우러 갑니다〉가 세계적인 성공을 거두게 된 데는 그의 힘이 컸다고 볼 수 있죠. 석 달 전부터 드몽탈-바라티에 팀을 담당하고 있는 사람이 바로 저 친구입니다. 그의 상상력에는 도무지 한계가 없어요. 정말 천재라니까요."

아랍인은 타이핑된 종이 한 장을 손에 들고 우리에게 천천히 다가왔다.

"다시 뵙게 되어 기쁩니다, 선생님." 그가 내 앞에 우뚝 멈춰 서며 말했다.

꿀처럼 노란빛을 띤 그의 눈에서는 어떤 악의나 적대감도 느껴지지 않았다. 심지어 가장 좋아하는 스타를 만난 열성 팬처럼 소심하고 감탄 어린 눈빛으로 나를 살피는 것 같았다.

"받으세요, 선생님 겁니다." 그는 더듬거리면서 내게 종이를 내밀었다.

"고마워요, 카림. 아주 잘했어요." 노벨리가 말했다.

카림은 내게 슬쩍 미소를 지어 보이고는 다시 자신의 노트북컴퓨터 앞으로 가 앉았다.

"이제 당신은 지시대로 따르기만 하면 됩니다." 노벨리는 내 팔을 힘주어 잡으면서 말했다. "아까도 말했듯이, 당신이 스스로 목숨을 끊으면 우리의 대외적 이미지에 전혀 바람직하지 않은 영향을 끼칠 겁니다. 그럼에도 불구하고 우린 당신이 원하는 죽음을 제공하려고 합니다. 그리고 이미 만반의 대비를 해놓았고요. 당신의 죽음은 어떤 추문이나 불명예, 그리고 일말의 의혹도 불러일으키지 않을 것입니다. 당신의 평판 또한 전혀 훼손되지 않을 테고, 모든 이들이 당신을 용기 있는 사람으로 기억하게 될 것입니다. 진정한 선구자로 말이죠. 공화국은 당신에게 훈장을 수여하고, 당신을 영원히 기리게 될 겁니다. 이 일을 통해 우리 모두는 지금보다 한층 더 발전할 수 있을 겁니다, 아무렴요…… 그러니까 이 대본을 읽고 정확한 시간에 정확한 장소에 나와주길 바랍니다. 나머지 일들은 염려하지 않아도 됩니다. 우리가 알아서 할 테니까요. 이제 오늘밤이면 당신은 마침내 무거운 짐으로부터 벗어날 수 있을 겁니다……"

그는 내 눈을 똑바로 바라보면서 악의 서린 미소를 지었다.

"당신도 동의하겠지만, 이건 단지 작은 사고일 뿐입니다."

난 이마의 땀을 닦고 심호흡을 한 다음 종이에 적힌 제목 글자들을 읽어나갔다.

아르노 드몽탈

(전前 마르크 바라티에)

마지막 시퀀스—수정본

18

난 이제 십 분 안에 죽는다. 39번 버스 바퀴에 으스러져 위엄 따위는 없는 모습으로.

대본에 모든 세부 사항이 상세히 적혀 있었다. 시간과 장소, 심지어 날씨까지. 그들이 나를 위해 준비한 갑작스러운 결말은 나에게 완벽하게 어울렸다. 난 준비가 돼 있었다.

그들은 이렇게 적었다.

"파리. 캄캄한 밤.

레콜밀리테르광장. 보스케가 교차 지점. 칠흑 같은 어둠 속에 비가 억수같이 퍼붓는다. 도시는 푸르스름한 안개 속에 잠겨 있는 듯하다."

난 바의 유리창 너머를 둘러보면서 그들이 그래도 재능과 통찰력을 갖추었다고 생각했다. 그들이 적어놓은 모든 것이 실제 그대로였다.

오늘 아침 노벨리와의 면담을 마친 후, 난 내게 시간이 얼마나 남았는지를 생각하며 라 플렌 생드니 스튜디오를 떠났다.

모든 욕구로부터 자유로워진 나는 샤를에게 부탁해 다시 파리로 가서 빙판이 된 거리를 하릴없이 차로 누비고 다녔다. 차창에 이마를 바짝 붙인 채 차이콥스키의 〈비창〉을 반복해서 들으며 여전히 거리에 넘쳐나는 오가는 사람들과 사물들을 지켜보았다.

정오가 가까워질 무렵 눈이 내리기 시작하자 난 형언할 수 없이 아름다운 광경을 감상하기 위해 차를 세웠다. 그 광경을 차분히 보면서도 나는 담담할 뿐이었다. 난 내리는 수많은 눈송이들을 한참 동안 지켜보았다. 눈송이 하나하나 고유한 듯하지만 사실 모두 같은 모양새였다. 정오 무렵, 우린 클리시광장에 있는 어느 허름한 이탈리아 식당 앞에 차를 세웠다. 난 이참에 샤를에게 함께 식사를 하자고 제안했다. 난 파르메산 치즈를 뿌린 피스투 소스 파스타를 게걸스럽게 먹어치웠고, 샤를과 함께 키안티 와인 한 병을 비웠다. 약간 취기가 오른 채로 우린 다시 길을 나서서 파리의 외곽 순환도로를 전속력으로 일주했다. 그러고는 생클루 시문으로 진입했을 때 난 샤를에게 나를 강둑에 내려주고 내 걸음에 맞춰 천천히 차를 몰아달라고 청했다.

갑자기 걷고 싶은 생각이 들었다.

난 코트로 몸을 꽁꽁 감싼 채 얼굴에 차가운 바람을 맞으며 센강을 따라 퐁드그르넬 다리까지 걸어갔다. 거기서 한 중국인 노인에게 산 뜨거운 군밤 한 봉지를 벤치에 앉아 까 먹으면서 행인들을 관찰했다. 그들 대부분이 유명 상표가 찍힌 색색의 쇼핑백을 손에 들고 흐뭇한 표정으로 종종걸음으로 걸어갔다. 강 저편 정면에서는 보그르넬 쇼핑센터가 빌딩숲 아래 반짝이고 있었다. 생각해보니, 오늘은 크리스마스이브였다. 억지 기쁨을 가장해야 하는 이 시즌이 늘 내게 강요해왔던 고통을 이제 더는 겪지 않아도 된다는 사실에 새삼 안도감이 느껴졌다.

오후 세시경, 몸이 꽁꽁 얼어붙은 나는 다시 차에 올라 충동적으로 샤를에게 스타시티로 데려다달라고 말했다. 한 시간 후, 차는 내가 십오 년 넘게 살았던 지저분한 건물 앞에 도착했다. 난 차창을 내린 다음 내가 그토록 자주 몸을 던지고 싶었던 건물 꼭대기를 올려다보았다. 13층의 움직이지 않는 커튼 너머로는 불빛이나 인기척은 감지되지 않았다. 그곳에서 몇 초간 머무르며, 빛바랜 콘크리트 건물들과 광장에서 스케이트보드를 타는 아이들을 지켜보았다. 그러고는 다시 차창을 올리고 그곳을 떠났다.

차는 산업 구역을 따라 달리다가 공터와 붉은색 벽돌 건물들을 지나 티보의 유치원 앞에 멈춰 섰다. 난 샤를에게 유치원 정문 맞은편에 차를 세우게 한 다음, 외투로 온몸을 감싼 채 기다리고 있는 젊은 엄마들을 지켜보았다. 정확히 네시 삼십분에 허리가 굽은 한 노부인이 정문을 열자 한 무리의 꼬마들이 시끌벅적하게 쏟아져나왔다. 하지만 티보는 다른 아이들이 나오고 한참이 지나서야 모습을 드러냈다. 머뭇거리는 걸음걸이로 코를 후비면서. 아이는 작은 눈으로 나를 응시했다. 비록 메르세데스의 선팅된 유리창 때문에 나를 볼 수는 없었겠지만. 그리고 하이힐을 신고 달려오는 그녀가 보였다. 그녀는 내가 한 번도 본 적이 없는 흰색 털코트 차림이었다. 그녀는 티보를 품에 안고 이마에 입을 맞추고는 내 쪽을 돌아보았다. 아름답고도 감동적이었다. 내 시야가 흐려졌다. 잠시 후 난 샤를에게 차를 출발시켜달라고 말했다.

우리는 저녁 여섯시경 파리로 돌아왔다. 나에겐 아직 세 시간 남짓 남아 있었다. 집에 잠시 들를까도 생각했지만 차마 그럴 용기가 나지 않았다. 앵발리드 박물관 근처에 이르자 달리 할일이 생각나지 않아 샤를을 그만 돌려보내기로 했다.

"그럼 내일 뵙겠습니다, 사장님." 그는 마치 아무것도 모르는 것처럼 인사를 건넸다.

"잘 가요, 샤를. 그리고 고마웠어요."

난 라모트피케대로를 거슬러올라가 오래된 서점 앞에 멈춰 섰다. 서점 주인이 나를 보고 달갑지 않은 듯한 표정을 지었다. 문을 막 닫으려던 참이었다.

"안녕하세요? 『고통을 완화하는 자세』를 찾고 있는데요."

"네, 모두들 그 책을 찾죠……" 그는 짜증스러운 표정으로 대꾸했다. "운이 좋으시군요. 딱 한 권 남았거든요. 15유로입니다." 그는 툴툴거리면서 비닐봉지에 책을 담았다.

난 비바람을 맞으며 몇 분간 더 걷다가 이 바로 들어와 지금까지 죽 머물러 있다.

우선 커피 대여섯 잔을 연거푸 마셨다.

뜨거운 커피를 조금씩 홀짝거렸다.

그리고 세 시간 전부터 이 이야기를 곱씹어보며 조그만 잔으로 차가운 보드카를 계속 들이켜고 있다.

난 마지막으로 텍스트를 처음부터 끝까지 모두 읽어보았다. 심오하고도 감동적이었다. 한마디로 무척 아름다웠다. 처음으로 객관적으로 보게 된 것 같았다. 아무런 회한도 느끼지 않은 채, 글의 가치를 있는 그대로. 마치 다른 누군가가 쓴 것처럼. 심지어 책에 두른 띠지의 남자 사진조차 더이상 눈에 거슬리지 않았다.

그들은 대본에 이렇게 적어놓았다.

"밤 아홉시 삼십칠분, 아르노 드몽탈이 바에서 나와 광장을 가로지르려는 순간, 짧고, 맹렬하고, 불가피한 충격이 가해진다. 공중으로 떠오른 그의 몸은 포물선을 그리다가 둔중한 소리를 내며 다시 차도로 떨어진다. 곧이어 버스의 바퀴가 그의 정수리를 짓이기고 지나간다. 그러자 두개골 속의 골이 쏟아져나와 걸쭉한 회색빛 죽처럼 도로 위로 퍼져나간다."

그들은 정확한 정보와 지식을 갖췄고 실험에 능했다.

그들은 어쩌면 국민들로부터 막강한 권력을 누릴 자격이 있는지도 몰랐다.

난 손목시계를 들여다보고는 마시던 잔을 마저 비웠다. 그런 다음 카운터 위에 책을 올려두고 지폐 한 장을 놓으며 계산을 했다.

"잔돈은 됐습니다."

종업원이 내게 슬픈 미소를 지어 보였다. 마치 그다음에 일어날 일을 미리 알고 있기라도 한 것처럼. 난 그곳을 나서면서 생각했다. 만약 그렇다면, 그 역시 대본을 구성하는 장치일 뿐이었다.

바의 문을 밀고 밖으로 나간 나는 옷깃을 올리고 잠시 비를 맞으며 서 있었다. 낮게 뜬 꿀빛의 달이 평소보다 더 거대해 보였다. 마치 짙푸른 하늘색 천에 새겨놓은 듯했다.

천천히 보도 끝까지 걸어갔다.

난 그곳에 멈춰 선 채 기다렸다.

보스케대로 모퉁이에서 빗소리에 묻혀 둔탁하게 들리는 엔진음과 함께 옅은 초록빛 버스의 앞머리가 보이기 시작하자, 난 머릿속을 더듬어 보았다. 일종의 묘비명처럼 마지막으로 남길 문장을, 행복했던 한 순간을 떠올렸다.

하지만 나를 구원해줄 아무런 생각도 떠오르지 않았다.

이미지 하나 기억 한 조각 떠오르지 않았다.

난 이제 막 죽으려는 이 남자에 대해 아는 것이 아무것도 없었다. 아무것도.

옮긴이 **박명숙**
서울대학교 사범대학 불어교육과를 졸업하고 프랑스 보르도 제3대학에서 언어학 학사와 석사학위를, 파리 소르본대학에서 프랑스 고전주의 문학을 공부하고 '몰리에르' 연구로 불문학 박사학위를 받았다. 서울대학교와 배재대학교에서 강의했으며, 현재 출판기획자와 전문번역가로 활동중이다. 파울로 코엘료의 『순례자』, 에밀 졸라의 『목로주점』 『제르미날』 『여인들의 행복 백화점』 『전진하는 진실』, 오스카 와일드의 『심연으로부터』 『오스카리아나』 『와일드가 말하는 오스카』 『거짓의 쇠락』, 알베르 티보데의 『귀스타브 플로베르』, 조지 기싱의 『헨리 라이크로프트 수상록』, 프랑크 틸리에의 『뫼비우스의 띠』 등을 우리말로 옮겼다.

문학동네 블랙펜 클럽

세컨드 라이프 — 인생을 바꿔드립니다

초판 인쇄 2019년 8월 13일 | 초판 발행 2019년 8월 26일

지은이 베르나르 무라드 | 옮긴이 박명숙 | 펴낸이 염현숙
책임편집 김미혜 | 편집 신선영 오동규
디자인 고은이 이원경 | 저작권 한문숙 김지영
마케팅 정민호 정진아 함유지 김혜연 박지영 김수현 | 홍보 김희숙 김상만 오혜림
제작 강신은 김동욱 임현식 | 제작처 상지사P&B

펴낸곳 (주)문학동네
출판등록 1993년 10월 22일 제406-2003-000045호
주소 10881 경기도 파주시 회동길 210
전자우편 editor@munhak.com | 대표전화 031) 955-8888 | 팩스 031) 955-8855
문의전화 031) 955-8862(마케팅) 031) 955-8860(편집)
문학동네카페 http://cafe.naver.com/mhdn | 트위터 @munhakdongne
북클럽문학동네 http://bookclubmunhak.com

ISBN 978-89-546-5750-1 03860

www.munhak.com